北京高校高精尖学科"文化遗产与文化传播"建设项目资助

———民间文化新探书系———
北京师范大学非物质文化遗产研究与发展中心◎主编

童话与儿童文学新探
杰克·齐普斯文集

[美] 杰克·齐普斯◎著
张举文◎编译

Figure 12. Friends from Fairyland. London: Raphael Tuck & Sons, c. 1880. Illustrator unknown.

中国社会科学出版社

图书在版编目（CIP）数据

童话与儿童文学新探：杰克·齐普斯文集 /（美）杰克·齐普斯（Jack Zipes）著；张举文编译．—北京：中国社会科学出版社，2022.11

（民间文化新探书系）

ISBN 978-7-5227-0488-3

Ⅰ．①童… Ⅱ．①杰…②张… Ⅲ．①童话—文学研究—世界—文集 Ⅳ．①I106.8-53

中国版本图书馆 CIP 数据核字（2022）第 201727 号

出 版 人	赵剑英
责任编辑	张　林
特约编辑	张冬梅
责任校对	刘　娟
责任印制	戴　宽

出　　版	中国社会科学出版社
社　　址	北京鼓楼西大街甲 158 号
邮　　编	100720
网　　址	http://www.csspw.cn
发 行 部	010-84083685
门 市 部	010-84029450
经　　销	新华书店及其他书店
印　　刷	北京明恒达印务有限公司
装　　订	廊坊市广阳区广增装订厂
版　　次	2022 年 11 月第 1 版
印　　次	2022 年 11 月第 1 次印刷
开　　本	710×1000　1/16
印　　张	18.5
插　　页	2
字　　数	301 千字
定　　价	99.00 元

凡购买中国社会科学出版社图书，如有质量问题请与本社营销中心联系调换
电话：010-84083683
版权所有　侵权必究

杰克·齐普斯(Jack Zipes)教授

"民间文化新探书系"
编委会

主　编：杨利慧

副主编：万建中　康　丽

编　委：（以姓氏拼音为序）

安德明　巴莫曲布嫫　［日］岛村恭则

［美］杜博思（Thomas David DuBois）

高丙中　彭　牧　色　音　萧　放

［美］张举文　张明远　［韩］郑然鹤

总　　序

民间文化，又被称为"民俗""民俗文化""民间传统"，其中绝大部分在今天也被称作"非物质文化遗产"，是人民大众所创造、传承并享用的文化，是人类文化整体的基础和重要组成部分，适应人们现实生活的需求而形成，并随着这些需求的变化而不断变化，是富有强大生机和特殊艺术魅力的民众生活艺术。可以说，在人类创造的所有文化中，没有比民间文化更贴近民众的日常生活和心灵世界的了。

20多年前，为推动民间文化研究，钟敬文先生曾带领北京师范大学中国民间文化研究所的同人，主编过一套"中国民间文化探索丛书"。这套丛书主要由研究所的成员撰写，并由北京师范大学出版社出版，1999—2000年的两年间共出版了包括钟敬文《中国民间文学讲演集》、许钰《口承故事论》在内的7部专著。[①] 2002年钟先生去世后，该丛书继续有所扩展，迄今列入其中出版的还有陈岗龙的《蟒古思故事论》（2003年）和万建中的《民间文学的文本观照与理论视野》（2019年）。尽管每部著作所探讨的问题各不相同，所采用的方法也有所差异，但总体而言，该丛书反映了20世纪中后期以来中国民俗学界热切关心的理论问题以及较普遍采用的方法，特别是对"文本"和"历史"的关注和反思构成了丛书的核心，后来加入的两部著作则体现出语境、主体以及动态过程等

---

① 这7部书分别是出版于1999年的钟敬文著《中国民间文学讲演集》，许钰著《口承故事论》，杨利慧著《女娲溯源：女娲信仰起源地的再推测》，赵世瑜著《眼光向下的革命：中国现代民俗学思想史论（1918–1937）》，董晓萍、[美]欧达伟（R. David Arkush）著《乡村戏曲表演与中国现代民众》，以及2000年出版的萧放著《〈荆楚岁时记〉研究：兼论传统中国民众生活中的时间观念》，另外，1999年商务印书馆出版的[德]艾伯华著、王燕生和周祖生翻译的《中国民间故事类型》一书也系该丛书之一种。

新视角的影响。可以说，该丛书呈现了两个世纪之交的中国民俗学的前沿研究状貌，在民间文学和民俗学领域产生了重要影响。

2019年5月，北京师范大学文学院牵头承担了建设北京高校高精尖学科"文化遗产与文化传播"的任务。该项目的宗旨是依托北师大深厚的人文学科底蕴，统合校内外相关研究和教学力量，建设一个以中国优秀传统文化为基础、以非物质文化遗产（以下一般简称为"非遗"）和区域文化为主体、以文旅融合和文化传播为特色的优势学科和新兴前沿交叉学科。同年12月，作为该项目的重要成果，北师大非物质文化遗产研究与发展中心成立，在继承和发挥北师大以往的民俗学学科优势的基础上，为强化非遗研究、人才培养和产教融合，搭建了一个新的国际化的交流合作平台。在高精尖学科建设经费的支持下，北师大非遗中心和文学院民间文学研究所主编并出版了"非物质文化遗产学术精粹"丛书，首次较为全面地梳理、总结并展示了中国学界自21世纪以来在非遗理论与保护实践、口头传统、表演艺术、有关自然界和宇宙的知识和实践、传统手工艺以及社会仪式和节庆等方面的主要研究成就。此次推出的"民间文化新探书系"，是该高精尖学科建设的又一项重要成果。所以叫做"民间文化新探书系"，一方面是要借此向以钟老为首的北师大以及民俗学界的前辈们致敬，另一方面，也想以此展现国际国内民俗学界的一些新面貌。

简要地说，本书系有着如下的目标和特点：

第一，聚焦21世纪以来民间文学、民俗学以及相关学科领域取得的新成果。20世纪后半叶以来，随着社会的迅猛发展和巨大变化，新的民俗现象不断涌现，对民间文学和民俗学学科提出了诸多挑战，许多敏锐的民俗学同人对此不断予以积极回应，特别是新世纪以来，有关当代大众流行文化、文化商品化、遗产旅游、互联网、数字技术以及新兴自媒体等对民俗的交互影响的探讨日益增多。另外，21世纪初，联合国教科文组织为应对全球化、现代化和工业化对传统文化的冲击，以及世界各国对其多元文化遗产作为历史丰富性与人类文明多样性的见证而日益高涨的保护需求，制订颁布了《保护非物质文化遗产公约》（2003年），使非遗在世界范围内引起广泛关注。中国政府也迅速出台了一系列相应的法规政策，强调非遗保护对于传承和创新中国优秀传统文化、增强民族文化自信、促进文旅融合与国际交流等所具有的重大意义。与保护实践的快速发展相呼应，对非遗的研究和调查也成为民俗学等相关领域的热点话题。本书系将着力反映学界围绕这些新现象而展开探究的成果，以彰显民俗学与时俱进的研究取向，和民俗学者紧跟时代的脚步、关心并探察民众当下需求的"热心"和"热眼"，更充分突显民俗学作为"现在学"而非"过去学"的学科特点。

第二，展现经典民俗研究的新视角。民间文化大多有着较长时段的生命史，在人们的生活中世代相传，因此，不断以新视角探讨传统民俗和民间文学的特点和流变规律，既是民俗学界长期以来探索的重要内容，也是本书系所强调的一个重点。

第三，注重扎实的本土田野研究与开阔的国际视野。本书系的作者不局限于北师大，而是扩展至国内外民俗学及相关领域的学者。在研究方法和理论取向上，本书系既强调立足中国本土的问题意识和扎实、深入的田野研究，也注重开阔的国际学术视野和与国际前沿接轨的探索成果，以增进民俗学对当代社会以及人文社会科学的贡献，深化国内与国际民俗学界的学术交流。

第四，呈现更加丰富多样的研究内容和形式。与"中国民间文化探索丛书"有所不同，纳入本书系的著作不只限于研究专著，还包括田野研究报告、国外理论译介以及相关重要人物和历史事件的口述史等。由于本高精尖学科建设的特点和需求，有关非物质文化遗产、民间文学以及北京非遗的田野调查和研究成果，尤其受到重视。

希望本书系能进一步展现民间文化的当代魅力和活泼生机，推动民俗学朝向当下的转向，从而为丰富和活跃当前国际国内的民俗学研究、促进学科发展，发挥积极的作用。

杨利慧

2022 年 7 月 16 日于北京师范大学

目　录

写给中文读者的话 …………………………………… 杰克·齐普斯（1）
探索研究童话与儿童文学的新方向 ………………… 张举文（1）
迈向文学童话的定义 ………………………… 张举文　译（9）
童话之话语：迈向童话类型的社会史 …………… 朱婧薇　译（28）
意大利童话故事的起源：斯特拉帕罗拉和巴西耳 …… 邓　熠　译（41）
文化进化范畴中童话的意义 ………………………… 王　辉　译（59）
作为神话的童话与作为童话的神话：睡美人与故事
　　说唱的永恒性 ………………………………… 朱婧薇　译（84）
吉塞普·皮特与19世纪重要的民间故事搜集家 …… 方　云　译（103）
为什么儿童文学并不存在 …………………………… 王璞琇　译（132）
解放当代儿童文学中奇幻童话的潜能 ……… 侯姝慧　马冲冲　译（150）
对儿童使用与滥用民间故事与童话故事：论布鲁诺·
　　贝特尔海姆所用的道德魔杖 ………………… 张举文　译（178）
滥读的儿童与书籍的命运 …………………………… 丁晓辉　译（196）
全球化世界中作为景观的讲故事活动 ……… 邵凤丽　李文娟　译（216）
讲故事的智与愚 ……………………………………… 李丽丹　译（234）
承前启后：重读瓦尔特·本雅明的《故事家》 ……… 刘思诚　译（252）
附录：杰克·齐普斯主要出版物（1970—2020年） ……………（264）
后　记 ……………………………………………………………（285）

Table of Contents

Words to Chinese Readers ·············· *Jack Zipes* (1)
In Search of New Directions of Fairy Tale and Children's
    Literature Studies ·············· *Juwen Zhang* (1)
Towards a Definition of the Literary Fairy Tale ··· *tr. by Juwen Zhang* (9)
Fairy – Tale Discourse: Toward a Social History of the
    Genre ·············· *tr. by Jingwei Zhu* (28)
The Origins of the Fairy Tale in Italy: Straparola and
    Basile ·············· *tr. by Yi Deng* (41)
The Meaning of Fairy Tale within the Evolution of
    Culture ·············· *tr. by Hui Wang* (59)
Fairy Tale as Myth/Myth as Fairy Tale: The Immortality
    of Sleeping Beauty and Storytelling ·············· *tr. by Jingwei Zhu* (84)
Giuseppe Pitrè, and the Great Collectors of Folk Tales
    in the Nineteenth Century ·············· *tr. by Yun Fang* (103)
Why Children's Literature Does Not Exist ·············· *tr. by Puxiu Wang* (132)
The Liberating Potential of the Fantastic in Contemporary
    Children's Literature ·············· *tr. Shuhui Hou and Chongchong Ma* (150)
On the Use and Abuse of Folk and Fairy Tales with Children:
    Bruno Bettelheim's Moralistic Magic Wand ·············· *tr. by Juwen Zhang* (178)
Misreading Children and the Fate of the Book ··· *tr. by Xiaohui Ding* (196)

Storytelling as Spectacle in the Globalized
　　World ……………………… tr. by Fengli Shao and Wenjuan Li（216）
The Wisdom and Folly of Storytelling …………………… tr. by Lidan Li（234）
Revisiting Walter Benjamin's The Storyteller: Reviving
　　the Past to Move Forward ………………………… tr. by Sicheng Liu（252）
Appendix: Selected Works by Jack Zipes ………………………………（264）
Epilogue ………………………………………………………………（285）

写给中文读者的话

许多人认为民间故事和童话故事是"民族主义"的产物，或者认为它们只可以在故事本身的特定社会历史背景下来理解。某种程度上说，这是正确的。但是，这样教条地阐释故事也有一定的危险性，因为民间故事和童话故事都超越其民族性和历史性。那些最精彩的"文化模因"（memetic）故事恰恰如此。最精彩的故事总是最有人性的。

如果我们审视世界上最常见的故事类型，即西方学者所谓的古典童话，如《小红帽》或《亨舍尔和格莱特》，就可以轻易发现其中所包含的全世界都流行的共同情节和主题。就我所知，好像没有一个国家没有类似《小红帽》和《亨舍尔和格莱特》故事的，这是因为今天的女性，在任何一个国家都依旧如在《小红帽》中那样，在权益和地位上受到侵犯，今天的儿童，依旧如在《亨舍尔和格莱特》中那样，被抛弃和虐待。这些故事对每个文化都极其重要，因为其存在的条件都没什么两样。因此，完全可以认为它们具有"国际性"。这些故事的确如同"文化模因"那样，通过如讲故事、电影、广播、互联网、学校等不同方式传播，由此提高我们的意识程度。一旦讲出来或读到，这些故事就会附着在我们的大脑上，并呼唤我们注意社会正义问题，或去寻找更好的解决办法。正因如此，许多当代作家寻求通过改写古典故事来创作出新故事，以便更紧密地与新时代的人性观结合起来。

六十多年来，我一直在研究和创作民间故事和童话故事。我认为民间故事是源自口头传统的叙事，而童话故事是源自文学传统的。它们的关系紧密而复杂。研究民间故事和童话故事的学者不能忽视这些传统是如何交织在一起的，毕竟，它们如同雅文化与俗文化的关系那样彼此相互影响。发现不同文化之间如何通过故事有了非凡的联系，这是让我在研究中常常感到最兴奋的事。我们这些来自不同文化背景的人其实没有我们所以为的那样大的差异！

  我已近八十五岁了，却还从未到访过中国，也不知是否会有机会踏上你们那令人向往的国土。因此，我特别感谢张举文和他的同事翻译出我的文章并汇编成集。希望我的想法和阐释能在中国激发一些回音，因为中国的民间故事和童话故事对我的一生产生过重大影响。

杰克·齐普斯（Jack Zipes）
2021 年 4 月 7 日

探索研究童话与儿童文学的新方向

张举文

翻译杰克·齐普斯的著作有两个初衷：一是系统介绍齐普斯先生半个世纪以来所发展起来的有关民间故事、童话故事、儿童文学、故事讲述的理论观点和研究方法，以及国际上相关领域的变化与状况；二是发展和壮大中国民俗学界的翻译队伍。当然，其中之个人缘分也不可不提。

齐普斯是当今国际上故事研究著作中最常引用的学者之一。他的宏观理论与具体的故事分析范例都影响了许多国家的几代学者。这不仅可以从本书介绍的文章中看出，也可以从他的数量巨大、范围甚广的出版物得到印证。希望下文对他的学术经历与贡献的介绍有助于读者对他的理论与方法的了解和掌握。由于出版方面的要求，对齐普斯的译介论文共35篇分成了三部文集（另见，《齐普斯童话研究文论》，明天出版社2022年版、《从格林童话到哈利·波特》，中西书局2022年版），每部各有侧重，但都较系统地体现了他对民间叙事，特别是童话的民间文学与民俗学的研究观点和分析范例。

我一直认为一个学科的发展是离不开学术著作的翻译的，特别是来自学科内的学者的翻译。由于各种历史原因，中国民俗学科目前尤其需要在对内和对外翻译方面得到长足发展，以便更好地进行国际学术交流。可喜的是，近年来越来越多的年轻民俗学者展示了他们的翻译能力。例如，参与本文集翻译工作的多位学者都是从事民间文学或民俗学研究的，抑或是对童话有深厚的兴趣。他们之中，有的是第一次参与翻译的在读硕士生或博士生，有的是具有多年教学和翻译经验的学者。其中多数也参与了其他的项目，如上述的齐普斯文集，以及《民俗学概念与方法：丹·本—阿默思文集》（中国社会科学出版社 2018 年版）和即将出版的《谚语的民俗学研究：沃尔夫冈·米德文集》。因为共同的研究兴趣和对学科的热爱，他们相互合作切磋，共同成为学科的新生力量，不仅工作在教学与科研的第一线，也通过翻译为学科的发展搭建起国际交流的桥梁。的确，一支能写能译的学者兼译者队伍是每个学科的发展基础。

我与齐普斯先生的交往缘分无疑也是值得一提的"亚民俗"事例。学者之间的交流可以成为促成、改变和构成个人观点或影响学科的契机。大约十年前，齐普斯发信邀请我为他正在编辑的一部文集写一篇有关中国童话的文章。他坦言说这方面的人和文章都太少了。当时我正在达特茅斯学院（Dartmouth College）任客座教授，教学任务较重，便没能答应他的邀请。但我们的交流并没结束，而且在闲聊中得知他本科曾就读于该校，而我本人最初到美国时也是落脚于此。在更多的交流中，我原本对故事的兴趣也愈发被他激活，并随后发表了几篇有关民间故事和童话故事的文章。2018 年，在完成编译《民俗学概念与方法：丹·本—阿默思文集》后，我便决定系统地介绍齐普斯的学术成果。经过与其商定，我决定选出他的 30 多篇文章系统译介到中文，于是便有了前面提到的齐普斯的三部中文文集。同时，我也在齐普斯的帮助下，发表了有关中国 20 世纪初林兰童话和 21 世纪初谭振山童话的英文文章和译文。当然，与国内同行的缘分更是促成这些译介著作的关键。在此不赘述，详见后记。

基于上述初衷和缘分，对齐普斯的理论与方法的系统了解无疑会有助于国内不同学科对民间故事和童话故事的研究。尽管此前有过对齐普斯文章的个别翻译，但在此对他文章之外的个人经历和学术贡献做一简述，想必是有益的。

齐普斯的学术经历

杰克·齐普斯（Jack Zipes）于 1937 年 6 月 7 日生于纽约。大学本科四年他就读于达特茅斯学院（Dartmouth College），专业是政治学，并于 1959 年毕业获得学士学位。齐普斯随即进入哥伦比亚大学（Columbia University）攻读比较文学硕士，并于 1961 年毕业。之后，他于 1962 年在德国的慕尼黑大学和 1963 年在德国的图宾根大学留学。1963 年秋，他回到哥伦比亚大学攻读英语和比较文学，并于1965年毕业获得博士学位。1966—1967年，齐普斯在慕尼黑大学教授美国文学。1967—1972年，他在纽约大学（New York University）教授德国文学、戏剧、比较民俗和文学理论，专攻法兰克福学派。此后，齐普斯1972—1986年任教于威士康星大学（University of Wisconsin – Milwaukee），期间，他于1978—1979年任柏林自由大学戏剧系客座教授，1984年，任哥伦比亚大学德语系客座教授。1986—1989年任教于佛罗里达大学（University of Florida）。1989—2008年，齐普斯以德语教授身份任教于明尼苏达大学（University of Minnesota），并于此荣休为终身名誉教授。至今，齐普斯仍活跃于国际学术界，担任客座教授、参加国际会议、参与社区故事讲述活动等，撰写和编译了大量的学术著作。齐普斯之所以能够活跃于国际学术界，皆缘于他可以熟练运用德文、法文、意大利文等演讲和写作，并能阅读西班牙文。

齐普斯的学术贡献也体现在他所获得的奖励和荣誉上。例如，齐普斯获得过美国国家级的1981—1982年度的福布莱特奖（Fulbright Fellowship）、1988—1989年度的古根海姆奖（John Simon Guggenheim Fellowship）、1998—1999年度的国家人文基金会奖（National Endowment for the Humanities）。此外，还有多个学术组织的奖励，如1992年国际奇幻艺术协会的"杰出学者奖"、1999年国际儿童文学研究会的"国际格林兄弟奖"、1999年儿童文学学会的"儿童文学杰出贡献奖"、2015年美国民俗学会的"芝加哥民俗学著作奖"、2016年美国民俗学会的"资深会员奖"、2017年国际儿童文学研究会的"研究成果奖"等。

齐普斯不仅获得过许多曾供职大学的各种奖励，也在国际学术界赢得了极大荣誉。例如，2002年他被意大利的博洛尼亚大学（University of Bologna）授予名誉博士学位，2016年被英国安格里亚鲁斯金大学（Anglia Ruskin University）授予名誉博士学位，2017年被加拿大温尼伯大学（University of Winnipeg）授予名誉博士学位。

除了在教学和社区公共服务方面的突出表现外，齐普斯的学术成就与贡献还主要展现在他大量出版物中（参见本文集附录：杰克·齐普斯主要出版物）。其中，他撰写的《不可抵挡的童话故事》获得了2012年美国民俗学的"维恩·汉德民俗学著作奖"；他所编辑的《迪士尼以外的童话电影：国家视野》，获得了 2017 年儿童文学研究会的"编辑图书奖"。此外，他在 2007 年获得了英国民俗学会的"优秀著作奖"。

齐普斯的学术贡献

作为当代西方儿童文学、童话研究、民间故事研究领域最重要的学者之一，齐普斯的学术贡献是多方面的。而且，他老骥伏枥，仍在不断创作新的作品，并继续着几个系列的写作和编辑出版工作。例如，他主编的《奇异现代童话》（Oddly Modern Fairy Tales）系列，旨在重现被遗忘或忽视的民俗学家和重要故事，目前已经由普利斯顿大学出版社出版了近二十多部，包括有关中国的林兰童话。在此，仅从几个主要方面概括介绍一下齐普斯的贡献，不做具体的观点分析，而期望读者在研读本文集的每篇文章时批判性地有所汲取。

1. 作为童话翻译家

齐普斯翻译出版的著作有二十余部（见附录），另外还有论文、剧目、故事和诗歌等二十多篇。在他的译著中，有从德文、法文和意大利文翻译的故事集，也有研究著作和文集。这些著作极大地丰富了英语世界及欧洲其他语言文化对童话的了解和研究。例如，齐普斯发掘了不为美国学者所了解的意大利故事搜集家劳拉·冈赞巴赫（Laura Gonzenbach）和吉塞普·皮特（Giuseppe Pitrè）及其作品，完整翻译介绍了德国诗人和作家黑塞（Hermann Hesse）的童话作品，也系统地翻译了法国古典童话，尤其有意义的是，齐普斯在 1987 年出版了格林兄弟 1857 年最后一版的《格林童话集》，并在 2003 年出版了扩充修订英译版的第三版《格林兄弟童话全集》（The Complete Fairy Tales of the Brothers Grimm）。不仅如此，齐普斯还将格林兄弟 1812 年第一版的《格林童话集》翻译成英文（2014 年出版），为比较研究提供了珍贵的材料。正是由于齐普斯的翻译和评述，学术界对格林兄弟有了新的认知，相应的学术观点和理论与方法也有了新的发展和修正。例如，他比较分析了格林童话的七个版本，展示格林兄弟在搜集、筛选、编辑、修改等一系列过程中如何对有些故事做出取舍。简言之，是齐普斯在一百多年后使世界对格林兄弟的童话有了新的认识。

齐普斯的每一部翻译作品，不仅提供了珍贵的原始材料，更为研究者提供了广博的社会和文化背景以及学术批评视角。所以，他是一位有着学术批评眼光的翻译家。

2. 作为童话创作和社区讲故事的实践者

齐普斯是一位童话故事作家，也是一位传播故事的实践者。他创作发表了四篇童话故事和两部童话剧目。同时，他也是讲故事能手。齐普斯不但自己讲故事，而且还组织社区和学校的讲故事活动。例如，他从1980年开始到公立学校去为中小学生讲故事，并在好几所中小学校组织成立了"故事会"。1995年，他成立了明尼苏达州米尼亚波利斯市的讲故事会。这个项目后来被推广到美国许多其他城市。同年，齐普斯出版了《创造性讲故事：建设共同体、改变生活》（*Creative Storytelling: Building Community, Changing Lives*, 1995）一书。经过几年的实践，齐普斯又于2004年出版了《讲出来：为孩子们讲故事和创作戏剧》（*Speaking Out: Storytelling and Creative Drama for Children*, 2004）一书，该书产生了极大的社会影响。他也利用各种渠道宣传讲故事，如在各种公众媒体的采访和公共讲座中，用通俗的语言来介绍讲故事对儿童成长、家庭休闲、社区和谐的益处，以积极的心态鼓励儿童从童话中发展想象力，让成年人在与儿童一起阅读和讲故事中得到身心的慰藉。

齐普斯能够走出学术的象牙塔，大量而积极地参与社会活动，将学问与现实结合，不仅促进了民众对童话的理解和对讲故事的热爱，更为如何做学者和做人树立了一个可敬的榜样。

3. 作为探讨和创新理论的学者

齐普斯不仅翻译了诸多重要的童话故事及其研究著作，也通过教学和社区活动提高了社会和民众对民间故事、童话故事以及儿童文学的认识，但他最大的贡献在于他对学术理论的探讨和创新。如今，齐普斯的学术著作和理论观点几乎是目前世界上任何研究童话与民间故事的学者必然要引用或无法避开的。尽管他的有些观点并不完善，但它们为后人提供了发展的平台。对他的学术贡献，还可以从以下几个方面来概括：

（1）大量的翻译以及对背景信息的发掘和分析。以《格林童话》为代表，齐普斯的故事翻译与研究改变了学术界对格林兄弟如何编辑整理所搜集的童话的认识，还改变了对许多故事搜集家和学者的认知。这不仅是文本研究上的突破，更是学术理论与方法上的提高。此外，他的翻译所涉及的国家、故事手和学者范围颇广，构筑了多重故事交流和学术交流的桥梁（2020年人民文学出版社出版的《格林童话初版全集：全注解本》便是根据齐普斯的英文译本译出的）。齐普斯的翻译不仅提供了完整的文本，更重要的是他总能透过历史和社会背景、结合理论分析发展出新的观点。仅是关于格林兄弟童话的翻译与研究，齐普斯就已经出版和发表了近十本著作和十多篇文章。

（2）对童话研究在国际交流上的促进。由于齐普斯擅于和运用多种语言从事学术活动，通过会议和教学等口头方式以及书面出版方式，沟通了多国的学术联系，为许多学者打开了眼界。例如，他2006年主编了影响极大的四卷本《牛津儿童文学百科全书》（*The Oxford Encyclopedia of Children's Literature*）和2015年再版了《牛津童话指南》（*The Oxford Companion to Fairy Tale*）。齐普斯最突出的贡献是在童话和民间故事等研究领域，不仅提高了美国学者对欧洲学术界的了解，也将美国的童话研究推广到世界其他国家。同时，在他的大量著作中，许多成果也被翻译成其他文字，推动了国际学术交流。

（3）对文本超越传统的研究。齐普斯特别注重社会和文化背景的分析，特别是将19世纪欧洲的文明化进程，以及20世纪美国的现代化进程作为童话故事的分析条件之一，这在方法论上有了新的突破。齐普斯利用文本故事和口头故事论证了童话的动力性。1979年首版、2002年扩充再版的代表作《冲破魔法符咒：探索民间故事和童话故事的激进理论》（*Breaking the Magic Spell：Radical Theories of Folk and Fairy Tales*）以及2012年由普林斯顿大学出版社出版的《不可抵挡的童话：一个文学类型的文化与社会进化历程》（*Irresistible Fairy Tale：The Cultural and Social Evolution of a Genre*）。例如，2002年第2期的《神奇与故事》（*Marvels & Tale*）以专刊形式讨论齐普斯对童话的社会历史研究理论，展示了学界对他的多方面的贡献的认可和敬意。此外，他将文本与新媒体形式结合起来研究童话。如他撰编多部有关电影和电视中的童话研究著作，包括2011年出版的《魔幻屏幕：童话电影的未知历史》（*The Enchanted Screen：The Unknown History of the Fairy – Tale Film*）和2015年出版的《迪士尼之外的童话电影：国际视野》（*Fairy – Tale films Beyond Disney：International Perspectives*）。

（4）对故事搜集史和研究史的反思研究。齐普斯挖掘出许多曾经对童话搜集做出贡献，但被忽视或遗忘的民间故事、童话搜集者和翻译者，从而使其搜集到的故事重新得到认识，并被继续传播出去。例如，意大利的吉塞普·皮特、德国的瓦尔特·本雅明（见本文集中的《吉塞普·皮特与19世纪重要的民间故事搜集者》；《承前启后：重读瓦尔特·本雅明的〈故事家〉》）。目前，他在组织编辑一部丛书，将世界各地被忽视的民间故事、童话故事翻译和发表出来。

（5）在讲故事的实践中提高学术境界。齐普斯不仅是研究故事的学者，也是积极参与社会实践和变革的故事家（如上所述）。由此，齐普斯以自身的实践与反思推动了学术研究。本文集第五编的三篇文章可以管窥作者对这个重要问题的研究。

（6）对学科发展的关爱：齐普斯在半个多世纪里与来自不同学科背景的学者和学生合作，跨越狭隘的学科界限，促进对故事多视角的合作研究。例如，他与世界不同国家的许多学者合作文章和著作，编辑了诸多文集，并撰写了百余篇书评。这些都为学科和学者间建立了健康的学术批评与合作关系。

（7）沟通多领域的童话理论探索。正如本文集的五个篇章所示，齐普斯的学术成果涉及民间故事、童话故事、儿童文学、故事家、讲故事等多领域（浏览本文集所附的作者的主要出版物便可见作者的宽阔视野），并在每个领域都有所贡献，但最重要的是对童话研究的贡献。例如，他对法兰克福学派的批评理论和文化进化论的发展。齐普斯认为童话具有重要的社会功能，不仅有补充功能，而且还有启示功能：美好的童话所反射的正是我们身边社会中真实与虚假的差距。他揭示了童话故事在协调个体与社会关系冲突时的心理慰藉功能，鼓励以童话的想象来启迪儿童的创造力和激发成年人对生活的希望。他的许多观点都是基于民众生活实践的需要，而不仅是纯理论上的构建。此外，他也尝试各种新的理论观点，如运用文化模因（meme）的观点来分析民间故事等。

概括来说，齐普斯对童话与儿童文学研究的重要理论贡献体现在：一是发展了法兰克福学派的批评理论，尤其是对马克思和布洛赫的观点，由此拓展了对童话的"社会历史"（sociohistorical）研究理论与方法；二是因为将德语世界的研究成果传播到英语（以及其他语言）世界而纠正了对童话的误解与滥用（如本文集中的第 9 篇有关布鲁诺—贝特尔海姆的精神分析与心理治疗的文章）；三是以社会历史研究方法论证童话的口头起源和传承理论；四是开拓了跨学科的童话研究，特别是结合了文学、心理学与民俗学对民间叙事的研究，创立了跨学科的社会历史和文化分析模式，解释了童话在历史上的各种表现形式，尤其可贵的是，齐普斯将这些运用到他自己的故事创作与讲述中，把象牙塔和城市街道联系起来，将学者与儿童联系起来。

总之，了解齐普斯在半个多世纪里如何不断吸收、探索、发展新的研究方向，以学术服务于社会、历史和传统文化的认知及其对多元文化交流，这对掌握国际上对民间故事、童话和儿童文学等领域的研究发展历程和发展有中国特色的童话研究具有重要意义。齐普斯曾对我说，他的许多观点都还在不断修改中，每当获得有益的批评，他就会进行修改并从中进步。的确，他的多数著作都进行了修订、扩充和再版，当然还有诸多的重印版。这也正是他的学术生命力之所在。

迈向文学童话的定义

张举文 译

【编译者按】 童话的起源现在被追溯到 3 世纪的罗马，但对当今有关童话的研究和传播有实质影响的历史始于 17 世纪末。这篇文章系统地探讨了童话从民间文学到作家文学的演变历程，特别突出了 17 世纪的法国和 19 世纪的德国在欧洲童话传播与研究中的作用，并且进一步阐释了童话在当今的不同发展方向，例如，文学化与商业化等问题。本文（Towards a Definition of the Literary Fairy Tale）是作者主编的《牛津童话指南：从中世纪到现代的西方童话传统》（*The Oxford Companion to Fairy Tales: The Western Fairy Tale Tradition from Medieval to Modern*，简称《指南》）2015 年修订版的前言。该《指南》于 2000 年由牛津出版社出版。

唯一的童话故事是不存在的；世间流传着千千万万个童话故事。对这些童话故事的界定有多种多样，以至于让人们感到可以将它们分为一个文学类型（genre）。事实上，有关这个问题的混淆极其严重，以致多数文学批评家依然困惑于对口头民间故事和文学童话故事的区分。令民俗学家失望的是，有人甚至主张干脆将任何文本或叙事按照它们被习惯的叫法来称为童话，因为普通读者注意不到口头传统与文学传统的区别，甚至不在乎这个问题。如果只有个别人要弄清这个问题，何必费心界定这些分类呢？在西方读者中，还有股强大的趋势，就是拒绝对童话故事做任何界定，仿佛圣物不可随意触及。若是将童话故事进行切分剖析，这会破坏其魔力，而这魔力似乎与被祝福的童年时代和天真世界有关。

一方面，每个童话读者，无论老幼，都对这种魔力感到好奇。到底是什么使童话故事如此魅力无穷？这些故事是从哪里来的？它们为什么对我们有吸引力？为什么我们好像总是需要它们？我们是想通过更多地了解童话来更多地了解我们自己；我们想要揣度童话吸引我们的神秘力量。也许这就是为什么现在有成千上万部的学术著作分析故事，为什么越来越多的严肃研究坚持要对口头民间故事和文学童话故事做出区分。正是通过区分才能保留不同类型故事独具有的社会历史本质，才能展示一种类型的故事的魔力，同时，也让我们保护和发展这类故事，让它们继续兴盛。

当代第一位对文学童话故事进行系统分析的是一位德国学者简斯·蒂斯玛。他写过两部重要著作：《艺术童话》和《20世纪德国艺术童话》。[①] 在第一部专著中，蒂斯玛将文学童话故事（即艺术童话）界定为一个类别，并建立了一套定义原则：（1）文学童话与口头民间故事（即民间童话）的区别是，前者是由某个可认定的作者写作出来的；（2）文学童话是合成的、模仿的、繁复的，对立于民间童话形成的地方性，即其来自共同体，趋于简单，并且是匿名的；（3）两个类型的不同不表明一者优越于另一者；（4）事实上，文学童话不是一个可以独立存在的类型，必须通过与口头故事、传说、中篇小说、长篇小说等其他文学童话的关系来理解和界定，因为作者正是利用、改编和重构那些类型的故事才得以构建自己的叙事。

蒂斯玛的原则对思考区分文学童话的特色是有帮助的。但是，还有许多其他特色也要区分。本《指南》便是英语世界中在这方面的诸多努力之一，旨在界定童话在有共同文学传统的欧洲和北美这样的民族国家中的状况及其兴起的社会历史原因；提供有关那些为界定童话做出贡献的作家、艺术家、音乐家、电影人，以及相关运动的信息。如有可能，本《指南》尽可能包含东欧、中东、亚洲、南美和非洲等文化的信息，但焦点是西方的文学童话类型的形成，以及由此发展出的歌剧、话剧和电影等相关文化形式。

[①] Jens Tismar, *Kunstmärchen*, 1977; *Das deutsche Kunstmärchen des zwanzigsten Jahrhunderts*, 1981.

文学童话作为一个类型经历了漫长的进化过程。期间，将许多民俗中的母题符号"转化"为自己所有，并吸收了其他文学类型中的元素，到了近现代时期，又逐渐将口头讲述的神奇故事修正为标准的文学形式，使其得以在大众传播中被接受。

童话是从口头讲故事传统转化为文学的唯一类型。这个讲故事传统涉及的是从中世纪以来就以不同形式存在于整个欧洲的神奇故事（wonder tales）。① 随着14—17世纪这些故事被越来越多地写作出来——常常是用拉丁文，它们形成了文学童话类型，构建出自己的规则、母题、主题、人物和情节，并在极大程度上依靠口头传统将其修正，以便适于识字的公众阶层（贵族、神职人员、中产阶级）。这期间，尽管在这样的文学传统形成过程中，农民被边缘化了，甚至被排除了，但是，他们的素材、心愿、风格以及信仰被吸收融入到新的文学类型中了。

到底什么是口头神奇故事？这个问题几乎无法回答，因为在欧洲和北美的每个村庄和社区都发展出不同的讲故事模式，使用千百种方言，而且各种各样的故事都直接涉及当地的习俗、法律、道德和信仰。在此，普罗普的著名研究《民间故事形态学》（1928），将有助于对这个问题的解释。他利用600多个俄罗斯民间故事文本，列出31个构成神奇故事模式的基本功能（function）。这些功能仍然普遍存在于俄罗斯故事中，也在许多方面同世界各地的故事功能相同。普罗普所指的功能是一个故事中的基本的常元素，构成一个人物的行为，并驱动故事的发展。因此，多数情节都按基本模式发展，开始是主人公遇到逆境或以某种方式违反禁令，由此导致主人公的流放或去完成一件与此相关的任务。故事的人物因其任务而被赋予了特定身份和命运。此后，主人公将遇到一系列各种人物：狡诈的恶棍；神秘的人或精灵送给主人公礼物；三个受到主人公帮助的不同的人或精灵承诺要报答；或是三个不同的动物或精灵主动送礼物帮助处于困境的主人公。这些礼物常是具有魔力的东西，导致奇迹的出现。主人公得到了礼物，便受到考验，并可能与有敌意的力量达成了协议。随后，主人公突然遇到不幸，通常是短暂的。需要一个奇迹来挽回逆境。主人公利用所得到的礼物（包括魔器和机智）达到了目的。

---

① 德文 Zaubermärchen；法文 conte merveilleux。

通常，与恶魔有三场战斗；奇迹般地完成三个任务；或是用某种抗魔器物打破魔咒。敌意力量由此消失了。主人公的胜利常常带来婚姻和财富。有时，只是按惯例继续生活下去，或是获得某种重要知识，成为这类故事的结尾。

尽管普罗普对神奇故事的结构分析有可用价值，但要注意到，在整个欧洲和北美的故事中，在主题和情节上有着无数的异文。事实上，神奇故事是一种混杂形式，包括了记事故事、神话、传说、轶事等口头形式，并因讲述者的环境而不断变化。如果说在神奇故事的结构和主题中有一个"常量"，并被传导到文学童话中，那这就是转化（transformation）——确切地说，奇迹转化。在神奇故事中，任何人或任何物都可以转化，特别是主人公的社会地位都会发生变化。在中世纪，农民是社会人口的多数，他们对变化的希望融入到这种叙事中，而这种希望与制度化的信仰体系没有关系。或者说，农民所讲的故事是世俗的，故事中出现的偶然变化是不能预言或保证的。

在口头文学传统中，神奇故事几乎没有以不幸而结束的。这些故事是希望的满足。显然，这些故事是为了将听故事人以"妥当"的方式转化为特定社区的成员。从真实生活经历到习俗，其中的叙事元素构成了协助讲述者和听者的关系模式。其模式结构使得讲述者和听者能识别、储存、记忆，并再生产这些故事，再通过改变这些故事以便适于各自经历和追求，易于认同故事中的人物，将其特定任务与境况与自己的处境联系起来。例如，许多故事都有一个单纯或天真的人物，名叫杰克、汉斯、比埃尔，或是伊万，仿佛一辈子注定不能发迹。他通常是最小的儿子，他的哥哥们或别人总是利用他或诋毁他。可是，他的善意和天真最终使他避开了灾难。故事的结尾，他的社会地位常常提升了，证明自己实际上比表面看起来的样子更有才能更精明。神奇故事中其他可识别的人物包括：灰姑娘一类的女孩，从灰土中展示自己比继姐妹更漂亮；忠实的新娘；可信赖的姐妹；复仇的被解雇的士兵；炫耀的裁缝；狡诈的小偷；邪恶的强盗；可怕的怪物；不公正的国王；不能生育的王后；不会笑的公主；飞马；说话的鱼；神奇的口袋或桌子；有力的棍子；善良的鸭子；狡猾的狐狸；欺骗的数字，以及野兽新郎。由此，森林常常具有魔力，场景也不断变换，从海洋到玻璃杯子，再到金山，或是神秘的地下王国和洞窟。许多故事是有关牛奶和蜂蜜之地,在那里,所有的东西都是颠倒的,农民们说了算,可以随便吃得心满意足。主人公在怪物和老鹰身上,或是用七足快靴,飞得比飞机还快。最重要的是披风或衣服,使得主人公隐身,还有魔器,给他超强力量。有时还有乐器,具有超常的捕捉力;能征服任何人或事的剑和棍;那些难以跨越的湖泊、池塘和海洋成为超自然精灵的栖息之家。那些人物、场景和母题综合在一起,因特定功能而变化,以便引发神奇之力。正是这种神奇变化才将神奇故事区别于其他口头故事,如记事故事、传说、寓言、轶事和神话。显然,正是这种神奇变化感才将文学童话区别于道德故事、中篇小说、感情故事,以及其他现代的短篇文学类型。神奇引发惊奇,魔幻物或现象常被视为超自然力的出现,常被视为预兆或前兆。由此引发仰慕、恐惧、敬畏,以及敬拜。口头神奇故事的听者会寻思宇宙的运作,何时发生何事,但那些幸运或偶然的事件从来得不到解释。其中的人物也不会要求得到解释——那是机遇。他们受到鼓舞去寻求这样的机遇,如果不抓住这样的有利于自己以及与别人的关系的机遇,那他们就是愚蠢,要不就是吝啬小气。只有那些有了"好运"的主人公才能成功,因为他们能接受并需要变化。事实上,多数英雄需要某种神奇转化才能生存,而且他们也暗示了如何利用降临到自身的意外机遇。对这些故事的寻求唤醒了我们对神奇地改变生活境况的渴望,引发一种宗教性的敬畏感以及对作为一种神奇过程的生活本身的敬重,而这种生活是可以改变的,以便补偿多数人所经历的权力、财富和快乐感的缺失。正是这种缺失、被剥削、被禁行等感受才激励人们去寻求满足和释放的迹象。

在神奇故事中,那些天真纯朴的人会成功,因为他们没有被污染,能够识别神奇的迹象。他们重新获得对大自然的神奇的信仰,五体投地地敬畏大自然。他们没有被习惯的权力或理性主义娇惯。与这谦逊的性格相反,恶棍形象是那些为了自己的利益而利用地位、武器和言语有意剥削、控制、侵犯、拘禁和搞破坏的人。他们对大自然和他人没有任何敬意,并寻求滥用魔力来阻止变化,以自己的意愿来侵犯他人。神奇的主人公要保持自然变化的流动过程,也表现出要战胜阻碍的可能性,以便保护其他人或精灵的和平安逸的生活。

口头民间故事对神奇的关注并不意味所有的神奇故事,即后来的文学童话,都有这种解放性的目的,尽管这些故事有保留乌托邦精神的倾向。这些故事也不是颠覆性的,尽管有明显的暗示表明叙事人偏爱被压迫的主人公。民间故事的本质和意义取决于一个部落、社区或社会的发展阶段。口头故事有助于稳定、保护或挑战一个群体的共同信仰、法律、价值观和规范。神奇故事所表达的意识形态总是来自叙事人因其社区的发展状况而采纳的态度,其中的叙事情节和变化又取决于对神奇的感觉或叙事人所要引发的敬畏感。换言之,故事中的神奇感和叙事人所寻求的感情是属于意识形态方面的问题。口头故事总是对听者的社会化和文化涵化发挥一定作用。当然,叙事有助于让人们熟悉听故事的经历,以便了解如何使自己的行为得体,或如何抓住意外的机遇。口头神奇故事所传授的知识涉及一种学习过程,由此,主人公和听众都从所经历的非凡人物和场景中学到新东西。

由于这些神奇故事已经有千百年历史,并经历了许多口头传统中的变化,所以,无法明确决定叙事者的意识形态是什么;但如果我们忽视叙事者的意图,又常常难以重构(或解构)一个故事的意识形态意义。然而,在最后的分析中,即使我们无法确认一个故事在意识形态上是否保守、性别歧视、进步、解放性的,等等,最重要的应该是对神奇变化的庆祝,以及主人公如何对神奇现象做出反应。此外,这些故事滋养了对"家"的不同生活的可能性的想象,主人公常常被流放去寻找其"真正"的家。这种对家的追求构成故事的乌托邦精神,因为奇迹的转化不仅涉及主人公的转化,也涉及一个更理性的场景的实现,故事中的英雄人物能够发挥其潜力。在童话中,家总是一个被转化了的家,由此打开与英雄人物所预想的不同的,通向未来的大门。最终,以此而形成的神奇故事和童话故事的定义都同样取决于叙事者或作者如何从审美和意识形态方面来安排已知的故事功能,并以特定历史时期的特定社会所习惯的方式引用神奇元素,将该故事作为一个整体进行转化。

文学童话的第一阶段涉及社会阶级,甚至是性别的"挪用"(appropriation)。不识字的讲述者的声音被淹没了。因为女性在多数情况下不被允许写字,所以,所写下的文字都是男性的意愿或幻想,尽管许多故事是女性讲述的,甚至可以更直白地说,对口头神奇故事的文学挪用,完全是为了满足特定社会的上层阶级和群体中的男性的霸权利益。在极大程度上，这是真实的写照。但是，这样的直白陈述必须有前提条件，因为将故事记录下来的事实也极大程度地保留了那些被剥夺权力的群体的价值观体系。文学童话越是被加工提炼，也就越发个性化，因作家而发生变化。这些作家常常对被社会边缘化的人或已经被边缘化的自己表示出同情。文学童话使得在书面和印刷品中有可能表现出新的颠覆，所以，在文明化进程中，总是让统治权威感到忌惮。

文学童话是一个相对年轻和现代的类型。尽管有足够的历史证据表明在印度和埃及已经有了几千年的记录口头神奇故事的历史，并且在全世界都有将各种神奇故事母题部分地转化为民族史诗和神话的事例，文学童话在欧洲和后来的北美直到有了新的可信的素材和社会文化条件后才被构建成一个类型。

从 1450 年到 1700 年，最重要的发展包括：俗语的标准化和分类化，并逐渐成为民族国家的标准语言；印刷机的发明；欧洲各地的识字群体扩大，并开始对不同种类的短小叙事和闲暇阅读表现出兴趣；民众促成新文学类型的概念的形成，并被精英阶层所接受。

文学童话最初不称为童话，也没有人能确切地说它们是对民众中流行的口头民间故事的简单挪用。的确，口头讲故事传统与叙事的写作和出版的交叉无疑对理解童话的形成至关重要，但是，这一类型的母题、人物、情节、场景和主题不只是来源于口头渠道。早期的童话作者一般都是受过良好教育的人，学识渊博，在创作他们的童话时能利用口头和书面素材。从 2 世纪的阿普列乌斯（Lucius Apuleius）的《金驴记》中的童话"丘比特和普赛克"直到中世纪的童话，我们可以看出，童话与口头传统是不同的，其情节更精细，对宗教、文学和习俗的引用也更世故，华丽的语言也表现了作者的文明地位，体现了特定的文明化过程阶段所用的语言特性。

在中世纪欧洲的骑士浪漫故事、英雄叙事和史诗、编年记事、宗教训诫、诗歌以及初级读物中，童话通常是有关神奇经历、变化和加入礼或成人礼一类的故事，是作者想通过娱乐的方式达到一定的教育目的的注释，通常是用拉丁文、中古英文，或是某种贵族的法语、西班牙语、意大利语或德语写成。总的说来，这些故事不是为了孩子而写的。其实，也不是给多数人写的，因为多数人都不能识字。因此，童话标志着作者和读者的社会阶层。由于神职人员在直到中世纪的欧洲一直以拉丁文主导着文学生产，那些"世俗的"，即使不是享乐主义的童话在欧洲宫廷和城市里并不被彻底接受，当然也无法构成一个自成体系的文学类型。

　　13世纪末，匿名的文集《百篇老故事》包括了奇幻的主题、非凡的中世纪事例，以及寓言，与其他中世纪的神奇故事和报道一起暗示了一个新的文学类型即将兴旺起来。到了14世纪，薄伽丘（《十日谈》）和乔叟（《坎特伯雷故事》）帮助铺垫了童话成为独立类型的道路。尽管他们没写作"纯"童话，他们和许多作家一样，在自己写作的许多故事中都借用了口头神奇故事的母题和结构。不仅如此，他们创造的叙事框架有助于引进多种讲故事模式和风格。正是这种框架，对斯特拉帕罗拉（Giovan Francesco Straparola）《愉快夜晚》和吉姆巴地斯达·巴西耳（Giambattista Basile）的《故事中的故事》至关重要，因为他们利用这些框架创作了最有影响的西方的文学童话，以致影响了之后的16、17和18世纪的重要作家。

　　从多方面来说，斯特拉帕罗拉和巴西耳可以被视为理解这个类型兴起的关键。斯特拉帕罗拉写作时使用的是精炼的托斯卡纳语，也是标准的意大利语。巴西耳则使用那波利方言，带有繁复的巴洛克风格，大量使用暗喻和典故，以及今天难以解读的引语。尽管他们的童话都有道德或教育目的，但他们与官方的基督教教义几乎没有关系。因此，他们的故事常常是粗俗的、无修养的、色情的、苦涩的、坦率的，也是不可预测的，但结尾总是快乐的。有的具有悲剧性，但许多是喜剧性的。有些篇幅很短，但多数较长，都明显表现出当时的规范和习俗，展示了意大利新兴的文明化进程。从此，童话就是对特定社会、阶级和群体的规范和习俗的象征性评论，说明他们的行为和关系如何能引领他们得到成功和快乐。

　　在17世纪的意大利，尽管其他的作家也创作了童话，[①] 但是，当时意大利读者群的不同境况不利于使童话这个类型生根发芽。当时的口头传统和"现实派"故事写作仍为主流。英国的情况也如此。尽管在16世

---

① 如Cesare Cortese 与 Pompeo Sarnelli。

纪90年代出现了对"仙女俗"的兴趣,[1] 受到意大利史诗的影响;尽管莎士比亚也在其最受欢迎的《仲夏夜之梦》《暴风雨》等剧引介了仙女和奇迹事件,但是,英国的主流社会是禁止谈论仙女故事,而提倡的是功利主义和清教主义。当然,也有人试图在诗歌作品中融合民俗和童话母题。[2] 但是,各种审查阻碍了这些文学努力,导致了对童话的兴趣示弱。幸运的是,口头讲故事传统为童话信仰提供了栖息之地。在法国,到了17世纪90年代,童话在精英阶层得以成为"合法"的类型。正是在这个时期,以多尔诺瓦夫人(Mme d'Aulnoy)为代表的女性作家群,[3] 将童话引进她们的文学沙龙,发表她们的作品,并与夏尔·佩罗(Charles Perrault)等[4]掀起了一股热潮,为作为一个类型的文学童话成为正统学术奠定了基础。

首先,法国女作家将童话(contes de fées;fairy tales)规范化了,并开启了正式使用这个词的先例。认定对这个词的使用,不只是因为她们的故事中有仙女,而是因为这些仙女在故事中所处的具有无所不能的权力地位——佩罗等男性作家也有这样的作品。与斯特拉帕罗拉和巴西耳的故事相似——他们的作品出于某种原因在法国已有所知,这些法国的童话都是世俗的,谈论的都是有关宫廷的行为与权力。这些故事的长度从10页到60页不等,完全不是为孩子而写的。根据作者情况,这些故事或是花絮性的、教育性的、讽刺性的或是嘲笑性的。从1690—1705年的故事反映了国王路易十四的宫廷的许多变化。佩罗所写的故事是有意识展示这个"现代"类型的有效性,以示与古希腊罗马神话的对立。许多故事的类型可以追溯到口头民间传统,也从当时的意大利文学童话和许多其他故事与艺术作品中有所吸收。除了这第一批作家的成果外,还有必要提到安托万·加朗(Antoine Galland)在1704—1717年所翻译的阿拉伯故事《一千零一夜》。加朗不仅向西方读者介绍了中东的传统和习俗,也模仿东方故事创作了他自己的故事乃至成千上万个作家直至今日

---

[1] 见 Sir Edmund Spenser, *The Faerie Queene* (1590—1596)。
[2] 如 Ben Jonson, Michael Drayton 和 Robert Herrick。
[3] 如 Mme d'Auneuil, Mme de Murat, Mlle Lhéritier, Mme de La Force, Mlle Bernard。
[4] 如 Jean de Mailly。

仍在步其后尘。

最迟至1720年，童话作为一个类型已被体制化，其规范的模式和母题在整个欧洲得到认可。在很大程度上，这些故事得以广泛流传是因为法语作为文化语言在欧洲的主导地位。当然，也有其他途径使得法国故事为人所知并成为多数童话作家的样板，即正是在这个阶段，以"小蓝书"而出名的便宜的出版物，通过小贩，在乡下与其他货物一起得到贩卖和传播。那些上层作家的"世故"的故事被简化为能被其他读者接受的故事。这些故事常常是被朗读出来的，并由此返回到口头传统。有意思的是，这些故事被复述无数遍，以各种形式在欧洲各地流传，常常导致了其他形式的文学改编和出版。此外，还有无数英语、德语、西班牙语和意大利语译本。而另外一个主要发展是专为儿童的文学童话的兴起。

早在17世纪90年代，法国康布雷的主教、重要的神学家费奈龙（Fénelon），曾负责国王路易十四的王太子的教育，他就曾写过几个有教育性的童话故事，以便使王太子对所学的课程感到有趣。不过这些故事没有外传，而只是在费奈龙去世后的1730年才被印制出来。比费奈龙更重要的是勒普林斯夫人（Mme Leprince de Beaumont）。她于1757年出版了《儿童杂志》，其中包含了"美女与野兽"等数十篇专门给女孩子的道德性童话故事。她是最早专门为儿童写童话的法国作家之一。她的最重要作品是基于菲尔丁（Sarah Fielding）的《女家庭教师》（1749），其中包括两个给女孩的教育性童话。勒普林斯夫人比菲尔丁更有艺术性，她描述了一个女家庭教师与几个6—10岁的女孩讨论道德、举止、伦理和性别角色的问题，借讲故事的方式说明自己的观点。勒普林斯夫人利用这样的场景是因为她曾在英国当过家庭教师。这样的场景后来也被其他作家模仿，形成了一种讲故事的模式，或是将场景设为上层社会的家庭读书，由此强化了礼节行为，特别是有关性别角色的举止。正是通过17和18世纪的贵族和资产阶级家庭，讲故事发展成文明化过程的一部分，先是通过女家庭教师或保姆，然后是在18、19世纪通过母亲、家教和女教师在专门给孩子的房间里讲故事，被称为睡前故事。

至18世纪末，法国、英国和德国的无数出版商开始认真为儿童出版书籍，由此，童话这一类型形成一个新的门类，包括如何通过适合不同年龄、心态和道德水准的文学作品教孩子社交、步入正轨。"资产阶级"

的儿童文学的兴起意味着出版商要使童话类型更易懂，同时，与家长、老师、宗教领袖和作家一样，出版商们也极其关注童话中的幻想和奇迹对干扰或启发儿童心智的潜在问题。在许多欧洲国家，针对文学形式中的幻想和奇迹的价值及其对读者心灵的破坏性影响有过无数辩论。这些辩论很有意义也很有趣，但对出版童话没有实际影响，至少在法国如此。的确，至1785年，查尔斯－约瑟夫·马耶尔（Charles-Joseph Mayer）开始编辑他的著名的40卷本《故事柜》，于1789年完成，其中有对此后100年的童话模式最有影响的故事，也为童话在其他国家体系化铺平了道路。

从此，西方的多数作家，无论是为成人或儿童写作，都有意识地与童话形成一种对话话语，这已明确成为欧洲的传统。他们吸收了全世界的口头讲故事传统与其他民俗形式。例如，法国童话，当时已经融合了阿拉伯的《一千零一夜》故事，对德国的启蒙运动和浪漫主义作家有过重大影响，而这一类型在德国的发展对其在整个西方的体制化又有承启作用。同法国作家一样，德国中产阶级作家也利用童话来庆祝德国的历史和习俗。[1] 他们将德国的神话、民俗、传说和法国的童话融合到一起来为德国的识字阶层写作。

同时，德国的克瑞斯托夫·马丁·威兰（Christoph Martin Wieland）编译了《故事柜》中的故事，出版了《仙话故事集》（*Dschinnistan*，1786—1789），也写作了一部小说和若干篇诗，展示了他对巴西耳和意大利童话传统的熟悉。除了这些为德国上层社会的读本外，到了19世纪初，无数法国童话也通过流行的系列"小蓝书"传到德国，而其他从法语翻译的书和儿童书籍也开始传播越来越多的童话故事。这期间，贡献最突出的是德国浪漫作家瓦肯罗德等。[2] 他们创作了非凡的和高度负责的比喻故事，展示了童话类型在功能上的重要转型：童话开始谈论出现在中产阶级的哲学和现实问题。他们的作品也维护着想象力，也是对启蒙

---

[1] 见 Johann Musäus 的《德国民间故事》（*Volksmärchen der Deutschen*，1782—1786）；Benedikte Naubert 的《新德国民间故事》（*Neue Volksmährchen der Deutschen*，1789—1793）。

[2] 如 Wilhelm Heinrich Wackenroder, Ludwig Tieck, Novalis, Joseph von Eichendorff, Clemens Brentano, Adelbert Chamisso, Friedrich de la Motte Fouqué, E. T. A. Hoffmann。

运动和绝对主义的糟粕方面的反对。这个观点非常明确地表现在歌德的经典作品的题目上——《童话故事》（1795），仿佛这个童话故事将要终结所有的童话故事。

歌德乐观地展望着一个重新获得生机的君主制的顺利再生，获得各个社会阶级的支持，并将"童话"作为他本人对法国革命所带来的暴力和破坏的解答。作为呼应，诺瓦利斯（Novalis）创作了一篇长篇童话，[①]讲述革命的情欲和艺术冲动，强调魔力的转化和多变。但是，许多浪漫主义者都表示怀疑这种个体自治的观点，也怀疑在一个被小君主的私利和拿破仑战争所分裂的德国所进行的对腐败制度的改革。早期浪漫派的许多故事的特点之一是没有快乐的结尾。主人公或是变成疯子或是死去。邪恶势力获得社会权力，巫师和恶棍不再是基督教传统中的邪恶象征，而被象征为粗俗的资产阶级社会或腐败的贵族。

浪漫派作家不再将其童话用来作为传统的茶余饭后的娱乐，而是寻求与读者就艺术、哲学、教育和爱情进行严肃的对话。其焦点是有创造力的个体或艺术家，这些人展望着一种没有社会禁令拘束的生活。这成为流行于整个欧洲和北美的浪漫童话的主题。19、20世纪的童话倾向于将个体从社会中突出，或是利用主人公来反射社会的缺陷和矛盾，这对立于此前的民间故事或是童话故事，因为那些故事都是扎根于民俗，提倡将英雄融入社会的可能性。

常常表现大自然或自然力量的"英雄"个体与社会出现了冲突，被视为片面的理性和官僚，这成为英国浪漫主义的核心主题。同时，浪漫主义者也寻求通过挖掘仙话、精灵、妖怪等"小人物"的民俗和历史，再现英格兰、苏格兰、威尔士和爱尔兰的遗产。由此，对韵文、诗歌、民俗和童话的研究，在19世纪后半叶推出了惊人数量的童话故事。此外，对仙女的绘画展示也影响了一系列画家和剧作家及其作品。[②]

19世纪，为成人的童话在功能上发生了重要的转变：童话还保留其作为资产阶级在公共范畴讨论社会和政治问题的适当途径的作用（这在

---

① Klingsohr's Märchen in *Heinrich von Ofterdingen*（1798）.

② 代表性画家有：William Blake, Henry Fuseli, Daniel Maclise, Joseph Noel Paton, Richard Dadd, John Anster Fitzgerald, Arthur Hughes, Richard Doyle；剧作家有 James Robinson Planché。

欧洲和北美各国都很明显），但同时，直至1820年，专门为儿童的童话受到严密的监察和审查。虽然在18世纪后期和19世纪初，为上层阶级的儿童的读物有大量出版，同时也有许多廉价的读物包含经典的童话故事，但是，它们不被视为主要的和"妥当"的儿童读物，反倒被看做对青少年的心智发展有"不健康"的影响。在极大程度上，出版商、教会领袖，以及教育者都倾向于其他类型的故事，认为那些更现实、更有感情和更有教育意义。即使是格林兄弟之一威廉·格林，也开始修改他们已搜集到《儿童和家庭故事》①里的故事，删除清理掉色情和粗俗的段落，使它们更适合于儿童。但是，幻想和奇迹元素都被保留下来，以至于起初中产阶级读者并不能完全接受。直到19世纪20—30年代，整个欧洲才开始转变对童话的态度。

格林兄弟的故事在这个转变中发挥了重要作用。这些故事比18世纪90年代的法国故事更详尽，形式的设计也更精细，以便让成人和儿童这两类读者能同时轻松地接受。从1812年到1857年，格林兄弟出版了七版他们称为"完整版"的故事集，共有211个故事，既是为了家庭也是为了学者使用。他们考虑将这些书作为教育手册，同时又想吸引儿童，得到关注道德的中产阶级读者的青睐。因此，他们也在1825年出版了所谓的"简化版"，选录了50个故事，也为了宣传完整版，营造畅销的效果。从1825年到1858年，这本书再版了十次，包括了多数的魔幻童话，例如，"灰姑娘""白雪公主""睡美人""小红帽"和"青蛙王子"。由于这些故事都强调要保持清教徒的伦理和性别角色观念，这本书无疑获得了极大的成功。今天，当我们想到典型的童话形式时，自然会想到格林童话的范式（常常被迪士尼做了修改）。

格林兄弟的童话都是3页到5页长，被理性地设计出来，展示一位善于利用机遇的主人公的道德，借助天赋和魔力获得生活中的成功，即获得与富人的婚姻和财富。其中的男英雄多数是充满活力、赋予冒险精神，并极有勇气。多数的女主人公都是漂亮、被动，且勤恳。她们的共同特点是机智：都知道如何利用社会的规则和童话的惯习以便达到利益目的。格林兄弟童话几乎都是以幸福快乐场面结尾的，都是符合正在西方社会

---

① *Kinder – und Hausmärchen*（*Children's and Household Tales*，1812—1815）.

出现的中产阶级社会的男权统治冲动和力量的。除了格林兄弟童话作为"儿童读物"逐渐获得成功，还有一系列作家的作品也得到畅销，[1] 表明童话也开始被青年读者接受了。这种接受主要是因为成人对幻想文学越发容忍了，认识到这样的文学不会扭曲他们的孩子的心智。的确，中产阶级对娱乐的态度开始发生变化，人们理解到儿童需要没有道德和伦理教育的娱乐时间和空间，也不必让所读到的和听到的都充满教规教义。

由此可见，儿童童话在1830—1900年期间成为独立形式并非偶然。这期间最有影响力的作家是安徒生。他从1835年开始出版他写的故事。这些故事几乎立刻被翻译成许多种语言，在西方世界得到流行。安徒生将幽默、基督教情感、民俗，以及创新的情节融合在一起，为老幼读者同时提供了娱乐性和教育性故事。他比19世纪任何其他作家都更好地完成了佩罗所开始的传统：写出像"丑小鸭""美人鱼"和"豌豆公主"那样立刻受到孩子和成人喜爱的故事。当然，安徒生也写了很多专门针对成人的故事，其中充满了自我仇恨、偏执以及复仇之梦。

19世纪的童话越来越富有作者个人的欲望和需求特色，他们感到自己的辛勤和理性使得自己的生活越发被分裂异化。随着日常生活日趋结构化，机构越发官僚，几乎没有了闲暇、爱好、白日梦以及想象的空间。此时，正是童话提供了消遣、调侃和娱乐。但这不等于童话抛弃了在文明化过程中作为社会化媒介的传统角色。例如，直至19世纪60年代，欧洲的多数儿童童话作家[2]都强调保持清教伦理原则——恳干、诚实、洁净、勤奋和讲道德，以及男性至上论。然而，正如18世纪末"传统的"专门为成年人写的童话故事被颠覆了一样，此时出现了一次重要的运动，即模仿童话，专门既给成人又给儿童的故事。换言之，经典的故事被翻来覆去地检验和质问其所维系的主流社会的价值体系，而同时又努力去保持其神奇、好奇和创造力。

---

[1] 如 Wilhelm Hauff 的 *Märchen Almanach*（1826），包括有东方风格的给青年人的故事，Edward Taylor 翻译的格林兄弟童话 *German Popular Stories*（1823），配有著名画家 George Cruikshank 的插图，Pierre‑Jules Hetzel 的 *Livre des enfants*（1837），包括从《故事柜》中选编给儿童的40个故事。

[2] 如英国的 Catherine Sinclair, George Cruikshank 和 Alfred Crowquill，意大利的 Collodi，法国的 Comtesse Sophie de Ségur 以及德国的 Ludwig Bechstein。

至 19 世纪 60 年代，无数的作家继续着"浪漫"写作，试图颠覆正统的传输教义的形式结构（如佩罗、格林兄弟、巴克斯坦、安徒生），并尝试各种母题、人物和主题来保卫自由的个性想象，扩延童话的社会话语和评论功能。19 世纪后期最佳的颠覆性事例就是路易斯·卡罗（Lewis Carroll）的《爱丽丝梦游仙境》（1865），由此促生了欧洲和美洲的无数的模仿和创新。直到今天，"爱丽丝"的不同寻常的版本继续出现在剧院、电视、电影、漫画以及其他文学作品中，表现了童话类型能够衍生的独特方式，应对着不断变化的社会问题和审美模式。

当然，维多利亚时代的英国是"仙女俗"的特殊时期，因为各个阶级的多数人的确相信仙女、精灵、怪物，以及被称为"小人儿"的侏儒的存在。他们的这些信仰也表现在 19 世纪 20 年代到 20 世纪初的大量的仙女故事、绘画、歌剧、话剧、音乐和芭蕾舞等作品中。对相信其他世界和其他类人的存在的需求，与逃避功利主义和工业化以及反抗传统基督教思维的需求当然是有关联的。但是，相关的还有对这些小人物的历史起源做出解释的科学追求。由此，民俗学家、人类学家、民族学家都对童话故事和民间故事的兴盛做出了贡献。

苏格兰学者安德鲁·朗（Andrew Lang）在 1889—1910 年间出版了 13 本带有彩绘插图的童话故事集，目前仍在出版。这便是仙女及其民俗在英国变得重要的最佳例证。安德鲁·朗受到的主要是对民俗的人类学派研究的影响。他的目的是进一步考证神话与仪式的历史起源，以及它们与民间故事的关系，但同时，他又将民间故事与童话故事混为一谈，将世界各地的故事与他所写的文学童话故事一并展现给儿童和成人读者。到了 20 世纪初，童话在欧洲和北美彻底被体制化了，其表现是 L. 弗兰克·鲍姆（L. Frank Baum）的《绿野仙踪》（*The Wonderful Wizard of Oz*，1900）和詹姆斯·巴利（James Barrie）的《彼得潘》（*Peter Pan*，1904）所获得的巨大成功和流行，包括衍生出的至今仍流行的文学、戏剧和电影作品。童话类型的彻底体制化意味着一个特定的创作、传播和接受过程已经在每个西方社会的公共领域被正常化了，而且已开始，并仍在继续，在任何一个民族国家发挥着构建和保护其文化遗产的作用。

如果在发达的工业和技术化国家里没有这样的体制化，童话这个类型就会消失，而相应地会出现一种协助读者被社会化和文化涵化的自我延续的体制。正是在特定社会里的作者、出版商和读者的三者互动才界定了特定时代的特定类型。无疑，童话便是这样的。对每一篇文学童话的审美判断取决于一个作家如何以及为何要以这个类型作为一种体制而展开话语交流。如此的参与交流带来的是体制本身的转化，以及与其他体制的关系的变化，所以，如果不将今天的童话与其他类型和媒介体，及其对这些类型和媒介的"吸收"一并考虑，那就无法想象童话的存在了。吸收是基于与其他作为体制的类型的互联以及相互影响，这从文学童话的出现之初就存在了。

至少从17世纪开始，童话素材就被用于戏曲、歌剧、芭蕾、诗歌、绘画，甚至是布道宣经中。16、17世纪欧洲宫廷的各种选美活动实际上影响和有助于文学童话的发展，使其成为许多伟大的作曲家的创作主体，如莫扎特和舒曼等，① 而到了18、19世纪有德沃夏克。至20世纪初，非常明显的是童话已经发展出一套"经典"童话的正统（例如，灰姑娘、睡美人、小红帽、白雪公主、侏儒怪、长发姑娘、穿靴子的猫、豌豆公主，以及阿拉丁神灯），并成为整个西方世界为老幼读者创作童话所要参考的结构、母题和主题之标准。作为一个体制的童话类型的其他重要特征包括：（1）学校将童话的教学融入教学大纲，将其作为初级读本，并在图书馆有收藏；（2）在为儿童读者而进行改编的过程中，许多故事中的可怕情节被删除，语言也变得简单易懂；（3）给成人的童话故事常常以中篇小说或长篇小说的形式出现，尽管作者还会依赖经典童话的程式，但会试验不同的独具创新的形式；（4）显然，佩罗和格林兄弟建立了童话的模式，但是，他们也有意于利用这个类型发展民族主义，这导致了许多作家和学者寻求创作各自的民族主题；（5）同时，20世纪的多数文学童话在互文性方面要求读者从各自民族中升华到跨文化的"普适"感；（6）民间故事和童话故事的所谓的普适性开始吸引了心理学家和其他社会科学工作者，他们不同于传统的民俗学家和人类学家，而去分析故事对个体心理的影响。随着彩色插图印刷成本的降低，也由于越来越多的儿童受到学前和学校义务教育，到了20世纪，那些经典童话的出版量数以百万计。印刷格式也多种多样，从掌中小册子到大开本画册，还有各

---

① 如 Delibes, Puccini, Rossini, Tchaikovsky, Wagner, Humperdinck, Offenbach。

种漫画和卡通，插图也越发考究。进入 20 世纪后，一些画家为童话类型做出了突出贡献，① 还有当代的插图画家，② 其作品展示了对故事的独特个人阐释和社会评注。佩罗、格林兄弟和安徒生的童话几乎被翻译成世界各种语言，被视为世界上流传最广的文学作品。

虽然经典童话在 20 世纪初主导了儿童读物市场，但是还有许多作家努力为成人和儿童创作新文学童话。例如，许许多多欧洲作家也试图将童话政治化。③ 在第一次世界大战前后，无论"左翼"还是"右翼"都试图利用童话达到政治目的。

在德国的纳粹统治期间，民俗曾被用来在整个欧洲阐述和传播雅利安人至上的种族主义意识形态。具有讽刺意味的是，在童话体制内最有影响力的"革命"是发生在 1937 年：沃尔特·迪士尼出品了第一部动画的童话故事片——《白雪公主和七个小矮人》。尽管童话早在 1890 年就被改编为电影，但是，迪士尼是第一个利用色彩技术，将百老汇和好莱坞的程式扩延到音乐剧、画本、唱片和玩具，以及其他电影的衍生品，并将经典童话点缀了轻幽默和天真的玩笑，使得中产阶级得以接受。由于获得了巨大的商业成功，迪士尼利用同样的电影技术和意识形态紧接着推出了三部童话电影：《匹诺曹》（1940）、《灰姑娘》（1950）和《睡美人》（1959）。他去世后，他的迪士尼风格没有多大改观。即使是近些年代的作品，也沿袭了传统的模式：一个"善良"的年轻人或姑娘，找到了某种魔法，由此战胜了邪恶力量，例如《美人鱼》（1989）、《美女与野兽》（1991）、《阿拉丁》（1992）、《木兰》（1998）、《皇帝新装》（2000）、《公主与青蛙》（2009），以及《长发公主》（2010）。最终，男主人公或女主人公的"善良"发出光芒，获得幸福结局，通常是一场完美的婚姻。这些故事的情节总是可以预想到的。但迪士尼的童话最重要的是对同一信息的重复：对那些努力奋斗、善良和勇敢的人，幸福终将来临，正是通过对这个信息以具有震撼力的方式展示出来，如音乐、笑

---

① 如 Walter Crane, Arthur Rackham, Charles Folkard, Harry Clarke 和 Edmund Dulac。
② 如 Eric Carle, Raymond Briggs, Klaus Ensikat, Maurice Sendak 和 Lisbeth Zwerger。
③ 如 Hermann Hesse, Apollinaire, Edwin Hoernle, Hermynia zur Mühlen, Béla Balázs, Naomi Mitchison, Oscar Maria Graf, Kurt Schwitters 和 Bruno Schönlank。

话、耀眼的特技以及滑稽的人物，迪士尼公司的艺术家们利用童话获得了巨大商业利润。的确，迪士尼公司实实在在地将经典童话商业化了，因为它拥有这个商标。

这样的商业化并不意味着童话已经近乎纯商品，因为已成为迪士尼惯例的童话电影和文学作品也成为一种指引性文本，让那些有天赋的作家和艺术家受到挑战，因而去对迪士尼电影和经典正统中的明目张胆的性别主义和种族主义特征提出精彩批评。这些作家和艺术家的作品提供了有别于标准程式的路径，由此刺激受众去重新审视他们有关何为童话的审美和意识形态观念。特别是在 20 世纪 60 年代至今这段时期，出现了对童话体制的大量大胆的创新尝试。突出的是 20 世纪 60 年代后期在童话作家开始的反文化运动，推出了一些杰出的作家，如托尔金（J. R. R. Tolkien）、黑塞（Hermann Hesse），还可以包括路易斯（C. S. Lewis）。在欧洲和美洲的反战争运动中的口号之一是"想象权力"，也就是说"赋予想象以权力"。成千上万名的学生转向了富有魅力的童话，作为对越南战争、所谓的军事工业合理化等现实的抵抗，表现了年轻一代的不信任。转向童话和其他幻想文学不是单纯的逃避主义行为，而是在反对他们认为是腐败的教育和政治体制政策。毕竟，那是个无法相信任何 30 岁以上成年人的时代。

虽然在越南战争时期有一些特定的"政治"童话，但女权主义的童话也得到迅速发展，代表作家有塞克斯顿（Anne Sexton）等，[①] 同时也有在意大利、爱尔兰、英国等地的提倡女权的合作组织。此外，一些女作家也开始出版女权主义内容的童话或故事集，质疑传统的性观念。[②] 的确，如果说迪士尼童话工厂标志着这个类型的一种革命，那么，那些质疑性别角色，用诗歌和韵文记录个人经历的女权主义童话作品则标志着第二次革命，为此类型注入新的生命，并产生出令人激动的新作品，如多诺霍（Emma Donoghue）的《亲吻巫婆》（Kissing the Witch，1997）。

事实上，联系到魔幻现实主义和后现代感性的创新已经成为 20 世纪

[①] 如 Olga Broumas，Angela Carter 和 Tanith Lee。

[②] 如 Edith Johnston Phelps，Alison Lurie，Suzanne Barchers，Ellen Datlow，Terri Windling，Kathleen Ragan 和 Jane Yolen。

80 年代至今的童话类型的关键词。在英国，出现好几位杰出的作家，以童话的方式展示出多元的观念和非凡的对话：卡特（Angela Carter）编辑了多部有关女性的民间故事和童话故事文集，创作了颠覆佩罗并引人思考的作品。① 拉什迪（Salman Rushdie）在其小说中使用大量东方和西方的民俗，为青年人创作了一部重要的政治小说，揭示了讲故事的危险和必要性。② 比亚特（A. S. Byatt）创作了小说《拥有》（*Possession*），是对童话类型在韵文与诗歌中运用的最有创造性的探索。此外，她还创作了短小的童话故事，提出有关社会规范和叙事学方面的问题。还有许多当代有才华的作家，她们在做出极大努力去突破经典传统。她们的风格从模糊的后现代蒙太奇到诗性的、直白的传统叙事，丰富多彩。③ 此外，许多电影人也在寻求走出迪士尼的框架，通过电影技术提供新的审视童话和社会的视角。④

　　本《指南》力图记录所有这些新近的努力，同时，尽可能多地提供有关过去的作者的信息，因为他们为文学童话作为类型在欧洲和北美的形成做出了贡献。尽管本《指南》要努力全面综合，但难免有遗漏或缺失。这个修订版比 2000 年的初版多了 30 余条目，并更新了 40 多条。新的童话被不断创作出来。童话已使我们的生活光彩夺目，而本《指南》只是沧海一粟，但我希望这是充实饱满的一粟。

---

① 如 *Bloody Chamber*, *Other Tales*。
② 即 *Haroun and the Sea of Stories*。
③ 如 Michel Tournier, Michael Ende, Robert Coover, Donald Bartheleme, Peter Redgrove, Michael de Larrabeiti, Janosch, Steven Millhauser, Jane Yolen, Donna Di Napoli, Gregory Maguire, John Barth, Italo Calvino 和 Gianni Rodari。
④ 如 Jim Henson, Tom Davenport, John Sayles, Hayao Miyazaki, Michel Ocelot, Catherine Breillat，还有东欧的 Jan Svankmajer, Jiří Barta 和 Garri Bardin。

童话之话语:迈向童话类型的社会史

朱婧薇　译

【编译者按】 本文(Fairy – Tale Discourse: Toward a Social History of the Genre)选自作者所著的《童话与颠覆的艺术:经典的儿童文学类型与文明化进程》(*Fairy Tales and the Art of Subversion: The Classical Genre for Children and the Process of Civilization*)第二修订版,出版于2006年。首版发表于1983年。修订版增加了两章和一篇新序言。正如本文题目所示,作者追述了童话发展与欧洲文明化进程的关系,打破了纯文本研究的模式,为全面研究童话开拓了新路径。

语言结构和风格是无形的力量。写作是一种将历史凝聚起来的行为。语言结构和风格是实体。写作是功能。写作是创作和社会之间的联系。写作是从社会目的转化而来的文学语言。写作是人类所掌握的表达意图的形式,因此,与历史上的重大危机紧密相连。

——罗兰·巴特(Roland Barthes)
《写作的零度》(*Le degré zéro de l'écriture*,1953)

在大多数孩子的生活中,虽然童话或许是最为重要的文化和社会事项,但是文学评论家和学者都没有把童话作为一种类型(genre),并对其历史发展过程进行研究。历史上,在儿童文学、随笔,甚至是在成人童话书籍中,在童话对儿童影响的深度心理学探究中,在结构主义和形式主义对单个故事的大量研究中,都有童话篇目。但对儿童童话的历史研究,尤其是社会史的研究,仍然是一片空白。

没有历史就是历史，或者说，学者们对于这一历史空白的接受，表明其把对童话的简述以及童话的大事记误以为是历史研究。也许在儿童文学童话的历史研究领域内所取得的最佳成果就是：人们意识到，童话是永恒的。最好的童话是具有普遍性的，它们在何时以及为什么被书写并不重要，关键是它们所具有的魔力（magic），这种魔力仿佛是哄睡的行为一样，总是可以用来安抚孩子们的焦虑情绪，或是通过治疗来帮助他们意识到自我。好像谁都不应在社会—政治的语境中来剖析童话，因为这么做可能会有损它们的魔力。

儿童童话不仅是具有普遍意义的、永恒的、有治愈功能的、神奇的，而且也是美丽的，它们在历史上流传下来就是这样的。我们逐渐长大成人，头脑中留下了这样的一种深刻印象，即只要童话还存在并且继续被书写，那么就没有必要去了解它神秘的过去。因此，这段过去是个谜，儿童童话的历史也是个谜。

弗里德里克·詹姆逊（Fredric Jameson）认为："历史不是一个文本，也不是一个叙事、一位大师或其相反，但是，作为一个尚未关注的原因，我们除非借助文本形式，否则难以接近这个历史；通往历史和历史真实的路必然是在文本化前，也就是它在政治无意识下的叙事化过程前已经形成。"① 据此，如果我们想要去认识我们自身创造社会结构、生产模式和文化作品的过程，就必须书写自己的文本，以便增强某种观念，即我们不单单要知道事实上发生的事情，而且还要在心理、经济、文化等诸多层面上对其加以理解，以便把我们从其他规定、束缚我们思想的社会—历史文本中解放出来。为了书写一个历史文本（或达到这一作用的任何文本），一个人需要具备世界观、全面看待历史的视角，以及一整套思想体系。无论他撰写这样的文本是有意识的还是无意识的，其实都是在验证这一观点或者是使其合理化。文本的形式取决于他选择的方法，我们常常将重点放在怎样写作和写什么的问题上。

詹姆逊谈到了发展一种中介（mediations）方式的必要性，它或许可以确保我们以最具综合性的方式来理解和评判历史：

---

① *The Political Unconscious*：*Narrative as a Socially Symbolic Act*（Ithaca：Cornell University Press，1981）：35.

这一行为可被理解为一个转码（transcoding）的过程：随着一系列术语被创造出来，对某一种特定代码或语言的选择策略，例如与之类似的术语，可用于分析和连接两个截然不同的现实结构层次。因此，中介是分析者采取的一种分析手段，由此，社会生活各地区的碎片化和自动化（换言之，即政治维度的意识形态区分，经济维度的宗教信仰区分，以及日常生活和学科实践之间的鸿沟）至少可以在特定的分析中得以部分解决。①

詹姆逊的方法具有跨学科的特点，但这样的说法未免过于简单化了。因为他不想从统计和战略的视角，以一种传统的实证主义方式将各学科连接在一起来研究文学。他想要建立一种包括诸多方法在内的意识形态规则和方式，以便能够理解造成历史差异，以及阻碍我们理解文学创作本质的背后动因。他试图探讨政治无意识，而且，很明显，他想对罗兰·巴特在《写作的零度》（1953）和《神话学》（1957）中首次阐述的概念做延伸。对詹姆逊来说，个体创作的文学作品是一种象征性行为，"它被视为一种解决了真正矛盾的假想方案"②。这样的定义有助于我们理解儿童和成人的文学童话的起源，原因在于，它敏锐地察觉到了写作过程作为一种有关权力和社会关系的持续性论述、辩论和冲突的介入方式，其实是社会进程的一部分。詹姆逊认为，与其说意识形态是一种"宣传或制造象征性作品的行为；不如说审美形态本身就是意识形态，创制审美或叙事形式被视作一种独立的意识形态行为，发明一种虚构或者严谨的'解决方案'的功能是解决那些无法解决的矛盾"。③

当然，人们在论及儿童文学童话时，会将作者在其作品中嵌入的意识形态观点视作一种象征性行为——但是，这里需要重点强调的是，这

---

① *The Political Unconscious: Narrative as a Socially Symbolic Act* (Ithaca: Cornell University Press, 1981): 40.
② *The Political Unconscious: Narrative as a Socially Symbolic Act* (Ithaca: Cornell University Press, 1981): 77.
③ *The Political Unconscious: Narrative as a Socially Symbolic Act* (Ithaca: Cornell University Press, 1981): 79.

样的观念无法区分儿童童话和成人童话。童话作为一种文学类型，起源于成人创造和发展出来的口头讲故事的传统，它首先在成人群体中被接受，至18世纪时，童话才通过出版业传播到了儿童群体。几乎所有研究过欧洲文学童话起源的评论家[1]都认为，那些受过教育的作家们有意地挪用了口头民间故事，并将其转换成一种与习俗、价值和行为相关的文学话语，以便使儿童和成人都能够依据当时的社会礼仪而得以教化。到18世纪，儿童童话作家，如萨拉·菲尔丁和勒普林斯·戴·博蒙夫人，通过呈现有关社会状况和冲突的概念，充当了意识形态的角色，他们彼此互动，也和以往公共领域内的民间故事讲述者和作家们对话。

早在16世纪，这种互动已经在意大利出现，它推动了法国文明化进程中象征性对话机制的形成，进而为童话类型的出现奠定了基础。例如，17世纪末法国书写的文学故事模仿的是意大利的故事，这取决于路易十四宫廷和著名的巴黎沙龙赞许这种写作方式。其实，在乡村和育儿室，在部分流行话语，以及在上流社区的女家庭教师和儿童的部分交谈中，口头故事已经兴盛过很长一段时期。在农民和下层人士的完善下，我们甚至能够在小商小贩们热卖的"蓝皮书"（blue books）中看到文学的光芒。[2] 然而，作为一种文学形式，它一直都为贵族和资产阶级所不屑，直到通过曼特农夫人（Madame de Maintenon）和费奈龙（Fénelon）的努力，它才得以体面地被他们所认可。也就是说，直到它外显为文化，并且被用于巩固一种公认的、话语的，以及对知识分子和旧政权[3]有利的社会习俗模式时，它才通过利用资产阶级的理念和生产力，而形成一股潮流。这里有一个有趣的类比，说的是那时候的人们可能会利用某种对话机制。

---

[1] See, Marc Soriano, From Tales of Warning to Formulettes: The Oral Tradition in French Children's Literature, *Yale French Studies* 43（1969）: 24 – 43, and *Guide de literature pour la jeunesse*（Paris: Flammarion, 1975）; Isabelle Jan, *Essai sur la littérature enfantine*（Paris: Éditions Ouvrières, 1969）; Dieter Richter und Johannes Merkel, *Märchen, Phantasie und soziales Lernen*（Berlin: Basis, 1974）; F. J. Darton, *Children's Books in England*, 2nd ed.（Cambridge: Cambridge University Press, 1960）.

[2] See, Robert Mandrou, *De la culture populaire aux XVIIe et XVIIIe siècles*（Paris: Stock, 1964）.

[3] See, Teresa DiScanno, *Les Contes de Fées à l'époque classique*（1680—1715）（Naples: Liguori, 1975）: 20 – 30.

人们从宫廷和沙龙里发展出来了一种非强制性的、文雅的对话模式，但是这种对话模式又与它的诞生自相矛盾，因为它来自于一种强迫人们去严格遵守的礼仪规则。① 说话人被迫转变为非强制性的，然而受众在接受故事和交流评论的过程中却是自然而然的。民间故事受对话规则的影响越多，它们在主流话语中被修饰和接受的程度就越高。这就是儿童文学童话在社会演化中的历史起源。童话的写作是一种选择，一种在机制中运行的选项，一种在规定的童话话语中加深会话印象的方式。

詹姆逊对类型的定义再一次启发了我们：

> 从本质上来说，类型是文学制度的组成部分，或者说是作家和特定公众之间的社会契约，其功能是对特定文化创造物做出合理使用的规定。日常生活中的言语行为本身就带有象征和信号（例如语调，手势，语境和语用），以便确保其被人们恰当地接收。在一种更为复杂的以社会生活为中介的状况中——写作的出现往往被视作是类似状况的典型范例——如果我们要保证所讨论的文本不会在多重用途中失去意义，那么感知信号一定就必须要被惯例所取代（根据维特根斯坦［Wittgenstein］的观点，含义必须要描述出来）。尽管如此，随着文本从即时表演的情境中逐步脱离，我们给文本读者施加一个给定的通则已经变得难上加难。事实上，相当一部分的写作艺术都被这种（不可能的）尝试所吸收，以便构建一种防错机制，使其能够自动排除与规定性的文学话语不相符的内容。②

就作为类型的儿童文学童话而言，我认为很多批评家做的事情都差不多，他们一上来就以弗拉基米尔·普罗普（Vladimir Propp）的形态学研究③或格雷马斯（Algirdas‑Julien Greimas）的符号学实践④为基础，来

---

① See, Claudia Schmölders, ed. , Die Kunst des Gesprächs（Munich：Deutscher Taschenbuch Verlag, 1979）：9 – 67.

② *The Political Unconscious*, pp. 106 – 107.

③ *Morphology of the Folktale*, eds. Louis Wagner and Alan Dundes（Austin：University of Texas Press, 1968）.

④ *Sémantique structurale*（Paris：Larousse, 1964）.

给它下定义，但是这样做是徒劳无功的。可以肯定的是，普罗普和格雷马斯的理论对理解文本结构和故事特征是有用的，但是他们没有提供出全面的方法论体系来定位和理解类型的本质，象征性行为的实质，及其成型在制度化的社会文学话语中的干预作用。

当人们阅读由玛丽—露易丝·德奈兹（Marie‐Louise Tenèze）撰写的且信息量巨大的文章《论作为类型的民间神奇故事》时，这种情况就显而易见了，她参照普罗普和麦克斯·吕蒂（Max Lüthi）的作品，来理解是什么构成了民间故事的魔力的核心（不可再分的最小单元）。① 她以普罗普的论点开篇，认为在同一连续事件构成的民间神奇故事中，其包含的功能数量是有限的。故事中的英雄缺乏一些东西，他们通过寻求帮助（中介物）——通常是婚姻——来实现幸福。每一个民间神奇故事的结构都符合这个要求。然后，她将普罗普的想法与吕蒂的观点结合起来，将民间神奇故事中的英雄视为一个负责执行任务的流浪者。因为预先知道这一任务的答案或是解决方法，所以在民间故事中没有偶然或巧合一类的事情。这说明了所有故事都具备的明确和具体的风格，由一种详细描述英雄采取生存措施和完成使命的方式而构成。根据德奈兹的说法，丰富多彩的民间故事源于每个叙述者，他们可以自由改变固定模式中的功能和任务。基于对普罗普和吕蒂二人理论的综合，她有了以下的表述：

民间神奇故事在它的核心中呈现自身，这就像是处于"回应"与"寻求答案"之间的英雄境遇叙事，即英雄处在获得手段与使用手段之间。换句话说，它是英雄在历险过程中与自己面临的困境之间的关系——无论是明确的还是隐含的，但是可以保证，英雄总是可以得到预定的救援。我建议以此关系作为这个故事类型的基本构成标准。②

结合普罗普和吕蒂的论点，德奈兹在努力阐释一种结构方法，她强调故事的动态性和可变性，以避免走入普罗普和吕蒂因采用静态模型而产生的误区。她将这种做法与克劳德·列维—斯特劳斯（Claude Lévi‐

---

① See, *Approches de nos traditions orales*, ed. Marie‐Louise Tenèze（Paris: G.‐P. Maisonneueve et Larse, 1970）: 11-65.

② See, *Approches de nos traditions orales*, ed. Marie‐Louise Tenèze（Paris: G.‐P. Maisonneueve et Larse, 1970）: 23-24.

Strauss）在《忧郁的热带》① 中描绘的原始北美印第安仪式做了一个有趣的类比，在那里，正处于青春期的青少年被置于荒野、独自生存，以培养一种能力意识，同时，他们也会意识到因脱离社会秩序而带来的荒谬和绝望。德奈兹确信：

> 就像这个习俗中真正的英雄一样，民间神奇故事的主人公敢于冒险，独自一人远离他熟悉的环境，到一个能给他带来特殊经历的危险边缘，这个经历能够为他提供"个人必需的能力"，使他融入世界。因此，对荒谬和绝望的努力来说，在虚构作品的世界中，脱离衰竭的社会秩序是一种神奇的解决办法。民间故事难道不是对现实残酷考验的一种回应吗？②

和普罗普、吕蒂一样，德奈兹赞成使用结构主义的方法来解释民间神奇故事的本质。换句话说，通过故事的结构或组成，我们可以理解它的含义或表达，以及它试图传达什么。德奈兹意识到，使用这种方法的困难在于，如果所有的民间故事都有基本相同的"形态"（尽管功能可能不同），那么它们都表达了相同的东西，与某种人类共同的困境相关。形式本身就是它的意义，个体创作者（或创作者们）和社会的历史性消失了。这种用来分析民间故事和童话的形式主义方法，在很大程度上可以解释为什么我们倾向于将故事看作是普遍性的、不老的、永恒的。这里提到的这种倾向指的是通过将创造性的努力均质化，以模糊人类和社会行为的差异。

德奈兹清楚地意识到了结构方法的失败，对此她也心甘情愿地表示接受。她在这篇关于类型的文章的下半部分对其他方面进行了探索，这或许可以帮助我们定义故事的本质，例如它与神话和传说的关系，以及与讲述者和社区的关系。她在纵览接受美学的批评时，强调了特定的讲述者和受众，以及他们的规范与价值观念，如果我们想要抓住类型的实质，特别是其发展的重大意义时，那么以上内容全部都需要被纳入考虑

---

① Paris：Plon，1955，pp. 29 – 30.
② "*Du Conte Merveilleux comme genre*," pp. 28 – 29.

的范围。这让德奈兹得出如下结论:

> 当我们在其具体的文化形态中设想类型时,不论从中认识到的这个世界的特征如何,需要将民间神奇故事内接于社区表达系统的整体功能。不仅如此,还需要将其置于其自身所处的社区生活之中。在目前的欧洲民间故事研究中,这是一项必须落实的研究内容。[1]

由于我们缺少在原始部落和社会中讲故事的大量信息,因此研究一个民间故事(讲述者与受众之间的关系)的历史起源和社会意义是相当困难的,但是定义儿童文学童话在历史上的诞生并不难。在笔者看来,对该类型的任何定义都需以此前提为开端,即个体的故事的确是一种象征性行为,它意图改变一个特定的口头民间故事(有时候是一个著名的文学故事),旨在通过重新编排母题、人物、主题、功能和结构的方式,来解决封建社会晚期和资本主义社会早期的教育和统治阶级的问题。正如奥古斯特·尼契克(August Nitschke)[2] 充分讨论民间故事的动态结构一样,他从原始部落和现代社会的自动动力学、异态动力学和变形的角度,对民间故事做出了评价。尼契克主张,历史上的每一个社区和社会都以人类安排自身和感知时间的方式为特征,从而引发出一种主导性活动(a line of motion,也称作运动线)。社会成员对主导型活动设定的观点和立场相当于一种结构。这种结构指明了一种社会秩序的特征,因为以时间为主线的安排是围绕着主导性活动而设计的,它形塑了人们对工作、教育、社会发展和死亡的态度。因此,社会结构是对与社会化的感知方式相关的社会行为模式的布置和重排。当变化的可能性不存在时,在民间故事中,以时间为主线的安排反映了它是否可以被人们感知到参与社会秩序的新的可能性,或者其中是否一定存在着一场对抗。这就是为什么在每一个新的文明阶段,在每一个新的历史时期,故事的象征和结构都被赋予了新的意义、改变,或消除了社会秩序中民众在需求和冲突之

---

[1] "*Du Conte Merveilleux comme genre*," p. 65.
[2] *Soziale Ordnungen im Spiegel der Märchen*, 2 Vols (Stuttgart: Frommann – Holboog, 1977).

间的反应。故事的审美安排和结构源自讲述者或讲述者们对解决社会冲突和矛盾的可能性的感知方式，或认为必须要做出改变的方式。

如果我们考察一下封建社会和早期资本主义时期的大量欧洲民间故事，就会发现这些早期被记录下来的故事也是我们最为熟悉的故事，我们必须记住，我们的这些遗产在被转化成供欧洲上层社会的孩子阅读的文学故事之前，它们的结构和符号已经带有社会政治的观念，并且已经进入了一个特定的制度化的话语体系中。例如，海德·格特纳—阿本德罗特（Heide Göttner - Abendroth）在《女神及其英雄》①中已经充分论证了原始民间故事中的母系社会的世界观，以及母题经历的"父系社会"的连续阶段。也就是说，在中世纪流传的口头民间故事多少带有一些母系氏族神话的原始印记，它们以不同的方式做出了转化：女神变成了一个女巫、邪恶的仙女，或继母；充满活力的年轻公主变成了一个活跃的英雄；母系婚姻和家庭关系变成了父系婚姻和家庭关系；这些象征的本质基于母系社会的仪式，它们虽然贫乏殆尽但依然温良和善；重视成熟和整合的行动模式逐渐被重铸，被用来强调权力和财富。

作为一个异教徒或非基督徒的艺术形式，它根据自然条件和社会状况等参考对象的变动而发生改变。民间故事偏爱一切金属和矿物，并且构想出了一个稳固的、不朽的世界。如此固定和高度结构化的世界，可能与中世纪的宗法观念、君主政体和15、16以及17世纪的专制主义相关联。民间故事的世界中主要生活着国王、王后、王子、公主、士兵、农民、动物和超自然的生物（巫婆、仙女、精灵、矮人、哥布林、巨人），很少有资产阶级或教会的成员出现。民间故事的世界中没有机器，不存在工业化的迹象，也没有对商业和城镇生活的详细描述。换句话说，主要人物和君主政治的、家长制的、封建社会的关注点都被展示了出来，其中的重点是贵族与贵族、农民和贵族之间的阶级斗争和权力竞争。因此，在这个特定的前资本主义时代，所有民间故事的中心主题都是："强

---

① Munich：Frauenoffensive，1980.

权即正义。"① 掌权的人可以行使个人意志、修正错误,变得更加高贵,囤积金钱和土地,以赢得女人作为奖赏和社会荣誉。德奈兹是正确的,她将权力和压迫当作民间故事的关键问题来研究,这也是为什么民众(大部分是农民)被民间故事所吸引,并且成为其主要传播者:口头民间故事是一种象征性行为,它以各种富于想象力的方式表达自己的愿望、预测奇迹发生的可能性,以至于任何人都可以成为穿着闪亮盔甲的骑士或一个可爱的公主。他们还呈现出了权力政治的残酷现实,并且丝毫没有掩饰日常生活中的暴力和残酷。饥饿、遗弃儿童、强奸、体罚和残酷剥削——其中一些社会状况是民间故事的根源,这些社会状况是决定性的,以至于它们需要象征性的抽象表达。②

正如吕蒂指出的那样③,民间故事的描述方式是直接的、明确的、并列式的,其叙事视角是一维的,这种叙事立场反映了封建生活的限制性,即一个人对自身境遇的选择是相当有限的。在民间故事中便是如此,尽管它经历了神奇的转变,没有提到另一个世界,而只是描述了人物和生活状况的一面。但是,一切都被限制在一个没有道德的领域,其中阶级和权力决定了权力关系。因此,人们使用神奇和奇迹来打破封建制度的限制,隐喻性地表现了下层阶级对夺权的有意识和无意识的欲望。在这个过程中,权力呈现出了道德品质。事实上,作为故事承载者的民众并没有明确地寻求社会关系的全面革命,也未能将阶级冲突的乌托邦式的想象描绘到最小化。无论故事的结局如何——在大多数情况下,它们都有一个幸福的结局,以及确立了一个带有民主化元素的更加公平的封建秩序的"典范"——对"魔力"的冲动和批判植根于对历史解释的欲望,以达成战胜压迫和改变社会的目的。

在17世纪,所有阶层的孩子都在听这些故事。农民围在炉边讲故事

---

① See "Might Makes Right – The Politics of Folk and Fairy Tales" 载于拙作增订版 *Breaking the Magic Spell*: *Radical Theories of Folk and Fairy Tales* (Lexington, KY: University Press of Kentucky, 2002): 23 – 46.

② See Eugen Weber, "Fairies and Hard Facts: The Reality of Folktales," *Journal of the History of Ideas* XLII (1981): 93 – 113.

③ See *Das europäische Volksmärchen*, 2nd Rev. ed. (Bern: Francke, 1960); *Die Gabe iMärchen* (Bern: Francke, 1943).

时没有将孩子排除在外,下层社会的奶妈、女家庭教师也会和上层社会的孩子分享类似的故事。此外,所有阶层的民众也都在讲述和聆听各种各样的故事。"民间"(Folk)必须理解为"包容性的",而不是排他性的。这些民间故事后来构成了儿童文学童话的主要内容。然而,在这一状况出现之前,我们有必要规定故事的形式和方式,因为这些故事最终会被改编,并且用于娱乐和指导儿童。民俗材料的改编是一种象征性的挪用行为,是对材料的重新编码,目的是使之适用于法国宫廷社会和资产阶级沙龙的话语要求。童话的第一批作者必须在文学童话被印刷出来之前证明这一类型对成人和儿童的社会价值。一个由男性主导的基督教公民秩序的道德和伦理必须成为文学童话的一部分。这是一个规定性的象征性行动,无论人们同意与否,法国早期童话作家在写作之初都已将这些规则铭记于心。

整个中世纪以来,人们正在逐渐将"儿童"视为一个具有系列专门特征的年龄群体,这在以显性和隐性的教育学规则来推动文明化礼仪建设,让更多的年轻人通过礼仪规矩来体现统治阶层的社会权力、威望和等级制度的过程中是相当重要的认识。因此,通过童话、具体价值观和性别观念来实现社会化,就变得至关重要了。我们必须牢记,儿童童话起源于专制主义时期,当时的法国文化为欧洲其他国家的文明化进程设立了标准。因此,通过童话,这些精心的关怀被拿去培育文明进程的话语体系,从而为更好地抚育儿童造福。就这一点而言,儿童童话与其他文学类型(寓言、图画书、布道、说教故事等)不同,它们传达了一个可模仿的儿童典范,这在阅读时是需要牢记在心的。书写童话和儿童文学的目的是实现儿童的社会化,让儿童在家庭和公共领域内按照明确的规范预期行事。在有关礼仪和文明的书中,专门编写了行为规范。这意味着,书写文学童话这种个体的象征性行为,与当时的社会化规范模式相关,这在一定程度上表达了社会的意识和良知。

在讨论欧洲文学童话的起源时,丹妮斯·埃斯卡皮(Denise Escarpit)已经明确指出了故事写作的目的从一开始就是指导和娱乐,也就是说,这是为了让道德训诫和社会约束变得易于接受。

这是一种功利的道德教育,教他们如何以"恰当的方式行事",即让自己更加易于融入社会,但同时保持敏锐,以便不破坏社会规则和不给自己制造麻烦。有一件事是很清楚的：作者有三重控制：一类是服务于文化和个人政治的控制；另一类是社会类型的控制，它会呈现出一定的社会图景；还有一类是道德的控制，依附于 17 世纪末资产阶级的道德规范。正是这种多重控制的可能性，构成了故事的力量。根据故事如何被包装，人们可能将其设想成多种多样的不同形式，这些形式在当时承担了社会和文化驱动力的功能。然后，以同样的方式，根据社会和文化驱动力，故事经历了受宠和失宠的周期。这就是为什么一个故事会变成一个色情故事，哲学故事，或者是教育道德故事的原因。其中，教育道德故事将故事本身导向了儿童。①

如果过分强调阅读儿童童话的目的是控制，显然是一种危险的行为。如果控制是它的主要任务或功能，人们将不得不把这一类型视为一个阴谋。然而，正如我努力证明的那样，儿童文学童话在一开始就将自身构建成一种类型，在转变成一套更加制度化的话语时，控制也成为了它的组成部分。它的这套话语拥有并继续保留着许多层次：儿童童话的书写者和民间故事、同时代的童话作家、普遍的社会礼仪、盲从的成人和年轻读者，以及明确的受众一起，共同进入了价值观念和礼仪规矩的对话之中。童话话语形态，以及故事结构，都已经被欧洲 16—18 世纪发生的意义深远的文明化变革进程所形塑和限定。儿童文学童话的深刻性，它的魔力、它的魅力，以这些变化为特征，因为它是我们资产阶级遗产的基石之一。同样地，它既遵守了规则，又使当时的文学体制发生了革命性的变化。佩罗将其看作是现代的，通过革新象征性行为去创造历史并置身于在被创造中的历史。

书写一部与西方文明化进程相关的儿童文学童话的社会史，是一项艰巨的任务——而且这不是本书的目的。然而，我确实想通过考察童话话语在文明中的梗概，来为这样的社会史提供一个框架。在前几个章节中，我重点关注的是欧美 17—20 世纪以来主要的经典作家，主要包括斯特拉帕罗拉（Giovan Francesco Straparola）、巴西耳（Giambattiste Basile）、夏尔·佩罗（Charles Perrault）、格林兄弟（Jacob and Wilhelm Grimm）、

---

① *La Littérature d'enfance et de jeunesse en Europe*（Paris：Presses Universitaires de France，1981）：39 – 40.

安徒生（Hans Christian Andersen）、乔治·麦克唐纳（George MacDonald）、奥斯卡·王尔德（Oscar Wilde）以及 L. F. 鲍姆（L. Frank Baum）。值得注意的是，这些作家以男性为主——他们之所以伟大，是因为他们在发展、扩充和改革童话话语的过程中贡献了力量，因此他们在我们的文化遗产中赢得了"经典"地位。人们对他们何以"经典"的缘由众说纷纭，因为他们的象征性行为既推动了西方文明化过程的合法化，同时也对此做出了批评。一些人甚至通过改变童话话语来颠覆童话。这种颠覆通过象征性的革新和退化实现，并且在最后三章中得到了充分地证明。最后三章涉及了德国魏玛时期和纳粹时期争夺童话话语控制权的斗争，战后西方国家为儿童创作的众多自由故事，以及迪士尼电影对童话话语的影响。

我主要关心的是童话话语在历史文明进程中的动态部分，其中每一个象征性行为都被视为一种对公共领域社会化的干预。出版童话就像是一个象征性的公开申明，是一场为了自身、儿童和文明的斡旋。它是一条历史性的声明。在这里，历史不是年表，而是缺失和断裂——它需要一个文本。书写童话、制作童话剧或电影是一种象征性行为，它是通过提出童话与社会，以及与我们的政治无意识相关联的疑问来使之问题化的。为什么某些作者试图通过童话影响儿童或者是成人在儿童心目中的印象，以及这一过程又是怎样实现的呢？这些作者是如何对规定性的童话话语做出反应，并根据他们的需求和社会趋势介入其中，对其进行修改的？很显然，我自己的批判文本是努力让历史未说明的原因自己说话，我明确地寻求对古典主义和经典童话概念，以及对选择、清除和赞赏过程的政治性理解。我们尊崇的经典童话在概念和内容上都不是永恒的、普遍的，也不是世界上最好的儿童心理疗法。它们是历史性的处方，是内在的、强大的、爆发性的，通过将其神秘化，我们能够感知到它们对我们生活的掌控力。

意大利童话故事的起源：斯特拉帕罗拉和巴西耳

邓 熠 译

【编译者按】本文（The Origins of the Fairy Tale in Italy：Straparola and Basile）选自作者所著《童话与颠覆的艺术：经典的儿童文学类型与文明化进程》（Fairy Tales and the Art of Subversion：The Classical Genre for Children and the Process of Civilization）一书。该书1983年在美国和欧洲首版发行，2006年再版扩充的第二版。作者在本文中从文学形式、内容以及历史和社会背景等多角度探讨了童话起源的意义，是童话研究必不可少的一篇基础理论文章。

虽然17世纪90年代的法国作家，如多尔诺瓦夫人（Marie‐Catherine d'Aulnoy）、夏尔·佩罗（Charles Perrault）、凯瑟琳·贝尔纳（Catherine Bernard）、玛丽—珍妮·雷利杰（Marie‐Jeanne Lhéritier）、亨里埃塔·朱莉·德·慕拉特（Henriette Julie de Murat）、夏洛特—罗斯·德拉福斯（Charlotte‐Rose de la Force）、让·德玛利（Jean de Mailly）、尤斯塔奇·诺贝尔（Eustache Le Noble）等，主要参与了童话作为一种文学体裁在欧洲得以建立的过程，但他们并不像人们想象的那样，是原初的推动者。他们也不是这一文学类型的发明者。事实上，意大利作家乔万·弗朗斯西·斯特拉帕罗拉（Giovan Francesco Straparola）和吉姆巴地斯达·巴西耳（Giambattista Basile）在欧洲文学的童话的崛起中扮演了非常重要的角色。他们的童话故事对法国的童话产生了深远的影响。这是童话历史上被保守得最好的秘密之一，并且，这也是一个值得我们去发现的秘密，因为它揭示了作为文学类型的童话与整个欧洲文明进程的传播的紧密联系。

作为一种短篇叙事形式的文学童话，它的兴起源于14世纪佛罗伦萨文学活动的蓬勃发展，并且在乔万尼·薄伽丘的《十日谈》的影响下，催生了各种各样的意大利语和拉丁语的小说集。小说（novella，也叫conto）是遵循时间与行动统一、叙事情节清晰的原则的故事。小说往往书写的是日常生活中令人惊讶的事件和故事（受口头神奇故事、童话故事、诗体短篇小说、骑士爱情故事、史诗和寓言影响），其目的是娱乐和引导读者。在薄伽丘转而去写故事之前，最著名的故事集是13世纪由一位匿名的托斯卡纳作家撰写的《新故事集》。但是，薄伽丘以其框架叙事和微妙而精致的风格，为此后这一类型的创作者们树立了典范。正是薄伽丘，扩大了小说的主题范围，并创造了令人难忘的角色，使得诸如S. 乔瓦尼·菲奥伦蒂诺（Ser Giovanni Fiorentino）、乔瓦尼·塞坎比（Giovanni Sercambi）、佛朗哥·萨凯蒂（Franco Sachetti）、皮奥瓦诺·阿洛托（Piovano Arlotto）和马提欧·班德罗（Matteo Bandello）等作家纷纷模仿。

毫无疑问，受益于薄伽丘的范例，威尼斯的文学和出版都得到了发展。斯特拉帕罗拉怀着对小说的浓厚兴趣，也出版了他的两卷本小说集《愉快夜晚》（1550—1553）。斯特拉帕罗拉是一位富有魅力的人物，因为他是第一位根据口头传统改编了许多故事的欧洲作家。并且，在他的74部小说集中，他创作了大约14部文学童话故事。此外，他也是一位充满神秘感的人物，因为我们几乎对他一无所知。斯特拉帕罗拉大约1480年出生于卡尔瓦乔，但没有任何关于他生平的记载，甚至他的姓氏——"斯特拉帕罗拉"这一长串名字，可能也只是笔名。我们只能从《愉快夜晚》的第一卷知道他出生在卡尔瓦乔，另外，他还是另一部作品《卡拉瓦佐的佐安·弗朗斯西·斯特拉帕罗拉的歌剧新星》（1508）的作者，这是一部在威尼斯出版的十四行诗和其他诗歌的作品集。我们不确定他是否于1557年去世。很可能是他年轻时搬到了威尼斯，从他的小说集（他称之为童话故事，favole 或 fiabe）中可以清楚地看出，他受过良好的教育并且曾在威尼斯居住过一段时间。他通晓拉丁语和各种意大利方言。此外，他对其他文学作品的引用和对文学形式的理解，表明他十分精通人文科学。无论斯特拉帕罗拉是谁，他的《愉快夜晚》取得了巨大的成功：从1553—1613年，它被重印了25次，并于1560年、1580年翻译成法文，于1791年翻译成德文。此书还曾一度被教皇禁止。

他的作品的"诱惑力"可以归纳为：对色情和淫秽谜语的使用，在框架叙事中叙述者的高雅意大利语的掌握，将质朴平实的语言引入故事，对意大利社会中的权力斗争以及道德缺失的说教的批判，将14个非凡的童话故事纳入小说集中，以及他对魔法、不可预测的事件、欺瞒和超自然的兴趣。与薄伽丘相似，斯特拉帕罗拉对当局表现出不敬，而框架叙事本身也揭示出政局的紧张以及讽刺——如果并不是对幸福美满的生活的可能性感到悲观的话。

在《愉快夜晚》的开头——为所有童话设定框架时，斯特拉帕罗拉描写了奥托维亚诺·玛丽亚·斯福尔扎，即洛迪主教（很有可能是真正的斯福尔扎，于1540年去世）如何因为政治阴谋的迫害而离开米兰。他带着他的女儿西尼奥拉·卢克雷蒂亚——一个寡妇。因为她的丈夫于1523年去世，由此可以认为这些"夜晚"的设定大约是于1523年到1540年之间。主教和他的女儿先逃到了洛迪，然后是威尼斯，最后定居在穆拉诺岛。他们身边聚集起一群意气相投的人：十位优雅的女士，两位上了点年纪的主妇，以及四位受过良好教育的杰出绅士。因为正值狂欢节，卢克雷蒂亚提议，同伴们在四旬斋（Lent，基督教的节日）之前的两周轮流讲故事。因此，一共有13个晚上讲故事，总共讲述了74个。

在某种程度上，穆拉诺岛上虚构的伙伴可以被视为人与人如何相互联结，并以令人愉快和有益的方式评论所有经历的理想代表。斯特拉帕罗拉创作的故事有文学童话故事，修订后的口头故事，趣闻轶事，色情故事，意大利民众生活中的滑稽故事，教诲故事，寓言故事以及一些基于他之前的作家作品的故事。如薄伽丘、佛朗哥·萨凯蒂、乔瓦尼·菲奥伦蒂诺、乔瓦尼·塞坎比等。在童话故事，以及其他大多数叙事中，斯特拉帕罗拉关注权力和财富。没有运气（魔法、仙女、奇迹），英雄就无法成功完成任务。并且，如果不知道如何利用魔力或不能利用偶然出现的事件或礼物，英雄也无法成功。虽然恶人受到惩罚，但很明显，只有当权者才能制定文明的标准。实际上，大多数公民守则和恰当的规范很少得到维护。《累犯》是被多尔诺瓦夫人的《玛尔卡森王子》和慕拉特夫人的《猪国王》所模仿的故事。在这个故事中，这个动物王子可以随意杀死他的新娘。并且，在可能对佩罗的《驴皮公主》有影响的《泰巴多》中，父亲可以和女儿睡觉。大多数故事都集中于活跃的男性主角身上，他们是"英勇的"，主要因为他们知道如何利用能给他们带来财富、权力和金钱的机会。斯特拉帕罗拉在意大利的小城镇开始他大部分的故事，并将他的主人公送到其他国家或地区，当然，还有森林或海洋。他的主人公都是冒险家。这些童话故事使人觉得，它们来自远方，而不仅仅是威尼斯地区。

　　如果斯特拉帕罗拉确实在威尼斯度过了人生中的大部分时间——我们无法确定这一点——那么他所读到和听到的故事是从欧洲的其他地区与其他国家来到这个港口城市的，就并非偶然。16世纪的威尼斯是蓬勃发展的富饶的城市，斯特拉帕罗拉可以接触到来自意大利各地、欧洲各国甚至来自东方的异乡人。或者，他会知道一些关于他们的消息。这样的真实"新闻"构成了他作品集中的童话的基础。而且童话故事在欧洲很受欢迎。但它对欧洲的文学童话发展的重要性通常却被忽视了。当然，他一个人并不能启动这一发展进程，但有明显的迹象表明他的故事在整个欧洲流传，并在受过教育的作家中产生了相当的影响：此后在威尼斯待过一段时间的巴西耳显然对他的著作很熟悉；而且显而易见的是，多尔诺瓦夫人、慕拉特夫人、夏尔·佩罗、尤斯塔奇·诺贝尔和让·德玛利通过某些版本知道了他的故事。并且通过他们，这些故事传播到德国并最终影响了格林兄弟。他们写下了关于斯特拉帕罗拉和巴西耳的事。①简言之，斯特拉帕罗拉有助于欧洲文学童话类型的开创。尽管这是有误导性的，即以连锁反应的方式去谈论文学童话的历时性发展历程，从斯特拉帕罗拉开始，再到巴西耳，然后到法国17世纪90年代的作家，并最终在格林兄弟的作品中达到顶峰。但我仍要提出，他们确实创建了一个历史框架。其中设定了早期文学童话的要素。并且在该框架内，有一套制度化的东西，我们现在称之为童话人物、主题、母题、隐喻和情节。

---

　　① 关于斯特拉帕罗拉和巴西耳对法国童话作家影响的很好的研究，请参见夏洛特·特兰凯《法国文学童话故事的小历史（1690—1705）》[Charlotte Trinquet, *La Petite Histoire des Contes de Fées Littéraires en France*（1690—1705）]，北卡罗来纳大学教堂山分校，2001年。

它们的程式化使得众多作家（以及口头传统中的故事讲述者）能够同时试验和产出高度原创的童话故事。在意大利，斯特拉帕罗拉的作品特别具有创新性，因为口头民间故事很少被改编成地方语言写成的文学童话故事。斯特拉帕罗拉写作的时候，拉丁语仍然是主要的印刷语言，但他却使用托斯卡纳地区的意大利语和一些方言，并逐渐吸引了众多的中产阶级读者。此外，他对当时腐败和不道德行为的观点看法，反映了他对于在道德、举止和习俗方面做出改变的关注。在他的时代，意大利没有标准的文明进程，尽管有许多关于宫廷礼仪和贵族教育的书籍，其中一些涉及意大利的分封王国，另一些则关于欧洲的社会。16世纪时，法国成为文明进程中更具普适性、更卓有成效的先驱。但在意大利，文化素养，即成为有文化的人的重要性，构成了这一过程的一部分。斯特拉帕罗拉的童话的出版、发行和阅读正是意大利文明进程萌芽的一部分。特别是，他展示了如何以隐喻的形式创作口头童话和文学童话，以处理与王公专权、公平正义和行为恰当等相关的微妙问题。考虑到他那个时候的阅读习惯，他的许多故事一定是被大声朗读的，而他自己（他的奇怪的名字与喋喋不休有关）可能是某种故事讲述者。在16世纪，作家也是讲述人，因为口头叙述者和文学叙述者之间的分隔从来没有我们想象的那么大。他们对各自社会的民间故事比较熟悉，这在他们童话里的文学表达中发挥了作用。吉姆巴地斯达·巴西耳的工作就是一个很好的例子。

  与斯特拉帕罗拉相比，我们对巴西耳的了解比较多。大约在1575年，巴西耳出生在那不勒斯附近的一个小村庄。他来自一个中产阶级家庭。1603年，巴西耳离开了那不勒斯并向北旅行，最终定居在威尼斯。在那里，他作为一名士兵谋取生计，并开始写诗。到1608年，他回到那不勒斯地区，担任不同王国和宫廷的管理者和总管。同时，他也投身于诗人和作家的事业中，直到1632年去世。尽管他以意大利语写作的诗歌、颂歌、田园诗和戏剧而逐渐闻名，并协助组织宫廷的表演，他如今的名声还是得归功于用那不勒斯方言写作的令人震惊的故事集——《最好的故事》。① 它包含50个童话故事。也被称为《五日谈》。多亏有巴西耳的姐姐阿德里安娜的努力——她是一位著名的歌剧演员，《五日谈》在巴西耳

---

① 又名"Lo cunto de li cunti"（The Tale of Tales, 1634—1636）。

去世后得以出版。

　　没有明显的证据表明巴西耳知道斯特拉帕罗拉的故事,但很可能巴西耳以某种方式知晓了这些故事。特别是因为他在威尼斯生活了三年左右。在那里,斯特拉帕罗拉的故事已经出版并且很受欢迎。然而,无论斯特拉帕罗拉可能对巴西耳的童话故事概念的形成有多么重要,与炽热的、富有想象力的巴西耳相比,他只是一点苍白的光芒。这位那不勒斯的作家不但利用丰富的文学素材和历史资料来创作充满滑稽的讽刺故事,而且他也熟悉那不勒斯周边广大地区的民间故事,并且了解东方的故事,就像斯特拉帕罗拉一样。他非常擅长使用那不勒斯方言,因为他设法将方言中高贵的巴洛克形式与粗俗的表达、隐喻、习语和精彩的谚语结合起来——其中许多是他自己创造的。框架叙事(当然,沿袭了薄伽丘)本身就很吸引人。他的《故事中的故事》为49个奇妙的故事设置了基础。在这个框架故事中,丛林谷的国王的女儿佐扎终日郁郁寡欢。她父亲非常希望她能开心起来。于是,他招来全国各地的人,逗公主开心。然而没有人成功。直到来了一位老妇人,她想把宫殿前的油弄走,却被宫廷里一个淘气顽皮的听差打破了罐子。随后,老妇人和听差之间发生争执,他们朝对方喊叫粗俗不堪的字眼。佐扎觉得这太滑稽了,大笑起来。然而,这笑声却使老妇人生气,她大喊着诅咒佐扎:"滚开,但愿你永远找不到丈夫,除非你嫁给坎波罗唐多的王子!"[1] 佐扎得知,这位名叫塔代奥的王子受到了邪恶女巫的诅咒,并且被困在一座坟墓里。她感到灰心丧气。只有当女人用泪水填满挂在坟墓旁墙壁上的罐子,他才能被唤醒和解救。

　　为了寻求帮助,佐扎拜访了三个仙女,仙女们分别赠送给她一个胡桃、一个栗子和一个榛子作为礼物。然后,佐扎去到了塔代奥的坟墓。她哭了整整两天,泪水都流进罐子里。当罐子快要盛满的时候,她因为哭得太疲劳而睡着了。然而这时,一个女奴偷走了这只罐子,并用泪水填满了它。女奴唤醒了塔代奥,她自称拯救了王子。因此,塔代奥娶了

---

[1]《吉姆巴地斯达·巴西耳的〈五日谈〉》(*The Pentamerone of Giambattista Basile*),N. M. Penzer 译,第 1 卷(伦敦:鲍利海出版公司 1932 年版,第 5 页)。这一版本中,本代托·克罗切(Bendetto Croce)对巴西耳的生平及作品作了极好的介绍。

她，不久她怀孕了。

但是，佐扎的幸福全都系在塔代奥的身上，她不能将王子让给一个女奴。于是，佐扎在塔代奥的宫殿对面租了一所房子，并想方设法引起塔代奥的注意。女奴则威胁塔代奥，如果他要见佐扎，她就会对孩子不利。此时，佐扎正在想其他办法，以进入塔代奥的宫殿。佐扎分三次打开了三个坚果。第一个坚果里面装着一个会唱歌的小矮人，第二个装着十二只金子做成的小鸡，第三个则装着一个会纺金线的洋娃娃。女奴想要这些令人着迷的小东西，于是塔代奥去找佐扎，愿意用她想要的任何东西作为交换。令他惊讶的是，佐扎把这些东西都送给了他。然而，最后一样东西——洋娃娃——激起了怀孕的女奴想听故事的无法遏制的渴望。她再次威胁塔代奥：除非女人们来给她讲故事，否则她就会杀死未出生的孩子。于是，塔代奥邀请了十位擅长讲故事的底层妇女。女人们白天闲聊，晚餐后每人轮流讲一个故事，这样一共有五个晚上。终于在第五天，他们请佐扎讲最后一个故事。佐扎讲述了她的遭遇。女奴想阻止她，但塔代奥坚持让佐扎把故事讲完。塔代奥明白了，佐扎的故事是真的。他把怀孕的女奴活埋，与佐扎结婚，于是故事有了"美满"的结局。

与薄伽丘和斯特拉帕罗拉的叙事不同，巴西耳的完全是童话故事，它们在伴随着音乐、游戏和舞蹈的宴会上被讲述。这些故事，明显改编自口头传统，并且在下层民众中被讲述。故事中多次提及那不勒斯及周边地区，以及社会习俗、政治阴谋和家庭冲突。巴西耳是一位机敏的社会评论家，他对他就职的宫廷中的腐败感到绝望。并且，巴西耳对平民充满兴趣，关注他们令人惊讶的滑稽行为，以及他们对于改变、对于获得更好的生活条件的需求和动力。

与斯特拉帕罗拉相似，巴西耳也关注权力、文明和转型。并且，他也受到财富之轮的吸引，并着迷于幸运女神——通常以神秘命运的形式——如何介入人们的生活，为他们提供在社会中获得上升的机遇，或者是获得某种程度的幸福。当然，他还描绘了幸运女神如何毁灭人与物。还是像斯特拉帕罗拉一样，巴西耳对实现社会平等与建立和谐社区并没有过于乐观。冲突在他的故事中占主导地位，比如优雅的灰姑娘砍下继母的头颅，机智的公主在斗争中战胜引诱者。然而，他的故事洋溢着欢笑，因为他采用的方式——呈现内心的想法，并创造狂欢的氛围。① 正如框架故事一步步揭露女奴的恶行，直到她所犯下的致命错误公之于众，所有的叙述都试图揭示一种矛盾对立的本性——社会中的所有人都假装成循规蹈矩、言行高尚的样子，但在追求财富与幸福时，却又毫无底线。巴西耳致力于缩小粗鄙的农民与高尚的贵族之间的差异，当然，如果他的故事是用意大利语写作和出版的话，它们就可能被教会收录。

事实上，巴西耳的故事在17世纪被多次重印，尽管人们阅读那不勒斯方言可能很困难。此外，这些故事被译成意大利语，然后译成法语，它们在17、18世纪的意大利与法国相当有名。很明显，雷利杰夫人非常熟悉他的故事，她的三个作品，《机智的公主》《能言善辩的神奇力量》和《啰里啰唆》，在很大程度上依赖于他的三个故事，《萨皮亚》《三个仙女》和《七块猪皮》。事实上，17世纪90年代，意大利对法国的影响比学者们所猜想的要深远得多。多尔诺瓦夫人的童话故事中，至少有六个可以追溯到斯特拉帕罗拉的童话故事；慕拉特夫人有两个故事源自斯特拉帕罗拉；而让·德玛利有三个故事、诺贝尔有两个故事都是在模仿斯特拉帕罗拉的作品，甚至安托万·加朗（Antoine Galland）的《一千零一夜》中的《三姐妹的故事》似乎也能寻见斯特拉帕罗拉的《安奇洛托》的痕迹。最后，几乎佩罗的所有故事都可以在斯特拉帕罗拉和巴西耳的童话故事集里发现原型。特别是《穿靴子的猫》和《灰姑娘》。当然，众所周知的意大利故事也都能寻见。② 十分重要并且很有意思的是，法国作家在1690年左右开始被民间故事和童话故事所吸引，创造了长达约一个世纪的写作潮流，并且使童话作为整个欧洲及北美的文学体裁，且予以制度化。

也许，我应该说法国女作家，或者更具体地说，多尔诺瓦夫人，因为她和她们其他人几乎凭着一己之力将意大利和东方的故事以及口头故事转变为奇妙的童话故事。这些故事都是对18世纪末凡尔赛宫和巴黎的

---

① See Nancy Canepa, "Basile e il Canevalesco" in *Giovan Battista Basile e l'invenzione della fiaba*, eds., Michelangelo Picone and Alfred Messerli (Ravenna: Longo Editore, 2004): 41 - 60.

② 对于这种影响的充分讨论，参见特兰凯（Trinquet）《法国文学童话故事的小历史（1690—1705）》[*La Petite Histoire des Contes de Fées Littéraires en France* （1690—1705）]。

宫廷生活和文化斗争的严肃评论。① 像斯特拉帕罗拉和巴西耳一样，法国作家们深切关注各自社会中的文明进程，他们所处阶级中成员之间的权力斗争，以及社会阶级之间的矛盾。在大多数情况下，法国作家受斯特拉帕罗拉和巴西耳的影响，在框架叙事中设置他们的童话故事，以便使他们的故事成为交谈中的片段，以令人愉快的方式向读者讲述实际上发生在他们所处时代的现实生活中的奇妙争论。许多故事来自法国沙龙，在沙龙中，法国作家讲述他们的故事。当这些单独的法国故事被拿来与更早的意大利的相应故事比较时，很明显，法国作者所做出的改动和变更取决于他们对法国风俗和社会规范的回应。在这方面，法国的童话故事介入了关于女性的性别角色、温柔的天性以及在法国宫廷权力和正义的合理实践等讨论。② 此外，它们反映了尼古拉·布瓦洛（Nicolas Boileau）和佩罗以"古今之争"开启的关于时代的文化战争。其中还包括关于女性角色的重大辩论。③ 无论是有意的还是无意的，法国作家使他们时代的民间文学更加现代化。同时，意大利的文学故事影响着他们对法国正在形成的文明进程发表评论。在这方面，法国作家为欧洲童话的现代化奠定了基础，这在德国，随后在英格兰和北美都有很大的影响。但是，我们不应该忘记，法国童话故事的崛起，是肇始于意大利的历史连续体的一部分。

因此，当我们谈论意大利对17世纪90年代的法国作家的影响时，没有必要去弄清楚某个法国作家是否知晓、改编或挪用了意大利的某一个故事，即使这些知识是有帮助的。相反，更重要的是要讨论法国作家如

---

① 近年来，多尔诺瓦夫人得到了越来越多的关注。作为17世纪90年代的童话热潮背后的推动力，她获得了更多认可。见 Jean Mainil, *Madame d'Aulnoy et Le Rire des Fées*: *Essai sur la Subversion féerique et le Merveilleux Comique sous l'Ancien Régime*（Paris: Kimé, 2001）; Anne Duggan, *Salonnières*, *Furies*, *and Fairies*: *The Politics of Gender and Cultural Change in Absolutist France*（Newark, DE: University of Delaware Press, 2005）; Allison Stedman, "D'Aulnoy's *Histoire d'Hypolite, comte de Duglas* (1690): A Fairy - Tale Manifesto," *Marvels & Tales* 19.1（2005）: 32 – 53. See also the excellent bibliography in the special issue of *Marvels & Tales*, "Reframing the Early French Fairy Tale," 19.1（2005）, edited by Holly Tucker。

② 参见若昂·德让《旧政权晚期女性作家的政治活动》（Joan DeJean, *Tender Geographies*: *The Politics of Female Authorship under the Late Ancien Régime*），1991年。

③ 参见帕特丽夏·汉侬《法国17世纪的女性童话》（Patricia Hannon, *Fabulous Identities*: *Women's Fairy Tales in Seventeenth – Century France*），1998年。

何从意大利作家那里学会使用叙事策略，使他们能够介入文明进程，并被允许发表和传播质疑霸权集团权力的颠覆性观点。然而，在此之前，我要解释斯特拉帕罗拉和巴西耳是如何树立起介入文明进程的范例。我想谈谈诺伯特·埃利亚斯（Norbert Elias）关于这个进程所做的工作，并借用皮埃尔·布迪厄（P. Bourdieu）的一些概念来阐发他的想法。

在他的开创性工作中，《文明的进程》（*The Civilizing Process*）于 1939 年首次出版，但直到 1977 年被重新发现，它才在欧洲产生影响。埃利亚斯以路易十四的旧政权为例来建立理论模型，以解释民族国家如何形成一种产生长期过程以维系权力、统治和生存的结构。其中一个最重要的过程是文明的进程，它将所有人群纳入一个相互依存的网络。霸权集团通过灌输行为规范、风俗习惯、规章制度、礼仪礼节和文化准则来控制这个网络。埃利亚斯认为，如果人们作为一个社会或国家相互依赖以求生存，就必须实现四项基本功能：（1）经济功能，以提供食物和其他基本生活必需品；（2）冲突管理的功能，建立对群体内的暴力的控制，以及对不同生存群体之间的暴力行为的控制；（3）知识的功能，有助于统治和矛盾调停，使得人们对自然的恐惧得以克服，并且，不同群体之间可以协商和理解；（4）文明进程的功能，要求个人适应自我克制的社会模式，或基于入会仪式、同伴压力、群体压力、社会规范及立法的文明过程。[①]

无论是 15—17 世纪的意大利的城邦国家，还是后来 17 世纪法国的民族国家，国家的崛起，都越来越依赖于自我克制的特定模式和规范。它巩固了统治阶级的权力。权力控制和使用的转变带来了文明进程的变化，这是由于各类工作者、各种专家和统治集团的需求和满足相互调和，以确保权力一直掌握在他们手中。通过研究如何形成与权力相关的群体，埃利亚斯断言，人们可以掌握社会如何发展和变化。也就是说，人们可以掌握文明进程的运作方式。"一些人类组织专门致力于暴力、标新立异、资本积累和投资以及组织其他群体。这些组织能够，或许某些时候能够，使自己成为国家中央垄断的控制者。因此，他们可以单独或联合

---

① 参见诺贝特·埃利亚斯《社会学家向当下的退却》[Norbert Elias, "The Retreat of Sociologists into the Present", *Theory, Culture & Society*, 4 (1987): 223 – 247]。

在社会中履行统治职能。国家内部或国家之间频发的权力冲突，无论是在相互竞争的机构之间，还是在体制内机构和体制外机构之间——换句话说，霸权与各种形式的生存斗争——形成了社会发展中最强大的推动力之一，也许没有之一。"①

被埃利亚斯忽视的文明进程的一个方面是性别的形成与冲突。皮埃尔·布迪厄在他的《男性统治》一书中出色地阐明了这一点。布迪厄认为："社会世界把身体构造为性别现实及性别的观念和区分原则的拥有者。这个被归并的社会认识纲要适用于世界上的所有事物，而且首先是生物学现实中的身体本身：这个纲要明确了一种符合世界的神话观念原则的生物学性别的差别，这种神话观念植根于男人统治女人的偶然关系之中，由于劳动分工，这种差别本身被纳入社会秩序的现实之中。"②

当然，男性统治的过程比文明的进程要早得多，因而是文明进程中固有的。也就是说，无论在文明进程中出现什么样的冲突和权力斗争，都会有这样的表现：男性对自身权威和武力的强化，以及妇女对抗和揭露男性随意专断的统治。要在任何社会中做一位公民，要被视为公民，这个人必须理解并遵守并非一个人制定的社会规范，并且遵守很大程度上已定的性别身份和社会地位的社会规范。

童话故事——人们可以补充说，还有口头民间故事——一直关注性别角色、社会阶层和权力。斯特拉帕罗拉和巴西耳都是敏锐的观察者。他们察觉到文明进程是如何在16、17世纪经由战争、家庭冲突以及商业贸易转型，在不同的意大利公国中运作或者腐蚀。显然，他们被童话故事所吸引，因为它为他们提供了一种写作方式、一种叙事策略和话语，以解决他们对文明进程的变形的关注，以及对涉及暴力控制和自我克制的行为规范的传播的关注。斯特拉帕罗拉围绕着一个有权势的公爵逃命，并在威尼斯避难而设置框架，这并非偶然。巴西耳围绕着宫廷社会里两个女人之间的冲突来设置框架，这也并非偶然。在这里，王子是一个无

---

① 参见诺贝特·埃利亚斯《社会学家向当下的退却》[Norbert Elias, "The Retreat of Sociologists into the Present," *Theory, Culture & Society*, 4（1987）: 243]。

② 皮埃尔·布迪厄：《男性统治》[Pierre Bourdieu, *Masculine Domination*, trans. Richard Nice（Stanford, C. A.: Stanford University Press, 2001）: 11]。本段引用《男性统治》中译本，刘晖译，中国人民大学出版社2017年版，第10页。——译者注

法洞悉这一事件的、弱小天真的旁观者。在斯特拉帕罗拉的框架中，大多数故事都是由优雅的女士们讲的；而在巴西耳的框架中，所有的故事都是由下层阶级的有天赋的女性故事讲述者讲述，这也并非偶然。在每种情况下，视角都来自受支配的性别、来自下层、来自颠覆性的观点，它暴露了宫廷社会的黑暗以及男人用武力来推行他们认为适当的性别角色和文明进程的社会规范的这样一种荒谬和随意的方式。米歇尔·拉克（Michele Rak）在评论巴西耳的《五日谈》时坚持认为："这部作品原本是用来娱乐消遣，并且以独特的文学类型、戏剧性和滑稽感来记录宫廷中的故事对话，反映当时的习俗与之前较少被记载的社会差异。这部作品在形式上与欧洲故事传统中的巴洛克式讲述有关，源于中世纪壁炉旁守夜以及17世纪法国沙龙的讲童话故事的传统。"这种反映并使用文明进程中温文尔雅的对话和故事讲述的倾向，在斯特拉帕罗拉的作品中，也非常明显。但由于在意大利文学童话类型的形成和制度化的条件尚未成熟，因此斯特拉帕罗拉和巴西耳的作品只有在17世纪末的法国才得到重视。

当17世纪90年代，童话故事确实在欧洲逐渐制度化的时候，许多法国作家，尤其是女性，经常在作品集中使用对话框架来讲述故事。她们写下的故事远远多于男性作家——他们通常不使用框架叙事。然而，两种性别的作家都深入参与到法国文明进程的冲突中。这些冲突集中在国王路易十四世的宫廷中。几乎所有冲突都以某种方式与宫廷相关联。由于大多数作家都知道，斯特拉帕罗拉和巴西耳是如何有效利用民间故事和童话故事，来批评缺失教皇审查与公爵监督的所谓的宫廷作风、道德败坏和专横暴力，他们被这种文学类型所吸引，并且用颠覆性的写作来质疑他们所处时代的风俗习惯和权力的使用。

鉴于意大利和法国的童话故事创作于不同的文化及不同的时期，这些故事以特定的方式反映了他们各国独特的文明进程。但它们确实有一个共同点：它们揭示了文明进程的矛盾，揭露了权力对于那些投机主义者和地位优越的人是如何起作用的，并提出了与文明进程保持一致的自我克制模式。此外，他们经常使用反语、讽刺和滑稽，来嘲笑权力的滥用，并指出改变的可能性。当然，当时意大利作家和法国作家都不是激进派。斯特拉帕罗拉可能来自受过良好教育的中产阶级，并且像巴西耳一样熟悉宫廷习俗；而法国作家主要来自贵族阶层，除了来自上层资产阶级并且与宫廷关系极为密切的佩罗。但是，他们都感到不满，并质疑他们那个时代的政权。除了童话故事，还有什么更好的方法可以表达这种情绪而同时避开惩罚吗？然而，他们的策略究竟是什么？

如果想穷尽他们的全部故事，可能需要写上一整本书，因此，我想举几个例子来说明意大利作家和法国作家如何"培育"口头故事和文学故事，以表达他们对文明进程的批判性的情绪。特别是，我想谈谈在中世纪晚期和文艺复兴时期的口头与文学传统中普遍存在的容易识别的童话类型的零散的故事集。它们源于口头传统，经由口头和印刷品得以传播，传达社会生存所必需的自我克制和行为习惯的概念。由于特定故事集中的故事在熟悉的情节中重复和改变了母题与人物，因此形成了可识别的与社会化和文明进程相关的话语。

第一类故事是关于生而具有野兽外表的王子；第二类故事是关于粗俗的渔夫、傻子，他揭露了宫廷社会的弱点；第三类是关于伪装成骑士来改革宫廷的年轻女性；第四类是围绕着一只狡猾的猫，它展示了服装如何构成人的身份，国王及其追随者如何肤浅。在所有这些故事中，作者要处理宫廷社会的"缺乏"或缺陷。这些不足需要通过适当的行动来填补或治愈。当然，还有其他方式来解释这些童话故事。但在我看来，意大利和法国的作家正在提出关于礼貌和文明进程的关键问题。统治阶级成员需要什么样的美德才能建立理想的王国？为了社会的进步和改变，以形成公正的规则，年轻男女必须展现什么样的行为？童话故事中隐含的是对缺乏善良、仁慈、谦逊、智慧、温柔和正义等的宫廷社会的批判，而这些都是推进文明进程所必需的品质。

斯特拉帕罗拉、多尔诺瓦夫人和慕拉特夫人分别写了童话故事《猪王子》《野猪》和《猪国王》——描绘了由野兽王子造成的问题，他粗暴的处事方式暴露了宫廷的道德沦丧和残暴。但是问题的揭示也使作者可以提出使王子文明化的方法，从而使宫廷本身变得更加人性和更有道德。这三个童话的情节可以很容易地总结出来：一个绝望的似乎无法孕育的王后希望有一个儿子，无论他是什么模样。仙女许诺会实现她的愿望，王后生下了一头猪或者野猪。当王子快长大成人的时候，他想要结婚。尽管王后感到震惊又尴尬，她还是应允了，并为他准备了未来的新娘。然而，他每次结婚时，只要新娘不接受他令人讨厌的行为方式，他就会残忍地杀掉年轻的妻子。只有他的第三个新娘才足够耐心和谦逊，以忍受他的粗暴无礼的言行举止。因此，他被她的"善良"品行所拯救，并且变成了一位英俊的王子。也就是说，她的谦虚、奉献和自我克制使得他变得善良。

流传很久的野兽/新郎故事的口头和文学传统可以追溯到《五卷书》（*Pañcatantra*）（公元 300 年）——一部印度的梵文写成的、富有教育意义的寓言与故事集；上溯至阿普列乌斯（Apuleius）的拉丁文长篇小说《金驴记》（公元 2 世纪），它反映了人如何被人性化或文明化从而融入社会群体。女性的价值取决于她的美德或者通过她的行为而实现的美德。斯特拉帕罗拉的故事中有趣的地方在于，从男性的角度来看，令他改变的责任被放在贫穷的年轻女性身上，她们不得不证明自己能够忍受他的残忍暴戾，否则将被杀死。只有忍受得了猪王子的恶臭和污秽的第三个女儿才能幸免，而这，反过来促使了王子的转变。如果在斯特拉帕罗拉的故事中存在任何的文明的标准，那它也是由武断专制的男性规则决定的，并且只能通过女性的自我牺牲进行修正。在多尔诺瓦夫人的《野猪》和慕拉特夫人的《猪国王》中，两个故事都有着长而复杂的叙事，有叙述重点的明显转变。两位作家都强调仙女对于文明的力量。仙女可以帮助年轻女性，使她可以把粗鲁的男性变为温柔的情人。野兽王子的杀戮不被允许。相反，他必须听从仙女的命令。仙女则把教化他的任务交给了一位公主。显然，法国女作家不想承认路易十四或天主教会的权力。因为他们的故事都是世俗的，设定的故事是为了满足贵族女性的情感需求。虽然仙女可能有些随心所欲，但她们的行为支持并构成了与意大利宫廷的道德丧失和她们所处时代的统治原则大相径庭的行为标准。在多尔诺瓦夫人和慕拉特夫人的故事中，暴力和违犯被评论和体现。她们以谦逊而坚定的声音代表遭受羞辱的女性发声。

在另一组涉及贫穷、愚蠢和遭受羞辱的渔民的故事中，这个渔民希望一位傲慢的公主怀孕。在意大利和法国的故事中，仙女对于文明的影响都被强调。在斯特拉帕罗拉的《傻瓜彼得罗》、巴西耳的《佩伦托》和多尔诺瓦夫人的《海豚》这些故事中，渔夫总是一个傻瓜，无论是受到神奇的鱼的祝福还是仙女的祝福，一旦被发现他使用魔法使公主怀孕，国王便将他的女儿和这个傻瓜驱逐出他的王国。他把他们放在几乎没有食物的大木桶中，然后让他们在大海里飘浮。他们奇迹般地活下来，到了一个岛上，并将其变成一个宏伟瑰丽的王国。后来国王后悔自己的行为，偶然登上这个岛，并通过他女儿的文明受到教育。在斯特拉帕罗拉的故事中，彼得罗和公主都经历了一次转变——当她怀孕且彼得罗十分蠢笨的时候，她只有十二岁，多亏了神奇的鱼，两个人都成为了成熟、优雅的年轻人，并且每个人都习得了谦逊。在巴西耳的故事中，故事的开头有大量关于傻瓜佩伦托的细节描写：

在卡索利亚，有一个叫切卡雷拉的女人。她有一个儿子，叫佩伦托。他是造物者创造的最丢人、最愚蠢、最丑陋的笨蛋。这就是为什么这个不幸的女人心灰意冷，为什么当她生下这个一无是处的笨蛋时，她咒骂了千万次。但哪怕这倒霉的女人喊破喉咙，懒虫佩伦托都不会理睬，也不会为她做一点简单的事。①

通过运气或是机遇，他将改变人生：他帮助了仙女的三个儿子，于是他们赋予他神奇的力量，使他能够获得想要的任何东西。然而，这个故事的结局却比斯特拉帕罗拉的更具讽刺意味。因为即使佩伦托和他妻子的富饶辉煌令国王羡慕不已，他们仍要乞求国王的赦免。斯特拉帕罗拉和巴西耳都不相信，通过功绩就可以在宫廷里晋升高位。但通过机遇和幸运，人的确可以实现逆转，并获得保护自己、免受统治阶级暴力威胁的力量。相比之下，多尔诺瓦夫人和法国童话作家则提出了推进文明所必需的既定价值。这种价值通常是在统治阶级成员之间。在她的故事《海豚》中，主角阿利多是一位善良的王子。但他是如此丑陋，以至于他感到羞耻并离开了父亲的王国。当他前往伍兹国国王的宫廷，他爱上了美丽的公主利沃尔。但公主却因他的丑陋而嘲弄他。幸运的是，在捕鱼的过程中，他捕获了一只海豚。善良的阿利多把他放走了。于是，海豚赋予他神奇的力量。不久之后，阿利多向金丝雀一般的利沃尔求爱。但他无意中得罪了一个名叫格罗涅的邪恶仙女。她要报复他和利沃尔。因

---

① 参见杰克·齐普斯编《伟大的童话传统：从斯特拉帕罗拉和巴西耳到格林兄弟》（Jack Zipes, ed., *The Great Fairy Tale Tradition: From Straparola and Basile to the Brothers Grimm*. New York: Norton, 2001, pp. 106）。

此格罗涅使利沃尔怀孕并产下一子,然后和变得英俊的阿利多一起,被放进桶中投入大海。但是,海豚帮助他们在岛上建立了乌托邦式的政权:"岛民使他们享尽欢乐。河里到处都是鱼儿,森林中鸟兽遍地,还有长满水果的园子,茂盛的麦田,葱郁的草地,金银满溢的水井。这里没有战争,没有诉讼。这是一片充满青春、健康、美丽、智慧、书籍、纯净水源和美酒的地方,芬芳的国度!而利沃尔爱着阿利多,如同阿利多爱她一样。"[1]

正是在这个理想的王国中——与国王路易四世的真实国情相对照,利沃尔与她的父母和好。这得再次感谢善良的海豚和仙女。因为只有通过女性的魔力,文明的标准才得以维系。每个人都必须约束自己激烈的情绪,并且明白被羞辱的滋味。

在另一组关于公主伪装成骑士的故事中,斯特拉帕罗拉、巴西耳、多尔诺瓦夫人和德·穆拉夫人就宫廷改革的问题进行了思考。这宫廷要么孱弱、要么腐败,要么受到敌视文明社会的野蛮势力的攻击。在每个故事中,都有一位年轻而勇敢的公主。她必须将自己伪装成骑士代替她的父亲。因为他既没有男性后代,又因年龄太大而无法帮助国王。(顺便说一下,在这些故事中,对亚瑟王的骑士产生了明显的影响。)她到达国王的宫廷后,被卷入阴谋,并揭露了宫廷的腐败。她的高尚行为被视为文明的典范。她与国王的结合使统治恢复公正。在斯特拉帕罗拉的《康斯坦扎/康斯坦佐》中,伪装后的公主设法捕捉到了威胁宫廷的萨提尔;但反过来,萨提尔揭露了国王妻子的众多情人。因此,国王对他的妻子和她的情人们处以火刑,然后与康斯坦扎/康斯坦佐结婚。在巴西耳的《三顶王冠》中,巴西耳改变了一些情节。他让名叫马歇塔的公主逃离包办婚姻。随后她帮助了食人女巫奥格瑞斯,然后得到了男装和一枚魔法戒指。一位国王在树林中找到了她,并将她作为小侍从带回城堡。对马歇塔来说,不幸的是,王后以为她是一个年轻男子并且爱上了她。王后强烈要求马歇塔顺从于她,否则将把他/她在火刑柱上烧死。幸运的是,

---

[1] 参见杰克·齐普斯编《伟大的童话传统:从斯特拉帕罗拉和巴西耳到格林兄弟》(Jack Zipes, ed., *The Great Fairy Tale Tradition: From Straparola and Basile to the Brothers Grimm*. New York: Norton, 2001, p.132)。

她可以使用女巫的魔法戒指揭示真相,将王后抛入大海。在多尔诺瓦夫人的《贝勒—贝勒,或舍瓦利耶·福蒂内》中,贝勒—贝勒遇到七个非凡的男人。他们帮助她击败了国王的敌人。这一次是国王的妹妹,她因福蒂内不愿意与她发生关系而感到愤怒。她欺骗了她的哥哥——国王。她假装福蒂内殴打她,并要求把他/她绑在火刑柱上烧死。然而,当福蒂内的衣服被扯掉时,刽子手和其他人发现她是女人,不可能攻击国王的妹妹。所以她得救了,并嫁给了国王。巴西耳的故事以具有讽刺意味的道德结束:"在风暴里颠簸的小船,上帝会给它找到港湾。"① 多尔诺瓦夫人的故事则是这样结尾的:

> 贝勒—贝勒的改变挽救了她纯洁的灵魂,
> 并击败了宫廷的迫害者。
> 天堂保护无罪者并发挥其作用
> 通过打败恶行,并奖励德行以冠冕。②

美德在慕拉特夫人的《野蛮人》中起着关键的作用,这似乎是基于美德在斯特拉帕罗拉和巴西耳的故事中所起的作用。一位名叫康斯坦丁的公主逃离了一桩安排好的婚姻,并最终与西西里岛的国王结婚。这多亏了一个野蛮人——他原本是一位迷人的王子。

慕拉特夫人和多尔诺瓦夫人的故事篇幅很长而且错综复杂。其中包含了关于彬彬有礼和美德的长篇论述。这些倾向于赞美温柔自然的爱情、女性和仙女。它们是带来和谐、推动宫廷变革的力量。相比之下,这一时期最著名的童话作家夏尔·佩罗,在童话故事如《穿靴子的猫》中提出,文明进程也许总是存在缺陷,而在这个过程中,女性可能只是附属物。斯特拉帕罗拉写作了这个故事已知的第一个文学版本。在他的故事《康斯坦丁诺·福尔图纳托》中,这只猫变成了一个仙女,她帮助愚笨的农民欺骗贪婪的国王,让他用破旧的衣衫换取皇室服装,并被当成富有

---

① God will heed/A ship in need.
② See Jack Zipes, ed., *The Great Fairy Tale Tradition: From Straparola and Basile to the Brothers Grimm.* New York: Norton, 2001, p. 205.

的贵族离开人世。"人靠衣装"的主题是这个故事中最明显的，它也是巴西耳的《加格留索》的核心。像斯特拉帕罗拉一样，巴西耳试图揭示宫廷社会是多么肤浅与自命不凡。然而，他走得更远：帮助粗鲁的农民加格留索成为国王的神奇猫女，后来因无法忍受加格留索的虐待而逃跑。毫无疑问，加格留索将变得像他岳父一样腐败和无礼。佩罗第一次通过将猫变成重要的公猫来改变这一主题。这只猫，代表着巴黎的奉行机会主义的高级资产阶级，是故事中的英雄。它是只狡猾的猫，它控制一切，引领民众，杀死食人魔，并在故事结尾晋升高位。这里隐含着对于路易十四时代的所谓文明的批判：在宫廷社会，一个人不仅需要有适宜的服装、恰当的举止以及抱负，还必须残杀暴虐且为人奸诈，这样才能取得成功。

正如我们所看到的，斯特拉帕罗拉和巴西耳通过关注暴力冲突为法国童话作家树立了榜样。这些冲突需要根据他们所处时代的文明进程而自我克制和解决。他们的意识形态观点和叙事策略因其故事中描述的社会和政治问题而异。最重要的是，法国作家们显然意识到，这两位的故事可以被改写和重新创作，用来表达17世纪末路易十四的统治岌岌可危时，自己对于文明的看法。童话故事的巨大潜力被发掘和发展为一种隐喻的话语和叙事策略，以评论法国的文明进程；并且，它的巨大潜力被发掘和发展，在这段历史中，提高了欧洲社会各阶层的读写能力。所以，文学童话也为自己作为一种文学类型打下了基础。它不仅仍然被用作教化儿童和成人的手段，而且它的影响力已通过广播、电影、戏剧、歌剧和互联网被扩展，从而就性别、行为和暴力管理的概念进行交流和辩论。也许在21世纪，社会阶层、交流和娱乐，以及权力的使用与文艺复兴时期有很大不同，但最近流行的两部童话故事电影——《怪物史莱克1》（2002）和《怪物史莱克2》（2004）已经证明，仍然有富有的统治者，言行如社会名流一样，虐待穷苦人民，假装坚持文明准则，并为他们的滥权和虚伪而高兴。时代似乎已经发生了变化，但是多亏了斯特拉帕罗拉和巴西耳童话故事的创造，我们仍然可以依靠其叙事策略来察觉，自以为生活在一个比过去更加文明、更加美好的世界是多么危险的想法。

文化进化范畴中童话的意义

王　辉　译

【编译者按】 本文（The Meaning of Fairy Tale within the Evolution of Culture）最初发表于《神奇与故事》[*Marvels & Tales*, 25（2）：221—243，2011]，随后收入作者的专著《不可抵挡的童话：一个文学类型的文化与社会进化历程》（*The Irresistible Fairy Tale*：*The Cultural and Social History of a Genre*，普林斯顿大学出版社，2012）。该书获得美国民俗学会的历史与民俗著作奖。作者在此系统梳理童话概念的语义、内涵以及相关概念，特别是从欧洲的社会历史背景来阐释童话的发展，为当今研究童话提供了重要的理论基础，对中外童话的比较研究尤其有意义。

> 童话意味着对超自然的信仰，
> 而非信仰的终止。我们都相信
> 古时候的奇妙之处。我们需要信仰。
> 我们都用故事来做梦和呼吸。
>
> ——文森佐·迪·卡斯蒂（Vincenzo di Kastiaux）

想象有一只巨鲸。它在海洋中遨游，吞下一路上遇到的任何鱼类。奇妙而雄壮的鲸鱼曾生活在陆地上，那是在5400万年前，那时它的个头还很小。陆地上的鲸鱼最终变得依靠鱼类来维持生存，并在丰饶的海洋中繁衍生息，成为海洋哺乳类动物中的一员。为了生存和成长，它不断适应变化的环境。童话亦是如此。

奇妙的童话源于几千年前的各种小故事。这些故事在世界各地流传，并在各自的环境下以其独特的方式存活。正如我在第一章中已解释的那样，过去童话的形式和内容与今天并不完全一样。总之，童话最初是一个简单而富有想象力的口头故事，它包含了魔法、神奇事物等元素，并且与异教徒的信仰体系、价值观念、仪式和生活经验息息相关。童话，也称魔法故事或神奇故事，在印刷技术的革新而导致的固定文本和讲、读故事的习俗产生之前，已历经了多次转变。即使如此，童话仍没有受到印刷技术的支配，而是继续通过口耳相传而变异，而传播到世界各地。直到今天依然如此。也即是说，它由口头、印刷及其他技术（如绘画、摄影、广播、电影等方面的技术）的调整与创新的相互作用塑造而成。特别是，技术革新能使其扩散到各种文化领域，甚至互联网上。就像鲸鱼一样，童话不断自我调整，从一则承载重要信息的、简短的信仰故事开始，它就同时被不识字的下层民众和上层社会的文化人改造；它成长，壮大，并传播了有助于特定群体的文化进化的信息。事实上，如果还没"吞下"各种文体、艺术形式和文化机构，它就会重新创造与人类生活相关的叙述，并因技术革新而变得更易于传播，从而适应新环境，继续发展。童话与鲸鱼唯一不同就是，童话不是活的，不能自我推进。它需要人类——然而，有时一个有活力的童话可以吸引听众和读者，并占领他们的大脑，成为文化进化中有生命力的力量。

几乎所有学者将童话定义为一种文体的努力都失败了。他们的失败可想而知，因为这一文体是如此的多变易动。正如唐纳德·哈泽在对学者定义童话的准确描述中所言，"尽管它看起来意义浅显易懂，'童话'一词却没有被普遍接受和认可的定义。对一些人来说，这个词表示某种特定的、特征鲜明的叙述形式，但对另外一些人来说，它不是一种单一的文体，而是一种涵盖了各种形式的分类。'童话'的定义往往趋向于包括一系列描述、解释诸如'灰姑娘''小红帽''汉泽尔与格莱特''杰克和魔豆''幸运的汉斯''蓝胡子'和'小母鸡潘妮'等各种故事的特征的词汇。"①

　　定义童话故事的困难源于这样一个事实,即直到 1697 年卡特琳—安娜·多尔诺瓦夫人（Mme d'Aulnoy）铸造了"童话"一词（其时她出版了第一部故事集）之后,故事讲述者和作者才使用它。然而她从未解释过为什么用这个词。她选择称自己的故事为"contes des fées",字面意思是"关于仙子的故事",这意义深远。② 多尔诺瓦夫人的故事集的第一个英文译本 *Les contes des fées*（1697—1698）于 1707 年发表,③但直到 1750 年,"童话"一词才普遍应用于英语中。④ 鉴于"童话"（conte de fée）这一术语如此让学者们苦恼,并且英语世界对其发明者多尔诺瓦夫人的革命性意义并没有公正的认识,我想通过讨论她作品中的仙子形象,特别是《幸福之岛》《公羊》和《绿蛇》等故事中的仙子形象,来深入地探求多尔诺瓦夫人创造"童话"一词的历史意义。在此过程中,我还将讨论仙子如何成为悠久的法国口头和书面文学传统的一部分,以及多尔诺瓦夫人的仙子故事如何得益于古希腊—罗马神话、歌剧、戏剧表演、关于法国妇女的社会地位的论战以及法国民俗等。在本章的结尾,我还将探讨法国童话的兴起如何体现了文化的进化,这有助于我们理解"童话"这一术语,像模因一样扩散,最终变得如鲸鱼般庞大的原因与过程。

"童话"这一术语如何风靡开来

　　欧洲书面童话的奠基时期（1690—1710）的显著特点,是仙子故事在法语文本中占统治地位。直到此时为止,书面童话并不被视为一种文

---

① Donald Haase, "Fairy Tale," *The Greenwood Encyclopedia of Folktales and Fairy Tales*, ed. Donald Haase, Vol. 1 (Westport, C. N.: Greenwood Press, 2008): 322.

② Nadine Jasmin, *Naissance du Conte Féminin. Mots et Merveilles: Les Contes de féesde Madame d'Aulnoy (1690—1698)* (Paris: Champion, 2002): 447 – 51.

③ Nancy Palmer and Melvin Palmer, "The French *conte de fées* in England," *Studies in Short Fiction* 11.1 (Winter, 1974): 35 – 44; Nancy Palmer and Melvin Paler, "English Editions of French contes de fées in England," *Studies in Bibliography* 27 (1974): 227 – 32.

④ 法语中"conte de fées"（关于仙子的故事）与"conte féerique"（童话）之间有着重要区别。"conte de fées",指所叙述的内容,即仙子的行为;"conte féerique",这一术语则指代一种叙事类型。一般而言,作家多用前者来指代其童话作品。

体，也没有一个专门的术语。它仅仅是一个 conte，cunto，cuento，skazka，story，Märchen，等等。没有一个作家将其故事标明为童话，直到多尔诺瓦夫人创造了这个词。回想一下，乔万·弗朗西斯科·斯特拉帕罗拉（Giovan Francesco Straparola）的故事集（其中包括一些仙子故事）的标题是《愉快夜晚》（1550/1553），而吉姆巴地斯达·巴西耳（Giambattista Basile）则称他用那不勒斯方言写成的故事集为《故事中的故事》或《五日谈》（*Lo Cunto de li Cunti*，1634）。早期用方言写作童话的意大利作家们的作品中，也有仙子或者命运女神的形象。但他们不像法国 17 世纪的女作家们那样，将其标注出来，或者在作品中赋予其重要地位。① 也有一些重要的男作家在故事中描绘仙子，如夏尔·佩罗（Charles Perrault）和菲利普·德·卡勒斯（Philippe de Caylus）。

当多尔诺瓦夫人在 1690 年将童话《幸福之岛》放入其名为《希波利特的故事与杜格拉的故事》的故事集中时，并没有意识到，她即将在法国引领一种风靡同阶层读者的潮流。虽然故事中的山泽神女不被称为仙子，但她们的相似之处显而易见。并且，她们所侍奉的公主绝对是一位仙子，而这个天堂般的岛屿也代表着理想的仙境或乌托邦。（值得一提的是，主角阿道夫离开这个岛屿之后，就被时间老人所杀害。从此，世间再无幸福。因而，多尔诺瓦夫人的故事指出了尘世所缺乏的东西，并描绘了仙子如何出手弥补人类的弱点。）在《幸福之岛》出版后的六年内，这则书面童话，从以前简单的口头故事或书面的 conte，cunto，或者 favola（小故事），变为文学沙龙的话题，同时这些沙龙里的谈话内容也开始印刷出版。正如最近许多法国评论家所指出的那样，口头故事与书面童话密不可分，他们还从各种不同的角度对两者进行了定义。② 多尔诺瓦夫人常在巴黎的沙龙中朗读童话，因而推动了童话在巴黎沙龙中的兴起。自 16 世纪以来，讲故事、猜谜语、沙龙游戏在意大利、西班牙、英

---

① See, Jack Zipes ed. & trans. *Beauties, Beasts and Enchantment*: *Classic French Fairy Tales*. New York: New American Library, 1989; 另见, Lewis Seifert and Domna Stanton, *Enchanted Eloquence*: *Fairy Tales by Seventeenth-Century Women Writers* (Toronto: Iter, 2010).

② Anne Defrance and Jean-François Perrin, eds. *Le contes en ses paroles*: *La figuration de l'oralité dans le conte merveilleux du Classicisme aux Lumières* (Paris: Desjonquères, 2007).

国和法国都很常见,而多尔诺瓦夫人的故事是这种创造性爆发的一部分。[1] 许多作品中含有形象鲜明、聪颖智慧的仙子形象。[2] 直到多尔诺瓦夫人在1697年或之前在沙龙引入了"童话"一词,其他作家才开始使用它。[3] 这一术语的使用更是一个宣示差异和抵抗的声明。客观地说,西方文学史从未像这一时期一样,拥有这么多魔法高强的仙子形象。她们是故事中的决定性人物(她们多出于女性作家之手,但也有一部分出于男性作家之手)。这些故事是当时社会的伦理道德冲突在另一世界的象征。

为什么神奇故事里充斥着魔法高强的仙子,为什么这么多作家将他们的故事标为"童话"这一直到今天仍在法、英语言中使用的术语,有几个原因。这些原因也可以帮我们理解,为何当我们试图定义童话时,往往未能领会这一术语的重要意义。首先,必须谨记,这些法国女作家都是文学沙龙的成员,她们在发表之前都曾在沙龙里讲过或读过她们的童话。在那个女性在公共领域权利极少的时代,这些私人沙龙为她们展现自己的独特才华提供了机会。她们故事中的仙子意在标示她们与男性作家的区别,以及她们对其生活环境,特别是对法国文明进程中日常活动中的礼节规定的反抗。[4] 只有在童话王国,她们才不受教会或国王路易

---

[1] See Thomas Frederick Crane, *Italian Social Customs of the Sixteenth Century and their Influences on the Literatures of Europe* (New Haven, CT: Yale University Press, 1920): 263 – 322, 480 – 504; Lewis Seifert and Domna Stanton, eds. "Editor's Introduction," in *Enchanted Eloquence: Fairy Tales by Seventeenth – Century Women Writers* (Toronto: Iter, 2010): 6 – 12.

[2] 如,Mlle Lhéritier's Oeuvres Meslées (1696); Mlle Bernard's Inès de Cordoue (1696), a novel that includes "Les Enchantements de l'Eloquence" and "Riquet à la houppe"; Mlle de la Force's Les Contes des Contes (1698); Charles Perrault's Histoires ou contes du temps passé (1697); Mme d'Aulnoy's Les Contes des fées, 4 Vols. (1697—1698); Chevalier de Mailly's Les Illustres Fées, contes galans (1698); Mme de Murat's Contes de fées (1698); Nodot's Histoire de Mélusine (1698); Sieur de Prechac's Contes moins contes que les autres (1698); Mme Durand's La Comtesse de Mortane (1699); Mme de Murat's Histoires sublimes et allégoriques (1699); Eustache Le Noble's Le Gage touché (1700); Mme d'Auneuil's La Tyrannie des fées détruite (1702); and Mme Durand's Les Petits Soupers de l'été de l'année 1699 (1702).

[3] See Constance Cagnat – Debœuf 的 "Préface" in Madame d'Aulnoy, Contes de fées (Paris: Gallimard, 2008): 7 – 44.

[4] 关于童话在文明进程中的作用的全面讨论,参见 *Fairy Tales and the Art of Subversion: The Classical Genre for Children and the Process of Civilization*, 2nd. rev. ed. (New York: Routledge, 2006).

十四圣谕的束缚，创造出满足她们欲望和需求的替代物。正如帕特里夏·汉农（Patricia Hannon）所言："17世纪，将童话写作界定为女性的领域，已成为民众的普遍共识，这与以女性为中心的沙龙对它的培育密不可分。女性故事的现代主义倡导者墨丘利（Mercure）以及作为批评者的维利尔斯（Villiers）教士都认为，童话是一种女性的文体……考虑到往往由祖母和女家庭教师所传播，童话更被17世纪的人们认作是一种明显的女性文体。然而，通过将童话写作看作故事朗读的增补，也扩展了当时女性的活动范围。"① 安妮·达根（Anne Duggan）和霍莉·塔克（Holly Tucker）等学者也强调了沙龙环境对女性作家的童话写作的刺激作用。② 她们在沙龙里分享童话、结成同盟、交流观点，进而把彼此看作仙子。在生命的某些短暂时刻，她们陶醉于这种没有特定象征符号的仙子崇拜活动中。这些童话阐述了各种新的行为标准，其要旨在调整上层阶级中男人与女人之间的关系。

简而言之，法国女作家希望自己是天才艺术家，并让她们笔下的仙子代表自己的观点进行仲裁。但她们的仙子并不总是公正的。相反，她们也可以像"巫婆"一样，拥有考验凡人或与凡人争斗的超自然力量。关于多尔诺瓦夫人，雅克·巴尔奇隆（Jacques Barchilon）评论道："多尔诺瓦夫人喜欢讲故事，她想象力丰富。在描写人物时，她用词不但准确、形象，而且声调独特。以下是例子。首先，邪恶的仙子：硬脖子（Torticolis），厚厚的（Ragotte），牢骚精（Grognette），侏儒（Trognon）和脏污者（Sousio，西班牙语中也有肮脏之意）。还有巨魔毁灭者（Ravagio）和

---

① Patricia Hannon, *Fabulous Identities: Women's Fairy Tales in Seventeenth - Century France* (Amsterdam: Rodopi, 1998): 171.

② Anne Duggan, Salonnières, *Furies, and Fairies: The Politics of Gender and Cultural Change in Absolutist France* (Newark, DE: University of Delaware Press, 2005); Holly Tucker, Pregnant Fictions: Childbirth and the Fairy Tale in Early Modern France (Detroit: Wayne State University Press, 2003); Catherine Marin, Pouvoir et subversion féminine dans les contes de fées à l'époque classique en France, Ph. D. dissertation (Madison, WI: University of Wisconsin, 1991); Lewis Seifert, "Création et réception des conteuses: du XVIIe au XVIIIe siècle," in *Tricentenaire Charles Perrault: Les grands contes du XVIIe siècle et leur fortune littéraire*, ed. Jean Perrot (Paris: In Press Éditions, 1998): 191—202; Jack Zipes, "The Rise of the French Fairy Tale and the Decline of France," in *When Dreams Came True: Classical Fairy Tales and Their Tradition*, 2nd rev. ed. (New York: Routledge, 2007): 33—52.

苦恼者（Tourmentine），其次，令人同情的仙子：银鳕鱼（Merluche）、爱情之花（Fleur d'Amour）和夜之美（Belle de Nuit）。"①

一般而言，那些令人敬畏的仙子有着善良或者邪恶的品性，这与路易十四宫廷和天主教会相对立。她们反对假装虔诚的曼特农夫人（Maintenon），此人是路易十四的情妇，坚持在宫廷引入严苛的宗教虔诚思潮，并鼓吹反对世俗主义。路易斯·塞弗特（Lewis Seifert）与多玛纳·斯坦顿（Domna Stanton）所写："尽管如此，在唯美的世纪末语境中，童话成为上层世俗社会的捍卫者。它对世俗的奢华和幸福的描绘，对仙子、巫师及'异教徒'等的超自然力量的信赖，明显与基督教世界观相悖。然而，作为与儿童和下层社会相关的叙事形式，童话主要出于女性作家之手。如果不过度诠释的话，它对世俗文化的捍卫似乎基本无害。此外，当时风云变幻的政治和社会思潮，也部分地说明了这一文体的感染力。"②

歌剧和仙境剧

法国女作家虚构的童话世界是壮观的、荒诞的，道德上是纯洁的。正如达根所言，多尔诺瓦夫人"特别称颂17世纪末法国上流社会的奇观——歌剧，并对其进行吸收和模仿"。③达根睿智地指出了歌剧，特别是17世纪从意大利引入的仙境剧，对童话作家的影响，而这还尚未得到充分的学术关注。鉴于这种独特的娱乐（消遣）方式和称为"仙境剧"的情节戏剧/芭蕾舞剧的发展，这一点尤其真实可信。在对仙境剧的扎实的研究中，保罗·金斯迪（Paul Ginsty）说："仙境剧可以溯源到16、17世纪的宫廷芭蕾舞，后者的故事性和奇幻性激发了前者的灵感。由卡瑟琳·德·美第奇（Catherine de Médici）改编的《意大利少女们》（The Italian Ingénues），是最初引进仙境剧到法国的人。这些优雅的人是杰出的奇观传播者。而且，佛罗伦萨大公的宫廷曾是精密道具制造者和舞台装饰

---

① Acques Barchilon, Introduction, in *Madame Catherine - Anne, baronne d'Aulnoy*, Contes, ed. Philippe Hourcade, intro. Jacques Barchilon, 2 Vols (Paris: Société des Textes Français Modernes, 1997): xxx.

② Seifert and Stanton, *Enchanted Eloquence*, 9.

③ Duggan, Salonnières, *Furies, and Fairies*, 216.

者的乐园，其佼佼者如蒂曼特·布诺科西（Timante Buonacorsi）、巴尔达萨雷·兰西亚（Baldassare Lancia）、尼科洛·特利波罗（Nicolo Tribolo）——他们都擅长为娱乐活动提供复杂而豪华的舞台。卡瑟琳·德·美第奇任用巴尔塔扎里尼（Baltazarini）负责芭蕾舞剧。为报前者的知遇之恩，想象力卓异的后者汇集了御用画家雅克·帕坦（Jacques Patin）、音乐家博利厄（Beaulieu）和萨尔蒙（Salmon）和王室诗人拉·切斯奈（La Chesnaie），他们一起制作了芭蕾舞剧《喀耳刻》。他差点因资金不够而功亏一篑，因为芭蕾舞剧需要花费20万法郎。"①

金斯迪忘记了提及之前的芭蕾舞剧《皇后的喜剧》，它的演出长达五个小时，并由路易丝王后和宫廷女官来舞蹈。此外，16世纪意大利其他方面的发展，可能也影响了卡瑟琳·德·美第奇对艺术的爱好，比如在不同场合朗读童话和神话。②巴洛克时期，意大利、法国的所有宫廷娱乐活动中，场景都极为重要，其中包括改编自神话和童话的华丽的演出。这些场景被喻为魔法仙境，其目的是歌颂王室的荣耀和权力。这些芭蕾舞剧、化装舞会和歌剧受到欧洲各个宫廷的推崇；它们通常由10—15个舞台造型或场景组成；故事由有天赋的演员和杂技演员用舞蹈和歌声来呈现；各种机关与陷阱被发明出来，用以制造奇幻场景；诸如仙子、巫婆、巫师、小矮人、神灵、鬼怪、恶魔和贵族等形象都卷入了一些需要拥有较高法力的仙子、大神和女神等插手的情节。

还应指出的是，在这些精巧而庄重的场景形成的同时，包含童话人物和主题的喜剧作品也逐渐兴起，并受到喜剧艺术家们的影响。到17世纪后期，路易十四的宫廷举办的，堪比仙境的节庆景观，变得司空见惯。因而，诸如科尔内耶（Corneille）、莫里哀（Molière）和吕里（Lully）等作家根据神话和童话来创作戏剧，也变得常见。正如达根所言，"路易十四听着童话长大，这种文体，如美尼尔（Mainil）③断言，不久必将（重新）定义王室庆典的性质。王室庆典包括马术活动、芭蕾

---

① Paul Ginisty, *La Féerie* (Paris: Louis - Michaud, 1910): 12.

② Michele Rak, *Da Cenerentola a Cappuccetto rosso: Breve storia illustrata della fiaba barocca*, Milan: Bruno Mondadori, 2007.

③ Jean Mainil, *Madame d'Aulnoy et le Rire des Fées: Essai sur la Subversion Féerique et le Merveilleux Comique sous L'Ancien Régime* (Paris: Klimé, 2001).

舞剧和戏剧等娱乐形式，也被称为'幕间表演'。在王室节庆上奇妙壮观的场景融入进歌剧中，'幕间表演'这一术语也被用于指称有歌舞的幕间，因其能使人联想起王室庆典。作为影响者，歌剧在多尔诺瓦夫人的故事中有以下标志性特征，包括：（1）神奇的运动方式借鉴了歌剧中的机关；（2）包含合唱；（3）将诗歌融入故事；（4）有凡尔赛宫及其类似宫殿的铭文"。[1]

从一开始，多尔诺瓦夫人及其同类就着意将童话剧的颠覆性潜力和仙子的超自然属性都被编入故事中，以抨击路易十四宫廷中狭隘的宗教狂热及厌恶女性的倾向。

魔法助产士

另外，仙子之所以对她们如此重要，还有另外两个深刻的原因。第一个涉及助产士、保姆和分娩在女作家生活中的角色——这个角色或多或少地被特指为仙子。正如霍莉·塔克写道："在口头和书写的童话中，仙子在王室生育的过程中也不缺席。她们不仅仅出现于幼儿出生的场景，还护佑生育的各个阶段。一般而言，她们护佑生育，如果她们生气了，就施行不孕符咒来进行破坏。幼儿落草后，她们会赠予礼物来满足他们的需求、指导他们的人生道路，不管这些礼物或是出于善意或是歹心。而且，她们以童话里的方式，惩罚那些忘记或拒绝向护佑生育的仙子报恩的人。"[2]

值得注意的是，多尔诺瓦夫人在她十多岁时生下了四个孩子，因而非常依赖助产士和其他妇女的帮助。她丈夫是个堕落的流氓。在母亲的帮助下，她设计让丈夫因谋逆而被处决。然而，她失败了，只得怀着身孕在监狱服刑。二十岁时，她彻底认识到围绕着路易十四宫廷的贵族、朝臣和教士的腐败、堕落和尔虞我诈。因而，她将助产士或保护者的角色赋予故事中的仙子并非偶然。她笔下的王后和公主祈子或祈祷护佑分娩的对象，不是上帝和教会，而是仙子。正如我已经指出的那样，虽然有些仙子可能是恶毒的，但她的故事中有一种意识，即只有仙子才能

---

[1] Duggan, Salonières, *Furies and Fairies*, p. 225.
[2] Tucker, *Pregnant Fictions*, p. 56.

"大扫除",意即终结欺骗和虐待。《绿蛇》以这样的方式开始:"古时候,有一位伟大的王后,她生下一对双胞胎女儿。按当时的风俗,她邀请附近的十二位仙子来奉献礼物。事实上,这是一个非常有用的习俗,因为仙子的力量通常会弥补自然的缺陷。然而,有时她们也会破坏大自然尽力完善的东西,正如下文所讲。"[1]作为助产士和教母,仙子们经常彼此交锋,就像希腊—罗马神话中的女神一样。她们在故事中凸显自己的存在,并策划情节。在幼儿出生和成长方面,她们被赋予让人联想到希腊—罗马神话、埃及神话、法国传统民间信仰中的超自然力量。正如女性作家刻画的那样,这些故事中的仙子对于她们至关重要。

多尔诺瓦夫人笔下摩根仙子与美露辛仙子的重要性

如果说多尔诺瓦夫人和17世纪末的其他作家越过圣母玛利亚、耶稣及其他基督教圣人而选择了仙子,这里有第二个原因来解释,为什么仙子对这些作家非常重要。因为她们沉浸于仙子传说中,并借以发出她们抗议教会和国家的呼声。这并不是说这些文雅的作家完全相信民间传说、普通百姓的仪式和信仰活动。事实上,正如巴尔奇隆、雷蒙德·罗伯特(Raymonde Robert)、纳迪娜·雅米纳(Nadine Jasmine)、简·迈尼(Jean Mainil),康斯坦斯·卡纳特·德博福(Constance Cagnat-Debœuf)和其他学者所表明的,她们对童话往往抱着反讽的态度,她们复杂的故事往往充满狂欢的、嘲弄意味的民俗。尽管如此,她们还是喜欢用童话来隐蔽她们对教会和国家(在她们的故事中,它们显得颓废、衰弱)的批评。

多尔诺瓦夫人影响了法国人对摩根和美露辛仙子传说的接受。这种影响,无论如何高估,都不过分,更不用说她的行为也影响了其他作家。纳迪娜·雅米纳在其研究中,用整整一章来讨论多尔诺瓦夫人对中世纪物品和民俗的理解和运用。[2]她指出:"故事讲述者(多尔诺瓦夫人)博

---

[1] Jack Zipes, ed., *Beauties, Beasts and Enchantment: Classic French Fairy Tales* (New York: New American Library, 1989): 477.

[2] Ndine Jasmin, "Matière folklorique, matière médiévale," *Naissance du Conte Féminin. Mots et Merveilles: Les Contes de fées de Madame d'Aulnoy (1690—1698)*, Paris: Champion, 2002: 81—124.

采众长，不拒绝任何来源的灵感。她无视雅俗之分，因而旁学杂收，广泛借鉴。而且她的连贯性异常显著。她引用的典故之多、之广，以至于形成了一个璀璨的星群。总之，世俗、华丽是其作品的核心特点，在其上，再融入新形式与新风格。"①为了解她海纳百川的写作方式、1690年对童话的定义以及创作于1690年至1710年的许多童话的深远意义，我想归纳一下劳伦斯·阿尔夫—兰斯纳（Laurence Harf - Lancner）在《中世纪的仙子：摩根仙子与美露辛仙子的诞生》这一学术著作中的主要论点。像许多其他可信的研究童话起源的学者，如路斯·费迪南德·阿尔弗雷德·莫里②（Louis Ferdinand Alfred Maury）一样，他写道：希腊—罗马神话中关于摩伊赖（Moirae，希腊命运三女神）和帕尔卡（Parcae，罗马命运三女神）的神话是西方仙子信仰的基础。在希腊文化传统中，他们的基本职能是预言新生命的命运。之后，罗马人赋予女神浮娜（Fauna）以丰饶（生育之意）和预言的职能，传说中她也被当作玻娜女神（Bona Dea）或善女神而传播，受民众祭祀。最终，浮娜与野性和色情联系起来，因为这些都被认为是生命的力量。③网上有一段对她的简介："浮娜是一位古老的罗马预言与丰收女神，与森林、田野和动物关系密切。她还与福纳斯（Faunus）男神关系密切，她身份多样，既是他的母亲，又是他的妻子和女儿；她的名字和福纳斯的名字一样，来自拉丁文的'朋友，支持或援助'，从中我们可以引申为'恩惠'；另一种词源来自 fari，意为'讲，谈论或说'，指的是她的预言能力。因而她的名字也可以被翻译成'她喜欢的人'，'友善的人'，'言说者'，甚至'背后支持你的人'。她

---

① Ndine Jasmin, "Matière folklorique, matière médiévale," *Naissance du Conte Féminin. Mots et Merveilles: Les Contes de fées de Madame d'Aulnoy* (1690—1698), Paris: Champion, 2002: 194.

② Alfred Maury, *Les fées du Moyen Âge* (Paris: Ladrange, 1843); *Croyances et Légendes du Moyen Âge* (Paris: Champion, 1896).

③ Pierre Klossowski, Diana at her Bath. The Women of Rome, trans. Sophie Hawkes and Stephen Sartarelli (New York: Marsilo, 1990); 107. Macrobius 认为，依据 rnelius Labeo 的说法，玻娜女神只是女神玛雅（Maia）的别称，墨丘利（Mercury）的母亲。在祭祀中（在五月举行），她也被称为玛格那玛特（Magna Mater），有人以玻娜女神的名义为她建造一座神庙。在秘密祭祀中，据说她代表土地；而在教皇的著作中，她也被称为 *Bona*，因为她的为万物提供营养；被称为 *Ops*（Diana of Aricia 的别称）因为她的救助而得以活命；被称为 *Fauna（favet）*，因为她满足所有生灵的需要；被称为 *Fauna（fando：to speak）*，因为新生儿只有接触土地后，才能发出声音。

被认定像预言女神法图阿（Fatua）一样，意即'说话者'，此外她的名字还具有'预言者'或'传神谕者'之意。"①

像许多女神或神灵一样，浮娜有多重分裂的形象，经常与妓女和奔放的性爱行为有关。与此同时，她也因很少离开自己的领域，被认为是贞洁和谦虚的典范。约翰·沙伊德（John Scheid）指出，作为仙子的滥觞，浮娜的许多优异品质与女巫的邪恶性情融合在一起。"依据玻娜女神的起源神话，她的形象是模糊的。她一般被认为是浮娜的尊称，是古老的福纳斯的妻子。在其中一个版本中，浮娜被用桃金娘枝鞭打，饱受饮浓酒之虐。另一个版本中，即使饱受醉酒和受虐之苦，她也不屈服于她父亲福纳斯的步步紧逼，福纳斯只得最后变成蛇尾随着她。总之，所有早期资料对玻娜女神的描绘是杂乱无章的。而且，非但杂乱无章，还模棱两可，就像罗马人对女性贞节的看法一样。玻娜女神和妇女们对葡萄酒、性的看似矛盾的态度，往往让男性联想起维斯塔贞女（Vestals）形象的模糊之处。女性既接受又拒绝醇酒与性，表现了阳性与阴性、主动与被动之间的矛盾心态。女性不论是在祭祀仪式中，还是在文献中，都是例外的存在。妇女们秘密地在夜晚，在私人住所和伪装中行事。注意，神话学家将玻娜女神祭祀的起源置于浮娜的周围，即传说中的森林中部落的所在之处，这也是后来的罗马城的所在。"②

在中世纪早期，欧洲不同的群体在通俗文化中改变了希腊—罗马的命运三女神形象；命运三女神变成奇异或超自然的精灵，在有关预言和爱的神奇故事中流传。当其他人物和神灵，如塞壬、山泽女神、空中仙子、美人鱼和水妖等被创造出来时，她们被赋予了不同的名字。莱斯利·艾伦·琼斯（Leslie Ellen Jones）评论说："仙子的名字因地而异，也

---

① 见，"The Obscure Goddess Online Directory", http://www.thaliatook.com/OGOD/fauna.html。

② John Scheid, "The Religious roles of Roman Women," in *A History of Women: From Ancient Goddesses to Christian Saints*, ed. Pauline Schmitt Pantel (Cambridge: Harvard University Press, 1992): 392—393.

许最有名的是爱尔兰的达努神族（Tuatha Dé Danann，意为达努女神的部落）或仙岛之族，在威尔士是公正部落或植物里斯·多芬（Plant Rhys Ddwfn），英国仙子的名字要多得多：博格特、布朗尼、格林尼、绿衣小妖、敲门者、罗布斯、淘气精灵和鲁波肯斯。法国称她们为 fées；布列塔尼人称其为 Korrigans；在西西里岛，被称为 donas de fuera，即外面的妇人；在巴尔干地区，被称为维拉（vila）；在俄罗斯被称为露莎卡（rusalka）；在希腊被称为古典的涅瑞伊得（nereid）。她最初是一位水中精灵，后来扩展到用来指称所有仙子。"①

显然，异教神灵是仙子的前辈。千年以来，她们的角色和功能在不同的文化中流传，最终形成了现代的仙子的概念。女神的异教徒出身和仙子的护幼保赤职能（与助产士、保姆、鹅妈妈相关），可以遍布在整个欧洲。劳拉·拉格诺尼（Laura Ragnoni）写道："这个母题经常出现在童话中。如果确定这是异教徒存在的痕迹，那它足以证明：仙子是异教徒的宗教信仰与基督教斗争留下的符号。而且，童话故事中仍然保存着典型的异教徒的仪式。在童话的变迁史中，实际上存在着一些稳定的经验模式或情节，它们可以轻易追溯到前基督教时期驳杂的神话世界。因此，仙子主题极有可能从古老的异教传统中发源而来，并通过不同的途径参与到流行的神话中去。"②

追寻童话的血缘是一项艰巨的任务。在试图把握仙子故事的象征功能时，必须始终考虑特定时期的社会文化背景。在法国，成为仙子的一个明显表现是，其他文化中也有如此多相似点的人物。正如阿尔夫—兰斯纳所指出的那样，"中世纪有两种仙子：一种是命运女神（parcae），她的经典形象已经深受民间传统的影响；另一种是森林里的妇人，她们通常与凡人交往颇多。后者在 12 世纪进入习得文化中成为'仙子'，逐渐与命运女神的角色切断联系。这两种形象，最初相互区别，继而在 13 世

---

① Leslie Ellen Jones, "Fairies" in *Medieval Folklore*: *A Guide to Myths*, *Legends*, *Tales*, Beliefs, and Customs, ed. Carl Lindahl, John McNamara, and John Lindow (Oxford: Oxford University Press, 2002): 128.

② Laura Rangoni, *Le Fate* (Milan: Xenia Edizioni, 2004).

纪合并成一个充满文学气息的新形象——迷人的命运女神。中世纪之后，仙子形象基本定型，但是，流行的故事中的仙子往往会受到浪漫文学的影响"。①

阿尔夫—兰斯纳研究了由教士和学者用拉丁文、方言记录的罗曼史、故事和歌谣，从而揭示了两种故事类型。这两种故事类型体现了希腊命运三女神故事转化为魔法高强的仙子的故事的两种形式。对阿尔夫—兰斯纳来说，情节类型的稳定性说明了仙子在中世纪早期的民众中口头传播的广泛性和流行性，也说明了她们或多或少地影响了书面文学，为12世纪大量的罗曼史和歌谣奠定了基础。第一个独特的故事类型基于著名的美露辛仙子②的冒险，主要情节是一个迷人的仙子进入凡间；第二个包

---

① Laurence Harf – Lancner, *Les Fées au Moyen Âge*：*Morgane et Mélusine. La naissance des fées* (Paris：Honoré Champion, 1984)：42.

② 关于美露辛的两项优秀研究，见 Bea Lundt. *Mélusine und Merlin im Mittelalter*：*Entwürfe und Modelle weiblicher Existenz im Beziehungsdiskurs der Geschlechter* (Munich：Fink, 1991 and Donald Maddox and Sara Sturm – Maddox, eds., *Mélusine of Lusignan*：*Founding Fiction in Late Medieval France* (Athens, GA：University of Georgia Press, 1996)。从13世纪到19世纪，产生了许多关于 Melusine 的故事。关于 Jean d'Arras 所作的最重要的中世纪版本的一个很好的总结，见 Linda Foubister, "The Story of Melusine" (Medieval France, 1394), Encyclopedia Mythica, http：//www.pantheon.org/areas/folklore/folktales/articles/melusine.html："美露辛仙子，是帕西努 (Pressyne) 仙子和奥尔巴尼的伊莱纳斯国王 (King Elynas of Albany) 的女儿。她成了法国普瓦图地区的科隆比耶尔 (Colombiers) 森林中的仙后。有一天，她正和两名属下守护她们神圣的喷泉，一名年轻人，即普瓦捷的雷蒙德，从森林里冲出来。美露辛仙子与他谈了一夜，黎明时，他们就订婚了。但有一个条件：美露辛仙子要求雷蒙德承诺，他永远不要在星期六见她。他同意了，于是他们结婚了。美露辛仙子为丈夫带来巨大的财富和成功。她建造了吕西尼昂 (Lusignan) 城堡，速度之快，就像是用了魔法。随着时间的推移，美露辛仙子在整个地区建造了许多城堡、堡垒、教堂、塔楼和小镇。她和雷蒙德生了十个孩子，但每个孩子都有缺陷。老大有一只红眼和一只蓝眼，老二的一只耳朵比另一只大，老三从脸颊上长出一只狮子的脚，老四只有一只眼睛。老六被称为大牙杰弗里，因为他有一颗非常大的牙齿。尽管都有畸形，但孩子们却都很强壮、有才能，深受整个地区的人们的喜爱。有一天，雷蒙德的兄弟拜访他，这让雷蒙德非常怀疑他妻子星期六的诡秘行踪。因此，第二个星期六，雷蒙德发现妻子在洗澡，就从门缝偷偷窥视她。他惊恐地发现，妻子腰部以下是蛇身蛇尾。他装作没事发生，直到一天，儿子杰弗里用大牙袭击了修道院，杀死了包括自己一个兄弟在内的一百名僧侣。雷蒙德指责美露辛仙子的蛇性污染了他的血统，这说明他违背了对妻子的承诺。结果，美露辛仙子变成一条十五英尺长的蛇，在城堡上空盘旋三圈，同时悲伤地哀号，然后飞走了。她会在晚上回来探望她的孩子，然后匆忙消失。雷蒙德从此郁郁寡欢。每当吕西尼昂城堡中一个人将要死亡或者出生时，美露辛仙子就会在城堡里现身，哀号。据说，世界末日时，美露辛仙子血统高贵的后裔将统治世界。她的孩子包括塞浦路斯国王、亚美尼亚国王、波希米亚国王、卢森堡公爵和卢西尼昂勋爵。"

括臭名昭著的摩根仙子（Morgan le Fay）①，以及一个进入她地盘的英雄。关于美露辛仙子的文本包括三个部分：（1）相遇——一位英雄通常在森林里，遇到一位美貌的仙子，并一见倾心。（2）协议——英雄向仙子求婚，仙子同意了，条件是他遵从某种禁忌。（3）违反协议——英雄要么被他嫉妒的兄弟说服，打破了禁忌，要么做出错误的决定，从而失去了妻子和幸福。在一些罗曼史中还有破镜重圆的情节。但是在主干的故事类型中，并没有幸福团圆的结局。

关于摩根仙子的文本模式与美露辛仙子的相比较，有相似之处，但

---

① 就像美露辛仙子一样，中世纪有很多关于摩根仙子的故事。关于她的重要性的一个很好的总结，见 Brian Edward Rise, "Morgan Le Fay", http://www.pantheon.org/articles/m/morgan_le_fay.html: "据英国历史学家蒙茅斯的杰弗里（Geoffrey of Monmouth）在 Vita Merlini 中所言，她的名字（拼作 Morgen）都像与仙境有关系。她也是一个神奇的人物，带领着居住在一个魔法岛上的九姐妹。她在接受了一位受伤的国王。如果他能撑下来，她还能帮他疗伤。这里有许多凯尔特人的传统，不仅仅表现在仙子掌管着魔法之地，还表现在这些仙子们之间的真正姐妹情谊。这样一个团体由女祭司领导，而她是女神的世俗代表。威尔士史僧吉拉度（Giraldus Cambrensis）和其他中世纪作家都很清楚摩根的神性。比较一下威尔士和非威尔士亚瑟王的情节，可见她等同于摩腾（Modron），进而与河流女神摩特罗纳（Matrona）有关，这些都类似于并可能源自爱尔兰女神莫琳根（Morrigan）。基督教将其人性化，这最终贬低了她。在早期，她是一种仁善的仙子，护佑了亚瑟王的一生，而非仅仅在他最后的岁月帮助他。威尔士人声称她的父亲是阿瓦拉赫，一个有着威尔士名字的魔法岛上的国王，但是关于他的传说已湮没无闻。摩根本来离群索居，一个人住在阿瓦隆（Avalon，意即苹果之岛）。随着亚瑟王故事的演变，她进一步人性化。她成为耶格纳（Ygerna）和她的第一任丈夫哥罗劳斯（Gorlois，康沃尔公爵）的女儿，成为摩根·亚瑟（Morgan Arthur）的同母异父的姐妹。格拉斯顿伯里对阿瓦隆的认同，导致了人们认为她统治着阿瓦隆，但是在中世纪罗曼史中，她被置于许多不同的地方。她成为可能位于爱丁堡附近的梅登斯堡（Castle of Maidens）的所有者，而一些欧陆的罗曼史作家则将她放到地中海的西西里岛。据说因为她的魔力，墨西拿海峡出现了海市蜃楼。因而，她被意大利人赋予'Fata Morgana'这一名字。中世纪的基督教很难同化一个仁善的女巫，因而她变得越来越邪恶。她向梅林学习黑魔法，带着对吉娜薇（Guinevere）女王的憎恶，她成了亚瑟及其骑士们的一大困扰。过了一段时间，为了一己之欢娱，她参与了一项诱捕骑士的计划，即将骑士送人'不归谷'，或者让他们对抗强敌。她还与乌列（Urien）结婚，并生了一个叫欧文（Owain）或乌文英（Yvain）的儿子。然而，她永远不会堕入纯粹的邪恶。她本性不坏，喜欢文艺。尽管在宫闱内诡计多端，她仍是那个将受伤的国王带到阿瓦隆去疗伤的人。基督教未能理解摩根的性格，部分原因在于它滥施道德品评。它将犹太—基督教的伦理结构框在凯尔特人身上，并试图消除其中的冲突。基督教僧侣基本上误解了凯尔特人的政治理念。女性拥有与男性相同甚至更大的权利，并可以挑选自己的情人。这在爱尔兰民族史诗《泰恩》的抄本中表现明显（抄写员对凯尔特人文化的无知，这反而保留了许多文化资料）。这也是为什么吉娜薇被视为是不贞的荡妇，而不是一个可以自由选择床上伴侣的自由女人的原因。摩根也必然成为一个被从性行为方面来曲解的女巫。"

也有明显的不同。这种故事类型的情节一般包括：（1）到达仙境——英雄在仙境中遇到一位与凡间隔绝的仙子。（2）久居仙境——英雄在仙境中住了很长时间，不知时间飞逝。（3）许可和禁止——英雄觉得无聊，渴望回家，请求仙子允许他重访人间。仙子同意了他的请求，只要他遵守一些禁忌。（4）违反禁忌。英雄以某种方式违背了他的诺言或禁忌。因而，他被逐出仙境，不久死去。

多尔诺瓦夫人、希腊—罗马神话与仙子传说

虽然没有文献记载多尔诺瓦夫人熟悉关于美露辛仙子和摩根仙子的故事，然而，她的童话足以证明，她对相关的文本或口头传说有一定的了解。我们必须谨记，她出生在诺曼底，而那里受凯尔特人的仙子故事传统影响很深。[1]有明显的迹象表明，多尔诺瓦夫人熟悉一系列希腊—罗马神话，这些也都在路易十四的宫廷中以芭蕾舞或者歌剧的形式演出过。塞弗特与斯坦顿评论道："这些作者为了维护自己的尊贵的社会地位，会对下层社会中的故事，用典故进行修饰和润色。事实上，各种各样的典故编织进童话，展现了一种超越老套、简单的童话类型的复杂性。尽管她们是具有现代主义色彩的作家联盟，但她们在文本中广泛引用希腊和罗马神话典故，有时候还会引用很多传统民俗。例如，在多尔诺瓦夫人的许多故事中，罗马神话中的丘比特往往是仙子的盟友或敌人。更常见的是，引用神话被当做常用的修辞方式。奥维德《变形记》中的故事在整个早期的现代欧洲都很流行，特别是其中变形相关的情节，对作者们影响极大。但她们的故事也发掘了中世纪罗曼史的母题和人物形象，像仙子形象、囚禁在塔楼里的女人形象等。"[2]

多尔诺瓦夫人的第一个故事，《幸福之岛》，是一个体现女性作家讲述方式的范例。它将法国民间传说、中世纪罗曼史和希腊—罗马神话的元素和母题编织成一个阿尔夫·兰斯纳总结的"摩根型"故事：前往仙

---

[1] 有关多尔诺瓦夫人对法国民间传说的了解和借鉴的详尽讨论，见 Raymonde Robert, "Madame d'Aulnoy et le Folklore：Le Puzzel des Motif Populaires，" *Le conte de fées littéraire en France de la fin du XVII à la fin di XVIII*（Paris：Champion）：108 – 121.

[2] Seifert and Stanton, *Enchanted Eloquence*, p. 20.

境的旅程；久居仙境；许可和禁忌；违反禁忌。多尔诺瓦夫人通过将故事背景设在俄罗斯来掩饰她对其他故事的借鉴。故事情节如下：英雄阿道夫王子在森林猎熊时迷失了方向，然后他在一个洞穴中遇到了希腊的东西南北四风之母。当四风回到洞穴时，西风泽菲尔（Zephir）讲到生活在幸福岛上的仙子费利西泰（Felicity）公主。阿道夫王子着迷于描述中的公主，请求泽菲尔带他去那里。泽菲尔同意了，给了他一件斗篷，使阿道夫王子隐形，以保护他免受岛上的妖怪守卫的袭击。当阿道夫王子到达时，他被幸福岛和岛上仙窟的富丽堂皇所震撼。有一次，他遇到了丘比特的仙窟，门前写着："爱是至高的祝福，唯有爱能满足我们所有的渴望。没有爱的加持，世上最甜蜜之物也会索然无味。"[1]当他意外地出现在费利西泰公主（她貌若天仙）面前时，从未见过凡人的公主觉得，他伟岸英俊，如神鸟凤凰一般。然后他对她倾诉衷情——他为爱慕她的美貌而来。然后，他们共浴爱河，并饮"青春之泉"以保持年轻。阿道夫王子与费利西泰公主共度了三百年的幸福岁月，却不觉时间之飞逝。一天，他突然意识到自己在岛上待了多久，便自责忘却了自己的使命，失去追求荣誉的进取之心。因此，他想回到自己的王国，因为心上人竟把荣誉和雄心置于爱情之上。对此，费利西泰公主感到烦恼和失落。于是，怀着遗憾，她授予他一些神兵利器和一匹名为比彻尔（Bichar）的名马，并告诉他："这匹马会载你去战斗，会助你赢得胜利。但是，无论如何，你的双脚都不要踏上地面。神赐予了我预言的能力，如果你忽视了我的建议，比彻尔也无法救你于困厄。"[2]阿道夫答应之后，就离开了。结果，时间老人（Father Time）诱骗他去触摸地面，最终他因窒息而死。当费利西泰公主得知他的厄运时，便永远封闭了宫殿之门。这就是人类永远找不到完美无缺的幸福的原因。

多尔诺瓦夫人的第一篇童话就开始了口头传说、法国中世纪文学和希腊罗马神话的"现代主义"的重新创作，以歌颂仙子高标准的爱和倾向世俗的道德。她的故事的的确确是关于仙子的故事，关于她们的美貌、慷慨和她们蕴藏着永恒青春和真爱的理想世界。多尔诺瓦夫人用从民间

---

[1] Zipes, *Beauties, Beasts and Enchantment*, p. 303.
[2] Zipes, *Beauties, Beasts and Enchantment*, p. 307.

传说（英雄在树林里、助手、隐形斗篷、青春喷泉、神奇的马、时间老人）以及希腊罗马神话（四风、丘比特）和托尔夸托·塔索（Torquato Tasso）的《解救耶路撒冷》（*Jerusalem Delivered*）（另见，女巫阿尔米达 Armida）中所汲取的母题，来创造她自己版本的摩根型故事。这是一个让人惊异的反乌托邦式的叙述，因为故事中仙子的恩赐并不值得珍视，而且王子竟因违背承诺付出了生命的代价。从开始写作的那一刻，多尔诺瓦夫人就将一种原初的女权主义精神灌注进故事，并且努力阐明和坚持上层社会受过教育的妇女倾向世俗的立场，来反抗作为社会准则的伪虔诚的、过时的礼节和制度的限制。她通过重新利用希腊—罗马神话、民间传说和中世纪罗曼史的材料，努力将新的习俗和道德行为引入叙事中，以最终达到用"现代的"仙子来影响文明进程的目的。

另外两个故事，《绿蛇》和《公羊》，受到阿普列乌斯（Apuleius）的《金驴记》、拉封丹（Lafontaine）的《丘比特与普赛克的故事》（*Les Amours de Psiché et de Cupidon*，1669），以及关于美露辛仙子的罗曼史和童话的强烈影响，这说明了她的童话的实验性和复杂性。在美露辛仙子的故事中，通常包括遇到一个森林中的精灵、承诺遵守禁忌、违反承诺/禁忌等母题。在多尔诺瓦夫人的两个故事中，男女主人公的角色行为被互换了。也就是说，通常情况下，是英雄遇到了森林里的美露辛仙子或精灵。然而，多尔诺瓦夫人的故事则描绘一位年轻的公主遇到一个男性变成的怪兽，怪兽将她带入了田园诗般的地方。在《绿蛇》的开头，莱德罗奈特出生时，恶毒而法力高强的仙子玛格廷就诅咒她为丑八怪。正值芳龄的她为自己的丑陋而痛苦。有一天，她遇到了一条绿蛇，原来他本是一位国王，也因被玛格廷诅咒而变成了一条蛇。他想帮助她，但她被他吓坏了。后来，当她搁浅在潘格迪亚岛上时，她为岛上的美景和文化所震撼。岛上有些小精灵般的生物，为一位隐匿的国王——绿蛇服务。最终，她同意与这位国王结婚，条件是她答应度过七年的诅咒期之后，再去见他。但在好奇心的诱惑下，她违反了诺言，受到玛格廷的惩罚。随后，在普泰楚艾斯仙子的帮助下，她完成了三项艰巨的任务，并因而成为独立女王。这使得玛格廷改变了主意，允许莱德罗奈特参与将绿蛇变成一位英俊的国王，并让国王生活在潘格迪亚岛上。

《公羊》与李尔王的故事相似。一位名叫梅韦林斯的公主，据说因侮辱了国王而被判了死刑。一名卫队长私下放她逃到了森林里，在那里她遇到了一个曾是英俊王子的、能说话的公羊。因为没有接受丑陋的拉格特仙子的爱慕，他受到诅咒，拉格特惩罚他作为公羊生活五年。公羊带梅韦林斯穿过一个山洞，到达他壮丽的地下王国。在那里所有的动物、精灵都举止优雅、言语文明。对此，她深受感动。一段时间之后，她请求公羊允许她回到父亲的王国，去参加一位姐妹的婚礼。公羊深爱着她，他很伤心，让她再回到他身边，否则，他就会死。她同意了，并按时返回。接下来，又一位姐妹要结婚，她请求再次回去参加婚礼。这一次，她与父亲和解，就忘记了公羊。公羊去她父亲的王宫找她，却被拒之门外。最后，他死在宫门外。

这些故事都包含了对爱情中正确行为和责任的思考，也都提到道德纯真的田园牧歌般的异域。正是在这些仙子们的主导的异域中，公主和王子邂逅。两个故事都提及"丘比特和普赛克"，可见多尔诺瓦夫人异常重视宫廷文明中爱情的作用。因为彼此心心相印的爱，男人变得英勇，女人变得贞洁而智慧。例如，当莱德罗奈特到达潘格迪亚岛时，她听到一个声音吟唱道：

"做丘比特的子民吧

这里，他仁慈、温和，

甜蜜的爱将会播下，

在这幸福的岛上，

没有人识得悲伤。"[1]

当莱德罗奈特违背对绿蛇的承诺后，就被从岛上放逐出去，她必须获得配得上独立女王的品质来证明自己。一路上，她得到普泰楚艾斯仙子的帮助，因为爱，她变得更加勤奋、勇敢和值得信赖。当莱德罗奈特不得不前往冥府解救丈夫绿蛇时，她祈求丘比特的庇护。丘比特陪伴这对重逢的夫妇重返人间。玛格廷也被这对夫妻的挚爱所感动，因而将潘格迪亚仙岛归还给他们。

与《绿蛇》的大团圆结局形成鲜明对比的是，《公羊》是个悲剧，因

---

[1] Zipes, *Beauties, Beasts and Enchantment*, p. 481.

为爱情被舍弃了。当梅韦林斯公主在公羊的希尔万宫中避难时，她并没有爱上公羊。她的忽视让恶毒的拉格特仙子得到抱怨的机会。当梅韦林斯违反诺言后，公羊就死了。多尔诺瓦夫人从道德的角度嘲讽地评论了公羊的命运：

> 事实上，他该有一个更好的命运，
> 挣脱卑鄙的许门（婚姻之神）的铁链；
> 真挚的爱，抹平了他的仇恨
> 这与当代的情郎多么不同！
> 然而，他的死也只会让
> 今日的恋人们微微惊诧：
> 只是死了一只蠢羊而已，
> 因为它的母羊迷了路。①

虽然多尔诺瓦夫人的所有童话中的地域和时代不明确，但它们显然都折射了作者时代的社会和政治状况。无论温柔善良还是邪恶卑劣，仙子们都是权力的代言人（她们可以或是残忍，或是善良，这与俄罗斯女巫巴巴亚加极为相似。我们将在第四章看到仙子、女巫与巴巴亚加的密切关联）。多尔诺瓦夫人有意赋予笔下仙子以极大的权力与责任，以为路易十四宫廷的文明进程提供另一种选择。《绿蛇》中的一段揭示了多尔诺瓦夫人对仙子的态度。一只金丝雀（它曾是一个痴情男子）告诉莱德罗奈特："夫人，您应该知道，有些仙子因看到凡人在旅途中堕入恶习而深感痛苦。开始，她们以为只要施言劝诫，他们自会改正。但是枉然。最后，仙子们变得怒不可遏，出手对他们大加惩戒。那些废话太多的人变成了鹦鹉、喜鹊和母鸡。恋人们变成了鸽子、金丝雀和哈巴狗，愚弄朋友者变成了猴子，饕餮之徒变成了猪，冲动者变成了狮子。简而言之，受到惩罚的人为数众多，充塞林薮。因此，你会在这里找到各种性情和

---

① Zipes, *Beauties, Beasts and Enchantment*, p. 399.

品质的人。"①

变形的主题贯穿在多尔诺瓦夫人的所有故事和同时代其他作者的大部分仙子故事中。他们致力于对文学作品、歌剧、芭蕾舞剧、民间传说和神话等进行汲取和转化，来创造他们称之为"童话"的现代故事。她们对仙子的认识因各自的性情而异，这让叙事充满了深度。这种深度深于法国乃至整个欧美从1750年至今的许多童话。经过这场童话的主潮之后，被称为"童话"的叙事作品往往缺乏对仙子的认同和炽热信仰。直到20世纪60年代末和70年代，女性作家才有动力重新改写童话，并认同仙子和女巫的超凡力量。从古希腊—罗马时代到如今，关于仙子和童话术语的变迁史的有趣之处在于，它们反映了文化进化过程中的许多关键时刻，揭示了"童话"这一术语的模因力量。

童话的文化进化

在《创世纪：早期宗教的生物学探踪》这本极具吸引力，也更应瞩目的书中，著名的希腊神话与宗教学者沃尔特·伯克特（Walter Burkert）使用社会生物学的概念和假设来解释宗教的起源及其延续到当代的长期稳定性。与许多传统的达尔文主义者不同，伯克特关于宗教历史和文化演变的观点基于跨学科的方法和卓绝的史料分析。在一个值得引用的长篇段落中，他强调了自己的立场："指号（semeiosis）、符号与象征，应用于活的有机体的所有方面，它们显然在人类出现之前就已经存在。然而，这并不意味着基因决定文化。绝非如此。但可以说，它的倾向性在类似模式的重复中表现出来，'这类记忆更易被回想，这类情感更易被激发'。这些生物性的构造形成先决条件或者说'吸引子'，以诱发类似现象，即使模式在不同情况下一再重构。目前，通过统计学或实验方法去科学地证明它，仍是不可能的；可以显示的是跨越时间和空间、近乎普遍性和持久性的模式，以及动物行为的结构和功能方面的相似性和同源性。这表明仪式、故事、艺术作品和幻想中的细节和流程可以追溯到生命进化的原始过程；不是在孤立的、各异的文化背景中，而是在与其背

---

① Zipes, *Beauties, Beasts and Enchantment*, p. 495.

景的关系中，它们才能被真正地理解。"①

　　他强调，运用研究文物的模式，去理解特定的文化"线索"或"张力"的演变，对民间传说和童话故事的研究意义重大。他用"故事的核心"② 这整整一章，来研究在人类适应不断变化的环境时，故事与人类的基本需求、仪式、习俗以及解决问题的方法之间的关系。他以一种新颖的方式解释了弗拉基米尔·普罗普对民间故事的结构分析，指出了在普罗普民间故事形态学中功能序列如何与生物需求密切相关。"故事的组织原则，情节的灵魂，建立在生物层面的运作上。故事被视为'母题元素'的必要序列，并且具有解决问题的实用功能。换而言之，寻找型故事就包含了解决问题的手段，这些都通过故事来表现和交流。"③ 除了讨论寻找型故事的重要性之外，他还详细阐述了萨满故事及其他故事类型。最重要的是他对启蒙故事的评论，他称之为"少女的悲剧"，并将其与阿普列乌斯的"丘比特与普赛克"故事联系起来。根据伯克特的说法，这种故事类型与普罗普模式的寻找型故事不同。与女性经验相关的关键的情节是：（1）一次生活变故，导致少女与家族或家庭分离；（2）在一个田园牧歌般的地方，如岛屿、森林或寺庙等，隐居一段时间；（3）由于违背承诺，少女被从这里驱逐出去；（4）漫游期间，她历经磨难并赎罪；（5）完成任务或获得拯救，然后是圆满的结局。伯克特证明了"丘比特与普赛克"故事是多么的流行 —— 当然，我们已经看到多尔诺瓦夫人及其他作家是如何以不同的方式重新创作了这个故事的——此外，他对德特勒夫·费林（Detlev Fehling）的观点（即证明所有人对"丘比特与普赛克"故事的改编，所依据的是阿普列乌斯的文学文本，而不是口头传统）提出了质疑。"费林的论点让我们困惑阿普利乌斯的故事究竟从何而来；说他一人创造了这个故事，并不是一个合格的答案。要凭空创造一个故事

---

① Walter Burkert, *Creation of the Sacred: Tracks of Biology in Early Religions* (Cambridge: Harvard University Press, 1996): 22.

② Walter Burkert, *Creation of the Sacred: Tracks of Biology in Early Religions* (Cambridge: Harvard University Press, 1996): 56–79.

③ 见 Walter Burkert, *Creation of the Sacred: Tracks of Biology in Early Religions* (Cambridge: Harvard University Press, 1996): 65.

是相当困难的。即使是一个新作品也将不可避免地汇入原有的故事之流，从而作为已经存在的故事的变异。"①

正如我们所看到的，多尔诺瓦夫人的童话入了悠长的故事之流，不论是来自听说还是阅读，许多故事都可以溯源到希腊—罗马神话，甚至更多的能溯源到古代的异教。我们必须记住，像仙子这样的精灵可能有别的名称，可能早已存在于人类的头脑、仪式实践和故事中几千年之久。多尔诺瓦夫人对"童话"这一术语的铸造或者说发明，只是对仙子形象的重要性的又一次强调。她只是在自己熟悉的法国文化语境中，运用了有关仙子的资料。

在她最近的一本书名为《文化的进化》的书中，凯特·迪斯汀（Kate Distin）评论说："文化的进化之所以可能，恰恰是因为人类具有从一种情境中提取信息并施之于另一种情境的独特能力。这让新的事物从旧事物中诞生成为可能。我们可以从语言的进化过程、文学和音乐的流派，以及其他任何文化领域中看到这一点。"②"仙子"和"童话"这两个概念是凝聚着文化信息的单元或者说模因，这让多尔诺瓦夫人得以传承、革新故事并将其传播给同时代的接受者。迪斯汀也让我们了解到，在发展童话的文体方面多尔诺瓦夫人具有何等重要的意义，以至于吸引了法国和法国以外的大批读者："人类与其他生物的明显区别在于获取信息的范围和想要分享信息的范围。共享信息的动力，不仅在于是否与对方属于同类，也取决于是否有值得共享的抽象信息。从同类获取信息的能力，取决于将信息分解为与信息提供者同一形式的能力：只有一个物种具有稳定的成员，共享同样类型的信息，这种信息才可以交换。并且，只有一个物种能够思考所获得的信息、信息的表现方式，信息及其表达系统才能得以进化，发展信息的抽象能力才能提升。这些都使得人类在用漫长、各自差异的遗传

---

① Walter Burkert, *Creation of the Sacred: Tracks of Biology in Early Religions* (Cambridge: Harvard University Press, 1996): 70. 另见 P. G. Walsh 的评论："这个故事的基本情节有：一个漂亮女孩有两个嫉妒的姐妹、她被一个被魔法变成怪物的追求者求婚、因为打破禁忌他不得不与她分离、女巫用几乎不可能完成的任务来考验她、最终与爱人和解。这些都可以在民间传说的各种版本中并行不悖；北非的版本特别有趣。将 Märchen 转变为 Kunstmärchen，其目的是为了阐明卢修斯（Lucius）的职能，这是阿普列乌斯的卓异之处。" See Apuleius, The Golden Ass, ed. and trans. P. G. Walsh (Oxford: Oxford University Press, 2008): xl – xli.

② Kate Distin, *Cultural Evolution* (Cambridge: Cambridge University Press, 1995): 209.

交换文化信息方面能力拔群,从而为文化进化提供了支撑。"①

多尔诺瓦夫人继承了信息,并分享给了不同的群体(先是同阶层的男女读者和作者,然后是其他语言的读者)。在多尔诺瓦夫人的召唤下,作家们在再创作的故事中分享着不同的仙子形象,这些仙子形象以异乎寻常的方式,在 18 世纪扩展了童话的内涵,使其更加包容,从而丰富了叙事传统。多尔诺瓦夫人用一种文雅的语言写作,这也只有她的同类能欣赏。文雅语言与自然语言的区别,是由生物学决定的。迪斯汀再次表示:"自然语言的文化演变,因同一物种合作成员之间沟通的增强这一生物优势而加速。因此,自然语言是社会认同的重要推动因素,它们将外人从某一社会群体中排除,其效果与定义哪些人为内部成员,并促进他们之间的沟通一样明显;另一方面,文雅语言在准确、有效地表达的压力下演变,与自然语言相比,它的代表性优势之一是可以脱离原初的创作者。这使得信息不仅能够在更宽广、辽远的时空中传播,而且能够展现其创作者的社会交游。"②

"童话"和"仙子"这两个术语都是信息的离散单元,它们根植于文雅语言。由于文雅语言,童话成功地脱离了它的创作者,传播到世界各地的接收者/创作者那里。作为一种信息单元(模因),它承载了各种不同的含义,并最终变得几乎没有特定的含义。当然了,童话对 17 世纪后期法国社会中某些群体的深远文化意义,与今天的童话不同。然而,说它没意义,会误解文化进化的机制。像鲸鱼一样,童话的含义已经非常宽广,并且已经"吞噬"或者说消费了其他文体,因而也变得更加复杂,更难定义。虽然迪斯尼公司已经在 20 世纪寻求用其最新的、平庸的"仙子"③ 系列电影将童话完全商业化(例如,它对"长发公主"的改编恰

---

① Kate Distin, *Cultural Evolution*(Cambridge:Cambridge University Press,1995):224。

② Kate Distin, *Cultural Evolution*(Cambridge:Cambridge University Press,1995):224、225。

③ 见 Wikepedia 词条:http://en.wikipedia.org/wiki/Disney_Fairies 这个系列的电影、书籍和游戏特别乏味,浪费了仙子一词的丰富含义。参阅 Joanna Weiss 的文章 Fear of Fairy Tales,in *The Boston Globe*(September 21,2008):http://www.boston.com/bostonglobe/ideas/articles/2008/09/21/fear_of_fairy_tales/。她指出:"当孩子的童话书用上白色封面,一些重要的情节就消失了。不仅仅是长发公主。在玩具、电影和书籍中,童话故事被系统地剥离了其暗黑的、复杂的部分。长发公主变成一个快乐地住在塔楼游戏室里的白痴女孩;灰姑娘则变成一位穿着舞会礼服的漂亮女孩,如同选秀节目'天桥骄子'上的模特一样。"

如其名"魔发奇缘"一样，充满了浮躁而扭曲），童话仍在文学、歌剧、戏剧、电影、电视和互联网等领域，激发很多创新性实验。这些创新性实验，也一定程度上暴露了联合创作的荒谬之处。像梅尔维尔的白鲸一样，童话的本质永远不会被捕捉或定义。文化进化的讽刺之处在于，童话起源于人类的需要，而今天我们仍在探求，为什么童话直到如今仍被需要。

作为神话的童话与作为童话的神话：
睡美人与故事说唱的永恒性

朱婧薇　译

【编译者按】 本文（Fairy Tale as Myth/Myth as Fairy Tale：The Immortality of Sleeping Beauty and Storytelling）选自作者所著《格林兄弟：从魔幻森林到现代世界》（*The Brothers Grimm：From Enchanted Forests to the Modern World*）一书。该书1989年首版，2002年再版时对各章进行了扩充修改，增加了新的前言和最后一章，并对各章都有修改扩充。作者在文中深入探讨了童话与神话的关系，提出了令人深思的观点。

1
（她说……）
我希望王子把我留在他发现我的地方，
让我沉睡在玫瑰色的梦幻中，如此迷人、沉醉
我可能已经长眠了百年。
我讨厌这个初见的世界、嘈杂之声不绝于耳！
宫殿里挤满了来自城镇的观光客，
我寻不见一处安静之地。
最糟糕的是，他砍断了荆棘——
以前，这些荆棘如此可爱，令我心安。

但是，如果他以为给我一两个吻
他就会俘获我的芳心，或者唤醒我
让我走出自己挚爱已久的世外之地，
或者打破我梦幻的图景，但是他错了。
这个笨拙的闯入者无论做什么
永远都不会打动我的心，或者让我真正地醒来。

2
（他说……）
过去，我常会想到她沉睡的样子，
梦幻的空气，低垂的眼睑，
但这只是天真的矫饰而已。
但是现在，为时已晚，我意识到
她睡得如此香甜，在一堵扎根于自私
的荆棘墙背后，一旦我突破了
她那顽固的束缚，去亲吻她的唇和手，
然后唤她听到，才知道她完全不是被唤醒的。

我希望我在那时已经逃离，
她如同那缠绕的玫瑰一样，在我知道
她如何顺从自己的柔弱，毫不留情地采用
漂亮的策略，如使用藤蔓，
来隐藏花下的毒刺，
来攀附、扼杀和毁坏。

萨拉·亨德森·海，《沉睡者》（*The Sleeper*）[1]

如今，当我们想到童话时，首先想到的是经典童话。我们想到的这些童话在西方社会大受欢迎："灰姑娘""白雪公主""小红帽""睡美

---

[1] Sara Henderson Hay, *Story Hour* (Fayetteville: University of Arkansas Press, 1982): 6—7.

人""莴苣""美女与野兽""小矮怪嘟波尔斯迪尔钦""丑小鸭""公主与豌豆""穿靴子的猫""青蛙王子""杰克与豆茎""大拇指汤姆""海的女儿",等等。当我们在想到这些童话时,会自然而然地认为它们与我们是相生相伴的关系,也是我们与生俱来的天性中的一部分。那些重新被书写的童话,特别是那些创新的和激进的童话,往往被人们视为是不同寻常的、另类的、奇怪的和仿造的,因为它们不符合经典童话所设定的模式。而且,即使是这些童话完全符合经典童话的模式,它们也会很快地就被我们忘记,因为我们有这些经典童话就已经足够了。我们对熟悉的事物感到心安,而对新生的和真正的创新往往会采取回避态度。经典童话呈现出来的面貌是,我们全部都是某一共同价值观和规范的共通社区中的一分子,全部都在追求着同样的幸福,在这个共通社区中,有一些梦想和愿望无可辩驳,特殊类型的行为将会产生万无一失的结果,就像是坐拥着无数黄金,永远都快乐地生活在一个奇妙的城堡里一样,我们的城堡和要塞会永远保卫着我们,使我们免受外部世界敌对和未知势力的侵扰。我们只需要对经典童话充满信心,并完全相信它,正如我们对美国国旗的效忠誓言一样,我们对其充满信心,并坚信不疑。

童话即是神话。换言之,经典童话经历了神话化的过程。在我们的社会中,任何一个童话想要变得自然而永恒,就必须成为神话。只有创新的童话才是反神话的(anti-mythical),才能抵制住神话化的潮流,把童话当作神话来进行批评,甚至是经典神话中的神话,也不再是作为一个大写"M",而是作为一个小写"m"的神话而存在。换言之,经典神话也已经变成了意识形态的神话,去历史化和去政治化的神话,它代表和维护的是资产阶级的霸权利益。罗兰·巴特(Roland Barthes)在《神话学》(1973)和《图像—音乐—文本》(1977)中,认为经典神话和经典童话都是当代神话,它在我们的日常生活场景中随处可见。对巴特来说,神话是一种集体表象(collective representation),它由社会性决定,然后被转化,目的在于不以一种文化创造物的面貌示人。

神话将文化转化为自然,或至少是将社会的、文化的、意识形态的、历史的转化为"自然的"。这只不过是社会阶层分化的产物而已,并且,它所呈现(表述)出来的道德、文化和审美影响被当作是一桩"理所当然之事";在神话转化的影响下,其话语的偶然性基础转变成了常识、正当理性、规范、普遍看法,简言之,就是多克萨(doxa,指早期的非宗教人物)。①

作为一种信息,以及口头或视觉的言语类型,当代神话衍生自一种经历过并且还在持续经历着的历史—政治发展的符号系统。但是自相矛盾的是,神话意图否定其历史性和系统性的发展过程。它选取的材料本身已具备某种含义,然后再对其进行寄生性改写,使其在某种思想模式中适合交流,同时使其看上去又好像是非意识形态性的。巴特提出,"神话是一个双重系统;它们在某种普遍性中重现:其出发点由企图达成的某种意义决定。"② 从本质上来说,正是神话生成背后的概念赋予了它某种价值或意义,以便神话的形式能够完全为其概念所服务。神话是任人摆布的言语,或者,又如巴特对它的定义,"神话是一种由意图定义的言语……远比其由字面意思要丰富的多……尽管如此,神话的意图就是借由它的字面意思,以冻结、提纯和赋予永恒性的方式,使其丧失本意。"③ 作为一种冻结的言语,神话将自己悬置起来避而不谈,同时它又假定了一种普遍性的样貌:它是僵硬的,看起来好像是中性的、天然的……在语言层面上,有些东西已经停止了活动:意义的用法被保留了下来,它隐藏在事实的背后,而且还被赋予了一个人尽皆知的样貌;但与此同时,事实造成了意图的麻痹,给它带来了一种貌似萎靡的状况,以制造固定性:为了让神话看起来是天然的,而事实将其冻结。原因在于,神话是言语的偷盗和重构。只是,那些被重构的言语已经完全不再是那些被偷盗的言语了:当它被拿回来时,并没有完好地各就其位。正是这种三下五除二的盗窃行为,现在被认为是一种见不得人的伪造,它造成了神话言语的僵硬样貌。④

童话,已经变成神话化了的经典童话,它在重构系统中业已僵化:它是一个便宜货、一个被冻结的文化商品,或者可能像德意志人说的"文化财产"(Kulturgut)。那些原本属于古代社会,以及异教徒部落和社

---

① "Change the Object Itself: Mythology Today", *Image—Music—Text* (New York: Hill and Wang, 1977): 165.
② *Mythologies*, p. 123.
③ *Mythologies*, p. 124.
④ *Mythologies*, p. 125.

区的东西，通过口耳相传的方式流传下来，但最终却是以一种商品的形式，在改编、基督教和父权制的操控下变得僵化。它经历过并正在经历着一个有目的的修订、重组和提纯过程。现代工业社会的全部工具（印刷机、收音机、照相机、胶片、录音、录像带）都已经在童话上留下了它们的痕迹，它们最终使童话成为代表资产阶级立场的经典，但是资产阶级拒绝以其名号为童话命名，也否认自己曾经参与其中；因为童话看起来必须得是无害的、天然的、永恒的、与历史无关的、有治愈性的。我们要活下去，而且还要把经典神话当作清新、自由的空气来呼吸。我们受其引导，相信这里的空气依然纯净，尚未被一个决不会以自身来为之命名的社会阶级所污染，这个社会阶级希望我们继续相信所有的空气都是清新、自由的，全部的童话都源自于稀薄的空气。

以睡美人为例，她的故事已经被冻结了。这个故事似乎一直都在那里，伴随着每天的日出，她也将会永远都躺在那里，有一位王子在她的身旁，正在亲吻她或即将要亲吻她。在夏尔·佩罗的版本中，我们读道：

> 他颤颤巍巍、倾慕不已地走近她，然后屈膝跪在了她的身旁。就在那一刻，魔咒被解除了，公主醒过来，然后给了他一个比第一眼看上去更温柔、也似乎更为合适的眼神。
>
> "是你吗，我的王子？"她说，"我已经等你很久了。"①

在格林兄弟的《儿童和家庭故事集》中，我们读道：

> 最终，他爬到了塔上，打开门，走到了一间小屋子里，玫瑰公主在屋内沉睡。她就躺在那里，惊人的美貌让王子不忍将视线从她的身上移开。于是王子弯下腰亲吻了一下玫瑰公主，当他们的唇碰在一起时，玫瑰公主睁开了眼睛，她醒了过来，温柔地望着他。②

---

① Charles Perrault, "Sleeping Beauty", *The Great Fairy Tale Tradition: From Straparola and Basile to the Brothers Grimm*, trans. Jack Zipes (New York: Norton, 2001): 691.
② Jacob and Wilhelm Grimm, *The Complete Fairy Tales of the Brothers Grimm*, trans. and ed. Jack Zipes (New York: Bantam, 1987): 189.

在佩罗 1697 年的版本中，只要出现一个男人便足以打破这个魔咒，让公主复活。在 1812 年，格林兄弟为她的重生添加了一个吻。在佩罗和格林兄弟那里，王子是一个多么高尚的人啊！他们使我们忘记了它们的文学前身，在 14 世纪的浪漫传奇《佩塞福雷传奇》和巴西耳（Giambattista Basile）的《故事中的故事》这两部作品中，其实就已经出现了这个由佩罗和格林修改的故事。我们不记得《佩塞福雷传奇》的匿名作者曾经嘲讽过骑士人物的典雅之爱了，而且这位作者还描绘了一个更加真实的场景，一位骑士占了一位熟睡女士的便宜。① 我们也想不起来巴西耳故事中的场景了，在《太阳、月亮和妲莉娅》中，我们可以读到如下内容：

---

① 有四份 15 世纪的《佩塞福雷传奇》的不同手稿：两份在国家图书馆（巴黎）（Bibliothèque Nationale [Paris]），一份在阿瑟纳尔图书馆（巴黎）（Bibliothèque de l'Arsenal [Paris]），还有一份在大英博物馆。该传奇是由一位作者匿名创作的，而且它还被置于了圣杯传说（the grail tradition）之中。在第三本书的第 46 章中有一个关于泽兰丁娜（Zellandine）公主出生的情节。三个女神赐予了她各种各样的礼物，但由于冒犯了其中的一位女神，她惩罚泽兰丁娜将会永远沉睡。命中注定，她会在纺纱时刺破手指，然后沉睡不醒。只要她的手指上还留有一丁点的亚麻，她都会继续睡下去。特洛伊勒斯（Troylus）在泽兰丁娜刺破手指之前遇见并爱上了她。他们两情相悦，特洛伊勒斯在再次见到她之前，必须完成一些冒险。在此期间，泽兰丁娜刺破了她的手指，她的父亲泽兰德（Zelland）国王把赤身裸体的她放到了一个塔楼里，为了保护她，这座塔楼只有一个窗户可供出入。当特洛伊勒斯回到泽兰德国王的宫廷时，他知道了泽兰丁娜的遭遇，一个善良的精灵泽菲尔（Zephir）帮助特洛伊勒斯穿过了窗户，设法进入了泽兰丁娜的房间。在维纳斯的怂恿下，他无法抑制住自己的欲望，在屋内与泽兰丁娜发生了肌肤之亲。接着，他把自己的戒指和泽兰丁娜互换了之后就离开了。九个月后，泽兰丁娜生下一子，孩子错把她的手指当成了乳头，把她手指里的亚麻吸了出来，然后她醒了过来。泽兰丁娜因失去贞洁而忧伤不已，后来在姑妈的安慰下有所好转。不久，来了一支像鸟一样的动物，偷走了她的孩子。泽兰丁娜再次感到痛不欲生，但由于正是春季，她的情绪很快就恢复了，她想起了特洛伊勒斯。当她看到手指上的戒指时，才意识到原来是他和自己同床共枕了。过了一段时间，特洛伊勒斯结束冒险归来，把她带到了自己的王国。《佩塞福雷传奇》最好的现代版本是"*Gilles Roussineau, ed. Perceforest*", 6 vols。（Geneva：Droz，1987—2001）有关该传奇最详尽的描述，参见 Jeanne Lods，"*Le Roman de Perceforest*"（Geneva：Droz，1951）。泽兰丁娜和特洛伊勒斯的这段情节，是两个卡特兰版本（Catlan versions）的基础，包括中世纪的"*Blandin de Cornoualha*"和"*Frayre de Joy e Sor de Plaser*"。[参见 Esther Zago, "Some Medieval Versions of Sleeping Beauty：Variations on a Theme," Studi Francesci, 69（1979）：417–431.] 巴西耳很有可能读过《佩塞福雷传奇》，而且有明显的证据表明佩罗已经熟读过巴西耳的《故事中的故事》。换句话说，睡美人的故事在本质上处于文学传统之中。然而，在口头传统中也有类似的母题，毫无疑问，文学的睡美人业已进入口头传统之中，影响了许多不同的创作者。格林兄弟的原始资料来源是玛丽·哈森普夫卢格（Marie Hassenpflug）的故事，哈森普夫卢格的家庭源自于法国胡格诺派（Hugenot），威廉·格林一直都在形塑着不同的版本，以期望能够与佩罗的作品相媲美。

国王以为这座宫殿里住着人，便命令一个随从前去敲门。但是敲了很久，院内也无人应答，这位国王便派人去葡萄园取来了梯子，想要自己爬到里面去看个究竟。国王顺着梯子进入了宫殿，他四处走了走，感到一头雾水，因为他在宫殿里连一个人影也没撞见。最后，他来到了妲莉娅的屋子，她坐在那里，仿佛是受到了魔咒的控制，国王刚看到妲莉娅时，以为她是睡着了。国王上前叫她，但是无论他怎么碰触她，大声地叫她，她还是没有醒过来。可是，妲莉娅的美貌令国王欲火焚身，国王把她抱到了床上，摘走了这枚鲜活的果实，事后国王把熟睡着的妲莉娅留在了床上。后来，他回到了自己的王国，很久之后，国王把之前发生过的这些事情已经忘得一干二净了。①

《佩塞福雷传奇》中关于沉睡的女性被侵犯的材料和类似母题，变成了神话的素材。② 这里的关键概念是拯救：公主是如何被救的？解救行为是一种道德行为，但是很显然，在巴洛克时期，与满足男性欲望和权力相比，拯救沉睡的公主是次要的。也就是说，对王子原始权力的描述，以及对占沉睡女性便宜的骑士的描述，与社会现实相符。在当时的状况下，人们认为一个男人占一个毫无防备的女性的便宜是可以被接受的。后来，在佩罗的时代，这种行为还在继续，但是人们不能堂而皇之地纵容这种行为，因此，当佩罗在重述巴西耳的故事时，他指向了一种不同的解救行为。但是，佩罗版本在对食人女妖的描述中仍然包含着一些粗俗的内容，其中就包括在奇怪的第二部分中，王子的母亲是一个食人女妖，这牵涉到了同类相食。因此，最终还是格林兄弟的更为简短和审慎的版本，被冻结成了一个关于男性以恰当的方式拯救和即将拯救昏迷女

---

① Giambattista Basile, "Sun, Moon, and Talia", *The Great Fairy Tale Tradition: From Straparola and Basile to the Brothers Grimm*, trans. Jack Zipes (New York: Norton, 2001): 685 – 686.

② 有关睡美人中母题和主题的历史转变，最全面的分析，见 Giovanna Franci and Ester Zago, *La bella addormentata. Genesi e metamorfosi di una fiaba* (Bari: Dedalo, 1984); Alfred Romain, "Zur Gestalt des Grimmschen Dornröschenmärchens," Zeitschrift für Volkskunde 42 (1933): 84 – 116; Jan de Vries, "Dornröschen," Fabula 2 (1959): 110 – 121; Ester Zago, "Some Medieval Versions of Sleeping Beauty: Variations on a Theme," Studi Francesci 69 (1979): 417 – 431.

性的资产阶级神话。在我们这个时代，它在迪士尼改编的电影中得以完美呈现，这种改编利用早已"资产阶级化"了的格林童话，又制造了许多神话。电影中的睡美人作为一名训练有素的家庭主妇，唱着："总有一天，我的王子会到来"。而且这位王子作为"一个被寄予厚望的人"，和洛奇（Rocky）一样，他也要与邪恶的黑暗势力作斗争。从宽泛的意义上来说，迪士尼是一个臆想狂，经他之手，"睡美人"传达出了许多看似天然和中性的信息，并以此作为箴言：

（1）女人天生就是有好奇心的，众所周知，好奇心害死猫，甚至也会害死甜美而又天真的公主。

（2）男人勇敢坚毅，能够给消极或毫无生气的女人带来新生，不通过王子的拯救，她们的生命就不能圆满。

（3）其实，女人在没有男人的状况下是无助的，没有男人，她们通常会精神性紧张或迷离迷糊，永远在等待那个合适的男人，总是处在一种无精打采的状态，同时憧憬着一段光鲜的婚姻。

（4）男人的精力和意志力可以使任何事物恢复生机，哪怕它是一个处于停滞状态的无边领域。我们只需要合适的男人来做这样的事。

当今的这些"睡美人"依然保留着神话的信息。古老的共通意义和文学前身都被埋没和遗失了，尽管也有种种迹象表明与睡美人母题相关的口头故事，可能来自于重新复活的传统和再度觉醒的记忆。一般来说，经过了重构，故事的历史和女性的历史就会失声，故事的象征系统以不同于数百年前的形式被重述，回溯至14世纪，这个故事首次以改编的形式被形塑。不管这个故事在数百年前阐发的是什么，都不如它已经变成了神话更为重要，而且这个故事的神话成分还被单独地挑选出来，以令人愉悦和痴迷的商品形式出版发行。在插画书中、广告中、互联网上、街头的日常规则中，以及我们的家庭生活中，对这些经典版本的重复几乎随处可见。

然而，正如经典童话不能完全清除古老民间版本和先前文学的意义，神话也不能清除经典童话早期版本中乌托邦式的冲动。人们在首次讲述某则故事时，它仍然会保留着一些难以清除的历史性痕迹，如人们追求更好生活的"乌托邦式"的愿望，尽管我们可能永远都不知道它何时被首次讲述和书写。这些仿造的神话只能是活态的，而且看起来是自然的，因为古老民间故事的本质不会消亡。当代神话不仅仅是一种意识形态信息，而且也是一种无法完全抛弃其古老的乌托邦式起源的童话。

《睡美人》不仅仅与女性和男性的刻板印象，以及男性霸权相关，它也与死亡、我们对死亡的恐惧，以及我们对不朽的渴望相关。睡美人复活了，她战胜了死亡。她如同那永恒的带刺玫瑰，为了爱、为了实现心愿，死而复生。死而复生是一场抗争，是临近死亡的一种抗击。抗争过后，睡美人会知道如何去避免危险和死亡，就像她在佩罗版本第一章中经历了巨变之后所做的那样。睡美人一旦醒来，就会和我们一样，也就变成了一个知道如何避免危险和死亡的人了。

童话在第一次被讲述时，传授了与世界相关的知识，同时它也阐明了在一个由人类创造的、追求美好的世界中，使童话更加完善的路径。童话向往智慧和真诚，无论童话变得多么僵化，以及在意识形态上变得多么经典化，它依然保留着许多原始的智慧和真诚。每次对文化遗产中知名故事的创新性复述和重写，都是一项独立的人类行为，它试图寻求自身与第一次讲述故事时的原始乌托邦式的冲动相契合。但是，从另一方面来看，神话是狂妄而又虚浮的。它利用童话素材来制造"表意"，试图扭曲童话的乌托邦式的本质和向往。神话哄人安睡，自鸣得意。但是，不管怎样，童话知道自己想要的是什么，它追求创造的愿望、以求改变，去讲述某人自己的命运，让乌托邦式的美梦成真，在有目的的曲解之下，童话依然活着和醒着。

即使经典童话的认知和知识性核心是醒着的、活着的，但是只要神话将其迷恋的童话当作一种商品，童话就无法实现自我。当神话发生异化时，神话只能再次被视为童话。这意味着的冻结的系统必定会再次变得陌生，它必须依靠创新性的故事为之解冻，这些创新性的故事将已有的认知和知识构件分解，然后再将其重新组装成反神话的故事。

苏醒或复活的睡美人，是我们希望能够对抗死亡力量的象征性角色，由于男权至上主义的终结，以及原始异性恋和父权制的解救——这种解救是另外一种断送，这种象征性角色在我们今天的经典版本中已经不复存在了。在诸如安·塞克斯顿（Anne Sexton）的《变形》、奥佳·布罗玛斯（Olga Broumas）的《从 O 开始》、简·约伦（Jane Yolen）的《睡丑人》或是马丁·韦德尔（Martin Waddell）的《坚韧的公主》等类似的再创作中，复活必定会发生，而且还是发生在神话的框架之外。特别是塞克斯顿和布罗玛斯，两人力图打破男权话语的牢笼。塞克斯顿写道：

> 我坚决不能睡去
> 虽然睡了一会儿，我已年近九旬
> 而且认为自己已然行将就木
> 我的喉咙里发出临终的哀鸣
> 好像有一颗弹珠如鲠在喉。①

她怀疑这唤醒究竟是不是一次唤醒，从而让我们睁开双眼，看到了女性的绝望处境，她们生命的"复活"可能和死亡一样糟糕。

> 小姑娘，这是一场怎样的旅程？
> 是走出牢笼的生活吗？
> 愿上帝保佑——
> 这是死后重生？②

但是，塞克斯顿在其作品《变形》中，有些过度悲观了，布罗玛斯在她那一版的《睡美人》中表现得极度乐观，而且还标榜了社会的禁忌。

> 在城市中心，在车流
> 之间，我
> 唤醒你的公开之吻，你的名字
> 茱迪斯，你的吻是一个信号
> 令路人震惊，聚集在

---

① *Transformations*（Boston：Houghton Mifflin，1971）：111.
② *Transformations*（Boston：Houghton Mifflin，1971）：112.

>   示意停止的
>   信号灯下
>   在我们的文化中
>   红色是警告，男人
>   最终以暴力相互威胁：我要喝了
>   你的血。对他们来说，你的吻
>   是一个背叛的信号，你的朱唇
>   令人生疑，是无以言表的
>   自由
>   当我们穿过街道时，在信号灯下
>   热吻，歌唱，<u>这</u>
>   就是那个我从睡梦中唤醒的女人，这个女人却唤我
>   沉睡。①

尽管约伦不像塞克斯顿和布罗玛斯采取的针对成人的诗性视角那样激进，但是她的《睡丑人》配有幽默的图画，这些图画由戴安娜·斯坦利（Diane Stanley）绘制，对儿童来说，它是对"睡美人"的一个博人眼球的戏仿，这使人们对经典故事中的神话影响提出质疑。在约伦的作品中，美丽的公主米萨雷拉（Miserella），既脾气暴躁又卑鄙吝啬。她在树林里迷路了，对一个矮小的老仙女拳打脚踢，让她带自己走出森林。然而，这位仙女没有带她走出森林，而是把她带到了一位外貌普通的女孩的小屋里，她们在那里得到了热情的款待。这位仙女被普通女孩的懂礼貌和好心肠所打动，答应会满足她三个愿望。普通女孩必须使用三个愿望中的两个愿望来把米萨雷拉公主从仙女的魔咒中救出来，这个魔咒是仙女用来惩罚公主的坏脾气的。当这位仙女想要再一次惩罚公主的时候，她一不小心让两个年轻姑娘和她自己都昏睡了一百年。在这一百年将要结束的时候，一位名为乔乔（Jojo）的王子找到了她们，这位王子贫寒却高贵，他的父亲是家中最小的儿子，他也是他父亲最小的儿子。这位王子正在读童话，而且也知道他的一吻可以唤醒公主。然而，由于他久未

---

① *Beginning with O*（New Haven：Yale University Press，1977）：62.

亲吻而有些不知所措，于是他想通过亲吻仙女和普通女孩来练练手，当时，普通女孩使用了第三个愿望，希望王子与她相爱。其实，乔乔是准备去亲吻公主的，但是他还是停了下来，因为她的提醒让他想起了他的两个表妹，她们金玉其外，败絮其中。因此，王子向普通女孩求婚。他们婚后生了三个孩子，他们要么把沉睡的公主当作一种谈资，要么就是把她当作走廊里的衣帽架。故事的道德寓意是："让沉睡的公主躺着或者让躺着的公主沉睡，无论哪个似乎都是一种聪明的做法。"①

约伦的故事虽然具有挑衅的意味，但她以一个传统朴素的评语收尾，推翻了她对经典故事的质疑。更为有趣和大胆的作品是韦德尔《坚韧的公主》，本书的插图由帕特里克·本生（Patrick Benson）绘制。② 这个涉及国王和王后的故事非同寻常，他俩对自己所做的事情并不擅长。他们持续战败、国土沦丧，最终住进了黑森林深处的一辆大篷车里。王后在怀孕时，他们希望怀上的是个男孩儿，这样他们的儿子就能够成长为英雄，迎娶公主，并且扭转他们的命运。然而，他们生了一个女儿，她长大成人后，不仅身材高大，而且意志坚强。她的父母希望能够找到一位坏仙女，让坏仙女把公主置于困境，如此这般，一位王子才会前来营救她。但罗莎蒙德公主打败了仙女，骑着国王的单车去寻找她自己的王子了。她经历了很多冒险，但是她还是没有找到一位能够配得上她的王子。当时，她听说在一座魔法城堡中有一位被施了魔法的王子。公主在找到她即将亲吻的沉睡王子之前，击败了一些地精、食尸鬼和精灵。王子从床上跳下来、举起了拳头，同时，公主也举起了她的拳头，两人做好了打斗的准备。然而，他们在目光相遇之时坠入了爱河。于是，他们骑着单车远走高飞，从此幸福地生活在一起。这里的激进戏配有非同寻常的插图，这些插图描绘了一个混合了现代文明和观念的衰败封建社会，破坏了经典《睡美人》中的神话系统。这本书的阅读目标群体是年轻读者，但是，它对所有年龄段的人来说都是一个乐趣，这本书要求我们重读和反思我们认为真实和美丽的东西。

塞克斯顿、布罗玛斯、韦德尔和本生的创新性改编——当然，还有

---

① *Beginning with O*（New Haven：Yale University Press，1977）：64.
② New York：*Philomel*，1986.

很多其他的作品[1]——使童话的类型变得更富于流动性。这些改编再一次以故事的面貌问世，复活了第一次讲故事时的传统，而不是将其冻结。创新性的故事激发了经典童话处于休眠状态的潜能，给我们带来了知识，而不是像神话那样，以作者的<u>名义</u>让古老的知识重获自由，而且这些作者对宣称其忠诚还从不畏惧。创新性的童话是具有侧重性和偏向性的，它们以阶级的名义宣称其忠诚。它们对经典故事中关于幸福和普遍性的幻想提出质疑，使我们意识到，要实现具体的乌托邦式的未来图景还有很长的路要走。创新性童话不必使用符号和隐喻来欺骗世人，它们要做的就是阐明。在经典童话故事中，"从前"指的是过去的一个真实的起点。当时，童话中还没有神话，即使当今童话的主要形式还是神话，它也不可能将这个真实的起点永远冻结。从前一直在闪耀，而且它的光芒穿透了神话的系统，从前按照自己的术语，以及我们自己的新术语重新讲述了这个故事，其中，我们自己的新术语是对尚未实现状况的具体表达。神话——不论其本身如何——敦促我们要将其作为一个童话来做上述的事情，因为童话尚未完全忘却其乌托邦式的起源。

但是，为了回想起童话叙事中的乌托邦式冲动，为了保持社会文化行为的乌托邦式冲动具备活力，我们不仅需要对经典童话去神话化，而且还要揭示出童话插图中的神话内涵。因此，我们在分析"睡美人"时，不仅要考察它的印刷正文，还要考察其绘画和图像。然而，在我们着手分析当代各种不同的插图版"睡美人"之前，我们必须回顾历史，以便能够透彻地理解童话插图的当代意义。

如果我们把印刷童话的出现，与17世纪末法国文学童话的激增式发展联系在一起来看的话[2]，那么显而易见的是，这些童话几乎都没有插图。（即便是19世纪早期的故事也很少配有插图。第一版格林兄弟的故事集中也没有插图。）这是因为童话最初是为成人写的，他们运用自己的

---

[1] 见 Wolfgang Mieder 的两个版本，*Disenchantments：An Anthology of Modern Fairy Tale Poetry*（Hanover：University Press of New England, 1985）和 *Grimmige Märchen*（Frankfurt am Main：R. G. Fischer, 1986）及 Jack Zipes, ed., *Don't Bet on the Prince：Contemporary Feminist Fairy Tales in North America and England*（New York：Methuen, 1986）。三本书都包括文献目录或搜集资料的参考文献。

[2] Jacques Barchilon, *Le Conte Merveilleux Français de* 1690 *à* 1790（Paris：Champion, 1975）。

想象去构想童话王国的模样。而且，插图印刷技术难度大且费用高。但是童话一旦被创作出来，就会被某些个人雕刻或木刻版画，以突出叙事中的关键场景。在早期的畅销故事书中，我们可以看到许多类似的插图。无论是欧洲，还是美国，这种状况都一直持续到了 18 世纪末。当时，随着童话在儿童群体中的接受程度越来越高，技术发明使印刷插图的成本不断降低，童话绘画也渐渐地多了起来。

因此，19 世纪才出现了为童话设置插图的先例，它表现出了巨大的影响力，而且这种影响力已然延续至今。

（1）当时，在童话选集或儿童故事宝库，或在以普通读者为阅读目标群体的畅销故事书中，已经出现了单一故事的单幅插图了。单幅插图往往是在某一特定场景中描绘一个故事的精髓，或明或暗地强化某一特定信息。

（2）大页报，也叫大排画、大幅连环画、大众图画，它是一种廉价的单页印刷品，其页面按照插图说明的顺序依次排列着 9 张到 24 张不等的小幅图片，插图说明与故事的基本事件相关。这种面向大众受众发行的，以黑白和彩色印刷的廉价大报，是连环漫画书的先驱。

（3）例如由夏尔·佩罗、格林兄弟、汉斯·克里斯蒂安·安徒生、路德维希·贝希施泰因（Ludwig Bechstein），以及威廉·豪夫等独立作者收集的作品，常常会根据版面为每个故事设置一幅或多幅插图。

（4）到 19 世纪末，在玩具书形式的单篇故事中经常会布满插图。在玩具书之前，还出现过配有黑白木刻画的廉价书。

（5）童话插图还被用于广告商品，如鞋子、香皂、谷物食品、药品等。

（6）制作出来的童话明信片用以图解某一场景，有时会制作六张或更多的图卡来说明某一故事中的一系列关键场景。

在 19 世纪，插图家通常会拿到一个文本，同时被告知要画多少场景，以及如何根据目标受众的审美来设计这些场景。根据插图家使用的绘图方法，可分为木刻、雕刻、平版印刷等，插图家和工匠共事，因为工匠会雕刻出图画。如果插图需要着色，那么插图家也会和印刷工共事，以确保其颜色符合他的设计和审美。

最初，出版商没有选择印刷配有插图的童话，是因为他们是鉴赏家，认为这些插图会提升文本的艺术水平。之后，他们决定印刷童话插图，是因为童话市场发生了变化：19 世纪，故事逐渐变成了中产阶级儿童可接受的商品，插图会使这些书更具有吸引力。此外，童话的印刷成本和插图成本降低，由于有现成的旧文本可以拿来利用或者是改编，所以作者和新晋作者都不必为此付费。通常，这些文本很快就可以被写成、译就，然后潦草地付梓出版。这类粗糙的工作是 19 世纪大多数童话插图制作的真实写照：人们认为这是一桩由插图家或工匠来完成的苦差事。虽然如此，还是会有一些天赋异禀的艺术家想要为童话插图的发展贡献出自己的技能。① 换句话说，最初，童话插图的制作是由男性负责，他们受出版商（通常是男性）委托，来为特定的书籍设计插图。童话的插图和作品根据男性的想法来确立和制定。这个充满想象力的童话预设，服务于男权文化的潜在欲望和思想。童话插图的发行来源由以下几部分构成：艺术家、作者/编辑、技术人员、图书设计师，最后还有同样重要的出版商。

　　根据出版商的策略和出版物的类型，插图具有下述不同功能，作为：(1) 装饰；(2) 文本模拟；(3) 文本评注。插图作为文本模拟，具有增强文本行文线索的外延功能，读者参照插图，可以避免偏离这些行文线索中极其了然的字意。插图作为文本评注，具备一项隐含功能，即指代超出文本极其了然之意的概念（或所指）。当然，插图不仅可以，而且还经常是文本模拟和文本评注的结合体。然而，在大多数情况下，童话插图作为针对文本的有目的的评注，其制作与文本的思维线索相一致。罗兰·巴特在他的论文《形象修辞学》中，对图画提出了下述观点，这也适用于插图：

　　图画的编码性质可以从三个层次理解。首先，在绘画中再现对象或场景需要一套受规则制约的转置；图画的复制品不具备这一必要性质，转置的编码是历史性的（特别是那些涉及观点的代码）。其次，图画（编

---

① 如，乔治·克雷克尚克（George Cruikshank）、路德维希·格林（Ludwig Grimm）、古斯塔夫·多雷（Gustav Doré）、理查德·道尔（Richard Doyle）、亚瑟·休斯（Arthur Hughes）、阿尔弗雷德·克劳奎尔（Alfred Crowquill）、路德维希·希特（Ludwig Richter）、沃尔特·克兰（Walter Crane）、沃里克·戈布尔（Warwick Goble），等等。

码）的操作从一开始就有必要明确区分重要的与无关紧要的部分：图画并没有重现所有的内容（通常它只重现极少的内容），然而，只要它的操作还未停止，那么它就是一个强有力的信息；尽管照片能够自主地选取主题、视图和角度，但它无法在对象内部进行干预（除了通过特技效果）……最后，图画和所有的编码一样，也需要学徒期……可以肯定的是，文字的编码预备了内涵，并促进了内涵的形成，因为它同时也在形象中建立了一定的非连续性：绘画本身的"实现"就构成了一种内涵。[1]

"睡美人"插图的隐含部分是它最吸引人的地方，因为它说明了19世纪至今，"睡美人"中的意识形态神话信息的变化是多么的微乎其微。如果我们研究由一群才华横溢的作家和插图家最近才完成的三部"睡美人"，会惊讶地发现自19世纪早期以来，关于文本和形象的社会政治姿态几乎没有发生过丝毫地改变。我打算分析的三本书是由海曼（Trina Schart Hyman）重述和配图的《睡美人》[2]，由梅瑟·迈尔（Mercer Mayer）重述和配图的《睡美人》（1984），以及由简·约伦重述、鲁斯·桑德森（Ruth Sanderson）配图的《睡美人》（1984）。

在我逐一对这些作品做出评论之前，先做一些初步性的总体概说。每个版本的页面都相当大，大约是8英尺×11英尺，同时配有五颜六色的华美插图。这些精装本的价格分别是12.95美元、13.95美元和14.95美元，问世之初都价格不菲，所以很显然，这些书并不是为了迎合大多数孩子的眼光。当这些书被出售时，它们最有可能被社会中的富人买走，因而人们肯定会提出这样一个问题，即文字和插图是否经由富人之手而对神话做出了肯定——富人管理自己的生活，同时他们又为间接地掌控我们的生活设置了某些模式。另一方面，我们千万不要忘记，大多数人在书籍或电影中，接触到的都是比较便宜的版本和迪士尼出品的《睡美人》，因此，睡美人的神话才得以广为流传，它的目的是肯定神话，而不是让我们信以为真，我们相信的是真实和自然。作为神话的童话插图是事实、自然和箴言的表述。

海曼版《睡美人》的封面与众不同，王子坐在一扇宽大的拱窗窗台

---

[1] Rhetoric of the Image, *Image—Music—Text*, 43.
[2] Boston：Little Brown, 1977. 我参考的是1986年的第三版。

上，藤蔓和花儿萦绕左右，他凝视着远方，有一条道路通往洒满日光的群山。我们能从王子坚定的目光中感觉出来，神态坚毅的王子心中有一个目标。他的目光将会驱使他和我们开启一段旅程，前往一个遥远的国度，当我们翻开扉页时，秋天、冬天和春天的画卷依次呈现出来。如果我们把书翻转到封底，就会立刻知道王子的目标是什么：他身姿飒爽，怀抱着他的战利品——在王子强劲的双臂之间，是一位年轻貌美、面带微笑的公主。她看起来如此欢喜雀跃。这一幕貌似发生在一样的石拱窗前，一样的藤蔓和花儿萦绕左右，正如我们在王子冒险之初时的所见。但这次，图画的背景中有一座城堡，而且还有一条通向城堡的小路。看完这本书正面和背面的彩图，我们完全没有必要再去看其他的图片或正文了：内容空洞，毫无实质性可言。王子凝视的远方在封底被描绘得清清楚楚，因此，从我们看到王子凝视远方的那一刻起，其叙事的意义就已经被框架化和形式化了。王子（每个男人）的目标都是借由一位年轻貌美、冰肌玉肤的长发姑娘来实现的，而且这位姑娘还与城堡、金钱和权力联系在一起。我们能从封面上得知睡美人的人生意义，她的复活离不开王子的吻。

在海曼复述的版本或绘制的插图中，没有任何属于自己的独创性。事实上，文本是图画的伴生物。她画了21幅双页插图，差不多全部是由拱门或拱窗的形式构成，以强调凝望、窥视和注眸的主题。这似乎与她插图中的乌托邦主题相关：在我们之外的远方，可以找到回答生命之谜的意义。然而，这种表面上的率真是带有欺骗性的，因为海曼始终都遵循着文本和父权统治秩序的神话，这一切在她的插图中都已经被预设好了。这些图画的顺序和多样化形式并没有显示出对格林文本所具有的神话内涵的丝毫质疑，而且她也几乎没有对这些文本做出任何改动。她的插图如此可爱，其装饰的目的是为了让年轻女性的不幸看起是具有冒险精神和非常幸运的。

与海曼相比，梅瑟·迈尔通过独创性的方式来改编经典的格林童话文本，以尽力质疑《睡美人》的神话叙事。在该版本中，国王迎娶了一位文静的女孩并让她做了王后，但是由于国王的疏忽和猜忌，使得蓝色仙女有机可乘，对她们施了两道咒语。其中一个仙女让他们的女儿进入了沉睡状态，只有当她被一个爱她胜过爱自己生命的人找到时，她才能够被唤醒。一百年后，蓝色仙女的儿子（王子）知道了睡美人的故事，而且觉得救她是自己天生的使命，于是王子打算去寻找睡美人。他的母亲去向不明，作为国王的父亲根本阻止不了他。首先，如果王子想要取得成功，无论如何，他都必须要证明他愿意为她放弃自己的生命。在抵制住巨大的诱惑、克服了重重障碍之后，王子找到了公主并亲吻了她，公主在梦中同他的冒险历程一路相随。在他们的婚礼上，蓝色仙女出现并试图破坏他们的婚姻，然而她的邪恶却导致了自己的败落。睡美人和王子有了孩子，最后终老黄泉，"但是，超越了时光，他们生生世世都会生活在一起，这是我们每个人都应该去追求的事情"。[1]

迈尔的版本添加了有趣的人物形象和叙事情节。睡美人的母亲能力非凡，而她的父亲却具备一些弱点。这位邪恶的仙女更为复杂，她的儿子也是一位王子，这位王子力图去弥补她所犯下的过失。睡美人一旦醒来，她在决定自己未来的过程中就会发挥积极主动的作用。文本上的这些变动，显然是为了对抗经典文本中的性别歧视和神话内涵。然而，如果没有对睡美人神话进行更为彻底的修正和质疑的话，那么这些插图就会传达出许多与译文相同的信息来，而这些译文仅仅是对经典故事的重复。迈尔提供了16幅彩图来阐明他的故事，这些彩图与正文相互独立，由于并非所有场景都是为人熟知的，因此，它强调需要同时阅读文本和插图。但是无论怎样，其中都有这些关键性的场景：出生、诅咒、纺锤、觉醒和婚姻。虽然插图的魅力取决于简单、优雅的线条，以及柔和的色彩，但梅尔的插图仍然是传统的，它以稍稍不同的色调和形式，使得关于男性冒险和英勇的神话再次复位。封面上的核心场景在书的结尾部分再次出现，描绘了一位温柔的男性守在美丽的长发公主身边，她戴着珠宝，身着一件镶着金边的绿色长袍。他因在路上穿过荆棘丛而刮破了衣服，镶着宝石的剑柄从剑鞘中拔了出来。我们得领会其中的含义。

我们也能从鲁斯·桑德森插图版的《睡美人》封面上领会其意。虽然她使用的技巧完美无瑕，但是其结果却令人大失所望。桑德森写道：

因为我想让书中的人物看起来栩栩如生，所以我去寻找那些尽可能接近我理想观念中的具体人物模型。（尽管如此，我却经常不得不夸大模

---

[1] Mayer, *The Sleeping Beauty*.

型的特征以达到我想要的效果。）我在为所有角色设计好了全部的服装之后，为其拍摄了相片，同时也为这些相片和其他参考资料（有关城堡的书等）做了相关咨询，此外，我还为全书绘制了草图。然后，我在平铺的帆布上使用油画颜料作了插图。所有的绘画差不多都比印刷出版的插图尺寸大三倍。我之所以使用大比例作画，是因为我喜好在图画上添加更多的细节，而且当图画尺寸缩小时，它们看起来会更加清晰。[1]

  但是，所有这些工作的贡献究竟是什么？是另一扇藤蔓和花儿装饰着的石拱窗。与海曼的封面相比，我们这次从窗子中看到的是一位年轻英俊的王子，他身着中世纪的服装，守在一位熟睡的长发公主身边。这一画面无疑是对约伦文本的精确描绘。抑或，它还是约伦的文本吗？她除了使格林的版本变得更为流畅以外，并没有以任何与众不同的方式对其进行改写。这些插图果真是桑德森的作品吗？她以前拉斐尔派绘画艺术为模型，然后设计了一本带有文艺复兴时期风情和品位的书籍，但是她的技巧和作品都是模仿的，她只不过是重复了一直以来我们都知道的有关沉睡公主的事实：除非她们被一个英俊神武的王子唤醒，否则她们永远都不会醒来去直面现实。

  海曼、迈尔和桑德森的插图虽然具有艺术性，但是没有揭示出任何与睡美人有关的新东西，也没有揭示出任何与其沉睡神话相关的新发现。这些艺术作品不是对文本的批判性评注，而是受制于处方的拓展，这种处方束缚了艺术家的双手，他们画出来的不是自己的所见所思，而是文本和社会想要彰显的内容。我们以我们的后现代主义、后结构主义、后工业社会和妇女解放为自豪，以至于我们已经把儿童读物和插画中隐含的性别歧视抛到了脑后。或许，我讨论的"睡美人"，作为神话的童话，将会揭示出其实没有那么多的睡美人需要从沉迷状态中被唤醒，但是我们作为童话的读者和创作者，也就是说，如果我们真的想要挑战自己的想象力的话，那么我们的眼睛看到的新视域将会与我们目前的插图本童话书的场景有质的差别。

---

[1] Yolen/Sanderson, "Illustrator's Note," *The Sleeping Beauty*.

吉塞普·皮特与 19 世纪重要的民间故事搜集家

方 云 译

【编译者按】 本文（Giuseppe Pitrè, and The Great Collectors of Folk Tales in the Nineteenth Century）选自作者所著《不可抵挡的童话：一个文学类型的文化与社会进化历程》（*The Irresistible Fairy Tale: The Cultural and Social Evolution of a Genre*）一书。该书于 2012 年出版，旋即赢得好评，获得了美国民俗学会的历史与民俗著作奖，之后多次重印。作者以吉塞普·皮特为例，通过挖掘其搜集故事的历程与社会背景，强调在童话研究中要对那些常被忽略的搜集人的关注，为童话研究开拓了新的领域。

尽管欧洲与美国的民俗史研究已有较广泛的探讨，如 G. 科奇亚拉（Giuseppe Cocchiara）的《欧洲民间文学史》（1952）、R. 道尔逊（Richard Dorson）的《英国民俗学家》（1968）、S. 布朗纳（Simon Bronner）的《美国民俗学研究：思想史》（1986），以及 R. 朱姆沃尔特（Rosemary Zumwalt）的《美国民俗知识》（1988），仍有众多民俗学家以及他们搜集的故事需要被更多地讨论、阐述、翻译以及分析。民俗以及民族志研究虽于 20 世纪取得了巨大的进步，然而在 21 世纪却停滞不前，即便是民俗研究中的重要项目，如德国哥廷根的《神话故事百科全书》和古腾堡的互联网站也正遭遇如此境况。虽然民俗和童话故事仍在大学与公共领域被阅读和教授，但已很少有空间继续支持严肃的历史学、人类学和民族学的研究工作，大众媒体所持续传播的基本上是关于童话故事的无知观念。欧洲和北美的大学已不再像过去那样强烈支持人文学科，民俗学作为一个文化领域的重要性已经减弱，导致了相关项目和院系的减少与消除。然而，新、旧故事仍具有生命力，且需要给予更多呼吸的空间与场所，以使那些未知的声音被听见，并将其纳于历史之中。最初，民间故事的搜集和研究工作始于19世纪，由大学以外的专业人士进行，直到他们的工作被认定为对获得完整历史具有不可估量的宝贵价值。把民俗研究视为一个"合法"研究领域的认知过程缓慢而艰难，它的价值从未在大学层面得到确立，现在大学变得更像一个公司而不是一个学习的场所，特别是在美国和英国，民俗学比以往任何时候都更加边缘。不幸的是，在我看来，目前民俗传说研究和故事叙事的边缘化只会导致对历史的无知及贬低的加剧。

我于上一章节特别强调过这一论题，上一章节关注的是19世纪民俗中被忽视的女性角色。但是还有更多的民间故事搜集者与故事讲述者，男性与女性，如果他们的工作没有被发现，那么他们需要被重新发现，因为他们带来了我称之为"19世纪末20世纪初，欧洲与北美民俗的黄金时代"。这个时代之所以如此重要，是因为有学识的人终于开始把注意力转向民间生活的各个方面以及民间故事的口头传统，并将之录制、编辑和出版。这一国际化的"运动"还包括建立博物馆、档案馆以及其他机构以"保存"或保护文化遗产。也就是说，来自不同社会阶层的学者开始挖掘和审视那些未经研究的，寻常或不寻常的平民艺术实践与作品，并意识到他们是民俗的部分，也属于民俗事件。

在对美国民俗研究的精辟分析中，其中包括对欧洲发展的相关参考，布朗纳强调民俗学研究是"职业中产阶级成员与其不断变化的社会之间关于社会条件主观对话的产物"。19世纪，这个阶级的许多成员称自己为民俗学家，或者更广泛地说，称为"科学的男性与女性"，他们挖掘出了一个可用的过去，这个过去曾被当下快速的物质转化所隐蔽。对于这些维多利亚时代的人来说，民俗是一堆过去的材料，即使它仍然可作为"社会的落后部分"而被讲述。过去是向前推进的。在一个以经常矛盾组合为标志的时期——一方面传播的是帝国主义、工业主义和军国主义的男性气质，而另一方面，传播的是乌托邦主义、反现代主义和女权主义，民俗和民俗生活成为往昔一种新的科学意识的关键词，由此这促进了新兴的社会秩序。①

这些口头民间故事的特殊案例被早期的民俗学家们所意识到，正是这些故事指引他们发现了布朗纳称之为"可使用的隐蔽的过去"。因此，民间文学的兴起始于形成民族国家、改变绝对主义和君主立宪制的努力，这并非偶然。所有的改革运动首先受到18世纪后期民主和革命精神的启发，中产阶级新的政治敏感性和新的思想意识形态，使许多知识分子将注意力转向那些普通百姓与知识分子所共享的深层文化价值观。在很大程度上，民俗的先驱——格林兄弟致力于将德国的过去加以利用以育化一个统一的国家，他们于19世纪的前10年便已开始追随中产阶级作家，以及其他已经编辑了童话故事集的作家所搜集的各种民间故事。② 此外，阿尔伯特·路德维希·格林（Albert Ludwig Grimm）的《儿童故事》（1809），卡洛琳·斯塔尔（Karoline Stahl）的《儿童寓言、神话与故事》（1818）和匿名作者出版了根据口头传说改编的儿童文学以及童话故事。③ 当格林兄弟在1812年和1815年出版他们的第一版两卷本的《儿童和家庭童话故事》时，其主要目的是为了成人的教育，而此（无意中）引发了一连串的连锁反应，对欧洲及北美民间故事研究的传播产生了巨大的影响。格林兄弟不仅根据重要的笔记出版了他们的故事，而且还开始撰写一系列中世纪文学的学术研究，并于1815年呼吁其他德国学者与他们一同进行民俗故事的搜集。格林兄弟发表的公开信开头如下："一个社会已经建立，旨在传播至整个德国，其目标是保存和搜集可在普通德国农民中找到的，所有现有的歌曲和故事。我们的祖国遍布这些丰富的材料，它是我们诚实的祖先为我们所植下的，尽管受到讽刺与嘲弄，它依然存活，而我们并未意识到它所隐藏的美丽，其中承载着自己永不熄灭的源

---

① Simon Bronner，*American Folklore Studies*：*An Intellectual History*（Lawrence, KS：University Press of Kansas, 1986）：2.

② 如Johann Karl August Musäus，*Volks märchender Deutschen*（1782 – 1787），Benedikte Naubert Neue Deutsche Märchen，*Neue Deutsche Märchen*（1789 – 1793），Johann Gustav Büsching，Volkssagen，MärchenunLegenden（*1812*）.

③ 有关不同出版物的综合研究，参见 Manfred Grätz，*Das Märchen in der deutschen Aufkl？rung*：*Vom Feenmärchen zum Volksm？rchen*（Stuttgart：J. B. Metzler, 1988）.

泉。如果不对这些材料进行更精确的研究，我们的文学、历史和语言就无法在其古老而真实的起源中被认真地理解。"①

这封信的影响以及格林兄弟不断出版的《童话和家庭故事》，随着每一年新版本的问世而得以扩大，直到1857年。他们在传说、神话以及传奇方面的众多学术著作，可从19世纪德国与奥地利所搜集作品的众多方面里找寻到痕迹。② 格林兄弟对所有这些民间故事的搜集产生了直接与间接的影响，而这些作品还只是德语地区的冰山一角。格林兄弟们还与其他国家有抱负的民俗学家建立联系，他们的影响力是多方面的。例如，威廉·格林开始给英国的托马斯·C. 克罗克（Thomas Crofton Croker）写信，并于1826年将其《爱尔兰南部的童话传说与传统》译为《童话故事》，并且克罗克在他搜集册的后期版本中发表了格林的一篇论文。兄弟们与埃德加·泰勒（Edgar Taylor）交流过意见，泰勒于1823年出版了他们的《德国通俗故事》的第一部英文译本。③ 这本书，以及1826年出版的第二卷，在英国和美国出版过许多不同版本，直到19世纪80年代才有了格林兄弟故事的主要翻译。然而，泰勒的翻译更多的是一种迎合年轻读者自由的改编，并且在许多方面，泰勒都成功地将这些故事英国化和低幼化，为19世纪英格兰的文学童话设定了"模型"。正如大卫·布莱米尔（David Blamires）所指出的那样，"尽管有其缺点，泰勒的翻译已经取得了一定的经典地位。如果现代读者意识到它只是一个遗留物，那就不重要了，但大多数人都没有意识到，他们通过阅读泰勒所获得的格林兄弟故事是有多么的曲解。并不是说泰勒试图掩饰他所作的改编、合并

---

① Jacob Grimm, *Circular wegen Aufsamlung der Volkspoesie*, ed. Ludwig Denecke, afterword Kurt Ranke (Kassel: Brother Grimm Museum, 1968): 3 – 4.

② 如 Friedm und von Arnim, *Hundertneue Mährchenim Gebirge gesammelt* (1844), Johann Wilhelm Wolf, *Deutsche M? rchen und Sagen* (1845), Kaspar Friedrich Gottschalck, *Deutsche Volksmärchen* (1846), Friedrich Panzer, *Bayerische SagenundBräuche* (1848), Franz Josef Vonbun, *Volkssagen aus Vorarlberg* (1850), Ignanz, Joseph Zingerle, *Tirols Volksdichtungenund Volksbräuche* (1852), Heinrich Pr? hle, *Kinder und Volksmärchen* (1853), Theodor Vernaleken, *Alpenmärchen* (1863), Christian Schneller, *Märchen und Sagenaus Wälschtiro* (1867) 和 Josef Haltrich, *Deutsche Volksmärchen aus dem Sachsenlande in Siebenbürgen* (1885).

③ 参阅由 Otto Hartwig 撰写的有关 Taylor 和 格林兄弟书信往来的有趣的论文集 "Zur ersten englischen Übersetzung der Kinder – und Hausmärchen der Brüder Grimm," *Centralblatt für Bibliothekswesen* (January – February 15. 1/2 1898): 1 – 16.

与删除，相反，他在所添加到故事里的笔记中，坦率地表明了他所作的改变，但他所呈现的并不是现代读者所期望的"。①

另一位著名的欧洲童话作家汉斯·安徒生也曾同样亏欠他于柏林拜访过的格林兄弟"债务"。某种程度上，口头和文学融合成童话的"经典类型"缘于格林兄弟。也就是说，用不同方言讲述的"原始"故事，已被格林兄弟进行过修改，而格林的故事又在泰勒手中经过了戏剧性的改变。所有这一切都导致了奇怪的案例，即对所谓真实的民间故事或适合儿童的故事的曲解，尽管被大量的编辑和翻译成受过教育的精英的语言，但最重要的是，在欧洲不同国度均有大量的民间故事合集。一些值得注意的民间故事书是：（1）在意大利，安吉洛·德古贝纳蒂斯（Angelo De Gubernatis）的《圣托斯蒂芬诺民间故事》（1869）等；② 在爱尔兰，塞缪尔·洛弗（Samuel Lover）的《爱尔兰传说与故事》（1837）等；③ 在英格兰，约瑟夫·里特森（Joseph Ritson）的《约瑟夫童话》（1831）等；④ 在法国，艾曼纽·科斯金（Emmanuel Cosquin）的《洛林民间故事》（1860）等；⑤ 在挪威，彼德·C. 阿斯伯琼森（Peter Christen Asbjørnsen）和乔治·莫伊（Jorgen Moe）的《挪威民间故事》（1852）；在丹麦，斯文·葛隆维（Sven Grundtvig）的《民俗与丹麦回忆》（1854）；在葡萄牙，阿道夫·塞洛（Adolfo Cœlho）的《葡萄牙民间故事》（1879）；在捷克斯洛伐克，波哲那·纽科娃（Božena Němcova）的《捷克民间故事和传说》（1845—1848）和《斯洛伐克的童话和传说》（1857—1858）；在俄

---

① David Blamires, *The Early Reception of the Grimms' Kinder - und Hausm？rchen in England* (Bulletin of the John Rylands University Library of Manchester 71. 3 (1989): 69.

② 如 Vittorio Imbriani, *La novellaja Fiorentina* (1871), Carolina Coronedi - Berti, *Novelle popolari Bolognese* (1874), Domenico Comparetti, *Novelline Popoparli Italiene* (1875).

③ 如 Patrick Kennedy, *The Fireside Stories of Ireland* (1870), William Butler Yeats, *Fairy and Folk Tales of the Irish Peasantry* (1888), Joseph Ritson, Joseph. *Fairy Tales* (1831).

④ 如 Sabine Baring - Gould, *Notes on the Folklore of the Northern Countries of England and the Borders* (1866), Joseph Jacob, *English Fairy Tales* (1890), Emmanuel Cosquin, *Contes populaires de Lorraine* (1860).

⑤ 如 Jean - François Bladé, *Contes et Proverbes recueillis en Armagnac* (1867), Fran？ois Luzel, *Conteset Récits populaires des Bretons armoricains* (1869), Charles Deulin, *Les Contes dema Mèrel'Oye avant Perrault* (1878), Paul Sébillot, *Contes populaires de la Haute - Bretagne* (1881), Achille Millien, *Petits Contes du Nivernais* (1894).

罗斯，亚历山大·阿法纳西耶夫（Aleksandr Afanasyev）的《俄罗斯民间故事》（1860—1863）等。①

在这个列表中还可以添加更多书籍，许多搜集者还出版了额外的故事集和学术研究。在英格兰，英国民俗学会成立之后，英国和美国民俗学家也作出了巨大的努力，翻译了来自印度、中国、日本和非洲等其他国家和地区的民间故事。然而，由于大多数欧洲民间故事集没有被英语国家翻译或学习，它们的全部影响尚未得到重视。例如，直到最近仍被忽视的 19 世纪欧洲和美国最杰出的民俗学家之一是吉塞普·皮特（Giuseppe Pitrè）。在此，我想转向他的生活和工作，以证明他是那些博学并具有献身精神的民俗学家代表。这些专业的民俗学者试图让过去变得有用，以使我们可以更加了解自己。

吉塞普·皮特

1916 年，皮特去世后不久，杰出的美国学者、极有天赋的民俗学家托马斯·弗雷德里克·克拉内在《民族报》（The Nation）上发表的皮特的讣告中，将皮特与格林兄弟作了比较：

> 格林兄弟的工作范围十分宽广，它与皮特所致力研究的领域并不相同，在《儿童和家庭故事》和《德国传说》之后，格林兄弟的兴趣几乎全在语言和词典的编纂上。而皮特，他一生都是执业医师，并且多年来在巴勒莫（Palermo）公民事务管理中成绩卓越，如出任市政官或市长。格林兄弟主要关注德国及其中世纪文学的故事和传说，皮特则在他漫长的一生中致力于民学的每一个部分——民间故事、传说、歌曲、儿童游戏、谚语、谜语、习俗等。他亲自采集了令人难以置信的大量材料，只有其中的一部分，以《西西里民俗藏书》的 25 卷为代表（1871—1914）。②

---

① 如 Ivan Aleksandrovich Khudiakov, *Velikorusskiya Skazki*（1860）以及 E. A. Chudinsky, *Russkiya Narodnuiya Skazki*（1864）。

② Thomas Frederick Crane, "Giuseppe Pitrè and Sicilian Folk‑Lore", *The Nation* 103/2671 (1916): 234.

1841年12月22日，皮特出生于巴勒莫博尔戈（Borgo）区一个较低阶层的拥有浓厚海洋传统的家庭。他的父亲塞尔瓦多（Salvatore）是一名水手，曾在跨大西洋的船上工作，他的母亲玛丽亚·斯塔比莱（Maria Stabile）也是航海家庭的女儿。不幸的是，1847年，皮特的父亲于新奥尔良因黄热病去世，而皮特和他的弟弟安东尼奥（Antonio）不得不搬进他们博尔戈的外祖父家。父亲的早逝让年轻的皮特更为亲近他的祖父吉塞普·斯塔比勒（Giuseppe Stabile），这也加强了他母亲进一步推动儿子教育的愿望，而不是鼓励他成为一名水手。得益于母亲关系紧密的大家庭支持以及牧师的帮助，她能够为她的两个儿子，为皮特提供教育机会和安全。他们与博尔戈地区亲戚朋友之间密切而温暖的关系，为皮特一生对普通民众的积极态度留下了印记。

自孩提时代始，皮特便开始收集谚语、海洋俗语及歌谣，很快便发现他有文学的倾向，对来自下层阶级西西里人的习俗与信仰历史尤为好奇。当他长到13岁时，皮特进入一所耶稣会神学院，在那里他接受了严格的古典教育。皮特是这所学校最好的学生之一，他开始认真地搜集谚语并研究西西里岛的历史。然而，在此期间爆发了意大利人反抗奥地利人的起义，皮特和他的许多同学一样，都是具有奉献精神的爱国者，受意大利独立的思潮所启发，其中也包括解放西西里岛。因此，他于1860年离开学校，参加了加里波第（Garibaldi）的海军，尽管他并不喜欢大海并饱受晕船之苦。1860年春天，皮特前往不同的港口城市，如马赛、热那亚和那不勒斯，这是他唯一一次离开西西里岛，幸运的是，他没有参与任何战斗。当起义被平息，意大利人被击败时，他重新回到西西里岛完成学业，并于1861年成为巴勒莫大学医学系学生。皮特的母亲，她的家人以及弗朗西斯科·科尼利奥牧师继续支持着他的教育，皮特并没有让他们失望。事实上，他超越了他们的期望。他不仅在医学研究方面表现出色，而且还成为文学与历史的杰出学者。事实上，在他五年的学习时间里，他已开始在西西里语期刊《博尔吉尼》和《火花》上发表关于谚语的文章，并在音乐学院讲授意大利文学。也正是在这段时间，确切地说，在1865年，他结识了萨尔瓦托雷·萨洛莫内—马里诺（Salvatore Salomone-Marino）。后者也是一名年轻的医学学生，成为了皮特最亲密的伙伴之一，也是他在民俗研究中最亲密的合作者，直至19世纪末他们闹翻的那段时期。

当皮特于1866年完成学业后,因为找不到医生的工作,并且急于回报支持他的母亲以及她的家人为他提供的所有帮助,皮特几乎立即开始了于巴勒莫一所高中教授意大利文学的工作。然而,由于与一名有报复心的官员发生了争执,他很快失去了这个教学职位,后来这位官员也因为不分青红皂白的行为受到了惩罚。由于此次事件,皮特决定开始当一名私人医生,从1866年至1867年间,西西里岛蔓延了一场大型霍乱疫情。因此,皮特专注于医治数百名患有霍乱的病人,并很快意识到这一点极其重要,那便是在追求民俗研究者兴趣的同时,继续实践医学。

皮特或步行或乘坐马车来到他的病人身边,并且经常通过与病人及其亲戚、朋友的接触来搜集记录歌曲、谚语和故事。从开始直至去世,皮特在巴勒莫被广为人知——一名小医生在骑马和乘坐马车的同时,记录甚至写完了整本书。当他集中精力工作时,没有人敢打扰他。瑞士民俗学家沃尔特·凯勒(Walter Keller)在回忆访问皮特的情形时,这样写道:"我们走下楼梯时,他的仆人已经在房子前面等着我们,一匹马拉着老式的马车。'请允许我介绍我的旅行式学习,'皮特对我说,并让我爬进马车。'主人',仆人对医生说,'我已经把邮件放在马车里的桌子上了。'确实他这么做了!马车厢的内部已经变成了一个带有桌子的小书房,墙上挂有各式各样的杆子、秘密文件夹和隐形口袋,皮特从中拿出手稿、书籍、杂志和信件。'你看',他向我解释道:'多年来我就在这样的旅行式学习中,完成了几乎所有的通信工作。''啊哈!'我想。'这就是为什么他信件的字迹是如此不清楚和不稳定的原因。''在这里,我写了很多书,总是在从一个病人去往另一个病人的路上。在我的一生中,我很难设象以其他的方式来完成我的大规模搜集工作并无一遗漏。正如你所看到的那样,这辆马车有些轻微弹跳,我忠诚的老马弗里茨并没有快速地小跑,所以我可以非常舒适地在这里工作。你可以习惯任何事情'。"[1]

皮特似乎总是能习惯于一切。至1868年,皮特收集了足够多的民间歌谣,出版了他的第一本主要书籍《西西里民歌》,这本书主要基于

---

[1] Walter Keller, "Zum Andenken an Giuseppe Pitrè," *SAVk* 21 (1917): 94–96.

一部影响了他青年时代的作品——吉塞普·朱斯蒂（Giuseppe Giusti）的《托斯卡纳谚语集》（1853）。皮特的搜集成为他《西西里民俗藏书》二十五卷系列中的第一个，这套书得到了致力于西西里历史和民俗研究的利吉·佩多内·劳瑞尔（Ligi Pedone Lauriel）的支持，他是巴勒莫首批伟大的出版商。二人的会面是偶然的，而他们的合作却非同寻常。在这些早期工作中，皮特从未要求过金钱或版税，劳瑞尔完全支持了他的事业。

当皮特正式开始民间故事的工作时，他并没有得到很多赞誉，因为民间故事不被视作一个受人尊敬或重要的研究领域，尽管西西里和意大利的许多学者已经发表了一些重要的著作。事实上，他经常被记者和教育工作者嘲笑。例如，1875年出版的四卷《西西里童话故事、民俗和故事》，这构成了藏书七卷中的四卷，他们被许多记者、评论家和学者轻视为粗俗、不雅和琐碎的，尤其因为传说与故事是以西西里方言出版的。然而，正是由于皮特对被忽视的西西里人民"真实"传统的热爱，使得他的作品如此珍贵。与欧洲的许多前辈不同，皮特努力提供方言口语的准确再现，并撰写有关西西里人民习俗和信仰体系的历史研究，为他的作品提供文化和历史背景。皮特不仅从他的病人和朋友那里收集材料，而且他还招募自己的家人与他一起工作，他的母亲在他小时候经常给他唱海上歌谣，为他的搜集做出了贡献。他开始与那些对西西里岛以及欧洲大陆有兴趣的学者通信。他们中的许多人寄给他故事或信息，他将它们收录在集册里。1877年，他与弗朗西斯卡·维特拉诺（Francesca Vitrano）结婚，并与她生了三个孩子：玛丽亚（Maria，生于1878年）、罗西娜（Rosina，生于1885年）和萨尔瓦托雷（Salvatore，生于1887年）。虽然所有的孩子都帮助他进行研究，但主要是玛丽亚，她帮助皮特完成了所有的工作，直到1904年她嫁给了一位意大利外交官，然后去了巴西。至少可以这么说，皮特总是需要合作者，因为他的历史研究和搜集是惊人的，他对哪怕是属于西西里民俗中毫厘的信息也总是充满感激之情。

早在1869年，他就与文森索·迪·乔瓦尼（Vincenzo Di Giovanni）和马里奥（Salomone – Marino）共同创办了文学期刊《西西里新历书》，这本出版物使他能够分享他的作品，并更深入地了解欧洲大陆和英格兰的最新民间故事研究，该杂志一直持续到 1882 年。在刊物停办的前一年，皮特病情严重，但在疗养期间，劳瑞尔说服他创办一本主要涉及民俗的新期刊。因此，他与马里奥一起创立了 1882 年的《传统档案的流行研究》（以下简称《档案》）杂志，这本著名的国际范围出版物，一直持续到 1907 年，包含了丰富的民俗材料。此外，作为编辑，皮特接触了许多欧洲和美国权威的民俗学家。他的通信来往者包括多梅尼科·坎贝拉蒂（Domenico Comparetti）等。[1] 海量的信件来往十分重要，因为皮特所写与所收到的信件超过 7000 份，显示了他在不同民俗与传统方面的博学与见地，他在翻译所搜集的大量材料与文件方面极其机敏，当其他学者向他寻求帮助时，他又是极其慷慨。皮特在编辑《档案》时，他还开发了另一个系列——《奇异的民俗》（1885—1890），共 16 卷，其中包含歌曲、谚语、习俗和故事。虽然这些成就可能令人印象深刻，但与 1871 年至 1913 年间所发表的 25 卷《藏书》相比，它们显得苍白无力。从某种意义上说，所有这些书籍都是在朋友、学者和助手的帮助下，皮特与西西里岛人民进行的重要合作，但是对《藏书》构想的主要责任——笔记、民俗的编辑、所有的歌谣、诗歌、传说、民间故事、谚语、鬼故事、轶事、成语、风俗、医学、服装、器皿和地区历史——则是担在皮特肩上的重任。

在皮特广泛地进行民俗研究并作为医生的同时，他逐渐被吸引到政界。虽然皮特从来没有加入过任何一个党派，并且毫不客气地认为自己是非政治性的，但他的工作和他的社会背景表明他是多么地支持普通民众的事业。当然，民众对皮特也非常信任，他一直以自己在所有关系中坦率而诚实而自豪。因此，鉴于他的诚意和知名度，他被"劝说"为候选人并当选为巴勒莫市政府的独立议员，并很快被视为他所在地区最受欢迎的人民代表之一。（最终，在 1915 年，他成为了参议员。）但他的主要热情仍在于对民间故事的研究。1909 年，他将巴勒莫郊区曾经的一座

---

[1] 如 Alessandro D'Ancona, Ernesto Monaci, Constantino Nigra, Angelo De Gubernatis, Pio Rajna, Michele Barbi, Benedetto Croce, Ernesto Renan, Wilhelm Manhardt, Paul Sébillot, Hugo Schuchardt, Menéndez y Pelayo, Gaston Paris, Karl Krohn, Francis James Child, Rachel Busk, William Ralston, Thomas Frederick Crane。

修道院建成为第一个民俗博物馆——西西里人类学博物馆,并收藏了皮特多年来私人收集的所有工具、服装、陶器、铜版画和其他文物。最后,要感谢皮特1911年在巴勒莫大学建立了"民俗心理学",由他本人担任第一任主任。他在1911—1912年教授《民俗心理学史概论》课程,他的演讲《民俗心理学史》在他讲座90年之后,于最近2001年才得以发表。

然而,尽管皮特在20世纪初获得了所有荣誉,但在此后的几年里,他遭受了个人命运悲剧的蹂躏。他的女儿罗西娜于1906年结婚并于次年怀孕,在1908年墨西拿地震中丧生。他的儿子塞尔瓦托1911年从巴勒莫大学毕业并成为一名医生,死于食物中毒。他的长女玛丽亚曾帮助他进行研究,并于1904年离开西西里岛居住在巴西,她是直到皮特1916年去世唯一幸存下来的孩子。

皮特的民俗学概念

皮特对西西里人民有着深刻而无限的眷恋,因此,他也因将西西里人及其传统浪漫化而经常遭受批评。一些学者指责他将普通西西里人的形象塑造成纯洁、无辜和高尚的"原始人",淡化了西西里民俗中许多粗俗与令人遗憾的方面,甚至对黑手党作为犯罪组织的作用也轻描淡写。其他人则抱怨,皮特编辑和删除了他搜集到的一些文本,目的是为西西里民俗建立尊重与荣誉。换句话说,作为民俗学研究者,他的观点据称是倾斜的。一位评论家认为,他对西西里文化演变的展现,源于许多固化的二元划分,例如农村/城市、文盲/受教育者,他构想出所要揭示的被认为是"真实的"西西里精神。其中一些指责确实可能是真实的,但它们也过于简单化,因为正是这种对普通人的热爱,几乎是一种痴迷,促使皮特在研究中变得越来越科学,不仅要掌握西西里人的习惯、习俗、仪式以及民间思想的特质,也要掌握西西里人与其他欧洲人民所共享的、相似的口头叙事表现以及思维模式。矛盾的是,皮特的浪漫主义使他在研究中变得更为国际化、理性化和全面化,致使他生产出了巨大的材料宝藏,它们并未浪漫化西西里人民,也不会导致他们的"浪漫化"。如果有什么区别的话,皮特的搜集、历史评论和人类学研究均显示出多变以及多样化的传统,它们需要细致入微的分析。皮特与他同时代的所有民俗学家一样,试图完成自己的个人使命以保护西西里民俗的核心,并打开其他人的眼界,尤其是那些西西里岛受过教育的人的眼界,他认为他们在此方面是缺失的。在《童话、小说与故事》的序言中,皮特曾指出,当乡村和城市的普通民众被要求解释某些名字、地点或事件的历史时,他们总是知道很多,但受过教育的人反而对此感到茫然,因为他们未曾想过要熟知这段历史。皮特想要弥补(也许是过度补偿)这种忽视,并试图赞颂普通西西里人的成就。当然,在所有文化中,记录历史与记忆的方式曾经存在并仍然存在社会阶层的"分裂视野"。在皮特时代,他认为自己是一位受过良好教育的学者,他想把最小的石头翻过来看看它下面是什么,因为他相信西西里人隐藏的历史构成了西西里文化隐藏的宝藏。此外,他开始相信这种文化与其他"原始"文化有着不寻常的联系,揭示了世界各地的普通人,是如何通过他们的民间故事来思考、保存习俗与习惯以及传播它们的。

作为一个年轻人,皮特开始他的研究并非借助概念,而是凭借直觉、极大的好奇心以及对西西里歌谣和谚语深刻的吸引力,此吸引力是由在巴勒莫博尔戈区的经历而产生的。当他开始用方言写下西西里语的歌谣、谚语并开始研究它们时,他也开始对当代作家和西西里历史产生了浓厚的兴趣。他的早期出版物《档案》(1864)、《新档案》和《文学批评散文》(1871)揭示了他的广泛兴趣,但在所有的这些著作以及他的期刊评论与文章中都有一个共同点:他希望恢复西西里历史中口头文学和现场表达的重要性;更准确地说,他试图记录普通人的"真实"艺术和历史。这一点,在他的三本早期著作中非常明显,即《论谚语》(1863)、《海洋用语随笔》(1863)和《西西里歌谣批判性研究》(1868)。正如我已经提到的那样,对他此时期作品影响最大的,可能是朱斯蒂的《托斯卡纳谚语收集》,它为他的比较方法与搜集哲学奠定了基础。但是朱斯蒂并不是唯一一位将皮特视作民俗学家的重要学者。作为评论有关皮特工作最全面和最有见地的文章之一的阿尔贝托·奇雷塞在文章中强调,尽管皮特是自学成才,并且被对西西里民众的热情奉献所驱动,他非凡的个人发展以及作为民俗学家的工作并不是凸然显现的。1850—1875 年是一个革命以及民族主义的时期,也是民俗研究在欧洲大陆和英格兰的形成阶段,皮特开始对民间故事产生兴趣。一旦决定开始民俗学者的职业生涯,他便广泛而贪婪地阅读。到了 19 世纪 70 年代早期,此时的皮特还很年轻,他就已经学会了德语、法语和英语,他对国际民俗以及学术的知识非同寻常,令人叹为观止。他熟悉所有的几种不同语言的最新争论、研究发现以及出版物。正如奇雷塞指出的那样,最权威的意大利学者和民俗学家如康斯坦丁诺·尼格拉(Constantino Nigra)、亚历山大·安科纳(Alessandro D'Ancona)、多梅尼科·坎贝拉蒂(Domenico Comparetti)和维托利奥·伊布里安尼(Vittorio Imbriani)已经开始出版重要的搜集与散文。"但是也不乏更接近西西里家乡的贡献。我们不应该忽略此种可能性,那便是皮特可能已经知道或最终发现了更早的先例,如朱塞佩·莱奥帕迪·奇利亚(Giuseppe Leopardi Cilia)的《坎塔尼亚的搜集》,大约在1817年以手稿形式出现,但直到最近才出版;朱塞佩·拉·法里纳(Giuseppe La Farina)于1834年向尼科洛·托马索(Niccolò Tommaseo)提供的笔记《在彼斯度里斯的旅行》;V. 纳瓦诺(V. Navarro)和G. R. 阿巴提(G. R. Abati)在1843—1845年发表的几首歌曲;在1857—1870年间,西西里文化显现出对通俗诗歌和文学的浓厚兴趣,而皮特肯定受到了这种发展的影响。莱奥纳多·比戈的《西西里民歌》出版于1857年,在1870—1874年间,皮特将它们翻译成了《巨大的收集》;从1865—1867年,利特里奥·利齐奥·布鲁诺(Letterio Lizio Bruno)出版了一些文本与故事,后来有了他的1871年的《伊奥利亚群岛民歌》。1867年萨尔瓦多里·马里诺刚刚21岁,比皮特年轻6岁,显著地扩大了皮特的出版物范围以及其他在西西里岛常见作品,如他的书《西西里民歌之外》;1868年,一本西西里期刊发表了尼科洛·托马索关于通俗歌曲的信;同年,当马里诺开始研究西西里民谣历史时,他展示了他对日期、事实和文件的准确研究。"[1]

然而,对于皮特来说,意大利人和西西里人并不是唯一重要的搜集者与学者,他还认识我在前一章中讨论过的劳拉·公泽巴克(Laura Gonzenbach)。虽然劳拉是一位居住在墨西拿的瑞士商人的女儿,但她已经出版了第一本德语版的非常重要的西西里故事集,即《西西里童话故

---

[1] Alberto Mario Cirese, *Giuseppe Pitrè tra storia locale e antropologia*; *Pitrè e Salomone Marino* (Palermo: Flaccovio, 1968): 34. Atti del Convegno di studi per il 50 Anniversario della morte di Giuseppe Pitrè e Salvatore Salomone – Marino. Palermo, (Novembre 1966): 25 – 27.

事》（1870）。她的作品由德国历史学家奥托·哈特维（Otto Hartwig）介绍，由细致的学者莱因霍尔德·科勒（Reinhold Köhler）编辑，她对故事类型分类的方法可能影响了皮特。其他德国和奥地利学者已经翻译和编辑了值得关注的意大利故事集，而且皮特也熟悉这些书籍。例如，格奥尔格·维特（Georg Widter）和亚当·沃夫（Adam Wolf）出版了《威尼西亚童话故事》（1866），由富有进取心的科勒（Köhler）于《浪漫主义和英国文学年鉴》中再次进行编辑；赫尔曼·纳斯特（Hermann Knust）按照他的翻译，把《意大利童话故事》（1866）也收录在《浪漫主义和英国文学年鉴》里，以及克里斯汀·斯耐尔（Christian Schneller）在1867年出版了《来自威尔士蒂罗尔的童话与传说》。

然而，在皮特转向完全关注民间故事之前，他更多关注的是民歌，并发行了他的《西西里歌曲的批判性研究》（1870）的修订版，《西西里民歌》两卷本的第一版（1871），《流行诗歌研究》（1872），这是他的散文和评论合集。这三本书构成了他宏大的《西西里民俗藏书》（以下简称《藏书》）系列的前三卷，他的决定非常明晰，即他将毕生奉献于记录西西里民间艺术、风俗以及历史的每一个可能方面。当然，这种"爱国"承诺亦被当时的政治气候所强化。皮特支持加里波第（Garibaldi）在19世纪60年代早期为统一意大利所作的努力，1870年加里波第军队战胜奥地利军队并最终胜利统一了意大利，让他倍感欣慰。对于皮特而言，这种统一也让西西里人民获得了民族自豪感，因为这个岛屿将不再被外国人占领和控制，他所谓的"民族浪漫主义"正是这种自豪感的表现。

在皮特试图颂扬西西里民俗及其文化的"天赋"的同时，他也正在超越这种对普通西西里人民的"浪漫"美化，并开始将他的民间故事搜集，置于一个更加具体的科学与人类学研究方法的基础之上，以了解所有类型民间故事的历史、演变和意义。关于从民俗起源及传播导向民间文学故事的普遍理论，于19世纪初首次被提出。发展中的关键人物格林兄弟，认为童话故事源于曾经一直是宗教的神话故事，但故事讲述者逐渐放弃了他们的宗教内涵，故事最终变得更加世俗化，所包含的宗教仪式和习俗的残余，通常被称为"埋藏的动机"。他们的观点被梵文学者西奥多·本菲（Theodor Benfey，1809—1881）进一步扩展，他在印度教《五卷书》（1859）中称，童话故事的类型起源于古代印度的口头奇迹故事，首先传播到波斯，继而传播到整个阿拉伯语世界。最终，它们通过贸易、移民和十字军东征从西班牙、希腊和西西里岛传播到欧洲。格林兄弟和本菲认为，有一个起源点或一个出生地（单一生成）导致了不同种类的民间故事的形成。与之形成对照的是法国民俗学家约瑟夫·贝迪尔（Joseph Bédier, 1864—1938）反对的观点，并在《通俗诗歌》（1893）发表了他的"多元发生说"，他坚持认为这些故事起源于不同的地方，并由富有天赋的故事讲述者培育。多元化的概念已经成为英国人类学学者爱德华·泰勒（Edward Tylor, 1832—1917）、安德鲁·朗（Andrew Lang, 1844—1912）和詹姆斯·G. 弗雷泽（James George Frazer, 1854—1941）作品的基础，[1] 他们坚持认为，世界上人类物种相似，人类以类似的方式对环境作出反应，因而产生相同的故事，这些故事只根据不同文化发展的习俗而变化。他们先于和不同于贝迪尔（Bédier），因为他们相信普通人和有天赋的故事讲述者在他们的仪式和习俗中培养了这些故事。口头奇迹故事是世界各地培育的不同体裁或类型的故事之一，通常具有类似的情节和主题。特别是泰勒的两部早期著作《人类早期历史研究》（1865）和《原始文化：对神话、哲学、宗教、语言、艺术和风俗的发展研究》（1871）给皮特留下了深刻的印象，他在自己的民俗著作中经常提到泰勒的观点。在奥雷里奥·瑞格里（Aurelio Rigoli）的《泰勒对皮特的重要影响研究》中，就"皮特工作中的生存概念"，他指出皮特同意泰勒的基本原则：民俗源于原始民族的文化遗留物，它们通过普通民众的行为举止、信仰系统及风俗习惯而存活并保留下来。正如瑞格里指出的那样，皮特对于将民俗中的所有内容归于遗留物更为谨慎。然而，泰勒的想法构成了皮特工作的基本思想，当皮特于1913年完成他的《藏书》最后一卷时，他指出："人类学和心理学在许多方面取代了历史，并且经过精细、准确的检验，这些研究领域现在需要解释古代神话、迷信和符号的变形残留。那些多年来存在于人类心智中的东西——根据泰勒

---

[1] 见 Richard Dorson, *The British Folklorists: A History* (Chicago: University of Chicago Press, 1968) 和 Giuseppe Cocchiara, *Storia del folklore in Europa* (Turin: Editore Borginghieri, 1952), translated by John N. McDaniel, *The History of Folklore in Europe* (Philadelphia: Institute for the Study of Human Issues 1981)。

的智慧民族学理论他们尚未完全恢复——构成了我们潜意识的一部分，在我们的精神状态，在我们的诗意的隐喻中以及在我们的哲理性隐喻中都是透明的。而这正是解释存在倾向的基础与根据，亦是感觉、思维方式与所有其他心理表现争论的特定方式。"①

我们需要记住的重点是，皮特对泰勒和其他学者的解读表明，即使是在19世纪70年代早期，虽然年轻的皮特离开了西西里岛，尽管不确定他是如何以及何时开发的阅读英语、法语、德语和西班牙语的能力，更不用说许多不同的西西里方言，皮特已经成为一名卓有成就的国际民俗学家，对欧洲的发展有着全面的理论知识——后来他通过与托马斯·克拉内（Thomas Crane）的通信获得了北美地区的信息。他熟悉最重要的民俗搜集者和民俗学者，他早期的小型出版物，如《西西里童话和民间故事的样本》（1873）、《西西里童话和民间故事的新样本》（1873）、《西西里八则童话和民间故事》（1873）和《西西里民间故事》（1873）等，显示出了他对西西里岛与欧洲大陆发表和传播的那些民间故事相似之处的广泛兴趣。1875年，当他出版了四卷《西西里童话、短篇小说和通俗故事》时，他逐渐意识到西西里岛的故事不仅代表了西西里文化，而且可能与根深蒂固的习俗、信仰、迷信、行为以及西西里人民的历史有密切的关联。他们也与其他文化的故事有关，这些故事是由相对相似的自然现象和经历引发的。如果西西里岛民间故事中的相似之处可以追溯到其他欧洲与东方的收集，那么他将它们归结为这样一个事实：当环境和心理条件相当时，人类或多或少地以同样的方式表达自己。在这一点上，他的观点与泰勒的《原始文化》以及其他英国人类学家一致，他们提出人类具有相同的直觉，因此往往会产生类似的仪式和故事。尽管皮特没有低估可以解释特定故事类型传播的交流、商业、战争、旅行、戏剧、专业讲故事和宗教仪式，但他从根本上认为，人类的本性和人类对环境的反应导致相同的故事类型。对于皮特来说，重要之处以及令人激动的是在于来自西西里岛不同地区人民的习俗——就此而言，世界变化与多样化的著名故事的主题或根据他们的罕见和特殊经历创造故事的方式，

---

① Giuseppe Pitrè, *La famiglia, la casa, la vita del popolo siciliano.* （Palermo：Lauriel, 1913）：437－438.

有助于形成所谓的"次要"历史。对于皮特来说,"少数即是多数"。正如他所写的那样:"历史不应只是一个男性的名单,只有他们的杰出行为被记录在册,而是对于一个民族思想、感情、习俗和民众利益的揭示,换而言之,是人民、民族的生活。"[1] 此外,他采取了政治的立场:"人民的历史与其统治者的历史相混淆……人民的故事被掠夺并转变为与其政府相同的历史,而根本不考虑人民的记忆与通常归于他们的记忆非常不同,无论是来自机构的一方或者来自占主导地位的权力。"[2] 皮特的搜集是一种"颠覆性"的行为,他的多样化的搜集,作为一个整体,旨在提供西西里岛官方历史的替代品。

因此,搜集过去存活到现在的"遗留物"是一种伦理行为,皮特于1911年1月12日在巴勒莫大学的就职演说中对"民俗心理学"的定义清楚地说明了这一点:"对我们来说,民俗心理学研究文明化人民与未文明化人民的道德和物质生活。他们的文明程度越低,材料就越重要。这种生活被记录在口头多样化类型和客观传统中。童话故事与寓言、故事与传说、谚语和格言、歌曲和旋律、谜题和谜语、游戏和娱乐、玩具和玩物、表演和节日、习惯和习俗、仪式和庆典以及实践、信仰、迷信、时尚和表现世界与神秘世界、真实世界与富有想象力的世界。这个世界向懂得如何接近它并理解它的人移动、摇摆、微笑和呻吟。它的微笑、呻吟和声音,对大多数人来说微不足道,但是,对科学研究人员来说却极有启示,他们能感受到过去几个世纪的宽广胸怀以及时代衰落的长期回响。"[3] 皮特不仅仅对恢复过去感兴趣,他还试图赋予其当下的意义。"民俗心理学家在研究了当前的传统之后,将它与仍然存在的原始传统对立并建立了实体,并以这种方式找到了人类道德故事中一些模糊问题的解决方案:两个过程,其中一个精神古生物学和其他批判人类学。"[4] 此外,皮特试图将过去的所有"遗留物"与其他文化的遗物进行对比或比

---

[1] Giuseppe Cocchiara, *Pitrè, la Sicilia e il folklore* (Messina: D'Alma, 1951): 142.

[2] Giuseppe Cocchiara, *Pitrè, la Sicilia e il folklore* (Messina: D'Alma, 1951): 142.

[3] Giuseppe Pitrè, La Demopsicologia e la sua storia, ed. Loredana Bellantonio. (Palermo: Documenta Edizioni, 2001): 34–35.

[4] Giuseppe Pitrè, La Demopsicologia e la sua storia, ed. Loredana Bellantonio. (Palermo: Documenta Edizioni, 2001): 36.

较。如果某些习俗和信仰体系在西西里岛的不同地区仍然存在，那么他们就有非常特殊的理由需要历史解释，并且在将它们与其他文化中的类似传统进行比较时可以得到最好的理解。这也是他在致力于西西里人的研究中变得如此国际化的原因之一。

皮特的方法及其搜集的历史意义

当皮特开始专门搜集歌曲、谚语和故事时，他还是一个二十多岁的年轻人，正如我所强调的那样，他没有明确定义民俗学方法或概念。（顺便提一下，19世纪晚期的大多数欧洲和美国民俗学家都是如此。）他搜集口头故事、谚语、谜语和歌曲的方法，随着他意识到口头叙事的保存需要结合细致的研究和对口头转化为文学所涉及的问题的深刻理论理解而发展。然而，从一开始就很清晰，皮特想为那些卑微的、被忽视的叙述者发出声音，可以说，他们是西西里历史的策展人，这就是为什么他用各自的方言保存民间故事的原因。

虽然没有关于皮特在记录、编辑所有故事时所使用的确切方法的大量文档，但有足够的信息可以提供他工作的可靠说明。众所周知，皮特做了大量的采集工作，特别是在博尔戈区，他与他最好的两个信息提供者极为熟悉，他从小就认识的阿加祖亚·弥赛亚（Agatuzza Messia）给他讲了40个故事，还有罗莎·布鲁斯卡（Rosa Brusca），他是一名织布工，最终失明了。他显然还遇到了另一个重要的叙述者，伊丽莎白·桑弗朗特拉（Elisabetta Sanfrantello），她在瓦勒伦加做仆人。皮特搜集的故事中约有百分之六十是由女性叙述的。在这方面，他的搜集比劳拉·冈泽巴赫的《西西里童话》更加平衡，其中包括几乎完全由女性讲述的故事，代表了西西里文化特殊的女性观点。男性讲述的故事在风格和内容上往往不同，因此皮特的系列允许读者比较女性与男性叙述他们众所周知的故事、传说、轶事及其包含谚语的方式。

皮特在听用方言讲述的故事时，一般会做笔记，根据听到的内容，可能有两三个，他使用混合方法重建故事，使他能够保持语音，同时保持方言的制作，使它尽可能地为阅读受众使用。换句话说，皮特赞成将巴勒莫西西里语作为拼写和语法的标准。然而，同事、朋友和亲戚带给他或者从岛上各个地方发送了不同的西西里方言的故事，他试图保持忠实于其他不同寻常的方言，并解释他脚注中的差异，通常包括几个变体。皮特试图在他的笔记中提供变体，因为他认为这些故事是民族学、历史和社会文献。当他将他的四部搜集合在一起时，他的博学显得如此的伟大，他可以参考欧洲和中东各地的变体，并可以追溯到希腊罗马时期的某些故事的历史，经常像侦探一般解释特定故事的推导和偏差。目前尚不清楚皮特在多大程度上"审查"了这些故事，或者只选择那些对西西里文化有积极反映的故事。那些声称皮特从故事中消除了散文参考、残忍和性暗示的评论家显然没有阅读整个系列。皮特不仅允许"庸俗"的语言和故事存在，还有诡异和滑稽的场景，例如，"一个女人是用狗屎制作的"，但他也在他的笔记中解释了对性的隐喻性提法。如果大多数故事都没有像他们本来那样的色情、猥亵和散乱，那可能是因为许多故事是由女性讲述的，而不是男性。然而，即便是女性也不会回避性暗示。

皮特将《西西里童话、传说和故事》的四卷分为五个部分：（1）普通大众化的故事，或常见的流行童话故事，构成了该系列的大部分内容，包括欧洲和中东众所周知的众多童话故事；（2）笑话与恶作剧，或吹牛故事和轶事；（3）历史传统和伟人及相关地方，或与传说相关的地方和人民；（4）用轶事和故事解释谚语和众所周知的谚语模型，或谚语故事；（5）寓言、童话和道歉，或简短的故事，寓言和动物故事。总共有大约400个故事，主要文本中有300个，并且在每个故事之后的笔记中有100个变体。还有一个阿尔巴尼亚方言的七个西西里故事的附录，不包括在英文翻译中。皮特还为这四卷撰写了序言，其中包括两篇关于流行故事历史和西西里方言语法的长篇论文，后来作为一本小书单独出版。

在1875年《西西里童话、小说和民间故事》出版后，皮特还发表了其他重要的故事集，如《托斯卡民间故事》（1885）、《西西里传说与故事》（1888）和《民俗中的燕子》（1903），更不用说他在《档案》和其他期刊上刊登过的无数故事。基于此，我们可以说皮特的搜集构成了19世纪欧洲民间故事中最丰富的资源之一，即使不是最富有的。皮特充分意识到这些故事对于理解欧洲故事的起源和杂糅是多么的富饶，可以这么说。毕竟，西西里岛一直是希腊人、罗马人、阿拉伯人、土耳其人、法国人和西班牙人长期和短期不断遭到袭击、入侵和占领的国家。所有这些行业都留下了西西里文化的印记，许多故事可以追溯到这些其他文化的故事讲述传统。

在奥罗娜·米莉洛（Aurora Milillo）对20世纪后期重新出版《西西里童话、小说和民间故事》的介绍中，她坚持认为皮特民间故事计划的核心与方法可在合集的前两个故事中得以确立，我想补充一下。埃里切8岁的玛拉·库拉托洛（Mara Curatolo）在故事中讲述了"屡次讲述的童话故事"，在巴勒莫，皮特最有天赋的故事讲述人阿加图扎·弥赛亚讲述了"鹦鹉的三个故事"。米莉洛指出，在第一个故事中，皮特评论说，在民间故事中没有任何内容是任意的，这并不意味着一切都是固定的。值得注意的是，这个故事表明即使是"违规"，破坏公式化规则，也属于民间故事的结构和功能。在"屡次讲述的童话故事"中，小女孩伊莉莎白通过不按照故事的规则来开始讲述，赢得了与商人的赌注，并接管了他的店铺，"这个故事已被一次又一次地告知"。打破规则，她表明讲故事包括违规行为，要想获得自己想要的东西违反规则可能是必要的。这个故事里的年轻主角擅于投机取巧，十分机智聪明，她以一种原创的方式开始她的故事讲述，并以此充实和赋予自己权力。这个故事还有其他方面，皮特和米莉洛都没有提到这一点，这使得它作为该系列的最初的故事变得更为重要。这位叙述者不仅是一位女性，而且只有8岁，她以一种突兀而又有些神秘的方式讲述她的故事，对于皮特来说，代表了民间的"纯粹"和"真实"风格。这也是一个由一位年轻的农民女孩决断和接管的故事，她利用一张期票来坚决维护自己应得的又被商人占有的财产。作为一种宣告，皮特第一个故事在某些方面可被视作：他宣称西西里人重新获得了属于他们的东西。

第二个故事，由一个女人再次讲述，这位七十多岁的女人住在巴勒莫市，而不是在乡下。这是一个关于讲民间故事和传说的完全不同的陈述。"鹦鹉的三个故事"最终来自15世纪的梵文系列《鹦鹉故事七十则》（*Shuka Saptatit*），目前还不清楚它在进入阿加图扎·梅西亚（Agatuzza Messia）的剧目之前，在口头传统中经历了多少中间阶段和版本。然而，显而易见的是，皮特认识到它作为一个框架故事的重要性，类似于许多像"一千零一夜"这样的集合，包括与框架叙事的意义相关的其他几个故事。就像第一个故事反映了一些关于财产和所有权的残酷斗争以及讲述自己故事的必要性一样，第二个故事也是对求爱、欲望和诱惑不道德行为的坦率评论。在这个故事讲述中，狡猾的公证人变成了一只鹦鹉，以获得一个不属于他的女人。然而，他的故事中有一定的含糊之处，因为在他的三个故事中，公证人描绘了一位勇敢的公主，在寻找失去的玩偶时完成了惊人的壮举。最后，她找回了她的娃娃并同时得到了一个丈夫。公主对她的娃娃拥有着"道德"权利，并通过诸多善举以证实她的英勇。另一方面，鹦鹉或公证人将自己的灵魂卖给了魔鬼，为了得到自己所渴望的东西而纵容杀戮。虽然公主在三个内部故事中的行为有一个简单而明确的正义，但框架故事的结论让我们更加复杂地感受到了什么是正义。公证人最终找到了那个被他保护免受他人诱惑的女人，而且仅仅因为他通过讲故事来娱乐的卓越能力，在某种程度上，他赢得了我们。我们不能因那位占有欲过度的丈夫的死亡或其他诱惑者的失败而感到不安。正如皮特的整个系列所揭示的那样，讲故事的艺术更多的是学习如何在恶劣的生活条件下生存，而不是学习如何过上道德的生活。

19世纪的西西里故事讲述者，无论他们的故事中包含多少魔法、幻想、变形和幽默，最终都会让他们的听众回归现实。结尾或代码揭示了故事讲述者如何充分了解自己的状况以及实现幻想的不可能性。这些歌谣各不相同，但信息相似。

> 他们是夫妻生活在一起，
> 而我们辛苦劳作根本没有生活。
>
> 现在他们如此幸福与满足，
> 而我们坐在这里身无分文。
>
> 我的故事已经写完，我的故事已被讲述，
> 现在你去告诉你们的同辈，因为我已经老了。
>
> 他们仍然幸福与满足，
> 而我们仍然无钱支付房租。

幸福是一种虚构。在大多数故事讲述者及其听众的生活中，幸福是

一种无法实现的愿望。但这些故事本身对于他们来说就是一种自我实现。讲故事和倾听的艺术使讲述者和听者能够从叙述中提取意义，"复仇"、快乐和重要知识，就像故事讲述继续使今天的人们面对他们日常的悲欢离合一样。尽管皮特可能已经编辑了他搜集到的许多故事，但他并没有否定他们的本质，这些故事反映了西西里人对工作、性、宗教、法律、其他民族、金钱和权力的思考方式。

人们只需阅读几本西西里版本的"古典童话"，如《灰姑娘》《驴皮》《长发公主》《美女与野兽》和《穿靴子的猫》，以了解皮特如何尊重叙述者的声音和风格，以及他如何努力将它们尽可能"真实地"记录下来。这些故事大多数是由女性讲述，因此与斯特拉帕罗拉、巴西耳、佩罗和格林兄弟的男性文学版本相比，她们倾向于坦率而鲜明地描绘出能够巧妙塑造自己命运的非凡年轻女性。例如，在"约会，噢美丽的约会"中，活泼的纳耐特（灰姑娘）在王子的花园戏弄这位王子直到他绝望地爱上了她。她不断在三个不同的球上躲避他，直到他用光了所有的办法。王子的父亲必须干涉以挽救儿子的生命，实际上国王替他的儿子向纳耐特求婚。在"皮鲁塞达"中，一个与灰姑娘类型故事有关的"驴皮"故事，一个聪明的年轻女孩逃脱了她父亲的淫乱欲望，并用仙女的三件礼物诱使王子娶了她。在《花园的老妖婆》（长发姑娘）中，这位年轻女孩被母亲遗弃之后，她被一个老妖婆虐待。然而，她并没有逃离那个王子所在的塔楼，而是将食人女妖塞进了烤箱，使她与母亲得以安全的生活。以下是整个故事：

花园里的老妖婆

从前，有一个卷心菜园。每年的农作物变得越来越稀少，两个女人开始交谈，其中一个说：

"我的朋友，我们去园子里摘一些卷心菜吧。"

"我们怎么知道是否有人在那里？"另一个人说。

"好吧。我会去看看是否有人守卫。"她的邻居说。

她便去看了看。

"没有人。我们走吧！"

她们进入菜园，摘了两批好的卷心菜，然后离开了。她们高高兴兴地吃完了卷心菜。第二天早上她们又回来了，其中一个女人担心菜园主人会在那里。然而，她们没有看到任何人，所以进去了。她们又一次采了两批好的卷心菜并全部吃掉了。

现在我们让她们继续吃卷心菜，然后去看看这位拥有菜园的老妖婆。当她去她的花园时，她喊道："哦，上帝！有人吃了我的卷心菜。好吧，看我怎么收拾你……我要找一条狗把它拴在大门。当小偷来的时候，狗会知道该怎么做的。"

好吧，现在我们离开那个命令狗守卫花园的老妇人，回到两个女人的身边。其中一人对另一方说：

"我们去挑选一些卷心菜。"

"不，我的朋友，现在那儿有一只狗。"

"没有问题！我们可以用钱买一些干面包拿去喂狗。然后我们就可以做任何我们想做的事。"

所以她们就买了一些面包，在狗叫唤之前，她们把面包扔了过去。当狗不再叫唤时，她们就去采摘卷心菜并离开。后来，老妖婆来了，当她看到被破坏的菜园时，她喊道："啊，你让她们采了我的卷心菜！你真的不是一只好护卫犬。你给我滚出去！"

所以，这位老太太带着一只猫来守护菜园并藏在屋里，一旦听到猫"喵喵"叫，喵！她就会去抓破小偷的喉咙。

第二天，其中一位女人说："朋友，我们去挑选一些卷心菜吧。"

"不行。那儿有一个警卫，这对我们来说意味着麻烦。"

"我不这么认为。我们走吧。"

当她们看到这只猫时，她们买了一些鱼，在猫"喵喵"叫之前，她们扔给它一些鱼，猫便没有发出声音。女人们又采了一些卷心菜并离开了。当猫吃完鱼后，"喵喵"叫，"喵！"老太婆跑过去，却没有看到任何人。所以她拿起那只猫，切下了它的头。然后她说："现在我要让公鸡保持警惕，当它啼叫时，我会跑来杀死那些小偷。"

第二天，这两个女人又开始交谈。

"我们去挑选一些卷心菜吧。"

"不，我的朋友，那里有公鸡。"

"没关系，"她的朋友说。"我们会随身带一些谷物然后扔给公鸡,这样它就不会啼了。"

这就是她们所做的。当公鸡吃谷物时,她们摘了卷心菜并离开了。当公鸡吃完谷物时,它打起鸣来:"公鸡嘟嘟呀!"老太太跑过来,看到更多的卷心菜被盗了。所以她抓起公鸡,扭断了它的脖子并吃了它。然后她叫来了一个农民,对他说:"我想让你挖一个和我一样大的洞。"

后来她把自己藏在了这个洞里,但是她的一只耳朵卡在了外面。第二天早上,女人们来到菜园,一个人影儿也没见着。老太婆曾要求农民沿着女人必经之路挖这个洞,当她们过来时,没有发现任何可疑的。她们经过这个洞并采了一些卷心菜,回来时,怀孕的女人看着地上,看到了一朵"蘑菇",实际上这就是老妖婆的耳朵。

"我的朋友,快来看这个美丽的'蘑菇'!"

她跪下来拽着它。她拉扯着,最后,她使出全身的力气拉出来那个老妖婆。

"啊!"老妖婆说,"你就是那个一直在摘我的卷心菜的人!走着瞧,看看我怎么收拾你!"

她抓住了怀孕的女人,而另一个人则脚底抹油一溜烟儿地逃跑了。

"现在我要活吃你了!"老妖婆对她手里抓着的孕妇说道。

"不要!听我说!当我分娩了,我的孩子长到十六岁的时候,我保证,无论是男孩还是女孩,我都会把孩子送给你,我会信守诺言。"

"好吧,"老妖婆说。"挑选你想要的所有卷心菜,然后离开。但要记住你所做的承诺。"

可怜的女人半死不活地回到了家。

"啊,朋友,"她对邻居说。"你倒是设法逃脱了,我却遇到了麻烦。我答应这个老太婆,当孩子十六岁的时候,我会把我的第一个孩子送给她。"

"那你想让我做什么?"

两个月后,主赐给怀孕的女人一个女婴。

"啊,我女儿!"她对宝宝说。"我会抚养你,给你我的乳汁,然后有人会吃掉你！"可怜的母亲哭了。

当女孩十六岁时，她出去为她的母亲买油。老妖婆看见她说："姑娘，你是谁家的女儿？"

"我母亲的名字叫莎贝达。"① 她回答道。

"好吧，告诉你的母亲要记住她的诺言。你已成为一个美丽的少女。你很好吃！"她抚摸着她说道。"在这里，拿一些无花果，把它们带给你的母亲。"

这位少女去找她的母亲并告诉她发生了什么事。

"老奶奶让我提醒你记得你的承诺。"

"为什么我要答应她?！"母亲开始哭了起来。

"你为什么哭呢，妈妈？"

但她妈妈什么也没说。哭了一阵子后，她对女儿说："如果你遇见这位老奶奶，你应该说：'她还太年轻了……'"

第二天晚上，这位少女出去找一些油，又遇到了那位和前一天做着同样事情的老太太。

与此同时，她的母亲想，"现在或两年内，我都将不得不与女儿分开。"于是，她对女儿说："如果你遇见这位老奶奶，告诉她，'当你看到她时带她走吧，我会信守承诺。'"

然后，老妖婆很快出现了，问道："你母亲说的是什么？"

"当你看到她时，带走她吧。"

"好吧，那么，和你的奶奶一起来吧，因为我会给你许多东西。"

老妖婆带着这个女孩走了，当她们到达那个老妇人的房子时，她将这个女孩锁在一个壁橱里说："你可以吃那里的任何东西。"

过了相当长的一段时间后，老妖婆说："我想看看你是否变胖了。"

门上有个小洞。

"告诉我，小家伙。伸出你的手指。"

---

① 在这里，故事讲述者 Elisabetta（Sabedda）Sanfra，把自己的名字给了那位故事里的母亲，作为一个范例的名字，有种强迫感驱使她这么做，当然，她自己并未演示故事的行为动作。

小女孩很聪明。这时跑过来一只老鼠，她切断了它的尾巴拿给老太太看。

"啊！我的女儿，你看看你有多瘦，你必须为你的奶奶吃饭。你太瘦了，你必须吃。"

又过去了一段时间。

"出来，我的女儿，让我能看见你。"

小姑娘出来了。

"啊！你变得又好看又丰满。我们去揉一些面包吧。"

"是的，奶奶。我知道怎么做。"

当她们揉完面包时，这位老妇人把烤箱加热。

"为你的奶奶点亮它。"

小姑娘开始清理烤箱，并开始加热烤箱。

"来吧。为奶奶做，"老妖婆说。"我们把面包放在烤箱里。"

"但是，奶奶，我不知道如何将面包放入烤箱。我知道如何做其他的一切事情，可我就是不知道如何将面包放进烤箱。"

"那好吧，"老妖婆说，"我会把面包放进烤箱。你只需要把它们递给我。"

少女拿起面包送给那位老妇人说："拿起关闭烤箱的铁板。"

"但是奶奶，我没有力气拿起这块板子。"

"那么，我来做吧！"

当那位老妇人跪下时，少女从后面抓住她，将她推入烤箱。然后她拿起平板，用它来关闭了烤箱。

"现在没有什么可以做的了。所以我会回去找到我母亲。"

当她出门时，邻居看到了她。

"好吧，你还活着吗?!"

"为什么，我应该死吗？现在，听听我要讲给你所发生的事。我想让你找我妈妈。我想见她。"

邻居叫来她的母亲，去到了老妖婆的家。当她的女儿告诉她的母亲所发生的一切时，她变得非常高兴，她们掌管了房子里的一切。

她们仍然很开心和满足，

虽然我们还没有一分钱。

——由伊丽莎白讲述的《瓦莱伦加民间故事》[1]

　　有几个野兽新郎的故事，如《马尔维其亚》《爱之王》《死亡之王》和《蛇》，在每个故事里，都有一位年轻女子须面对严峻的考验以拯救一个被施了魔法的王子或驯服一头野兽。在极少数情况下，正如博蒙特夫人的王子的传统故事——《美女与野兽》一样，她这样做是为了拯救她的父亲，但更多的时候她这样做是为了证明她的勇敢、聪明与干练。

　　在经典童话中，像"约瑟夫·皮尔伯爵"这样的男性主角——"穿靴子的猫"的商业版本，剧集经常涉及无情的斗争。在这个故事中，农民得到的是一只雌性狐狸的帮助，而不是一只猫。狐狸帮助农民乔装成公爵去愚弄国王与他的女儿。但是农民并没有感谢狐狸，而是在最后砸碎了狐狸的头，这样她就无法向公主透露他来自于下层阶级的真实身份。这种残酷的结局在西西里民俗中并非不典型。其他在西方文化中广泛传播并流行的故事，如《七座金山的美人》《魔法钱包、斗篷和号角》《无花果、葡萄干傻瓜》《水与盐》《约瑟夫大师》，这些故事的主人公对于为了提升他们生活地位走向世界所经历的暴力斗争直言不讳。对于大多数来自下层阶级的人来说，生活是艰难而残酷的，在所有故事中明显表现出来的过去的"遗留物"揭示了对财富、食物、报复和权力的希冀与愿望。

　　但是在皮特搜集的不同类型故事中也有很多幽默故事。关于圣彼得的许多滑稽故事都透露出了对这个特殊圣人的不敬态度，因为他总是浮夸和自命不凡。在关于圣约瑟夫和圣迈克尔的故事中，圣人描述得更像是一个仙女，一个法塔（fata），而不是《圣经》中的圣人。幽默也可以非常讽刺。该系列中最刺耳的故事之一是《鞋匠和僧侣》，其中佩皮（Peppi）这个可怜的鞋匠，几乎摧毁了修道院和所有的僧侣，因为他们

---

[1]　Giuseppe Pitrè, The Collected Sicilian Folk and Fairy Tales of Giuseppe Pitrè. Ed. and trans. Jack Zipes and Joseph Russo. (New York: Routledge, Vol. 1. 2008): 123-127.

是如此的腐化。事实上，有一种强烈的反圣职压力贯穿了许多故事，如《僧侣和兄弟》《牧师与他的牧羊人朋友》《贪图享乐的绅士与传教士》以及《教堂司事的鼻子》。虽然西西里人倾向于虔诚并且崇敬上帝，但他们并不尊重当地的牧师和教堂司事。他们还批评外来者，即来自其他城市、乡镇和地区的人。一些比较滑稽的故事，如《来自卡拉布里亚的傻瓜》和《彼得里亚人》，讲述了乡村土包子轻信他人的情节。其他故事，如《西西里岛的小偷和那不勒斯的小偷》和《那不勒斯和西西里人》，颂扬了西西里人的聪明与才智，他们总是证明自己比那不勒斯人更聪明，正如一些故事揭示了来自巴勒莫的城里人如何在乡下迷失了灵魂。

虽然有一些令人愉快的荒诞故事，如《荒谬的国王》和《四个呆瓜》，但迄今为止最辛辣讽刺和幽默的故事与两个"民间英雄"——菲拉祖努（Firrazzanu）和吉法（Giufà）有关。尽管两位主角之间存在相似之处，但他们源于两种不同的传统，而皮特则通过包括15篇关于菲拉祖努的故事和15篇关于吉法的故事来向他们的恶作剧行为表示了敬意，他们的这些行为破坏了礼仪规范。这与16世纪开始在地中海和斯拉夫国家流传的智慧傻瓜霍尔贾·纳斯雷丁（Hodja Nasreddin）的故事可能有一些联系。菲拉祖努也类似于狡猾的角色贝托尔多·贝托迪诺（Bertoldo Bertoldino），他是意大利许多地方受欢迎的人物。他总是意识到自己在做什么，并且通常从他的恶作剧中获利。另一方面，吉法源于中世纪阿拉伯民间传统中的高贵主人公的故事，他逐渐呈现出一个更加复杂的角色。与菲拉祖努不同的是，吉法并没有意识到他的行为会带来什么后果。他往往从字面意义理解世界，导致他做了非常野蛮的事情。他的母亲必须经常纠正他的行为，而他的行为常导致其他人死亡，包括他自己的妹妹。吉法显然是个傻瓜，但他不是一个聪明的傻瓜。他是可笑的，因为他总是揭示西西里社会中的迷信、不道德与不公正。

皮特并未羞于记录西西里人民的矛盾。他搜集的后半部分均是传说，基于谚语的故事，以及比前两卷中的童话故事更具现实性和历史性的动物故事。这些传说读起来就像西西里岛的地标，讲述了占领与生存的历史；而谚语——以及皮特在其他书籍中勤勉搜集的数百种——则将古语根植于西西里人几个世纪所形成的习俗之中。许多类似于比喻就像

《伊索寓言》中欠债务的动物故事，然而，诸如"布朗卡留尼"和"狼朋友和狐狸朋友"之类的故事往往以悲剧性的说教或艰难的正义来结束。

在我看来，构成《西西里童话、小说及民间故事》的四卷比格林兄弟的故事更为重要，因为皮特来自下层阶级，被西西里方言养育，并能理解他搜集的用方言讲述故事的人民。他对他的记录也很挑剔，在他的笔记中提供了各种故事的变体和历史。他的搜集超过400多种文本，最初只是西西里方言，涵盖了各种各样的故事类型，通常以粗糙和杂乱的方式讲述。结果，一些故事因缺乏描述且粗糙所以十分刺耳。然而，大多数的故事具有迷人的土壤品质，比19世纪的大多数欧洲搜集的作品更能清楚地反映西西里岛普通民众的习俗、信仰和迷信，描绘了各自国家普通民众的经历。而另一个副作用，便是他们暴露出了格林童话以及其他19世纪至20世纪初期受过教育的欧洲搜集家们故事集的"文学精致性"。皮特赞美普通民众的朴素、诚实和坦率，他坚持按照他们讲述的方式来保存故事，因为他们充满了未经掩饰的"事实"，仍然符合他那个时代的条件。因为它们是几个世纪以来传承的生存故事，它们具有独特的品质，因为它们描绘了世界，而不会质疑事件的魔力和不可能性。皮特对讲述这些故事的人们表示出了极大的同情。他保持了西西里方言简单坦率的语汇，具有讽刺意味的是，他不得不指导受过教育的人如何掌握"人民"所说和所做的事情。虽然我最近与约瑟夫·鲁索（Joseph Russo）一起出版的英文翻译中遗失了很多东西，但它仍然可以提供对口语词汇的深刻见解，并得以在某种程度上保留伟大遗产而它们值得以其他语言的方式被知晓。

皮特对民俗学最大贡献是他努力让来自农民和城市下层阶级的西西里人的故事获得生命力，并努力将民俗学建设成为公认的学科。在他的时代，他完成了比他意识到的更多的任务，他完整的西西里方言故事合集最终翻译成标准的意大利语并于2012年出版。民俗学研究也许会受到忽视，但仍有众多的民俗学家和童话故事学者致力于将过去变得适用于当下。

为什么儿童文学并不存在

王璞琇　译

【编译者按】 本文（Why Children's Literature Does Not Exist）选自作者所著《魔杖与魔石：从糊涂的彼德到哈利·波特看儿童文学的曲折成功》（*Sticks and Stones: The Troublesome Success of Children's Literature from Slovenly Peter to Harry Potter*）一书。该书于2000年出版。这篇文章系统地剖析了"儿童文学"这一概念的形成与运用的历史背景，是研究儿童文学理论的一篇重要论著。

我可以毫不隐晦地说——儿童文学根本不存在。如果我们把"儿童文学"这一所有格式的结构术语逐字地、严肃地来分析，或者，当我们在说"儿童文学"及"关于儿童的文学"时，认同了其具有的相关的所有权和占有权意义的时候，那么就没有儿童文学或者类似儿童文学这样的东西存在。众所周知，我们很难把儿童归并入一个模糊的类别中。这吻合菲利普·阿瑞斯早些时候在《童年世纪》（1973）中所揭示的那样，也吻合许多重要的研究所证明的那样，①"儿童"和"童年"，是由相应

---

① 详见 A. James and A. Prout, eds. *Constructing and Reconstructing Childhood: Contemporary Issues in the Construction of Childhood* (London: Falmer Press, 1996); Karin Lesnik‑Oberstein, *Children's Literature: Criticism and the Fictional Child* (Oxford: Clarendon Press, 1994), "Essentials: What is Children's Literature? What is Childhood?" in *Understanding Children's Literature*, ed. Peter Hunt (London: Routledge, 1999): 15–29; R. 以及 W. Stainton Rogers, *Stories of Childhood: Shifting Agendas of Child Concern* (London: Harvester Weatsheaf, 1992).

社会经济条件所决定的社会概念，在不同的文化中具有不同的意义。[①] 因此，儿童文学的概念也是虚构的，它指的是那些主要由成年人组成的特殊团队建构起来的概念，用来作为他们的参照系。在该系统中，儿童并没有他们自己的文学作品，也不愿意承认他们公认的文学。他们并不需要我们这些成年人，尤其是专门从事儿童文学的这些人，这意味着，当我们使用"儿童文学"这个术语的时候（如果我们有这么使用的话），是用它来区分或者凸显一些成年人，这些成年人有特权去决定那些针对年轻读者的文学作品的价值。事实上，儿童文学的大多数读者、作家、代理商、编辑、批评家、出版商都是成年人，批发商、书店老板也是成年人。

从来就没有一种文学作品是由儿童创作或者是为了儿童创作的，从来没有一种属于儿童的文学作品，且永远都不会有。这并不是说儿童不会生产他们自己的文艺作品，包括文学作品。现在甚至已经有儿童创建了儿童杂志和网站，而儿童，包括青少年，也经常制作他们自己的文学作品、期刊、报纸、卡通、连环画、戏剧和视频。但儿童文学的机制无关乎他们的创作，也无关乎他们被鼓励去阅读、去消化并融入他们文化经验和文化遗产中的那些文学作品。当然，他们参与了儿童文学，也参与了儿童文学的创作过程，但儿童文学本身并不存在。对于理解我们曾武断地称之为儿童文学的东西，重要的是理解儿童文学的机制，我认为这一机制荒唐地破坏了儿童的优质作品，也就是所谓的"伟大的"小说、诗歌和艺术作品，它们据称想要进行传播，也一直在培养未来的人文主义思想家，并使思想家们适应社会。这是因为儿童文学的机制必须越来越多地在文化产业的范围内运作，在这种文化产业中，盛行的消费主义和商业主义继续将批判的价值和创造性思维的价值最小化和边缘化，更不用说个人的价值了。

那么儿童文学的机制是什么呢？它是如何起源的？又是怎样发展演变的？为什么我们有必要去把握儿童文学机制的结构，从而评估和把握儿童文学在我们社会中所发挥的有限的作用，以及这种作用是如何变化

[①] 关于一种定义儿童和童年的最朴素的最有说服力的方法，参见，Hugh Cunningham, *Children and Childhood in Western Society since 1500*（London：Longman，1995）.

的呢？

在考察儿童文学的机制之前，我想考量一下所谓的儿童书的作家。我将会作出一些推测性的假设，希望这将能够挑战到传统的儿童作家的概念。我的重点将主要集中于美国和英国的儿童小说书籍的作家，因为从针对幼儿到针对青少年的作品因国家而不同，甚至因这些国家的地区不同而不同，这些文化的差异决定了其所指的儿童作品的性质。

我来举几件轶事为其定义提供背景。

自20世纪70年代的繁荣时期以来，儿童文学变成了一桩大生意，实际上许多作家和插画家开始通过制作儿童书籍赚大钱，全国范围内开设了专题讨论会，以迎合那些有抱负的艺术家。尽管有许多男性也对这一所谓的行业感兴趣，然而参加这些研讨会的人主要是女性。他们通常认为编写和制作儿童书籍很容易（或者应该很容易），他们想要——且已有这方面的书籍——去一步步地了解其法则，从而制作出一部成功的儿童书，了解怎样去找到代理商，了解如何去推销作品。在最近的儿童文学协会会议的一个分会上，许多作家抱怨他们的书籍缺乏发行量，他们的收益也低，并想去了解营销技巧。另一些人则声称他们没有获得自己想要获得的名誉和声望，并试图去学习如何能更有效地去沟通。事实上，对儿童文学协会和全国其他涉及儿童文学的作家组织而言，商业这方面也确实处在前沿地位。当然，许多儿童作家或潜在的作家想的和耐克广告中的英雄们想的一样：去做吧！成功将会降临。也许是名望方面的成功，甚至可能是金钱方面的成功。

有一位出版商一直在寻找拓宽视野和充实钱包的路子，到20世纪90年代，他涉足了儿童图书业务。他发现"女权主义"童话是有利可图的。于是，他决定雇一些作家去写一些"大女主"的故事，并且他自己也创作了一些女权主义的故事，让儿童们参与其中，去撰写评论、选出他们最喜欢的故事。在政治正确的浪潮中，他出版了数卷故事来推销他自己和他的公司。

有一个有天赋的作家，他是个带有美国原住民血统的人，他写了一本自传，讲述他如何勇敢地抚养了两个患有酒精胎儿综合征的领养儿童，但他没有透露他是如何虐待他的孩子的。他还为儿童们创作了一些好书，这些书取材于美国本土问题，也许是由于他迫切想要解决问题，最终导致了他的自杀。事实上，一些作家在他们的作品中展现出了施虐受虐倾向，就像汉斯·克里斯汀·安徒生那样，这些倾向在其非同寻常的叙事策略中被演绎了出来。

我在里士满遇到了一位非常有才能的插画家，他告诉我，他非常渴望佣金，他可以用他的方式做任何插画。

一位老师读了 R. L. 斯汀的《鸡皮疙瘩》系列中的一卷，认为她可以根据斯汀的模式来写书，这样能赚很多钱。她出版了几本平庸的书之后就放弃了教书，但她没有赚到大钱。

另一个老师发现她有这样的天赋，她可以和她四年级的学生一起即兴创作故事。她和他们一起创作的故事很有趣，于是开始把它们写下来。最终，她只是随便一试地把这些故事发给一个小出版社，还不等她知道，她的故事就出版了，但她拒绝放弃教书，也不特别热衷于出版很多书籍，就因为她被出版商强迫去做一些修改。

一位著名的英国作家拒绝告知她的出版商她是为儿童写作还是为成人写作，也拒绝在她写故事、写书时把她的作品进行分类。是她的出版商们决定她的作品是推向儿童还是推向成人。她只是写作而已。

另一个我略认识的美国作家一年写一本书，一年给成年人写，下一年就给儿童写。她承认，她想让自己被视作是成年人的作家，因为她尚未得到她想得到的认可。于是，她每年都切换个档位，每年都改变主意。

一位有天赋的学者想要为儿童写作，但是当他提交了一个故事后，编辑以语言或者内容不适合孩子为由改了许多次，他就收回了这个故事，因为他认为编辑对他作品的删改是不合适的。

另一个有成就的美国作家写了三部精彩的电视剧剧本，但都被拒绝了，因为它们太过烦琐、太过创新，对于制片人想要塑造的电视观众而言太有挑战性。她拒绝让她的剧本变得低俗，而制片人也没再追她要稿。

在对迈克尔·林顿成功晋级企鹅书籍董事长位置的报道中，罗伯特·博因顿这样评论林顿对电影《埃及王子》的赞赏："对于林顿所有对《埃及王子》（一部将摩西和十诫的故事变成关于希伯来先知和法老拉姆西斯的好拍档卡通电影）的美学赞赏而言，他真正对于这部电影的兴趣在于经济收益。根据他的计算，《埃及王子》将会衍生出十几个儿童读物；这一领域中最知名的作家之一，马德林·恩格尔已签了协议去写第一个题目。一年前，林顿在成为企鹅书籍的董事长和首席执行官后做成的第一笔交易，就是出版了一些基于梦工厂即将上映的电影作品的相关书籍。他提醒了他的受众们，按照好莱坞的方式出售书籍是有利可图的。"①

现已有足够多的轶事了。显然，儿童文学作家并没有一个容易界定的范畴，然而，在这样的儿童文学机制中，这样一个被我们当下的市场条件和社会教育机构的管辖下的儿童文学机制中，有数百位儿童文学作家在面临着普遍存在的问题。让我试着去定义我所理解的儿童读物的作家或插画家吧，尽管这是一件有风险的事情。

就像所有作家一样，她或他主要是为了自己才去通过符号和标志、通过经验和心理幻想，来将她/他的存在是什么、为什么它有意义和它是否有意义这些问题进行概念化和具体化。事实上，正是通过写下一些经验和心理表达，作家才在其文化和语言的符码参照系中，赋予她/他的生命意义。这是一次共享的活动，因为我们写作是为了交流，为了公开我们内心深处的情感和想法，尽管我们自己可能并不完全理解这些情感和想法。总是存在一个隐含的观众或听众，儿童读物的隐含的读者首先是编辑、代理商、出版商，然后是老师、图书管理员、家长，最后才是特定年龄组的儿童。一个作家专门为儿童写作是很罕见的，即使这样，一个作品还是有可能是为儿童而写的，即代表他们的利益，或者是作者以儿童观众或童年的身份来构想出来的儿童作品。儿童读物与其他主要针对成年观众的其他类型的文学作品的区别在于，儿童读物的作家必须比针对成年观众的作品的作家考虑更多的观众问题和审查制度问题。在这个方面，为儿童写作要困难得多，当然也要复杂得多，尤其是如果作者关心的是找到那种叙述性的声音和图像，在最终的分析中这种声音和图像可能会让儿童做出回应。寻找一个可能与儿童相关的叙事模式是必要的，这一决议正是将精神与创造性过程相分离的原因，而这是作家所必须经历的。在这个过程中，作家将作为"隐含的读者"的儿童概念化为——年龄、背景和文化。作家把童年概念化了，或许是试图重温童年，或者找寻在她/他自身上的那个"小孩"，或者想要定义童年应该是什么。

---

① Robert Boynton, "The Hollywood Way," *The New Yorker* (March 30, 1998): 48.

儿童或者童年的形象表现在叙事情节中，并被作家拿来使她/他在儿童的娱乐和社会化方面的立场合理化。作家通过她/他自己身上的"孩子"属性来理解过去的经历，来预测和修正某些问题的可能性，预测替代方案和展现不同的童年概念的可能性。

正如我们所知，作者的意图可能永远都不是清晰和明确的，可能永远无法按照作者希望的那种方式来实现。儿童文学著名评论家之一皮特·亨特，在描述他为青少年们写的三部作品时写道：他们都基本上是在为语言流利的、理解力强的读者而设计，且以儿童为中心。它们都是实验性的，旨在直面困境，而非证实预期。前两次"做一些原创的露营/幻想类题材，第三次试图做一些侦探故事。在这三部作品中，我用了一种紧凑的、隐晦的风格，基于这三个信念：第一，儿童读者能够对文本进行高度复杂的理解（毕竟，没有什么比作家更能让我们相信的了，且没有什么比教育家已证明的东西更好的了）；第二，如果这本书要在高度复杂的另类的媒体面前生存下去，那么就不能头脑简单，必须利用所有可用的资源；第三，古典现实主义小说的形式应该受到挑战，因为其一直占据统治地位"。[1] 亨特言论的迷人之处不在于他明确的意图，而在于他在他的工作中投入了多少，他有多关注用叙述策略和童年的概念来解决自己的问题。他还坦率地承认，尽管他比很多人都更关心他作品带来的影响，然而他却几乎不去控制他最终的作品。然而，许多儿童书籍的作家只是想赚钱，并不认真对待他们认定的专业。有些人只是想要取悦他们自己和他们的读者。另一些人想要宣传他们的宗教教义或政治学说。所有这些意图在书籍或故事的形式和内容上都有一定程度的显现，但它们在叙述中都比作家自己本身想的埋藏得更深。此外，作品本身也隶属于一个庞大的儿童文学机制之中，这一机制可能会削弱或是强化作者的意图。一旦作品离手，她/他在作品中的作用就极大地降低了。在儿童文学的机制中，发行商和市场决定一部作品能否被接受。事实上，儿童文学的机制可以增强、修饰、减少或摧毁那些写儿童书籍的人的存在。最终，只要作者想要与读者联系或者确保在公共领域内某种形式的沟通，他的高度个人化的心理表征就会在作品中被具体化，这完全取决于其呈

---

[1] Peter Hunt, Criticism, *Theory, and Children's Literature* (London: Blackwell, 1991): 163.

现在儿童文学机制中的位置。

目前存在的儿童文学机制是庞大而复杂的,因为它在过去三十年中经历了巨变。尽管在中世纪和文艺复兴时期,儿童文学的机制就已小有规模——我们必须记住,欧洲95%的儿童是不识字的,就算有,也主要是男孩子——但直到18世纪儿童文学机制才开始发挥作用。那么,这一机制主要由三个部分组成:生产、发行和接受。在那时,印刷技术和商业发行取得进步并变得更加高效,书店开始为儿童提供更多的书。这个时期也是中产阶级出现的时期,伴随着中产阶级的出现,儿童识字率开始逐渐上升,并且这一时期公共学校系统的建立也促进了更多的阅读行为。教育和读写能力提高的结果之一就是出版商们意识到在儿童读物的市场里,小说的数量比以往任何时候都多。在这个时候儿童图书背后的出版动力并非完全为了赚钱。相反,一些出版商认为出版儿童读物是他们的公民义务,这将会提高他们的道德水平,教授他们特定主体的内容,并让他们开心,这样他们的精神就得到了振奋。宗教社团和教育协会们也出钱为孩子们印刷图书。因此,从18世纪到19世纪中叶,大多数为儿童创作的图书都具有明显的宗教性、说教性和严肃性。读者群主要由来自贵族和中产阶级家庭的孩子组成。图书是很贵的。孩子们几乎不会买书。这些书总是在一些特殊场合作为礼物送给孩子们。是在他们还未读《圣经》时的主要读物,还有其他一些从他们父母的图书馆里借来的图书,由父母为他们选来读或由父母直接读出来给他们听。

为了认可一部儿童图书是为儿童而作的,就必须建立一个系统。也就是说,必须形成一个生产、发行和接受的过程,在这个过程中,不同人群得以处在不同的位置上。性别、年龄和社会阶层发挥了作用。事实上,除非生产、发行和接受的体系建立起来,且这一体系专注于如何通过阅读让儿童社会化,否则大量的图书不可能获批以特定的方式接触到儿童。儿童的需求并不一定被考虑在内。社会经济秩序的需要,决定了儿童如何被塑造成,也决定了哪种形式不可被接受。每一种类型的儿童文学,包括启蒙读本、入门读物、圣经、传说、寓言、神话、儿歌、童谣、诗歌、玩具书、说教故事、花式小说、图画书、浪漫故事和连环漫画,都在北美和英国被制度化为特定的模式。根据特定的社会经济需要,儿童文学的机制在教化儿童方面和塑造他/她的阅读习惯方面发挥了作用。事实上，在 18 世纪，阅读是要被理性地控制和管理的；否则就会有危险，一些教育工作者和教会人士认为，阅读可能是一种愉快的活动，而太多的阅读会导致手淫。

但阅读不可能完全被控制，也不可能一直是愉快的，随着 19 世纪越来越多的儿童受到教育，读写能力也增长了，儿童文学的机制一直在根据儿童和成年人在家里和在学校里的经历而进行形式上和功能上的改变和修正。须记住，阅读能力是衡量一个人在社会中的地位的标准，阅读能力决定了对于文明人和儿童来说什么是正当的、什么是恰当的，它是一个人文化地位的象征。书籍的设计和外观变得越来越重要，因为作为一种商品，书籍象征着其使用者的品质。此外，随着 19 世纪末儿童书籍市场的大幅增长，出版商们巧妙地通过封面和插图来吸引儿童和成年人来购买这本书，显得这本书就像是魔法一般，可能会为儿童打开新的世界。

这本书的魅力总是像一把双刃剑，因为书里的文字和图片帮助了许多年轻读者以一种愉快且有意义的方式来发现和把握周围的世界。但这种魅力也让作者和出版商抓住了年轻读者的天性和欲望，让作者和出版商向年轻读者兜售一份全是垃圾食品的菜单。这些文字和图片引导了儿童，或者强化了某种思维定式，这种思维定式让孩子难以发展自己的创造性和批判性天赋。

但是当今的学习世界被高度商业化和计算机化，儿童读物的功能与几十年前完全不同。正如博因顿在其文章中明确指出的那样，"好莱坞的方式""在大出版界，书籍日益被认为是媒体食物链中的不显眼的部分而不是重要的一环。一般这个媒体食物链是始于某个想法而形成的，以杂志文章为早期模型，在书中慢慢充实起来，在电影或电视屏幕上得到更大生机，然后成为影像或者成为玩具的灵感来源。"[1] 在儿童文学的特殊案例中，对于大多数儿童书籍的购买者来说，似乎这一趋势已经成为主流。如果真是这样的话，那么似乎儿童文学正在变得无关乎儿童，变得商业化。

但事实并非如此，也许是时候给出一个简述来说明我对于当今美国

---

[1] Robert Boynton, "The Hollywood Way," *The New Yorker* (March 30, 1998): 48.

儿童文学机制的理解了。诚然，儿童书籍市场是被大公司主导的，大公司生产书籍主要是为了吸引成年人和儿童们去购买他们的注册商标。当然，该书籍本身也是儿童用品，它在包括电影、电视、甚至商业广告在内的诸多产品中排名第二。然而，针对从 2 岁到 16 岁的年轻读者的创新书籍和插画也有一个繁荣期，他们不仅仅是利用了购买者兴趣的经济投资活动。儿童文学制度需要优秀的作家和艺术家的工作，儿童文学体制的兴盛依赖于他们的工作，儿童文学体制也促成了市场的实验和挑战。不幸的是，根据其市场的需求和计划，公司将对新的儿童书籍和极特殊的儿童书籍进行量化处理，使其具有更大的经济效益。也就是说，他们会通过把这些儿童书籍变成普通的现象级的畅销书的方法来降低其原创性。与此同时，这种依赖同质化和传统性而蓬勃发展的公司结构又总是要求变革、创新性、独特性和多样性，以保持读者和消费者对其产品的兴趣。至于某种优质文学是否能在全球资本化和儿童文学制度中存活下来，以及休闲读物是否会变得越来越实用、越来越被文化产业的时尚和潮流所摆弄，这些问题仍然尚未解决（勉强可以这么说）。

今天，由于缺乏对于儿童文学机制的超长篇幅的研究，我无法全面地解释这一机制的错综复杂的机理。但我可以在此为这一研究奠定基础，以表明它是如何影响我们对儿童文学的评价的。由于该机制的主要组成部分，生产、发行和接受都保存完好，我将借助它们，来详细说明在儿童图书出版和销售中，它们是如何以及为什么发生了变化。

生产

一本针对年轻读者的书的生产制作者包括：作家、文学代理商、编辑、市场总监、艺术家（如果有插图的话）、设计师和出版社。我刚刚已经努力证明了没有一个作家只为儿童写作，没有一个作家应被归列为儿童作家。有些作家曾一度决定要写一本可能会推销给年轻读者的书，在这个过程中，她或他将会以某种叙述形式来实现和提升自己的兴趣和需求。例如，现在有很多体育明星写了面向青少年读者的书，这些书通常是在一个所谓的代笔作家的帮助下完成的，它们基本上是为了赞颂主人公的生活，往往都是一个白手起家的典型故事。或者，一些插图配上简单文本的读物，这些读物充斥着艺术家或作家的幻想，用来唤醒或是取悦3—5岁的幼儿。无论作家的心理动机和经济动机是什么，他/她总是用语言来为自己向世界发声。如果决定主要为某特定年龄段的年轻读者出版一本书，那么作家会将这本书的文学代理商和读者或市场也考虑在内。彼得·亨特评论说："在作家们开始写作之前，他们会根据自己从事的写作类型做出相应的调整。杜布罗引用了 E. D. 赫希的话，'一种文学类型不像是一个游戏，而更像是一个规范准则'，而关乎儿童读物的规范准则具有结构上和风格上的坐标，该坐标基于一个这样的文本，这文本具有更个人化的怀旧感和更公开性的说教感，在这方面，儿童书籍比其他类型的书籍更甚。就像我们会同时以多种方式来读儿童书籍一样，作者们也必须考虑儿童图书写作的一般性、社会文化和教育内涵，也许作者们是有意识这么做的，也许是无意识的。我们还可以在个人和文化的层面上加上些地区和景观的影响，甚至是突出地区和景观的影响。"[1] 在图书出版界，文学代理商已经成为必需，现在对一个作家来说，没有代理商的帮助，他很难获得出版社的资源，代理商总是会给出制作该书的编辑建议，他还是沟通出版社编辑和作家的中间媒介。一旦文学代理商成功地推销了一本书，编辑就要扮演重要角色了，编辑会给出建议乃至提出做一些或大或小的改动的要求。这些改动通常是基于生产和营销编辑们的内部讨论。最后，一旦这本书准备投入生产了，设计师就会参与其中，同时参与其中的还有营销人员，这些营销人员在出版业中的地位比以往任何时候都要高。很多时候，尤其是当面对一本有大量插图的书的时候，尤其是当面对一本有大量插图的书的时候，他们不会为一本书的封面或插图来征求作者的意见，尽管他们一般也会礼貌性地向作者展示一下。

一些关心自己作品的作家会在他们的合同中加入这样的条款，即他们对封面和插图拥有最终批准权。这些都是特例，是很有影响力的那些作家。正如我已经说明的那样，作家们是完全不同、各式各样的。除了极少数例外，针对年轻读者的书籍的作家不能只靠自己的写作谋生。他们有各种各样的工作：教师、律师、门卫、警卫、教授、家庭主妇、运动员、专业记者、服务员、调酒师、演员等。有些人瞧不起他们的工作，

---

[1] Peter Hunt, Criticism, *Theory, and Children's Literature* (London: Blackwell, 1991): 157.

尤其是对那些受雇而写作的文人，他们代笔写了一系列的书籍，或者把已为大众知晓的童话故事拼拼凑凑。一些作家相信他们的使命是将儿童转换成为一种看待世界和感受世界的方式。许多有天赋的专业人士，并不关心孩子们对自己作品的反应，而只关注他们的艺术，当他们的作品受到家长和孩子们的喜欢，他们也很高兴。

一些成功的艺术家和作家走遍美国各地，他们为孩子们阅读，给孩子们写作品，并试着向他们学习，以便能够与他们作品的年轻读者们建立一种更"真诚"的和谐关系。也有越来越多的作家们教授儿童文学，或有学者们尝试为儿童进行创造性写作。还有一些作家会通过他们能引发争议和具有煽动性的作品来攻击成人社会，甚至是攻击儿童书籍的推销行为。这些各种各样的作家们构造成了一个复杂多样的文学世界，但这种多样性往往被出版商们按他们自己的需求来进行归拢和分类。如果不能适应出版和教育部门的需要，起初的多样性迟早都会被同质化或被压制。

无论作者想在生产阶段做什么，最终都归于出版商和出版行业要做什么。1997年，国家出版社出版了一份特刊《大出版界的毁灭性能量》，其中马克·米勒指出，"姑且不论诺顿和霍顿·米夫林（这最后的两个主要的独立人士），以及一些大学的出版社和许多腹背受敌的未成年人，只谈美国当今的商业出版社尽隶属于的八大传媒集团。它们当中只有一个——霍尔茨布林克出版集团公司——其管理层似乎还关心当今人们的阅读内容。至于其他出版社，书籍确实是他们最不关心的问题。对于赫斯特、时代华纳、鲁珀特·默多克的新闻集团、英国巨头皮尔逊、德国巨头贝塔斯曼、萨姆纳雷斯通的维亚康姆和S. I. 纽豪斯的先进出版公司而言，书籍的交易量远低于报摊、电视、复合媒体的流量：行业总是由少数人主导，而曾经的图书出版则不是这么回事儿"。[1]

事实上，尽管有许多编辑致力于为八大传媒集团旗下的公司出版高质量的儿童读物，但都倾向于尽可能多地找到并生产出畅销的针对年轻读者的书籍，从而完成他们必达的指标任务，并维持其稳定的优质作品

---

[1] Mark Crispin Miller, "The Crushing Power of Big Publishing," *The Nation* 264 (March 17, 1997): 11.

流。一本书是会得到大众青睐还是被大众忽视几乎是偶然的，因为每年都会有许多的书出版，它们大都不太可能获得巨大成功。如果有一些人设法以某种原因获得了关注，那么出版商就会充分利用这一成功。然而，有时出版社也不会一味追求一本书的成功，因为员工过劳，预算太少，且有太多即将出版的书目。此外，现今的大部分宣传资金都花在了基于电视节目和电影而制作的儿童读物上，反过来说亦然。这些畅销书通常是参与电影和电视制作的企业作家写的。

大型的出版社，当然这里指的是那些有声望的出版社，通常会出版非常畅销的产品，且会注意保证这本书看起来很有吸引力。但一旦出版完毕，就不再密切关注它的命运了，因为还有许多事情要做，所以没必要去珍视和培育最终的结果了。面向年轻读者的小型图书出版社——现在全美国有很多这样的出版社——更关注最终的结果，并会以温柔的关怀来塑造该书的结果。此外，这些小型的独立出版社也各不相同——代表女性主义观点的，代表另类视角的，代表新时代的，代表少数民族和宗教组织的——这些概括归纳起来都是危险的。但是为了生存，除非这个出版社是由一些非营利组织或一个富有的基金会捐助的，否则小的独立的出版社就必须与作者、编辑和营销人员密切合作，并小心地去寻求制作一本能够在目标领域内取得成功的书。

发行

即便针对年轻人的图书是例外，该书也不见得一定会被阅读、被评论或受到重视，除非该书的广告宣传得当且发行做得很好。对于大型企业来说，这不是问题，因为他们拥有国内和国际网络，可以让他们的书被输送和安放在他们所选择的书店里。他们对审稿人也有一定的影响力，因为如果他们的书没有经过全面的审查，出版社就不能在报纸或杂志上刊登广告。此外，这些大公司还有大量的预算用来做广告和出版有吸引力的书目，这些书目会被送至全国各地的读者。在一些情况下，会有一些地区代表来参观书店，以确保这些书都被突出地陈列出来，而宣传编辑会为那些知名作家或有机会成为知名作家的人安排读书活动。在一些作者要发言或者做陈述演讲的会议上，这些书籍也会被送至这些会场。

尽管在全美国各大城市都有专门销售儿童图书的书店，甚至某些小城市也有，但这些独立人士中许多都因诸如巴恩斯公司（Barnes）、诺贝尔公司（Noble）、瓦尔登公司（Walden）这些大型连锁店和大型折扣商店的压制而被迫停业（"正如保守电影《电子情书》（*You've Got Mail*）所演的那样，电影显然证明了这一点"）。在一些情况下，巴恩斯公司和诺贝尔公司（Noble）已经影响了一本书的设计和书名，并且能决定一本书是否会获得最低限度的成功。如今，许多大型连锁店都设有一个供儿童和他们父母来阅读、坐下来休憩的空间。虽然这个空间看起来很舒适，适合选择和阅读一本书，但它的目的是让购买更加愉快，并且他们通常很像小型图书馆，但你必须花钱从书店买书。父母和儿童经常会询问哪本书好、哪本书适合阅读，而店员（主要是连锁书店里的店员）往往对儿童文学领域并不熟悉，他们也很少教孩子们，却被视作是专家。在专卖儿童文学的书店里，情况往往相反。书店老板和店员们就是活的参考书目，会花费大量时间来研究和教授儿童文学。

由于精装书和绘本对于大多数美国家庭来说都太过昂贵，所以通常都是被图书馆、富裕家庭以及儿童书籍的成人收藏家所购买。平装再版书比第一版更有机会接触到更广泛的读者，但这些热销的书目往往是迪士尼图书、一些诸如《金色童书》系列的图书、基于电视中的流行元素而出的书、廉价制作的 ABC 识字书、模仿流行经典的书籍、如比阿特丽斯·波特兔子、玛格丽特·万斯·布朗的《晚安月亮》、童话书、语言和童谣等。漫画、卡通书、杂志和附在 CD、磁带和录像电影上的阅读材料，这些书销售量巨大。

对于大多数儿童图书的小型出版社而言，很难在全国范围内发行他们的书，也很难保证书店会将他们的图书放在显眼的位置上展示或是会推广他们的图书。许多小型出版商会满意于一个良好的区域服务，他们在发送邮件的服务中有效地利用了书目，而如今，网络的兴起则开辟了新的可能性。除了亚马逊、巴恩斯和诺贝尔通过网络改变了发行范围和广告范围外，大多数出版社现在都有他们自己的网站来销售和发行他们自己的图书。并且，许多儿童图书作家通过创建自己的网站的方式来抬升自己。一些人甚至设置自己的网站，以便可以和他们的读者聊天。最后，书店本身也有自己的网站，以便于出版社和发行商来竞争，这些出版社和发行商一边打压着书店，一边又期望书店继续销售他们的商品。

在巴恩斯、诺贝尔和博德尔斯的情况中,没有真正的竞争,因为他们的公司结构就包括生产和发行。

众所周知,互联网和计算机已经改变了我们阅读和与彼此沟通的方式,并且在21世纪会继续影响我们。一些文本,尤其是经典的文本,是完整地通过网络来生产和发行的。与电视一样,网络可以被儿童和成人自由地使用,来搜寻那些吸引他们的阅读材料和观看材料。

接受

由于儿童阅读材料已有广泛的选择空间和巨大的产量,因此,几乎不可能确定儿童们正在阅读什么,也不能确定他们怎么阅读以及怎么消化由他们的眼光所决定的这些文学。当然,他们不会去读我们期望或想要让他们读的东西,我的猜测是,在美国和英格兰,儿童书籍的最大读者群是由那些在大学或学院的学生级别的人构成的,这些高校学生与教师、图书管理员和作家一道参加儿童文学课程,他们热切地且有甄别地阅读大量儿童书籍。关于这些读者,让我来做个推测。无论我的假设是对还是错,在我们对儿童文学的猜想是什么、儿童文学是什么,以及怎样阅读儿童文学等问题上,这些读者都在其中设法解决了某些问题。

尽管并不是全美2000多所高校都定期设有儿童文学课程,但大多数高校都肯定会包含一些设计儿童文学的课程。事实上,在过去的25年里,儿童文学作为一个发展迅速的领域,受到了美国图书馆协会、儿童文学协会、现代语言协会和全国英语教师协会的支持。相关的还有许多重要的期刊和评论,如《儿童文学季刊》《狮子和独角兽》《角书》《儿童图书中心简报》《加拿大儿童文学》《五只猫头鹰》《儿童文学》《书单》《儿童文学教育》《信号》等。尽管所有这些出版物的编辑理念和目的各不相同,但他们发表了非常深刻而富有洞察力的论文,涉及从中世纪到现在的儿童文学的方方面面。现在许多都放在网上,甚至也有一些私人网站为儿童评论书籍,其中一些是由年轻读者维护的。此外,还有一些也提供对当代作品和学术出版物的评论。

包括教授、老师、图书管理员和学生在内的学术受众的不断增长,导致了大批读者的形成,这使得儿童文学在大学或教育体系的历史上比以往任何时候都更受重视。不仅有关于儿童文学本身的课程,还有一些项目关注童年的历史、儿童、大众媒介、儿童心理、多元文化与儿童文学、青少年文化等。每年都有成千上万的美国和英国学生接触到为儿童编写的文学作品，他们小时候从来没读过这些作品。诚然，他们可能读过一些书名，但毫无疑问的是他们没读过也没讨论过大多数儿童文学经典作品，当然他们也没能涵盖教授在一个学期里让他们读的大量当代作品。这些学生主要是女性、白种人和中下层阶级。许多人会继续作为大众媒介中心的老师或图书管理员。许多人上这门课是为了开心，因为他们听说它有趣、轻松且令人兴奋。而如果教授从结构主义者、弗洛伊德学派、荣格主义、女性主义、巴赫金或马克思主义的角度分析一本书，一些人会感到困惑和不安。但这些分析几乎已成为儿童文学专业的标准，这一标准通常基于详尽的历史研究，要求跨学科的方法，以大胆的方式来解读和研究当代与经典作品。

通常而言，儿童文学领域90%的教授都是女性[1]，这可能与女性在儿童书籍出版中所占的比例相当，多年来，儿童文学一直（也许仍会继续）与女性联系在一起，并总是被视作"小孩文学"而在学院中被看不起，这一观点讽刺地揭示了英语系中的多数男性同事的无知与傲慢，他们很少研究过儿童文学，且可能仍不打算研究它。学院里儿童文学的在接受方面的复杂状况并没有让我担忧，我担忧的是高校学生和教授受众增加，且成为了儿童文学的主要读者群，老师们、图书管理员们、教育工作者、新闻工作者们就从这一读者群中诞生，也就是说，他们构成了儿童书籍的第二主要的读者群。

当然，老师和图书管理员是世界上最渴求、最狂热、最苛刻的儿童读物的读者。他们不仅不断地寻找、阅读和讨论每个月印刷的新书，而且还不断地重读他们的最爱，开发能涵盖过去重要作品的课程，也参与教学实验以提高读写能力，还探索阅读教学的新方法。考虑到教师和图书管理员在为其课程选择图书时所拥有的自由度，想要确定他们的偏好

---

[1] 详见 Betsy Hearne, "Research in Children's Literature in the US and Canada: Problems and Possibilities," in *Children's Literature Research*, ed. International Youth Library (Munich: K. G. Saur, 1991): 111. Hearne 在20世纪90年代初引用了美国高校儿童文学专家的观点："大约92%是女性；约50%是助理教授；大约40%是副教授，只有5%是教授。"

是什么，以及他们如何评价图书是件很难的事情。他们或多或少受到了专业评论家和杂志的帮助，如考尔德科特和纽贝里，这些评论家和杂志评阅书籍、颁发奖项。他们根据其工作量参与与儿童文学相关的各种各样的阅读活动、会议和协会。作为儿童文学的主要读者和用户，他们主要出现在大学，老师和图书管理员就是这些书的分销商：他们决定了在学校中那些书被购买和使用，并且他们和家中的父母一道，传播着关于该文学的看法，影响着阅读习惯。

父母也是儿童文学的重要读者，主要还是母亲，尽管近年来也有许多父亲给孩子读书，有时还给孩子买书。而在大多数情况下，母亲是会积极关注孩子阅读的人，她们会与孩子一起去书店，或自己去书店决定想给孩子读什么书、看什么书。这一过程从给幼儿选字母书和图画书开始，且不会停止，因为如果有了孙辈，你可以肯定，祖母会继续对孙辈的阅读习惯感兴趣。当然，家庭的社会阶层和种族背景也在家庭的文学接受中发挥作用。考虑到随着贫困的增长，美国社会分化日益严重，特别是在单亲家庭里，许多家庭没有钱为孩子们购买书籍，如果要买什么，也通常会买电视机、视频播放器以及配有 CD 或磁带机的收音机。对于许多贫困家庭来说，书籍是一种奢侈品，甚至对一些有钱的家庭来说，也是如此。书籍不是最优先考虑的东西。此外，诸如《贝氏熊》《沃尔多在哪里？》，迪士尼书籍《美女与野兽》《阿拉丁》《波卡洪塔斯》，童话书、寓言故事等公认的流行书目的畅销表明，存在这样一种趋势，即大家会购买文化产业所强调的书，且该产业让这些书的价格更加低廉。在学校和图书馆里，孩子们有更多的机会接触到更多样的书籍，这比通过他们父母或通过书店接触到的书多多了。父母总是依赖当地报纸评论或者书店橱窗陈列摆设，或者听从书商的建议来选书，而这些人对儿童文学不甚了解。

我并不是瞧不起当地报纸上的推荐的和出版社推荐的儿童书籍，但我很少读到关于儿童书籍或青少年书籍的负面评论。看起来似乎一切都有益于孩子们的心灵和眼睛。尽管评论家看似已经全然掌握了什么是适合儿童的文学作品，且评论家是有辨别力的读者，但依然难以定义什么是好的儿童文学作品。另外，2—16 岁的儿童往往是没有什么甄别力的。在此，我无意轻视儿童们的智力或品位，但他们很少发出批评。他们读他们喜欢的东西，除非被强迫，否则他们不愿意去评论，至多只是说他们喜欢什么东西或不喜欢什么东西，因为这东西很酷或者土里土气的。他们会去读或看任何放在他们面前的东西，包括书籍、漫画、时尚和体育杂志、报纸、广告、字典、教科书、地址簿、邮件、海报和标志。他们的品位和阅读习惯形成于他们的周边环境，包括公寓或住房、学校、邻居、电视和电影。他们提高其阅读能力，从他们所读中汲取营养，并理解它，并根据他们的经验和品位形成其偏好。他们会面对大量的阅读材料，那就像是一个充满标志和符号的战场或是一场标志和符号的轰炸，这些标志和符号力图吸引他们、引诱他们、诱导他们、控制他们、唆使他们、煽动他们、转变他们、指导他们、教授他们、恳求他们、警告他们和取悦他们。我们把这称之为文明化进程，称之为文化适应。我们期望儿童去适应标志和符号，去学习如何使用语言代码，从而可以成为优秀的公民。正是通过语言技巧的传授和掌握，社会身份才得以实现，在每个国家都是如此。这就是为什么大型战争经常是为了学校和官方使用什么语言而战，为了这种语言以什么方式教授而战，为了儿童使用什么书籍而战。这就是为什么说儿童文学根本不存在，尤其是儿童文学本体都无法被明确地界定，以及为什么说讨论儿童文学机制是非常重要的。

尽管我现在这样说看似有些矛盾，但还是存在一种"儿童文学"，而这种"儿童文学"并不是我们通常使用这一词的时候所认为的那个意思。也许我应该换用"儿童阅读材料"或者"儿童读物"。我想把重点放在儿童真正适合的东西上，甚至是儿童自己写作的东西上，我也希望重点关注他们最容易接触到的阅读材料。纵然这些阅读材料因年龄和性别有所不同，我们还是可以列举一些当今的儿童文学的主要构成项目，例如：动漫、体育卡片上的文本、陪伴娃娃的故事（从新美国娃娃到著名的芭比娃娃均算在内）、棋牌游戏、口香糖包装、漫画书、传单和附带着磁带或光盘的小册子、廉价制作的图画书、时尚和体育杂志，诸如《甜谷双胞胎》或《鸡皮疙瘩》这类系列丛书、贺卡、橱窗展示、海报、初级读本、各种机器的说明书、包括电脑游戏在内的视频游戏、网上的段子和故事、电视广告、涂鸦、各种标志、信件、体育英雄和演员的自传，猫狗故事和考试文本。我相信我可能漏掉了一些重要的项目，但我的主要观点是，比起上述项目而言，一个孩子并不太会常去阅读著名作家或插画家作的诗歌、故事或者小说。

这并不可悲——除非你就认为我们的文化是可悲的。事实上，有才华的、认真的作家、艺术家们创作的那些奇妙的作品，与其他阅读材料一致，都在竞相吸引儿童们的注意力。它们使得儿童的文化阅读方式与成年人的相雷同，而不是不负责任地去争论出一套所有儿童都应去接触的优秀文学作品的准则，就像威廉·班尼特和爱德华·赫希等人试图做的那样，我们应该承担起责任来，帮助制作、促销和传播各种不同类型的文本，让儿童们能够对其有所接触。只要老师或家长有耐心，也学着去读、去看儿童们真正在读什么、在面对着什么，儿童们就能学会阅读以及批判地欣赏任何内容。杰弗里·威廉姆斯已经断言："看来，给儿童们提供一些符号工具，使他们能够以文学文本来描述视觉形式和语言形式的东西，这或许具有某种潜在的可能性，能开发一种不同的阅读教学方式，其能够在文本结构的特征中智慧地、批判地让儿童获得乐趣，而不是让儿童在结构化的故事中丧失了他们的乐趣。"[1] 我的建议是，我们要考虑儿童们的阅读习惯所具有的交互性质，与他们一起学习并使用各类儿童文学，这样他们（以及我们）就会学习掌握和运用语言符码让自己快乐、让自己成长。在这个过程中，儿童将学会辨别和做出价值判断，并学会以批判性的、富有想象力的方式与那些一直在对他们施加影响、塑造他们的社会经济力量进行对抗。他们可能还会学到如何向成年人设定和要求高的标准，从而可以进一步推进针对年轻读者的优质小说和诗歌的出版。除非儿童和成人们都批判性地认识到所有的阅读材料都是儿童文学机制的一部分，这一机制属于更广泛的文化产业，并在其中发挥着作用，否则，阅读和欣赏文学不过是为了消费而消费的消费主义行为。儿童文学的存在正是依赖于这种认识。否则，儿童文学根本不存在。

---

[1] Geoffrey Williams, "Children Becoming Readers: Readers and Literacy," in *Understanding Children's Literature* (London: Routledge, 1999): 161.

解放当代儿童文学中奇幻童话的潜能

侯姝慧　马冲冲　译

【编译者按】 本文（The Liberating Potential of the Fantastic in Contemporary Children's Literature）选自作者所著《童话与颠覆的艺术：经典的儿童文学类型与文明化进程》（Fairy Tales and the Art of Subversion: The Classical Genre for Children and the Process of Civilization）一书。该书 1983 年在美国和欧洲首版发行，2006 年再版扩充的第二版。作者强调出现代社会的技术与意识导向对儿童利用童话展开想象的影响，主张解放儿童的想象潜能。

　　关键的问题是，我们并没有造就这个古老的世界，而它却塑造了我们。整个孩童时代我们都在消化这些来自古老世界的文化，在我们成为男人和女人之前，它的价值观和意识已然作为文化底线深深地印刻在我们的思想之中。我们带着孩童时代曾经咀嚼过的童话走进成年，这些作为活生生的身份认同的信息，依然存留在我们的胃里。在两个虚构人物白雪公主和她的英雄王子之间，我们根本没有选择的机会。在某一时刻，分水岭产生了，他们（男孩们）梦想着骑上"格蕾塔战马"，或者从小矮人那里买回"白雪公主"。我们（女孩们）则渴望成为每个恋尸狂的欲望对象——无辜的、被施魔法的、美艳绝伦的、永远安睡的"睡美人"。尽管我们有时知道怎么回事，但是我们无力改变，只能按照被教会的角色去表演。

　　——安德莉亚·德沃金《女人恨》（Woman Hating, 1974）

自第二次世界大战以来，我们对教育、社会、技术和政治的看法发生了巨大的变化。在许多具有进步思想的批评家和作家看来，古典民间故事和童话显得非常落后。这些故事不仅充斥着性别歧视、种族主义和专制的内容，而且总体反映的是半封建父权制社会的内容。[1] 这些内容在几个世纪以前可能会对改善生活条件带来希望，而如今却成为当下西方世界儿童发展的抑制性因素。古典童话的话语及其最终效果——在未来可能发生的核战争，生态破坏，不断增长的政府和工业的联盟以及严重的经济危机面前——并不具有启发性和解放性。

当然，有许多古典民间童话仍然可以满足儿童的需求，并阐明获得个人自治和社会自由的可能性，所以，将一切古典童话视为社会所不需要的或者在审美方面已经过时的内容而排斥它们的做法并不明智。况且，正如我们所知道的，古典童话作为一种（文学）类型并不是一成不变的。现在被称为"古典"的19世纪作家，如查尔斯·狄更斯、乔治·麦克唐纳、约翰·拉斯金、乔治·桑德、奥斯卡·王尔德、安德鲁·朗、伊迪丝·内斯比特、莱曼·弗兰克·鲍姆等人，他们反对文明进程中的独裁主义倾向，拓展了儿童童话话语的空间。20世纪初，他们提供了乌托邦和颠覆性实验的方法来改变童话话语。通过批判虐待儿童和压制性教育方法的作家们的象征性行动，传达了解放社会关系和改变政治结构的观点。

尽管如此，20世纪前三十年间创作的儿童故事，并没有成功地重新利用古典童话故事中奇幻投射（fantastic projections）和整体构造从而在

---

[1] 参见 Claire R. Farrer, ed., *Women and Folklore* (Austin: University of Texas Press, 1975); Madonna Kolbenschlag, *Kiss Sleeping Beauty Good-bye: Breaking the Spell of Feminine Myths and Models* (New York: Doubleday, 1979); Marcia Lieberman, "'Some Day My Prince Will Come': Female Acculturation through the Fairy Tale," *College English* 34 (1972): 383-95; Allison Lurie, "Fairy Tale Liberation," New York Review of Books, December 17, 1970, 42; Heather Lyons, "Some Second Thoughts on Sexism in Fairy Tales," in *Literature and Learning*, ed. Elizabeth Grugeon and Peter Walden (London: Ward Lock Educational, 1978), 42-58; Robert Moore, "From Rags to Witches: Stereotypes, Distortions and Anti-Humanism in Fairy Tales," *Interracial Books for Children* 6 (1975): 1-3; Jane Yolen, "America's Cinderella," *Children's Literature in Education* 8 (1977): 21-29; 和 Heide G? ttner-Abendroth, *Die G? ttin und ihr Heros* (Munich: Frauenoffensive, 1981).

儿童和成人中获得广泛接受。除此之外，奇幻故事被用来捍卫孩子们的想象力，与西方社会日益合理化的文化、工作和家庭生活形成互补的关系。奇幻故事是一种看似具有攻击性的防御力量。还有一些其他的事情以进步和文明的名义在进行当中，工厂和办公室生活的泰勒化（Taylorization，即19世纪末出现的对生产流程的分步管控），学校、医院和监狱的全景组织，艺术特别是编队上的技术同步，如合唱线和类似输送带的舞蹈编排，在游行和战争中整齐划一的军事演习，促进消费主义的技术的使用，名人文化的形成——这些都是真实的社会政治倾向，与20世纪初面向儿童的进步性和实验性的童话正好相悖。它们正是限制和制约20世纪30—50年代在童话话语中抗议元素的力量。

从那以后，儿童童话中的奇幻故事被迫采取攻势，这种情况之所以现在还没有出现，是因为超常的想象在故事中承担的是更加自由的功能。它正处于对抗许多作家所描述的技术手段和操纵力量的最后一役的苦痛之中。这些技术手段和操控力量很大程度上是为了商业利益，把极权主义笼罩在社会之上，使人们在试图改变、决定自己的生活时感到无望和徒劳。《1984》《勇敢的新世界》《一维社会》等，成为批判东西方社会发展的关键词。在评论战后的世界童话时，马里昂·洛赫黑德（Marion Lochhead）断言，法西斯主义的近乎胜利是诸如刘易斯等作家最为关心的问题。"神话创作还在继续。奇迹的复兴已经成熟，并且我们需要它。善与恶（绝对邪恶）之间的冲突使得幻想中的儿童英雄们被卷入其中，并对他们的忍耐极限进行了苛责，这已成为一个共同的主题。"[①] 然而，现代童话故事中所反映的不仅仅是善的存在，而是对非异化生活条件中的奇幻投射的可能性。在20世纪60年代，民权运动、反战抗议、女权运动的兴起以及世界各地少数民族和贫困国家要求自治的呼声，使人们未来充满希望。虽然这个希望在21世纪初期有所减弱，乌托邦的倾向已经变成反乌托邦，但许多作家仍然抱有可能存在社会变革的信念将童话视为批判文明进程的野蛮转折的手段。

我们很难涵盖1945年以来整个发展历程中儿童文学童话如何应对了

[①] 《儿童文学中奇迹的复兴》，坎农格特出版社1977年版，第154页。

这些斗争，也无法证明如何以及为什么童话作家们要以一种解放姿态使用这些超自然力量的母题。我想把研究重点限制在英国、美国、意大利、德国和法国的少数具有代表性的作家身上，这些作家明确地试图让他们的故事在发达工业国家的限制下更加具有解放性和批判性。我的关注点是双重的：我想描绘出这些作家使童话的奇幻投射是如何更加自由地运用母题、观点、风格和方法。我又在质疑解放童话（liberating fairy tale）的用意是否能在最关心控制、纪律和合理化的社会中实现。

但在我谈论这两点之前，首先需要讨论一个关键的问题：文学童话的"力量"，包括古典童话和新童话，以澄清一些术语的意义，如进步和倒退、解放和抑制。换句话说，古典童话并不能仅仅因为符合文明进程的规范，在儿童和成人中保持吸引力。它们拥有非凡的力量，乔治斯·吉恩将这种力量置于有意识的层面，就像所有美好的童话一样，用美学上的结构，使用幻想和神奇的元素，为我们的日常生活增添色彩。[1] 魔法的使用是自相矛盾的，它不是欺骗我们，而是启发我们。在无意识的层面上，吉恩认为，最好的童话故事将主观、同化的冲动与社会环境的客观暗示结合在一起，这些因素吸引着读者，允许他们根据自己意识形态和信仰进行不同的解释。[2] 最终，吉恩认为童话的幻想的"力量"在于它们以一种超常的想象（uncanny）的方式提供了一条通往社会现实的通道。然而，鉴于在历史规定的文明化进程中对童话式话语的限制，我们必须更加谨慎地区分童话"力量"的倒退和进步，以了解当代儿童童话解放的潜能。在这里，我想讨论西格蒙德·弗洛伊德的"超常的想象"（uncanny）的概念，以及恩斯特·布洛赫（Ernst Bloch）的"家"概念，无论它们是古典的还是实验性的，都是童话中奇幻投射背后的解放冲动的构成要素。

一

弗洛伊德在他关于"超常的想象"（uncanny）的一篇文章中指出，德文的 heimlich 这个词意味着熟悉、愉快、隐藏和不可见，并且他总结

---

[1]《故事的力量》，卡斯特曼出版社1981年版，第153—154页。
[2]《故事的力量》，卡斯特曼出版社1981年版，第206—209页。

说，这个词的意义是事物向其矛盾的方向上发展，直到最终与其相反，与其反义词或"超常"一致。① 通过对 E. T. A. 霍夫曼的童话《沙人》的深入研究，弗洛伊德认为，"超常"或异常想象（unheimlich）让我们与熟悉的（heimlich）现实更加接近，因为它涉及情绪干扰并使得我们回到进化中的压抑层面：令人不安或神秘的。通过对 E. T. A. 霍夫曼的童话《沙人》的仔细研究，弗洛伊德认为，不可思议或异常想象的（unheimlich）使我们与熟悉的（familiar；heimlich）现实更加亲近，因为它触及了情感的困扰，并使我们在进化过程中回到被压抑的阶段：

> 如果精神分析理论能够认定每一种效应都属于一种情感冲动的论断是正确的，不管它是什么种类，如果被压抑，它就会转化为焦虑。然后，在令人害怕的事例中，必定有一个种类，其中可怕的因素可以被证明是被压抑后再次出现的东西，这类可怕的事情将构成"超常的想象"。不管这种超常的想象本身可怕，还是它带来了其他影响，都无关紧要。第二，如果这确实是超常想象的秘密性质，我们就能理解为什么语言的用法已经延伸到 das Heimliche "家"的反面 das Unheimliche。因为这种超常在现实中并不是什么新鲜或外来的东西，而是一种在头脑中非常熟悉和旧有的东西，它们是被压抑才变得使人感觉陌生。这种关于压制因素的参考使我们进一步理解了谢林（Schelling）对"超常的想象"的定义，是一种本应该是隐藏的，但已经被揭示出来的东西。②

弗洛伊德坚持认为，在使用"超常的想象"的范畴的时候必须非常谨慎，不是所有压抑欲望的回忆和思维方式的突破，可以被认为是"超常的想象"，尤其是他将童话排除在"超常的想象"之外。

---

① 《新文学历史》再版，1976 年第 7 期，第 619—645 页。还可参看埃琳娜·西苏的《小说和它的幻影：读弗洛伊德的〈离奇〉有感》，同期，第 525—548 页。
② 《新文学历史》再版，1976 年第 7 期，第 634 页。

例如，在童话故事中，现实世界从一开始就被置于脑后，直接采用万物有灵的信仰系统。愿望的实现，神秘的力量，无所不能的思想，无生命物体的生命化，童话故事中常见的所有元素，都不会在这里产生"超常的想象"的效果；因为，正如我们所知道的那样，除非，原先就认为被"超越"的事物是不可思议的，现在又真的发生了，否则不会出现"超常"的感觉；这个问题从一开始就被童话世界的假设消除掉了。①

尽管在童话故事中，由于叙事视角的全盘接受"超常的想象"变得熟悉和标准化；但是在童话故事的假设和结构中仍为另一种离奇体验留有空间。也就是说，弗洛伊德的论证必须符合童话的构思。然而，我现在不想关注这一点，我只是想说，在阅读或听童话故事的过程中，"超常的想象"扮演着重要的角色。我使用和修正弗洛伊德关于"超常的想象"的范畴，是想说阅读童话的行为是一种离奇的经历，它从一开始就将读者从现实的限制中分离出来，让被压抑的令人不熟悉的事物被再次熟悉。布鲁诺·贝特尔海姆（Bruno Bettelheim）曾提到，童话将孩子从现实世界中疏离出来，这让男孩和女孩们能够自主地处理深层次的心理问题和引发焦虑的事件。② 正如贝特尔海姆所说，童话是否能够真正提供应对自我紊乱（ego disturbance）的方法③，还有待观察。但是，有一点却是事实，一旦我们开始倾听或阅读童话故事，就会将你从熟悉的世界中疏离出来，从而产生一种陌生和有所安慰的离奇的感觉。

实际上，在我们开始阅读一则童话之前，现实世界已经从作者角度发生了彻底的逆转，作者邀请读者重复这一"超常想象"的经历。阅读的过程包括将读者从熟悉的场景中分离出来，然后去鉴别被疏离出来的主角，这样就可以开始探索"熟悉的现实"（the Heimische）或真正的家的历程。童话点燃了对"家"的双重追索：第一种是发生在读者的头脑之中，是心理的、很难解释的感受。读者的背景和经历不同，对故事的接受程度也是多种多样的。第二种是发生在故事本文之中，它表明了一

---

① 《新文学历史》再版，1976 年第 7 期，第 640 页。
② 参见《童话的作用：童话的意义和重要性》，诺夫出版社 1976 年版。
③ 参见我对 Bettelheim 书的评论，"On the Use and Abuse of Folk and Fairy Tales with Children: Bruno Bettelheim's Moralistic Magic Wand", in *Breaking the Magic Spell: Radical Theories of Folk and Fairy Tales* (London: Heinemann, 1979): 160-82.

个社会化的过程,在故事内部的社会当中获得了一种参与性的价值。在这个社会中,主人公拥有更大的抉择的力量。对"家"的第二种追寻可能是倒退,也可能是进步,这取决于叙述者对社会的立场。在这两个概念中,"家"或 Heimat 的概念,与 heimlich 和 unheimlich 的词源密切相关,对童话的读者保持着强大的吸引力。然而,童话故事的背景和母题已经为我们开启了再现原始体验的大门,我们可以同时向前,看到弗洛伊德所谓的"未实现但可能的未来,我们喜欢在幻想中坚持,所有对自我奋斗不利的外部环境都被粉碎,所有对意志压制的行为,都滋养了幻想的自由意志"。①

显然,弗洛伊德不会允许我们在现实中依恋幻想。然而,恩斯特·布洛赫(Ernst Bloch)会辩称,人们对于培养和捍卫"幻想"很重要,因为它们代表着我们对社会结构进行重组的激进的、迫切的革命愿望,以便我们最终能够得到"家"。梦想的迟滞对我们没有好处。

> 但如果它变成了一个未来的梦,那么它的起因就会显得与众不同且充满活力。模糊和弱化的特征,它可能是单纯的渴望的特征消失了;然后渴望展示出它真正能够完成什么。这是世界规劝人们适应来自世界的压力的方法,他们已经吸取了教训。只是他们的愿望和梦想不会听从这样的规劝。从这个角度来说,整个人类都是有未来主义特征的,他们超越了他们过去的生活,并且达到他们满意的程度,他们认为应该得到更好的生活(尽管这个图景可能是平庸和自负),他们把自己还不够幸运作为实现未来生活的障碍物,而不认为世界本该如此。

从这种程度上看,最私人和无知的渴望都胜过毫无思想的整齐划一的步伐;这种渴望是具有革命意识的想法,所以,我们登上历史的战车随之前行却不必放弃梦想中那些美好的内容。②

---

① Sigmund Freud, "The Uncanny," *New Literary History*, p. 630.
② Karl Marx and Humanity: The Material of Hope," in *On Karl Marx* (New York: Seabury, 1971): 30 – 1.

布洛赫所说的梦想中那些美好的内容通常是指带有前瞻性和解放性的童话故事的幻想和行动。人类以正义的姿态，争取独立自主的存在和不疏离的外部秩序——允许民主合作和人道的考量。真正的历史应该从人类的独立自主开始，只要有人剥削人、奴役人的制度存在，就不能算是真正的开始。对世界上不公正和野蛮状况的积极斗争引导着我们探寻真正的"家"，或乌托邦，是一个没有人知道但却代表了人类回归自身的地方：

> 真正的发生并不是在一开始，而是在最后，只有当社会和存在变得激进时，它才会开始：也就是说，这时人们才会去思考并理解什么是人类的根本。但是历史的根基是工作，创造人，它重建和变革了被给定的世界。一旦人类了解了自己，并在真正的民主中建立了自己的领地，没有迷失自我和异化，世界上就出现了所有人在童年时代曾看到的东西。还没有一个人的地方和国家。这样的一个存在，它的名字是"家"或"故乡"。①

从哲学的角度来说，真正的返回"家园"或"超常的想象"的重现对那些被压抑和未实现的东西来说无疑是一种前进。大多数童话故事的模式都涉及到在新飞机上重建家园，这也说明了它对儿童和成人的吸引力。

在布洛赫的两篇关于童话的文章中，"依照自己的秩序发展着的童话"和"在童话故事和流行书籍中与在集会和马戏团中的空中城堡哪个更好"②。布洛赫关心的是故事中的英雄和审美结构设置的方式照亮了克

---

① Karl Marx and Humanity: The Material of Hope," in *On Karl Marx* (New York: Seabury, 1971): 44–45.
② 详见 Ernst Bloch 的文章，"Introduction: Toward a Realization of Anticipatory Illumination," *The Utopian Function of Art and Literature*, trans. Jack Zipes and Frank Mecklenburg (Cambridge, MA: MIT Press, 1988): 14–43 和 "The Utopian Function of Fairy Tales and Fantasy: Ernst Bloch the Marxist and J. R. R. Tolkien the Catholic," *Breaking the Magic Spell*, p. 129–59.

服压迫的道路。他关注的是弱者和小人物,用他或她的智慧,不仅仅是生存,而是过上更好的生活。布洛赫认为,传统童话的永恒存在是有充分理由的。"童话中不仅保有最新鲜的渴望和爱,而且存在着众多恶魔,在现在的作品中仍然可以看到,'曾几何时'的幸福甚至更加丰富,依然影响着我们对于未来的愿景。"[1]

布洛赫关心的并不只是传统童话的永恒,还有童话如何被现代化,以及它们为什么对社会的各个阶层和所有年龄群体都具有吸引力。布洛赫并没有贬低流行文化和普通的兴趣,而是努力去探索冒险小说、现代冒险故事、滑稽戏、马戏和乡村集会等。他拒绝对艺术形式做出简单的高与低的定性判断,而是在创作和接受艺术作品中试图为大众把握驱动乌托邦的冲动。他一次又一次地把注意力集中在童话上,把它当作是为现实生活指出的路径:

> 这类"现代童话"的重要之处在于,它让自身合理化,它引导着古老童话的愿望,并为之服务。再一次证明了它本身就是一种与勇气和狡猾的和谐统一体,作为最早的启蒙已经具备了《奇幻森林历险记》的特征:认为自己生来就是自由的,有资格拥有全部的幸福,敢于运用你的推理能力,友好的看待把事情的结果。这些都是真正的童话格言,对我们来说,幸运的是它们不仅出现在过去,而且现在仍然存在。[2]

如果说布洛赫和弗洛伊德为帮助理解我们对于家的渴望如何让人感

---

[1] 详见 Ernst Bloch 的文章,"Introduction: Toward a Realization of Anticipatory Illumination," *The Utopian Function of Art and Literature*, trans. Jack Zipes and Frank Mecklenburg (Cambridge, MA: MIT Press, 1988): 14 – 43 和 "The Utopian Function of Fairy Tales and Fantasy: Ernst Bloch the Marxist and J. R. R. Tolkien the Catholic," *Breaking the Magic Spell*, p. 133.

[2] 详见 Ernst Bloch 的文章,"Introduction: Toward a Realization of Anticipatory Illumination," *The Utopian Function of Art and Literature*, trans. Jack Zipes and Frank Mecklenburg (Cambridge, MA: MIT Press, 1988): 14 – 43 和 "The Utopian Function of Fairy Tales and Fantasy: Ernst Bloch the Marxist and J. R. R. Tolkien the Catholic," *Breaking the Magic Spell*, p. 135.

到不安或安慰，将读者引向民间和童话，事实上，我们从第一次世界大战[①]后发展起来的社会学和心理学研究中已经知道，5岁至10岁的孩子是各种童话故事的第一批观众。基于这些已被多方解读的普通常识和研究，我们必须要问童话故事中儿童的兴趣是否与他们对理想的"家"的渴望有关，就好比他们拥有一个属于自己的世界或国家。

在《儿童与故事：兴趣的起源》中，安德烈—法瓦特（Jean-Favat）探讨了在解释为什么儿童会被童话故事所吸引的问题上让·皮亚杰的理论系统的价值。[②] 法瓦特把注意力集中在6岁至8岁的年龄段上，根据皮亚杰的理论，他发现古典童话（佩罗，格林兄弟和安徒生）的内容和形式符合这个年龄段的小孩的思维方式。在这个发展的特定阶段，孩子们相信思想与事物之间的神奇关系，把无生命的东西视为有生命的，按照报应的正义性和按过失程度惩罚的形式尊重权威，将因果关系视为并列，不将自己区别于外部世界，相信物体可以移动不断地回应他们的愿望。法瓦特坚持认为，孩子这样的世界观，通常可以经由童话来肯定，尽管这个故事可能并不是为了满足孩子的需要而创造的。

在6岁到8岁之间，孩子觉得他/她的世界受到了越来越多的外力的考验，正是由于这个原因，当他谈到孩子们的反应和他们对稳定的需要时，他会做出谨慎的区分。继皮亚杰之后，法瓦特还强调，儿童的相对发展及其世界观必须由儿童所经历的特定的文化的社会化来限定。因此，当孩子们的"万物有灵论"和自我中心主义被社会的社会化和更强的意识互动所取代时，在10岁的时候就会普遍地拒绝童话。大约在这个时候，孩子们已经越来越适应现实世界，把童话视为进一步调整的障碍。只有到青春期结束后，青少年和成年人才会重新回到童话和幻想文学中，他们会重新找回自己的童年。

---

① 参见，Charlotte Bühler, *Das M?rchen und die Phantasie des Kindes* (Berlin: Springer, 1977)，基于1918年的原始版本；Alois Jalkotzy, *Märchen und Gegenwart* (Vienna: Jungbrunnen und Verlagsbuchhandlung, 1930); Alois Kunzfeld, *Vom Märchenerz?hler und Marcheniliustrieren* (Vienna: Deutscher Verlag für Jugend und Volk, 1926); Wilhelm Ledermann, *Das Märchen in Schule und Haus* (Langensalza: Schulbuchhandlung von F. G. L. Gressler, 1921); Erwin Müller, *Psychologie des deutschen Volksmärchens* (Munich: Kösel and Pustet, 1928) 和 Reinhard Nolte, *Analyse der freien Märchenproduktion* (Langensalza: Beyer, 1931).

② Urbana: National Council of Teachers of English, 1977.

重新找回童心不是一件无聊的事，而是一种自我满足和自我实现的严肃事业。这种认真的态度从孩子们最初为童话故事所吸引的事实中可以看到。正如法瓦特所认为的那样：

> 儿童对故事的转向并不是随意的娱乐或消遣，相反，它是对一个比现实生活更加令人满意的有序世界的不懈追求，是一种清醒的奋斗以应对他们所面对的危机的经验。从这样的观点来看，不管对于"读书疗法"的态度如何，看到孩子对故事取向的转变，都有可能以此作为对文化隐义的有益运用。而且，在阅读了童话之后，你会看到读者将童话的结构投入现实世界。①

如果我们将弗洛伊德、布洛赫和法瓦特关于皮亚杰的"家"的概念统一在"解放"这个词上，那么我们现在可以透析童话故事中那些奇思妙想的"解放潜能力"（liberating potential）。在心理层面上，通过使用不熟悉（unheimlich）的符号，童话解放了不同年龄段的读者，使他们返回到被压抑着的自我意识，也就是回到他们生活中熟悉的（heimlich）原始时刻。但是童话故事不能最终解放，除非它从有意识的、文学的、哲学的层面上将"家"的对象化作为非异化条件下真正的民主来进行。这并不意味着解放了的童话必须有一种道德的、教条的解决办法，但要解放，它必须反映出一种与所有类型的压制和威权主义斗争的过程，并为乌托邦的具体实现提供各种可能性。否则，解放和有助于解放的话语就没有任何美学范畴的内容。

皮亚杰指出，从6岁到12岁，儿童的道德感和正义感经过了一系列的改变，从信仰报应的正义性到按过失程度惩罚，再到平等的分配正义。与早期发展相对应的是，传统的民间故事和古典童话故事，倾向于通过专制权威（通常是以君主制或在形成中的君主制）来强化"家"的倒退这一概念。原发的力量是用来纠正错误的，或是维护封建主义和资产阶级家长制规范的混合体，这种规范构成了"幸福的结局"，不能与乌托邦

---

① Urbana: National Council of Teachers of English, 1977.

混为一谈。正是古典故事中这种结构——但也有一些例外①——使得在过去的两个世纪里有许多作者尝试以童话话语做试验。而且，我们对西方文化中"解放"的理解发生了改变，改编创作的童话呈现出更加激进和复杂的趋势。一些当代作家（"反文化"的派别）是怎样努力使他们的故事更自由，更有利于对"家"的进步性的追求，而不是追求过去故事的回归。

二

在研究由"反文化"童话作家开发的独特叙事模式时，很明显地感受到他们的试验与他们改造文明过程的努力有关。他们把自己插入到关于文明的童话式话语中，首先是与传统的写作、思考和插画等形式拉开距离：把熟悉的东西变得让人不熟悉，仅仅为了重新获得心理和社会基因遗传层面的真实性感受。或者，换句话说，要寻找"纯粹的"家园，可能意味着需要在非异化的条件下寻找。童话作家改写了传统的叙事方式，通过激发读者对社会化的条件和限制进行批判性的思考，从而区分出他们最终的"家"。"反文化"是通过将技术异化来体现的，这种技术不再依赖诱人的、令人着迷的幻象作为幸福的结局，使当下的现代文明进程正当化。而是使用那些不和谐的符号，要求结束这些叠加的幻想，其目的是让读者了解在社会背景下他们个人的深层愿望的实际限制和可能性。

叙述的声音探究并试图揭示令人不安的压抑的社会心理冲突，以便使年轻的读者可以更清楚地推测在现实中到底是什么力量限制了行动的自由。当独裁主义、性别压制和社会压迫等令人不安的问题被提出来，那么就可以呼吁改变并且可以被改变。与文明进程中的古典童话故事不同，富有解放力的故事的奇幻投射并不是出于使读者的想象力工具化的理性目的，而是去颠覆合理化的控制，以使读者能够更自由地考虑自我

---

① 人们倾向于认为民间传说和古典童话的模式变化不大。然而，这种普遍的看法，没有考虑到文化差异对故事内容和结构的影响。这种看法基于 Vladimir Propp 的 *Morphology of the Folk Tale*, 2nd rev. ed. (Austin: University of Texas Press, 1968)。有关不同角度的分析见 August Nitzschke, *Soziale Ordnungen im Spiegel der Märchen*, 2 vols. (Stuttgart: Frommann – Holzborg, 1976 – 1977)。

意识障碍，并且可能对照其他人的社会状况，使他们能够完成工作构想并在集体意识中发挥作用。

不用说，人们可以通过多种方式来写出一个解放性的故事。在这里，我想集中讨论两种主要的试验类型，它们直接肩负着塑造西方文化模式的使命。第一种类型可以称为古典童话新编。作者用陌生化的方式给小读者们描述他们熟悉的故事。因此，读者就不得不去思考古典故事那些形式消极的一面，从而才可能超越这些形式。这种方式的倾向是打破、改变、揭穿或重新安排传统的母题，使读者从做作的、程式化的文学接受模式中解放出来。这并没有抹去古典童话的可识别的特征或价值，而是通过展示不同的审美和社会背景如何使所有的价值相对化，从而消除古典童话的消极性。在这个意义上说，作者创造性的重述和重述后的艺术产品是为了让读者意识到，文明和生活本身是一个被塑造的过程，这个过程可以满足读者的基本需求。虽然负有解放使命的童话和古典童话可能包含一些相同的特征和价值观，但要重点强调的是，变形作为过程，在叙述形式和叙述本身与古典童话相比有着质的区别。

第二种类似于变形的试验可以被称为传统结构与当代参照物的融合，这些读者不熟悉的结构和情节线索中可以被设计以激发孩子们好奇心和兴趣。这里使用了奇幻投射来展示当代社会关系的可变性，所有可能的手段的融合在一起来阐述某一个具体的乌托邦。实际上，融合和变形的叙事技巧都是为了让读者感到不安和震惊，使他们失去对社会现状的自满态度，并设想在集体和民主的背景下实现他们的个性的方法。然而，这些当代作家创作的负有解放使命的童话的独特之处就是他们的尖锐，他们反性别歧视、反独裁主义。

例如，哈丽特·赫尔曼（Harriet Herman）的《森林公主》（The Forest Princess）（1975）改编了传统的《莴苣》（或《长发姑娘》）童话，来质疑男性主导和性别刻板印象。她的故事关注的是"一个独自生活在深林中的高塔上的公主。当她只是个小女孩的时候，一个无形的精灵就把她带到了那里。这个精灵关照着她，带给她食物和衣服，并在她生日那天送给她特别的礼物"[①]。暴风雨后的一天，她救了一位遭遇海难的王

---

① Harriet Herman, *The Forest Princess* (Berkeley: Rainbow Press, 1975): 1–2.

子。一开始,她认为自己也是一位王子,因为她长得非常像他,她并不知道他们之间有性别的差异。他们开始生活在一起,并教对方自己特殊的技能。但是王子很想念自己的家,公主答应那个王子,如果王子告诉她关于那个地方的秘密,她就会去金色城堡。然而,在那个金色城堡中,公主被迫做出改变——她被要求穿上华丽的服饰,还要化妆,并且跟别的女孩一样约束自己的行为。她反抗国王的命令,教女孩们如何阅读。因为王子不愿意跟她骑马,她就自己练习。在王子14岁生日那天,她在整个宫廷面前展示了自己令人惊叹的骑马技艺。国王决定满足她的一个愿望,她回答道:"国王,今天我所做的事情,在这片土地上的任何一个男孩和女孩都应该能够做到。我想让所有的男孩和女孩能够一起骑马,一起读书,一起玩耍,这就是我要的奖赏。"① 但是,国王却拒绝了她,他不帮助她实现这个愿望。他说男孩和女孩子们现在的生活很幸福——尽管他们有过抗议。公主意识到她必须离开这座金色城堡,没有人知道她现在在哪里。然而,叙述者告诉我们在她离开城堡之后,她的愿望实现了,因为童话的结局必须是圆满的。

这个讽刺的结局形成了一个对比:虽然童话的结局必须是完满的,但是生活本身并不是这样,因此读者们就会被迫去思考现实中缺乏幸福或"家"的原因。② 此外,还给了一种与传统的"莴苣姑娘"做出比较的可能。旧故事中的权威特质变得清晰可见。

与赫尔曼的作品相似,英国利物浦默西塞德郡妇女解放运动中的四位女性,她们反对传统童话中的价值取向,男性贪得无厌的侵略以及女性对这种侵略忠实的培养。她们认为童话是政治的。这些童话帮助孩子们建立价值观,教他们接受这个社会和自己的在其中的位置。这个社会的核心思想是支配和服从,是我们所有关系的自然基础。③ 作为回应,他们改写了著名的古典童话《王子与猪倌》《莴苣姑娘》《小红帽》《白雪公主》等,并在1972年出版。在《王子与猪倌》中,一个贪吃的王子被

---

① Harriet Herman, *The Forest Princess* (Berkeley: Rainbow Press, 1975): 38.
② 赫尔曼写了这个故事的续集,*Return of the Forest Princess* (Berkeley: Rainbow Press, 1975),然而并不像他的第一个故事那样刺激且有开放性结局。
③ *Red Riding Hood* (Liverpool: Fairy Story Collective, 1972): 6.

萨米娅的猪倌变成了人们的笑柄。在《小红帽》中,这个场景是北方的森林小镇,害羞的小女孩娜迪娅学着克服她对森林的恐惧,把她的曾祖母从她杀死的狼那里救出来。他的皮毛被用来作为小红帽斗篷的衬里,曾祖母告诉她:"这件斗篷现在有特殊的力量。无论什么时候你遇到一个害羞、胆小的孩子,当你们在森林里一起玩耍时都可以借给那孩子这件斗篷,他们就会像你一样勇敢。"[1] 从那时起,小红帽就开始探索森林更深处。

在这两类故事中,受压迫的小主人公都学会了用自己的力量从寄居者那里解脱出来。生命被描绘成一个持续不断的斗争的过程,所以"快乐"的结局不是幻觉,也就是说,快乐结局并不是一个终点,而是一个发展着的真正的开始。当主角自己的想象作为一种手段在故事中反映出来,解放的元素就出现了,通过这种手段,他们可以得到自己应该得到的东西,并且帮助其他处于类似情况中的人们。

就像默西塞德郡那个团体一样,托马·恩格雷尔(Tomi Ungerer)重新创作了《小红帽》(1974),并称之为"一个反思的故事"[2]。尽管他的观点是解放性的,但与默西塞德郡的观点截然不同。就像他对安徒生的《卖火柴的小女孩》的修订版一样,他将其命名为"温暖"(一个生活在云中都市的女孩与母亲的互爱的故事)。他是无礼的、狡猾的、无政府主义的作家。他作品中的狼,打扮得像一个优雅的男爵,与传统故事中狡猾的狼大不相同,他的小红帽是"真正的严肃的人",这意味着她不会轻信或害怕表达自己的意见。我们从中看到她的曾祖母非常刻薄、古怪,甚至有时候会打她。因此她停下来采摘浆果来推迟她的拜访。当狼出现时,他坦白地说:"我知道你的祖母,我只能说她的名声比我的坏。"[3] 他提议带她去他的城堡,像童话里的公主一样对待她。小红帽很怀疑。她

---

[1] Red Riding Hood (Liverpool: Fairy Story Collective, 1972): 5.
[2] 关于《小红帽》在历史进程中被修改的多种方式,见 The Trials and Tribulations of Little Red Riding Hood: Versions of the Tale in Sociocultural Context, rev. ed. (New York: Routledge, 1993)。对于最近的评论,见 Sandra Beckett, Recycling Red Riding Hood (New York: Routledge, 2002) 和 Catherine Orenstein, Little Red Riding Hood Uncloaked: Sex, Morality, and the Evolution of a Fairy Tale (New York: Basic Books, 2002).
[3] A Storybook (New York: Watts, 1974): 88.

开始问有关狼的下巴和舌头的问题,他要求她不要再问这些愚蠢的问题。他打消了她的疑虑,并告诉她,她的父母和奶奶将能够照顾自己。因此大灰狼和小红帽结婚了,还生了孩子,生活得很幸福,而那个讨厌的祖母身形日渐消瘦,还是像以前一样刻薄。

恩格雷尔的故事用讽刺和聪明的反转打破了传统故事中的性别禁忌。那"超常的想象"的狼被认为是与童年快乐本能的性渴望一致,故事中的戏剧性反转被用来衡量解放的效果,也根据父母和祖母的超我功能来衡量。狼允许小红帽长大,然后带她进入成熟的性关系之中。这个童话故事中的"家"与其他负有解放使命的故事相比,具有较少的社会意义,但它确实要求小女孩和狼的自主权,这表明旧故事中通过谣言传播的"声誉"不再适用,现在不应该只取其表层价值。在大多数情况下,1945年之后的《小红帽》的故事让人耳目一新,它们批评了传统的罪过,反对把女孩一直叙述为无助、天真、甜美的人物,把狼叙述为邪恶的捕食者和令人讨厌的男性强奸犯。在《波利的小红帽》(*Little Polly Riding Hood*)① 中,凯瑟琳·斯托尔描绘了一个聪明而独立的女孩,有一只笨手笨脚的狼想要吃她。她用古典"小红帽"故事作为她的行动指南,一次又一次战胜了滑稽的狼。很自然地,狼宣称的期待并没有实现。麦斯·范德葛林用一种更为严肃的笔调重写了这个故事,对偏见和一致性进行了评论。② 他的《小红帽》因为红帽子而被社会排斥,这强烈暗示了德国曾经存在的反犹太主义和反共产主义情绪。还有一些为狼辩护的故事,比如1974年的艾琳·菲切尔的"小红脑袋和狼"(Redhead and the Wolf, 1974),菲利普·杜马斯(Philippe Dumas)和鲍里斯·莫伊萨德(Boris Moissard)的"披着红斗篷的小水牛"(Little Acqua Riding Hood, 1977)。③ 费舍尔(Fetscher)给出了一种扭曲的、模仿心理学的解释,描述了父亲杀死狼的原因,因为这只野兽与小红帽的兄弟成了朋友,而这

---

① *Clever Polly and the Stupid Wolf* (Harmondsworth: Puffin Books, 1967): 17-23.

② "Rotk? ppchen," in *Bilderbogengeschichten. M? rchen, Sagen, Abenteuer*, ed. Jochen Jung (Munich: dtv, 1976): 95-100.

③ 见 Iring Fetscher, *Wer hat Dornr? schen wachgekübt?* (Frankfurt am Main: Fischer, 1974): 28-32, 以及 Philippe Dumas 和 Boris Moissard, *Contes à l'envers* (Paris: l'école des loisirs, 1977): 15-26.

位神经质的父亲却不喜欢它。在杜马斯和莫塞斯的故事中，还有另一种讽刺的描述：这一次是小红帽的孙女，她把狼的侄孙从动物园里解救出来，因为她想重温古典故事，成为巴黎上流社会的明星。然而，狼是明智的，他从他的家庭悲剧中吸取了教训。他逃到了西伯利亚，并警告幼狼们警惕法国"文明"的危险。

古典童话的反转是杜马斯和莫伊萨德的书《颠倒的故事》中其他故事的中心，也是其他一些故事集的基础，例如杰伊·威廉姆斯（Jay Williams）的《实用公主和其他负有解放使命的故事》①，简·约伦（Jane Yolen）的《梦想编织者》（1979）② 和汉斯·约阿希姆·格尔伯格（Hans-Joachim Gelberg）的《侏儒怪》③。传统的故事被变形了，以至于它们压抑着的内容被颠覆了。形式、人物和母题的逆转，意在扩大在文明过程中质疑童话话语的可能性。

除了童话的重述之外，童话作家们努力有另一种方式向主流文化模式提出建议，就是在童话中融合当下的实际，来揭示当代社会中令人不安的社会现象。在这里，我想集中讨论在意大利、德国、法国和英国的四个令人瞩目的童话实验。国际上对解放和新的"家园"的追求，通过与古典童话不同的文学童话表现出来，显然是在应对国际上的专制、标准化和剥削等倾向。

在意大利，一些作家在作品中异口同声地抗议自由。④ 他们的七本书由伦敦的作家和读者出版合作社翻译和发行。⑤ 重点要讲的是《大炮和毛毛虫》（1975）的故事。第一段论述了现代社会的戏剧性的困境：

瓦卢尔国王的宫殿里没有人再记得第一次战争。不仅仅是部长

---

① London: Chatto & Windus, 1979.
② Cleveland: Collins, 1979.
③ Weinheim: Beltz & Gelberg, 1976.
④ 如，Adela Turin, Francesa Cantarellis, Nella Bosnia, Margherita Soccaro, Sylvie Seven 等人。
⑤ 见 Adela Turin 和 Margherita Saccaro, The *Breadtime Story*; Adela Turin, Francesca Cantarelli 和 Nella Bosnia, *The Five Wives of Silverbeard*; Adela Turin 和 Sylvie Selig, *of Cannons and Caterpillars*; Adela Turin 和 Nella Bosnia, Arthur and *Clementine*, *A Fortunate Catastrophe*, *The Real Story of the Bonobos Who Wore Spectacles* 和 *Sugarpink Rose*. 所有这些都是由作家和读者出版社在 1975 年至 1977 年间出版的。这些作品也被翻译成了德语和法语。

或参议员、秘书、观察员、导演、记者、战略家或外交官，甚至将军、上校、中士、少校或中尉都不记得，甚至最年长的士兵特伦斯·怀特都不记得了，他现在用一只玻璃眼、一条木腿和一个钩子来代替一只手缝缝补补过日子。因为第一次战争之后，又有第二次、第三次、第四次、第五次……第二十次、第二十一次，仍然在继续。在瓦卢尔宫里，没有人能记住任何关于桃子、麻雀、玳瑁、覆盆子酱、萝卜，铺在草地上晾干床单的事。此外，瓦卢尔国王对他的第二十二次战争的计划充满了热情："没有一棵树会留下来，没有一棵草能存活"；"不，不会留下一个孤独的三叶草或蚱蜢，"他预言道，"因为我们有终极武器，可怕的落叶剂，死亡射线，麻醉气体和精准的大炮。"①

国王瓦卢尔看起来似乎滑稽夸张，但他的思维方式与当今一些政治人物并无二致。不幸的是，他的妻子皇后德尔菲娜道破了他的威胁和疯狂，她被判在装满防弹窗的现代摩天大楼里生活，和她一起的还有她的女儿菲莉菲娜公主、174 名寡妇和战争孤儿（包括男孩和女孩）。面对一种人造的、令人窒息的科技生活，德尔菲娜通过给她女儿画插图，努力向她的女儿传授大自然的知识，包括毛毛虫、花、动物、蔬菜等。随着她阅读面的扩展，摩天大楼里的寡妇和孤儿变得没那么悲伤了。然而之后的一天"晚上，国王恢复了幽默的态度：刚刚宣布了一场战争，这将是有史以来时间最长的杀人案。于是他决定，王后、公主、寡妇和孤儿们将在一个星期六的早晨离开，前往离战场更远的国王的城堡"②。

这个决定对于王后和她的随从来说应该是幸运的。在路途中，他们停留在一座被战争摧毁和遗弃的城堡，因为它如此美丽地坐落在城中，他们决定修复这座建筑，开始耕种这片土地。他们打开这本大书，努力让所有在书中梦想过的场景在她们的身边实现。许多年过去了，我们知道瓦卢尔国王和战争，但是被遗忘了。然而，那个被改造的城堡屹立在那个繁忙的和人口密集的村子里，每个人都知道德尔菲娜的名字，是那

---

① Of Cannons and Caterpillars, p. 1.

② Of Cannons and Caterpillars, p. 17.

本有着精美插图的书的传奇作家。

这个非同寻常的、优秀的反战童话用图画的独特方式来阐述、表达了对于独裁主义的批判和对集体民主社会的向往：整个童话的主题提倡和平共处的创造性的实现。这是一篇赞美童话的乌托邦力量的作品。德尔菲娜尝试通过为她的同胞描摹插画书的方式，在她丈夫的城堡监狱中维持希望和人道主义的原则。因为有机会离开那个糟糕的环境，他们变得快乐而有创造力。他们的糟糕的处境被一种没有恐惧和压迫的生活所置换，因此最后他们能够利用自身的技能和治理技术和平地为集体需要服务。

在迈克尔·恩德（Michael Ende）的 270 页童话小说《毛毛》（1973）[1] 中，对技术创造和官僚主义奴役人类的风险的描述有更深刻的洞察力和原创性。这部作品获得了德国青年图书奖，并且被翻译成 17 种不同的语言，还被制作成电影。作品回忆了一个幼小的意大利孤儿、一个叫作毛毛的瘦而结实的天真机敏的女孩，年龄介于 8—12 岁之间，她在一座被毁坏的古罗马竞技场中修建了她的家。她具有倾听别人问题的卓越天赋，这样，他们都能得到解决问题的力量。她被认为是圣徒一般的，并且受到周围每位邻居的保护。周围有各种各样在圆形剧场中玩耍的孩子和两个特别要好的朋友——街道清理工贝波和年青的骗子吉吉。她什么都不缺，并且通过她的智慧和创造力变得成功。总体上来说在这个街区的人都很贫穷，但他们试着去和别人分享他们所拥有的东西，并且努力用他们的节奏和时间提高自己的生活水平，改善自己的生活质量。然而，他们不知道自己生活和娱乐的方式被节省时间的事物所威胁，男人们穿着灰色的衣服，他们灰色的面孔跟衣服很搭。他们戴着古板的圆帽，抽着灰色的雪茄，拿着蓝灰色的公文包。没有人知道这些人是谁，每个人都会忘掉他们，但他们影响了人们的生活，倡导了类似"时间就是金钱""时间是昂贵的""节省时间就等于双倍的时间"的理念。他们的这种隐秘的影响非常之大，以至于这座城市逐渐开始将自己变成一个运转流畅的机器。建筑物和街道被拆除，为现代技术和自动化让路。每个人都在寻找节省时间和赚更多的钱的方法。这座城市的建筑总体上反映了

---

[1] Stuttgart: Thienemann, 1973.

人们的心理，这些人现在正为工作而工作。灰衣人控制了所有人，并成功地隔离了毛毛。只有当她找到了通往霍拉大师的"无处之家"的道路之后，她才能摆脱灰衣人的威胁，霍拉瘦削干巴，却是人性化的时间守护者，他能够向毛毛解释时间的本质，它居住在每个人的心中，可以变得像每个人选择的一样美丽。基于这种认识，毛毛开始寻求方法与灰衣人抗争，并且，在霍拉大师和一只魔法龟的帮助下，她最终破坏了灰人的邪恶计划：时间被解放了，人类可以决定他们的命运。

恩德富有趣味的童话小说以这样一种方式讲述，事情似乎可以发生在过去、现在或者未来。他以一种不同寻常的表现形式，批判了合于经济原则的工具论，让8—15岁的读者都能读懂。就像大多数具有解放性潜能的现代童话，恩德作品中有一个女主人公会带来或指出改变的方法。当毛毛作为一个个体成为她自己的时候，社会关系似乎显示出一种允许时间为每个人绽放的方式重新建立。然而，毛毛的结局存在一些问题，这是一种令人迷惑的解放。也就是说，恩德采用了奇妙的方式来庆祝个人主义的行为或想象的私有化。这种个人主义被看作是日常生活日益合理化的答案，这种观念在恩德的第二部畅销书《永远讲不完的故事》(1979)[①]中被倡导。在这部书中，一个叫巴斯蒂安的肥胖的、令人恐惧的男孩，发现他可以用自己的想象力创造一个永无休止的故事，这个故事可以帮助他适应现实。恩德让巴斯蒂安偷了一本书，当男孩在一个僻静的地方读这本书的时候，他觉得自己被陷入困境的芬坦西王国召唤，在那里他经历过无数次的冒险。在他忠实的朋友阿特雷和魔法动物的帮助下，他阻止了芬坦西被摧毁。回到现实后，他与他的父亲和好，他觉得自己有足够的勇气和力量去接受这个世界。与毛毛相反，《永远讲不完的故事》作为一种回归和妥协的形式描绘了对"家园"的追求。而且，恩德在努力拥护学生们叛逆的口号"想象无所不能"的过程中用了太多的陈词滥调和刻板的传统说法，所以说，他的故事归根到底是欺骗读者并阻止他们看到自己的潜力和问题，以对抗在意识和想象力层面的社会力量的操纵和开发。

在让—皮埃尔·安德列翁（Jean-Pierre Andrevon）的小说《仙女和

---

① Stuttgart：Thienemann，1979.

土地测量员》① 中，这种错觉并非如此。安德列翁描述了一个田园牧歌式的国家，充满了仙女、小矮人、侏儒、女巫、魔法师、鬼、龙和精灵，他们彼此和谐相处，没有规则，没有钱，也没有合理的生产关系，自然也没有受到严重剥削的威胁。所有的生物都从彼此的交流中获益，根本不存在性别歧视。每个人的工作和休闲都是根据他或她自己的需要来安排，直到亚瑟·利文斯瓦兹——一个为一家跨国企业集团工作的探险家，发现了这个天堂。从这一刻起，安德列翁描绘了这个充满生机的国家逐渐被殖民化的过程。技术人员、科学家、士兵、建筑师和商人来到这里，将这片处女地变成了一个拥有微小工业能力的旅游胜地。道路、城镇和工厂都建成了，但大自然被破坏和污染。侏儒、小矮人、仙女、精灵们不得不按照现在控制着国家生产的外来人的要求，为金钱而工作，调节自己的时间和生活。人与仙女之间存在着通婚，像仙女西比尔和土地测量师洛伊克，还有一些人，她们试图反对殖民化和工业化的冲击。然而，直到他们的女儿和其他来自异族通婚的孩子长大成人，经历了以进步为名义的人类的剥削和生态破坏，强有力的、有组织的抗议运动发展了起来。对于核反应堆的建设，工业和高速公路对自然的侵蚀，都有没有暴力的斗争。这些斗争正如安德列翁描述的那样开始：

> 仙女的国度永远都不会像以前一样了。仙女的国度再也回不来了。生活并不意味着倒退而是进步。它的意思是像鲨鱼一样不断前进。而鲨鱼并不是一个恶意的生物。他像我们大家一样生活。这就是一切。
>
> 对于仙女的国度来说，能够发生的最好的事情并不是回到过去，也不是跟在人类世界之后寻找自己的模范。它应该是不同的，融合了精灵和人类的特质。②

在这个充满生机的国家里，这样的事情是否会发生，人们的斗争能否成功，童话的结尾是一个开放性的结局。然而，安德列翁试图提供

---

① Paris: Casterman, 1981.

② Paris: Casterman, 1981: 264.

"家园"的暗示的话语以提出对于今天的青年来说最为重要的社会和政治问题。他没有像恩德在《永远讲不完的故事》中所做的那样，提供一种个人主义的方式，以魔法、幻想和自然需求为工具来描绘玫瑰般美好的图景。他看到了集体反对由于资本主义殖民化本身的矛盾而引发生态和社会破坏的可能性。从这个意义上说，他认为现代技术和工业化作为变革的力量，只有在它们没有被用于利润和剥削的情况下，对生物和自然可能是有益的。与一些浪漫主义的反资本主义作家如 J. R. R. 托尔金（J. R. R. Tolklen）和 C. S. 刘易斯（C. S. Lewis）不同，他对过去的救赎有着保守的看法，他知道技术和工业本身并不是邪恶的。他以社会主义生态学家的观点为出发点，指出要以乐观的态度为新型"家园"奋斗。

并不是所有的进步童话作家都像安德列翁一样乐观。例如，迈克尔·德·拉拉比蒂（Michael de Larrabeiti）从城市下层阶级的角度来写作，他得出的结论与安德列翁在颠覆和讽刺托尔金的《指环王》和理查德·亚当斯（Richard Adams）的《观察家》中所得出的并不相同。他在他的第一部小说《伯瑞玻》（1978）中，以他自己在巴特西的童年经历为原型塑造和虚构了小说中的人物，他们因为蔑视、挑战社会而著称。伯瑞玻是被抛弃的或逃跑的人，他们更看重自己的独立性，因为他们对自己的现状感到非常高兴。他们逃避成年人，特别是代表专制权威的警察。他们的耳朵长而尖，这是他们不因循守旧的标志，如果他们被依法抓住，他们的耳朵就会被剪断，他们的意志就会被打破。世界上到处都有伯瑞玻，但是迈克尔·拉拉比蒂主要写的是居住在伦敦的伯瑞玻。

在他的第一部小说中，他描写了伯瑞玻们与高级强大的中产阶级势利者的代表朗布尔斯的斗争，还有在温德尔河中丢掉了的巨资。在续集《孤注一掷的伯瑞玻》（1981）中，他描绘了一小群伯瑞玻的冒险故事，这些人被性情暴躁的恐怖首领斯皮弗所操纵，在危险的温德尔斯的地下领地寻找丢失的宝藏。实际上，伯瑞玻小组（包括两个坚强的女孩夏洛特和西德尼，一个名叫特怀莱特的孟加拉国人，来自佩卡姆的斯通克斯和来自斯特普尼的瓦戈）一开始只是想解救在他们的大狩猎中为他们提供过很大帮助的一匹马萨姆。然而，警察却在法尔萨斯沃斯的指挥下创建了一个伯瑞玻特别小组（SBG），向伯瑞玻们复仇。事实上，他们甚至被特别小组捕获，但后来被一个叫本的不寻常的流浪汉救了出来，他以自己的方式成为伯瑞玻。虽然伯瑞玻和本很容易就愚弄了警察，但在伦敦的下水道里，这是一个不同的故事。斯皮弗煽动了一切，使伯瑞玻们必须帮助他寻找失落的宝藏，并消灭原来是斯皮弗兄弟的暴虐的头领弗林特黑德。最终，斯皮弗和弗林特黑德都被杀死了，伯瑞玻们逃脱了，萨姆获救了。然而，除非他们能够一直争论关于对抗受压迫的社会日常生活的下一步计划，否则他们最终也不会快乐。

我们很难去评价拉拉比蒂的令人难以置信的风格和方法。他的出发点就是年轻的流氓无产者和伦敦底层阶级中的穷途末路者。在这部小说中，他首先关注的是顽固而勇敢的女孩夏洛特和敏感而明智的孟加拉人特怀莱特之间的互动。他最关心的是建立这两个人物的完整一致性和技巧，能够代表女性和少数人群体。在那之后，他通过描述成年辍学者本和爱挑衅的年轻局外人伯瑞玻之间的联系，扩大了他关注的范围。一开始，本不相信伯瑞玻，但是很快他就知道了他们的原则很相似：他日复一日地满足地生活在充满浪费的社会的消费和富足之中，他厌恶枯燥的日常生活，逃避去赚钱谋生，关心自己的事业。所有这些都可以在他的歌中体现出来：

让这个世界继续运转，
勤劳的人们在枷锁中，
所有人都认为他们可以更好，
他们都为金钱痴狂。
做出你的选择，但并没有多少可供选择，
没有点野心，连屁都不如，
自由是一件艺术品，
和本尼叔叔站在一起吧！（1981：80）

本和伯瑞玻们明白一个人如果想变得有创造力且灵活，就必须要获得并保护自己的独立性。他们不仅被强大的社会力量所包围，这种力量只要求为了法律和秩序，并且他们还要与其他人的无礼和怀疑的本性作斗争。德·拉拉比蒂的奇幻投射显示了下层阶级的生活，比许多所谓的"现实主义"小说更适合年轻读者。他并没有吝啬自己的话语，也没有手下留情。他笔下的人物形象和口语化的语言引人注目，尤其是伦敦方言。

有时，他的情节线索太做作，就让想象力把他带走。（对，即使在奇幻文学中这也是可能的。）尽管如此，他还是设法利用童话语言来处理当前的种族、性和政治斗争的主题，用这样的方式，年轻读者能够理解外来者抗议的重要性和紧迫性。在这部童话般的小说里，没有"家"这样的东西。伯瑞玻们拒绝回归"家"，拒绝组建普通家庭，这证明了古典童话中的虚假承诺，他们在所谓的"幸福结局"中庆祝回归"家"的概念。

三

到目前为止所讨论的大多数故事——还有更多可以讨论的故事[①]——为这一幻想情节提供了社会和政治基础，为它注入了一种解放的潜力。经由阅读实验童话话语的结构扭转了社会化的意义和视角。在古典童话故事中，男性角色的积极的、侵略性的行为让位给了男性和女性的联合行动主义，揭示了那些被社会结构和制度所否定的愿望、梦想和需求。故事情节、人物和主题的奇幻投射反映了通过社会关系的重大变化来约束社会条件转变的可能性。总体上来说，童话话语面临着变革自身的需求，变得更加解放和创新。然而，问题在于实验性的童话是否真正解放并能够实现他们的目标。那就是：能否在年轻读者身上产生期望的效果？

一些评论家指出，预测负有解放使命的文学对儿童的影响是很困难的。[②] 在很大程度上，特别是对于古典童话，儿童拒绝改变。如果他们已经阅读了旧的故事，他们就不想让这些故事发生改变。如果他们的社会期望是由保守的社会化进程所决定的，那么他们就会发现童话的变化是滑稽的，往往是不公正甚至是令人不安的，即便这些故事声称符合他们的利益并为他们寻求解放。

---

① 如 Christine Nöstlinger, *Wir pfeifen auf den Gurkenkönig* [*We Don't Give a Hoot for the Pickle King*]（Weinheim: Beltz & Gelberg, 1972）; Ursula LeGuin, *The Wizard of Earthsea* (1968) 和 *Orsinian Tales* (1976); John Gardner, *Dragon, Dragon and Other Tales* (1975), *Gudgekin the Thistle Girl and Other Tales* (1976), *The King of the Hummingbirds and Other Tales* (1977) 和 Robin McKinley, *Beauty* (1980).

② Nicholas Tucker, "How Children Respond to Fiction," in *Writers, Critics, and Children* (New York: Agathon, 1976), 177-178, 以及 Maximilian Nutz, "Die Macht des Faktischen und die Utopie. Zur Rezeption emanzipatorischen M？rchen," *Diskussion Deutsch* 48 (1979): 397-410.

是的，解放童话寻求的正是这一种从有意识和无意识层面的干扰。它们干扰了文明进程，希望创造变化和对社会条件的新认识。这种评论对于批评家们来说，更重要的是认识到解放故事的负面影响，并且研究对于年长和年幼的读者的超常的暗示。解放童话的质量不能以读者接受的方式来评价，而是通过独特的方式使人们开始质疑不良的社会关系，并且迫使读者开始质疑自己。就这一点而言，即使从叙述的角度照亮具体的乌托邦，实验童话中梦幻般的解放潜能也总是会让人感到不安。

除了一些例外，解放故事以新颖的、刺激的方式，巧妙地写作，运用了幽默和插图，从而达到了一种自相矛盾的令人不安的舒适感。在我看来，解放童话所面临的主要困难在于故事的分销、传播和使用的系统，所有这些都依赖于教师、图书管理员、家长以及那些在社区中心与孩子一起工作的成年人的教育观点。大家毫不犹豫地将佩罗、格林兄弟、安徒生和其他保守作家的作品给孩子们在学校、图书馆和家庭使用，而这种不寻常的，具有前瞻性的解放故事的奇幻投射并没有在传播这些故事的出版商和成年人中得到普遍认可。许多宗教团体试图禁止学校里各种各样的童话，因为其中有异教徒和亵渎神明的内容。

这并不是说实验童话和那些用童话做实验的成年人没有取得任何进展。在西方世界，说书人、作家、出版商和教育家已经开发出新的方法和技术来质疑和扩展古典童话话语。在意大利，著名的儿童作家詹尼·罗达里（Gianni Rodari）[①] 创作了一系列旨在解构古典童话的游戏，希望能启发孩子们创造属于他们自己的现代版本。例如，通过将不同寻常的元素引入童话，灰姑娘变得不听话而且叛逆，白雪公主遇到了巨人而不是小矮人，还组织了一伙儿强盗，孩子被迫打破童话的某一种统一的接受，重新审视古典童话中的元素，重新思考它们的功能和意义，以及是否改变他们会更好。罗达里出版了大量的创新书籍，例如《二十个故事再加一》（1969）、《和许多故事一起玩》（1971），在这其中他要么用当代的情境修改故事，要么提出不同的故事情节和结局。正如玛丽亚·路

[①] 参加 The Grammar of Fantasy, ed. trans. Jack Zipes (New York: Teachers and Writers Collaborative, 1996).

易莎·萨尔瓦多（Maria Luisa Salvadori）指出的[1]，他对意大利当代童话作家如比安卡·皮佐诺（Bianca Pitzorno）、罗伯托·普米尼（Roberto Piumini）和马塞洛·阿吉利（Marcello Argilli）的影响是巨大的。

在法国，乔治·让[2]已经介绍了多种教学方法，这些方法被用在学校，能够让学生在使用童话时更有创新性。他描述了一些纸牌游戏，在游戏中，孩子们被要求改变古典童话故事中的人物或场景，使他们更直接地与自己的生活联系起来。乔治·让认为重新创作童话的是孩子们了解传统话语的一种手段，是使其现代化的必要条件。或许这种重新创造最好的例子是皮埃尔·格瑞帕瑞（Pierre Gripari）创作的不寻常的故事，他出版了三部重要的作品：《布洛卡街的故事》（1967）、《玛丽科特街的故事》（1983）、《童话故事巡逻》（1983），这些作品清楚地评论了法国文明进程的规范和标准。特别值得一提的是，《童话故事巡逻》是一个发人深省的故事，讲述了八个孩子如何努力使世界变得人性化，而他们恰恰是在他们正确的政治议程中加入了更多的野蛮主义。事实上，"政治正确性"的倾向已经引起了变化，但并没有像格里帕里在他的童话小说中所预测的那样以教条主义或破坏性的方式。例如，在美国，为年轻读者创作童话的作家和插画师们，[3] 已经通过转变传统童话的主题和情节来研究虐待儿童、毒品、性别主义、暴力和偏执。在英国也是如此，[4] 他们都以幽默而又严肃的方式演绎了反映社会状况的故事。

在21世纪出版了一本比较特别的插画书，是一部解放童话，由托尼·库什纳（Tony Kushner）撰写，莫里斯·桑达克插图，它的政治和艺术的深度，归功于作家和插图画家们在1945年之后开展的进步实验。这个故事以汉斯·柯来萨（Hans Krása）写的一部短剧和阿道夫·霍夫迈斯特（Adolf Hoffmeister）1938年写的剧本为基础，该故事写了一段与大屠

---

[1] Maria Luisa Salvadori, "Apologizing to the Ancient Fable: Gianni Rodari and His Influence on Italian Children's Literature," *The Lion and the Unicorn* 26/2（2002）：169 – 202.

[2] Le Pouvoir des Contes, pp. 203 – 232.

[3] 如Jane Yolen，William Steig，Maurice Sendak，Donna Jo Napoli，Francesca Lia Block，Gregory Maguire 等人。

[4] 例如 Philip Pullman，Anna Fine，Michael Rosen，Adele Geras，Michael Foreman，Diana Wynne Jones，Berlie Doherty 等人。

杀有关的很重要的历史。一对名叫佩皮克和阿宁库的兄妹，他们被医生送去附近的村庄为他们生病的母亲取牛奶，不然他们的母亲就会死。这两个孩子没有父亲，也没有钱。所以，当他们到达那个村庄，卖牛奶的人拒绝给他们牛奶。唯一赚钱的方法就是唱歌，但是街头手风琴师布伦达巴淹没了他们的歌声，并且拿走了所有的钱。幸运的是，一只鹦鹉，一只猫和一只狗帮助了他们，兄妹俩找来村子里的孩子们，和他们一起唱歌，并且击败了手风琴手。然后他们带着从观众那里得来的钱买了牛奶，并且还余下了钱。

在他们合作的作品中，库什纳和桑达克改编了这个故事，有些能够与纳粹时期和当代美国的作品相提并论。最初，霍夫迈斯特和柯来萨想要在纳粹占领的捷克斯洛伐克寻找发表的条件，1941年歌剧在布拉格的一座孤儿院秘密上演，在那之后，又被特雷西恩施塔特集中营里的囚犯演出了55次，纳粹并没有意识到那个街头手风琴手是希特勒的象征代表。然而，毫无疑问，布伦达巴在库什纳和桑达克的图画书中。布伦达巴留有凹凸不平的小胡子，让人想起那个欺凌弱小、故作姿态的希特勒，并且库什纳和桑达克在故事的结尾做出重大改变。之后孩子们唱着："邪恶终究不会胜利！我们胜利了！暴君来了，但你拭目以待！他们摇摇欲坠！因此我们结束了歌唱，我们的朋友使我们变得更强！"他们加上了布伦达巴自己写的一个发人深省的尾声："他们相信他们已经赢得了这场战斗，他们以为我离开了——不是那样！任何事情都不会有完美的结果——欺凌者不会放弃。一个离开了，下一个就会出现，我们会再见面的。虽然我走了，但我不会走远……我会回来的。"

对世界上其他的恃强凌弱者和暴君，包括美国总统，都有明确的参考。对于库什纳和桑达克来说，指名道姓和过于说教是没有必要的，因为童话故事虽然乐观，却试图展示文明世界的野蛮人如何没有随着集中营的毁灭和希特勒的死亡而结束。在这方面，他们的故事是一个非凡的政治史课，给孩子们带来希望，同时也让他们看到了暴政的危险。有趣的是丰富多彩的方式，自由的诗句和令人吃惊的天真的画面，库什纳和桑达克讲述了两个孩子如何掌握自己的命运并拯救他们的家园。他们带着勇气，自信和觉悟回到母亲身边。从压迫者布伦迪巴解放出来，他们让读者自由思考如何运用他们的创造力和想象力解放自己。

然而，库什纳和桑达克的作品以及其他在他们之前的作品，都很清楚地表明，在成人的实践中，在进步的社会观念被付诸实践之前，解放童话在孩子们中的使用和影响中仍将受到限制。换句话说，在文明过程本身出现更进步的转变之前，这些故事的解放潜力将局限于那些寻求终结的社会群体。还有一件事是肯定的，通过童话的奇幻投射表现出他们的幻想，作家和插画家自己也经历了一些解放的感觉。他们的"家"是通过创造性的创作这些颠覆性的故事来实现的。这些故事使他们能够通过超常想象重新获得他们熟悉的渴望。正是这种感官体验，他们想要象征性地与我们分享，因为他们的解放的感受只有在其他人，特别是儿童，阅读并从其艺术的颠覆性力量中受益时才能得到证实。

对儿童使用与滥用民间故事与童话故事：论布鲁诺·贝特尔海姆所用的道德魔杖

张举文　译

【编译者按】本文（On the Use and Abuse of Folk and Fairy Tales with Children：Bruno Bettelheim's Moralistic Magic Wand）为作者的《冲破魔法符咒：有关民间故事和童话故事的激进理论》（Breaking the Magic Spell：Radical Theories of Folk and Fairy Tales）一书中的第六章。该书于1979年由美国肯塔基大学出版社（University Press of Kentucky）出版，2002年扩充修订再版。作者深刻剖析了布鲁诺·贝特尔海姆个人成长及其运用民间故事和童话故事的动因、过程和结果，对儿童教育与民间故事等领域的研究都具有极大警示和启迪意义。由于贝特尔海姆在儿童心理学与理疗等方面是颇有争议的人物，其影响至今仍存在，这篇文章的批评尤其重要。

当我在1977年写作下面这篇文章时，我是带着对布鲁诺·贝特尔海姆（Bruno Bettleheim）的《童话的魅力》[①] 的权威语气和谬误论证的极大

---

① The Uses of Enchantment：The Meaning and Importance of Fairy Tales，New York：Knopf，1976. 参见中文译本，［美］贝特尔海姆：《童话的魅力：童话的心理意义与价值》，舒伟、丁素萍、攀高月译，社会科学文献出版社2015年版。该书标题的直译可为《魔法的用途：童话故事的意义和重要性》。——译者注

愤怒而完成的。该书仍被广泛接受使用，并被誉为童话研究中的一部了不起的著作。当时，我并不知道，而公众也同样不了解，我对他的著作的批评还是相当温和的，因为在他1990年自杀后，那些对他作为一位心理学家的行为及其死后出版的作品的批评要尖刻得多。

  关于这位名人一生中的丑闻和悲惨生活，有两部优秀的传记做了详细记述：妮娜·萨顿的《贝特尔海姆：人生与遗产》[①] 和理查德·波拉克《B博士的诞生：布鲁诺·贝特尔海姆传记》。[②] 读完这两部传记，人们可以很容易地得出结论，他是一个伪君子、伪造者、骗子、欺人者和压迫者——他的确就是这样。但他也特别致力于帮助那些受到骚扰的儿童，并以其试验和实践使他们在社会中"正常"和愉快地生活。他深信心理治疗可以改变人类生活，如果对他们给予足够的妥当照顾和关怀，就能成功地适应所处的环境。但问题是，贝特尔海姆因为使用可疑的方法和实验而伤害了无数人，也传播了有误导性的理疗观点与文献，由此而毁誉了他一生的工作和善意。

  正如我们现在所知道的，贝特尔海姆喜欢夸大事实，并以伪造自己的故事来隐瞒他的无知，还以虚假的知识和毫无根据的论点来恐吓批评者和对手。例如，他从未在维也纳跟弗洛伊德学习过。他在集中营里渡过的时间极短，以致他没能真正了解囚犯的绝望情况和坚韧。因为借助家庭朋友的关系，他幸运地很快就被释放了。随后他到了美国，但从未对那些在集中营生活过的受害者的心理反应做过充分的研究。到美国后，他编造了自己的学历和心理学背景。根据他所在的芝加哥大学的"康健学校"[③] 的许多儿童和辅导员的说法，他很有虐待性、神秘、专制，从不允许其他专家去观察他为治疗有心理困境的儿童所制定的治疗程序的实施过程。事实上，他所称的该校的85%成功治愈率从未得到证实或有文献记录。他的英文书写能力极差，以至于他的所有书籍都必须被别人修改。他从未给自己的孩子读过童话故事，也没有开发出与孩子一起使用

---

  ① Nina Sutton, *Bettelheim, A Life and a Legacy*, New York: Basic, 1996.
  ② Richard Pollak, *The Creation of Dr. B. , A Biography of Bruno Bettelheim.* New York: Simon and Schuster, 1997.
  ③ 即Sonia Shankman Orthogenic School, 为有自闭症等心理障碍的儿童的寄宿治疗学校。——译者注

童话故事的方法。他对儿童文学、阅读习惯和偏好的了解少得可怕。正如美国民俗学著名学者之一阿兰·邓迪斯（Alan Dundes）所仔细论证的那样，他的《童话的魅力》一书中的许多观点都是剽窃于朱利叶斯·海舍尔的《童话的精神病学研究：起源、意义和有用性》①，而且他对民俗学几乎没有了解。

他所编造出来的东西和罪行无法尽数列出。但这是否意味着我们必须谴责他所做和写的一切？简单的答案是：当然不能。贝特尔海姆是一位受过教育的人，他是一位自以为是的人，他将自己的观点视为真理。正如萨顿和波拉克两位传记作家所展示的，贝特尔海姆的一生大部分时间都处于不安之中——由于他的父亲死于梅毒，他本人在集中营中的经历，这些使得他对自己的犹太人背景产生某些偏执和迷惑，而经受精神创伤。正如波拉克所敏锐地分析出的那样，他的生活充满了愤怒，但他"成功"地将这些愤怒通过他的工作和借助虚幻得到释放。②他也可能是个有魅力的人、无耻的人、可怜的人，他也为所有认识他和与他共事过的人留下无法磨灭的印记。但是，每个人对贝特尔海姆博士的"本质性"或"真实性"会有多大程度的赞赏，这还无法定论。关于他和他的一生的真相可能永远无法被彻底了解，但是我们当然可以确定他的作品中有哪些虚构和滥用的内容。基于这种精神，我对这篇文章只做了几处细微修改，在此重印。我相信，我在1977年的直觉在进入21世纪时依然能够得到印证。

布鲁诺·贝特尔海姆之所以感到迫于写出他的《童话的魅力》③ 是出

---

① Julius Heuscher, *A Psychiatric Study of Fairy Tales*：*Their Origin*, *Meaning and Usefulness* (1963).——译者注

② *The Creation of Dr. B.*, pp. 16 – 17.

③ 在这本书中，贝特尔海姆使用的术语是童话，以表示童话（fairy tale）或德语的民间故事（Volksmärchen）。偶尔，他也会对民间童话和文学童话（Kunstmärchen）进行区分。但更多时候，他是不加区分地使用童话这一术语。在本文的最初版本中，我在提到他所讨论的文学作品时，使用了童话这一术语。因为我相信，他所讨论的故事基本上都是这种类型的。这并不是说他主要讨论的是"真实的"口头故事，但他的大部分样本源于一个国际口头传统。在重读我的文章时，我想我是争论太多，尤其是贝特尔海姆对民间文学领域知之甚少，甚至一无所知。民俗学领域知之甚少。因此，我将在必要时进行区分，但我将使用"童话"这一术语，或多或少与他一样。

于他不满于当时"大多数旨在培养儿童心智和个性的文献著作,因为这些书无法激发和利用这些资源,并由此应对他难以解决的个人内心问题"。① 因此,他探索童话故事作为儿童文学模式的巨大潜力,并认为"儿童可以从中学到更多关于人类内心问题的知识,以及解决他们困境的正确方法,而这些故事是超出儿童所能理解的任何其他类型的故事"。② 这确实是代表童话故事的力量所发出的伟大声明。然而,尽管他的书在儿童福利方面有着良好的意图和道德关注,但传播了关于弗洛伊德精神分析理论的原始意图和童话故事的文学品质的错误观念,并使读者处于神秘化状态。通过童话进行专制和不科学的治疗方式,贝特尔海姆对儿童发展的问题强加意义,③ 不仅如此,他的立场也代表了许多人文教育者长期存在的问题。

这并不是要彻底否定贝特尔海姆的这本书。由于民间故事和童话故事在社会化进程中发挥并继续发挥着重要作用,因此,彻底研究贝特尔海姆的立场,对于掌握这些故事是否可以更有效地用于帮助儿童(和成年人)进入自己的社会位置至关重要。对他的理论进行批判性的考察可能最终会使人们重新审视当代关于内化的精神分析观点,以及关于民间和童话故事的生产和使用的新见解。

贝特尔海姆的主要论点很简单:"童话的形式和结构提供给孩子各种意象,通过这些意象,孩子可以构建自己的白日梦,并从中获得更好的生活向导。"④ 换句话说,童话故事释放了孩子的潜意识,以便他或她可以通过冲突和经历来获得生活经验,否则这些冲突和经历会受到压制并可能引起心理困扰。根据他的说法,童话故事以清晰的方式呈现存在的困境,以便孩子能够轻易掌握冲突的潜在意义。大多数童话故事都是对人类健康发展的富有想象力的描述,帮助孩子了解他们反对父母的动机以及对成长的恐惧。大多数童话故事的结论都描绘了心理独立、道德成

---

① *The Uses of Enchantment*, p. 4.
② *The Uses of Enchantment*. p. 5.
③ Russel Jacoby, *Social Amnesia*: *A Critique of Contemporary Psychology from Adler to Laing*, Boston: Beacon, 1975. pp. 12—13. 参见中译本《社会失忆症:从阿德勒到莱恩的当代心理学批判》,上海外语教育出版社 2003 年版。
④ *The Uses of Enchantment*. p. 7.

熟和性自信的成就。显然，正如贝特尔海姆承认的那样，童话故事还有其他用途。但是，他坚持认为，主要是心理学方法才揭示了故事的隐藏意义及其对儿童发展的关键作用。

  鉴于童话故事的数量巨大，贝特尔海姆将他的讨论限制在更为人熟知的故事中。该书分为两部分：第一部分，题为"一口袋的魔法"，专注于对他本人的理论概念、方法和目的解释；第二部分，题为"在仙境"，包括14个案例研究，如《白雪公主》《睡美人》《亨舍尔和格莱特》《杰克和豆茎》《小红帽》《灰姑娘》等不同故事。在第一部分中，他声称成年人不应该向孩子解释故事，因为这会摧毁故事的"魔法"。然而，成年人应该讲这些故事，因为这些故事象征性地描绘了儿童成长过程中必须应对的问题。这样，孩子可能会对自己有所了解。如果遵循贝特尔海姆论证的逻辑，那就好像童话故事可以被认为是一位精神分析师，如此应对和治愈孩子的问题。故事本身为孩子们提供了未经探索的经验领域，使孩子通过追随故事的奇妙标志，并通过识别成为王国统治者的英雄，即自我的统治者，潜意识地学会协调组织他们的内心世界。

  贝特尔海姆运用正统的弗洛伊德方法的特征是对童话故事的治疗能力的任意性。他首先对童话故事的理疗作用提出过分的论断，然后做出仅适于特例的神经症及其家庭背景的诊断和论证。例如，他毫不掩饰地声称"与任何其他形式的文学不同，童话故事指导孩子发现他的身份认同并发出呼唤"[1]。然后他以简化的方式缩小了心理学意义，"所选故事的内容与患者的外在生活无关，而与他的内心问题有很大关系，这些问题似乎难以理解，因而无法解决"[2]。他的整本书中常见的这种空虚的断言都是基于不扎实的理由。他没有提供任何材料来证明童话故事比任何其他富有想象力或非小说的文学更能帮助孩子发展自己的品格。他没有从事儿童文学、阅读习惯和相关领域的工作经验。此外，他用一种一维方式来检验文学与心灵的关系，提出外在生命与内心生活是隔离的，并且存在一种主要针对读者内心问题的文学，完全消除了本质与外表之间的

---

[1] *The Uses of Enchantment*, p. 24.
[2] *The Uses of Enchantment*. p. 25.

辩证关系。由此，存在与想象力脱节，并且建立了一个静态世界，类似于一个正统的弗洛伊德派的实验室，该思想倾向于对孩子内在领域"应该"发生的事情进行实验。

贝特尔海姆的绝对性所使用常常阻止他实现揭示童话对儿童发展的重要性的目的。童话故事被认为是人格化并说明内心冲突的，而贝特尔海姆希望向他的成年读者展示一个孩子如何看待童话和现实，以便他们在与孩子打交道时更加开明。这种立场实际上与他先前的论点相矛盾——即必须允许儿童自由地理解这些故事，而成年人不得强加解释。作为权威人士，贝特尔海姆声称知道孩子们如何潜意识地看待这些故事，并将这种解释成人故事的精神分析模式强加于童话故事。因此，如果成人们关心孩子，就应该使用他的方法。这种道德论证与对故事的科学解释以及它们如何用于帮助儿童的发展无关。这一切都依赖于贝特尔海姆自己的弗洛伊德式公式的运用，这些公式限制了故事与孩子之间以及成人与孩子之间互动的重要性和可能性。

这一点，可以在他提出关于童话故事如何澄清儿童冲突意义以及它们如何解决问题的理论解释时，立刻清楚地看到。像许多道德文化审查者一样，贝特尔海姆认为，只有和谐有序的文学被喂养给应该避免残酷现实的儿童的微妙灵魂。因此，童话是完美的。与神话、寓言和传说相反，童话故事被认为是乐观的，因为它们允许希望并解决问题。此外，它们涉及现实与快乐原则之间的冲突，并表明在尊重现实要求的同时，如何保留一定量的快乐（如"三只小猪"中最年长的猪的例子）。贝特尔海姆不分青红皂白地利用皮亚杰的发现——后者已经证明了孩子在 9 岁或 10 岁以下是认为万物有灵的。贝特尔海姆解释了童话故事中神奇而奇妙的图像是如何让孩子主观地达成与现实的协议。他认为，童话中的冒险允许对未实现的欲望和潜意识驱动进行替代性满足，并允许孩子在有意识的认识到破坏性或动摇尚未安全的角色结构时，升华这些欲望和驱动力。童话故事为孩子的想象提供了自由，因为它首先处理的是有问题的真实情境，然后进行了富有想象力的改造。叙事打破了空间和时间的限制，引导孩子进入自我，但也能使他或她回归现实。贝特尔海姆反对使用有关儿童发展的真实故事，因为它们会影响孩子的想象力，并且会像成年人的理性干预那样采取压制行为。相比之下，童话故事以孩子可以应对的方式改变现实。就像弗洛伊德作为有效构造所创造的本我、自我和超我的象征一样，童话代表孩子内心圣殿的独立实体，它们在童话中的表现（对于孩子）表明了如何在混乱中找到秩序①。特别是，童话故事展示了如何在没有干扰的情况下发展角色结构，每个元素（本我、自我、超我）都必须被赋予应有的角色关系。

许多有关"兄妹"的童话故事展示了动物性（男/本我）必须如何与精神成分（女/自我、超我）融为一体，才能让人的品质得以绽放："我们个性的不同方面的整合只有在社会性、破坏性和不公正性问题都被废除之后才能获得；在我们达到完全成熟之前，这是不可能实现的，正如姐妹生下一个孩子并由此产生母爱的态度所表明的那样。"② 在儿童经历的所有混乱和冲突的最底层是父母，这个观点让贝特尔海姆提出以下主张："也许如果我们的青少年更多地被带到童话故事中，他们会（无意识地）意识到他们的冲突不是与成人世界或社会有关，而实际上只与他们的父母有关。"③ 换句话说，对一个人的父母的矛盾依恋是所有邪恶的根源，如果要获得一个良好的完整人格，就必须由孩子自己解决（特别是俄狄浦斯冲突）。象征性的童话故事是儿童焦虑和无意识驱动的最明确和独特的表现形式，因此它们可以刺激儿童探索他们的想象力，以解决与父母的冲突。它们就像实现身份认同和真正独立的指南。由此，我们知道成为一个王国统治者暗含的意思是什么，并且贝特尔海姆可以通过建议成年人再次积极参与讲述故事而不是为孩子解释故事来结束他的这本书的第一部分。参与他的项目的人将（像精神科医生一样）通过神奇地恢复孩子的心灵顺序，而让孩子和父母更加接近。

这个理论在精神分析和文学两个层面都是错误的。贝特尔海姆不仅曲解了弗洛伊德关于精神分析的一些关键概念，而且还扭曲了文学的意义，以适应他特有的儿童发展理论。他研究的预期"人道主义"目标受到他僵化的弗洛伊德抽象化的破坏，这种抽象化支持了非理性和任意形

---

① *The Uses of Enchantment*, p. 75.
② *The Uses of Enchantment*, p. 83.
③ *The Uses of Enchantment*, pp. 98—99.

式的社会行为，其提出儿童应该适应的规范和价值观。童话故事被认为是促进儿童内化的理想规范行为的模式；然而，这些文学模式中的一部分，如社会行为的形式，是压制性的结构，违反了儿童和成人的想象。以下，让我澄清对贝特尔海姆的这两项指控，他对弗洛伊德主义的激进本质的背叛，以及他对童话文学意义的滥用。

弗洛伊德精神分析理论的关键任务，是展示社会使得个人无法实现独立自治的多种方式。他的目的是揭露阻碍个人完全发展的内在力量，并因外部压力和条件而引起的精神紊乱。他在理论上的工作是摧毁社会创造的关于实现自治和幸福生活的可能性的幻想，以便个人能够从自我与社会之间的对立关系中阐述意义。所有这一切都在弗洛伊德的精彩研究《文明及其不满》（1930）[①]中得到了阐述。正如拉塞尔·雅各比在他的重要研究《社会失忆症：从阿德勒到莱恩的当代心理学批判》中所证明的那样，弗洛伊德理论的基本激进主旨已被遗忘和混淆。特别是，正统的弗洛伊德派学者通过将这些原则改为绝对法则来阻碍弗洛伊德理论的发展。

显而易见的是，贝特尔海姆与弗洛伊德主义之间没有辩证关系，但他促进了弗洛伊德理论的平庸化。此外，他还提到了新弗洛伊德和后弗洛伊德派最糟糕的特征之一——他们的道德化。然而，在《文明及其不满》中，弗洛伊德清楚地表明社会是多么压抑，以及获得自由和幸福的可能性又多么多样。

弗洛伊德的工作中具有重要意义的是，他找到了社会状况的历史和物质发展中的精神疾病和所有精神疾病的原因。他可能误解了一些基于不确定和部分数据的理论，但他研究人类心理与文明关系的基础是辩证的，并为社会科学提供了基础，以及随着社会条件的变化可以改变社会科学的基础。贝特尔海姆不仅未能发展弗洛伊德对于应用于社会和人类心理的巨大变化的深远的研究结果，而且实际上消除了弗洛伊德方法的辩证法。他认为家庭对儿童经历的冲突负有主要责任，因此不将家庭视

[①] *Civilization and Its Disconents*, trans. Joan Riviere, 5th ed. （London：Tavistock，1951）：60，63. 参见中译本《文明及其不满》，上海外语教育出版社 2003 年版。

为"调解机构之一,而同时又是文明导致压制的手段"。更糟糕的是,他使用弗洛伊德的术语,就像一个清教徒的牧师,鼓励父母相信童话的万能之力,让孩子们通过恐惧之谷进入恩典王国。他将儿童和家庭之间的关系置于错误的定位,改变了压抑的真正原因,从而混淆了心理和社会冲突及其相互关系的一些具体的物质化的原因。贝特尔海姆让我们相信孩子可以借助童话故事自愿地解决内化问题,并成为一个能调整良好的自主个体。一旦家庭冲突得到掌握和解决,幸福就会再出现。以此观点,贝特尔海姆不知不觉地成为一个"文明"社会的辩护者,该社会因滥用儿童及其非人化倾向而闻名。这些当代社会的消极倾向不仅被其批评者所记录,而且还被其自己建立的新闻媒体记录下来,这些新闻媒体每天都记录着侵犯人权和主观性暴力的情况。

从根本上来说,贝特尔海姆对儿童的关注反映了保守的弗洛伊德内化概念,并没有考虑到对现实原则的合理调整及其对儿童和成人的可怕后果。与弗洛伊德相反,对于贝特尔海姆和其他新弗洛伊德人来说,"内化理论是必要的,它解释了自我是如何通过社会互动形成的,这样人类才能遵守这些法律,而不是试图改变它们。这样的理论必须认识到,内化是对无法忍受的现实的防御,而不是构成意识的自然模式,这是本能的反对所必需的。如果我们将性冲动(libido)理解为寻求目标,那么本能的想法在'性欲是真实的'这个意义上起着作用。否认这种努力不仅会导致疾病,还会导致对权威的遵守,接受无助。必须在社会互动的背景下理解被社会拒绝承认的原因,而不是将其视为自我的永恒形式"。[①]

贝特尔海姆不承认社会拒绝自治的力量,而是鼓励内化,由此进一步促进身心之间的分裂。只有当最终屈服于工具性理由时,孩子才能获得自由的幻想。难怪他的书以男性为主导,而未能对儿童的性别、年龄、种族和阶级背景进行仔细区分。他也不愿意考虑从弗洛伊德得到的理论必须更具历史性和科学性地解释性别、年龄、种族和阶级差异。也许贝

[①] James W. Heisig, "Bruno Bettelheim and the Fairy Tales," *Children's Literature* 6 (1977): 93—115.

特尔海姆的书中最大的弱点是他忽略了社会语言学研究以及他自己对术语的粗心使用,这反映了他的交流理论有多么错误。在这个问题的重要研究之一是《阶级、代码和控制》这本书,其作者巴兹尔·伯恩斯坦指出:

> 当孩子学习说话时,或者说学习调节他的言语行为的特定代码时,他了解了社会结构对他的要求。孩子的经历被他自己明显自愿的言语行为所产生的习得所改变。社会结构通过语言过程的后果构成他的社会经验的基础。从这个观点来看,每当孩子说话或倾听他所参与的社会结构时,就会得到加强,并且他的社会身份受到规范。社会结构通过塑造他的言语行为得以实现儿童的心理发展。在他的言语的一般模式基础上,有一些关键的选择,不一定是他所偏好的选择,它们随着时间的推移而发展和稳定,并最终在知识、社会和情感导向方面发挥重要作用。[1]

伯恩斯坦探讨了语言对儿童心理的社会发展的影响,他分别对中产阶级和工薪阶层儿童普遍使用的详细和限制性代码进行了细致的和基于经验的区分。由于"语言结构模式反映了感情结构的特定形式,因此也反映了环境的相互作用和反应方式"。[2] 由此,伯恩斯坦调查了为什么工薪阶层儿童对社会化过程的反应不同,而且往往是负面的。相比之下,中产阶级的孩子更容易适应并学会使用各种代码来达到目的。工薪阶层儿童使用的限制性代码在质量上不一定比中产阶级儿童的更差,但是不同,并且确实反映了工人阶级儿童社会化的更有限性和被边缘化。因此,在通常以中产阶级的详细规范为基础的正式学习情境中,工人阶级儿童的"我"受到威胁。"试图用不同的语言替代和改变沟通的秩序,这给工人阶级的孩子带来了严重的问题,因为这些秩序试图改变他的基本感知

---

[1] Basil Bernstein, *Class Codes and Control: Theoretical Studies Towards a Sociology of Language* (London: Routledge & Kegan Paul, 1971): 124.

[2] Jessica Benjamin, "The End of Internalization: Adomo's Social Psychology," *Telos* 32 (1977): 63.

系统，从根本上说是他被社会化的手段"。①

在贝特尔海姆对童话及其对儿童的使用的讨论中，没有考虑到儿童与他们的语言的特殊关系之间的差异，这些差异会影响他们对语言和美学规范以及文学模式的接受程度。这让我们考虑到贝特尔海姆将童话故事误用为一种艺术形式的问题。

虽然意识到童话故事的历史渊源，但贝特尔海姆没有考虑到故事的象征符号和模式反映了特定形式的社会行为和活动，这些形式往往可以追溯到冰河与石器时代。正如尼斯克在他的书中所论述的那样，② 与故事的符号和图案相关的当代心理标签与实际的历史和考古发现是相矛盾的。根据这些数据，原始民族的规范行为和劳动过程如他们自己发展出的故事所描述的那样，不能用现代精神分析理论来解释。恰当地说，任何对童话故事分析的心理学方法都必须首先研究特定历史时期的社会化过程，以及故事及其发展过程如何演变，由此提供适当的解释。正如尼斯克所阐明的那样，童话故事的创作目的和主题并不涉及和谐，而是描绘了改变社会结构和其他行为方式，以便人们如何更好地掌握人与物之间的新发展和联系。大多数故事的核心是权力的概念。它在哪里？谁挥舞着它？为什么？怎么能更好地利用？许多故事都表明了"可能是正确的"原始或封建的意识形态。此外，它们反映了与部落、群体或社区的启蒙有关的社会和性别仪式。从当代的角度来看，这些故事充斥着无法解释的虐待，虐待妇女、少数群体的负面形象，可疑的牺牲以及提升权力的事件。当然，除了这些消极的方面，也有积极的特征，这些特征将在后面讨论。

---

① 有关此问题的精彩辩论，见 Patrick C. Lee and Robert Sussman Stewart, eds. *Sex Differences*: *Cultural Developmental Dimensions* (New York: Urizen, 1976)，特别是其中的 William H. Gillespie's article "Woman and Her Discontents: A Reassessment of Freud's view on Female Sexuality," 133 – 135. Ulrike Propp, *Weiblicher Zusammenhang*, *Von der Strategie und der Unangemessenheit der Wunsche* (Frankfurt am Main: Suhrkamp, 1976). Franscois Roustang, *Dire Mastery*: *Discipleship from Freud to Lacan*, trans. Ned Lukacher (Washington, D. C.: American Psychiatric Press, 1983); Samuel Weber, "Psychoanalysis, Literary Criticism, and the Problem of Authorityn," *Psychoanalysis and*⋯, ed. Richard Feldstein and Henry Sussman (New York: Routledge, 1990): 21 – 32; Frederick Crews, ed. *Unauthorized Freud*: *Doubters Confront a Legend* (New York: Penguin, 1999); Jean – Michel Rabat& ed., Lacan in America (New York: The Other Press, 2000)。

② August Nitschke, *Soziale Ordnungen im Spiegel der Marchen* (Frommann – Holzboog, 1976).

我现在要提出的一点是，当首先考虑到故事起源的历史时期及其矛盾发展时，才能最好地理解心理成分和意义，就像现在要了解贝特尔海姆的思想时，必须先将其置于特定社会历史背景下一样。

对今天将故事用于儿童的治疗教育，这首先需要历史性的理解，其次需要仔细描述故事的进程以及对意识和心理的回归意义。这涉及"接收"的问题。孩子如何接收和感知所给定的故事？这有必要问一个孩子是否真的知道国王是什么。国王对一个 5 岁和一个 8 岁的女孩或男孩，对不同种族和阶级背景的女孩和男孩意味着什么？使用魔法礼物有时涉及杀戮，由此成为特定领域之王的王子，并不一定意味着贝特尔海姆让我们相信的那样，孩子（哪个孩子？）会在心理上将其理解为一个关于自我掌控的故事。它是否也能有助于强化中产阶级儿童的激进本能，使其更加以自我为中心，具有竞争性和成就导向？一个低阶级的孩子难道不能理解这些代码，以加强专制主义人物的任意权力并接受严格的等级世界吗？在处理故事对儿童的影响方面，显然需要的是一种考虑到接受美学和读者反应理论的方法。这种方法必须根据历史上特定时刻特定受众与故事的关系，由此研究儿童的理解的可能性。

贝特尔海姆方法论的终极弱点可以在他的书的第二部分看到，其中包含他对流行童话的案例研究。让我们看看他对《灰姑娘》的详尽处理，作为他的方法的一个例子。不幸的是，他不具备阅读阿兰·邓迪斯编辑的《灰姑娘》精湛案例的优势，[①] 尽管我不确定那本书中的论文和版本是否改变了贝特尔海姆的观点。

贝特尔海姆首先讨论了灰姑娘故事的各种版本和周期，特别是巴西耳（Basile）和佩罗（Perrault）的故事，并将其主要主题判定为兄弟竞争和俄狄浦斯情结。然后，他使用格林版本的基本情节作为理解所有灰姑娘故事的范例。实际上，无论贝特尔海姆的正统弗洛伊德式的魔杖触及到什么故事，它总是被转化为自我实现和健康性行为的象征性寓言。在这里，像往常一样，贝特尔海姆关注隐藏的意义，这些意义对孩子们起着奇迹般的作用。"灰姑娘"教孩子们关于兄弟姐妹的竞争和一个年轻女孩如何努力证明她的价值。重要的是，灰姑娘被给予"肮脏"的工作，

---

① Alan Dundes, *Cinderella: A Casebook* (Madison: University of Wisconsin, 1988).

因为这反映了她自己的低自尊以及她对父亲渴望的内疚感。如果要证明她的真正价值并实现完全的性欲，她必须克服她被挫败的俄狄浦斯欲望。灰姑娘必须忍受的艰难是对个性发展的考验。

使用爱利克·埃里克森（Erik Erikson）的人生周期模式，贝特尔海姆讨论了"特定阶段的社会心理危机"，个人必须经历这种危机才能成为"理想的人"。在《灰姑娘》的案例中，她经历了五个阶段性的人生周期发展：基本信任（与她原始的亲生母亲的关系）、自治（接受她在家庭中的角色）、主动（种植树枝）、勤奋（她的辛勤劳动）和身份认同（她坚持王子看到她的肮脏和美丽的两面）。贝特尔海姆特别深入讨论了最后一点：

> 在有关鞋的仪式上，这意味着灰姑娘和王子的订婚。他选择了她，因为她是性的象征，是一个没有受过割礼的女人，这解除了他的阉割焦虑，一个可能干扰幸福的婚姻关系的方面。她选择了他，因为他欣赏她的"肮脏"的性方面，以接受鞋的形式由此而接受她的阴道，并证明她对阴茎的渴望，象征着她的放在鞋一样的阴道内的小脚——但当她将脚放入鞋时，她断言她也会积极参与性关系；她也会主动做事。而且她也保证她不会，也从不缺乏任何东西。①

很明显，处女灰姑娘最适合白马王子，因为她的异母姐妹通过血腥地砍自己的脚（如月经之血）显示出过分的性欲，并导致王子的焦虑。总而言之，灰姑娘的故事"引导孩子摆脱王子的最大的失望——俄狄浦斯的幻灭、阉割焦虑、蔑视他人，并发展他的自主权，变得勤劳，以便获得他自己的积极认同"。② 在阅读了贝特尔海姆的总结性评论之后，人们不禁会想，为什么在我们有童话故事相伴时，像卡耐基（Dale Carnegie）的那些《如何赢得朋友和影响人》《如何成功创业》书还显得如此必要。

---

① *The Uses of Enchantment*, p. 271.
② *The Uses of Enchantment*, p. 276.

与贝特尔海姆关于童话故事的道德引言相反，尼斯克已经证明《灰姑娘》可能起源于冰河时代的末期。《灰姑娘》中描述的行为和社会活动的规范表明，这个故事涉及一位女性，她从死去的母亲那里得到帮助和礼物，她继续以树或鸟的形式生活，并培育动物。尼斯克详细解释说，发展出类似于灰姑娘的故事的社会是一个狩猎和放牧的时代，其中妇女被赋予荣誉之地。不怕死亡，女人被牺牲，以便她们能够以植物或动物的形式复活，以帮助她们的孩子成长。生命被看作是永恒的。因此，一个人参与了他或她自己的时间，并且通过死后的转变，有了更新的时间。其中，最重要的是女性的功能。她是这个社会的中心，并将其作为孕育的元素。灰姑娘反映的不是社会正在经历巨大的生产变化，而是在维持狩猎和放牧社会。然而，与早期冰河时代的故事相比，它确实展示了人类如何代替动物而走向世界的中心舞台，并对女性越来越重视。通过母亲的代理，实现爱和相互自尊。

尼斯克对《灰姑娘》的历史渊源和含义的解释显然不能被儿童所掌握。但它确实为精神分析方法设定了框架。如果想要建立故事的心理本质，必须首先考虑故事的讲述者，他们的社会行为和习俗，以及不同文化中故事的演变。同样的事情也适用于今天的故事重述，但方式略有不同。在这里，这个故事的含义与其在冰河时代的情况截然不同。许多评论家认为这个故事是对女性的侮辱，而不是向女性表示致敬的故事。

在此，我仅集中讨论《灰姑娘》中的一个方面，来质疑贝特尔海姆所赋予它的相关性。在今天的美国社会中，妇女一直处于平等权利运动的先锋地位，女性的性行为经历了巨大的变化，男孩和女孩的社会化核心机制已从家庭转向大众媒体、学校和国家官僚机构。像《灰姑娘》这样的故事不能（既不明确也不含蓄地）指导儿童构建他们的内心世界秩序，引导他们过上更充实、更幸福的性生活。

虽然很难推测个别孩子如何对《灰姑娘》做出反应，但成人读者和翻译人员肯定会问下列问题：为什么继母表现出邪恶而不是父亲，而正是父亲放弃并忽略了他的女儿？一个年轻女孩接受继女的角色或接受"新"继母的难度有多大？相反，如果继母有两个自己的女儿，继母接受新丈夫的女儿有多难？为什么灰姑娘基本上是被动的？（贝特尔海姆如何扭曲意义，将灰姑娘变成主动，这实际上是他的另一个弗洛伊德式魔法技巧。）为什么女孩必须为争夺男人而争吵？她们真正争吵的是什么？孩子们如何对勤劳、孝顺、处女和被动的灰姑娘做出反应？所有男人都很帅吗？婚姻是人生的最终目标吗？与富人联姻是否重要？这些问题表明佩罗特或格林兄弟的《灰姑娘》的意识形态和心理模式以及信息，只不过是强化了性别歧视的价值观和清教徒的精神，这种精神为一个鼓励竞争和生存的社会服务。不可否认，这是对《灰姑娘》故事的严厉控诉。当然，我不想让它对维护整个资本主义制度负责。然而，对《灰姑娘》的批评意味着要质疑贝特尔海姆的理论和方法论。他对童话故事的态度，有一些极端的可悲和阴险的东西。这很可悲，因为他显然想在打击人生的非人性化方面做出真诚的贡献。这是阴险的，因为他的平庸理论反倒有助于非人性化的社会过程。从根本上说，他关于如何使用童话的说法只能导致对儿童的虐待。我们的任务是探索对儿童积极地使用童话的可能性。

毫无疑问，童话故事不仅对儿童而且对成年人都很有诱惑力。人们对另外的世界的想象可以实现所压抑的梦想、需求和愿望，并激励人们以口头传统去传播和发展这些故事。在中产阶级崛起的早期阶段，童话故事经常被审查和取缔，因为它们鼓励富有想象力的游戏和自由探索的奇妙组成，这部分地违背了资本主义理性化和新教精神的规则。一旦资产阶级的权力得到牢固确立，这些故事就不再被认为是不道德和危险的，而且它们的出版和传播实际上在19世纪末是被鼓励的。这些故事为儿童和成年人带来了补偿功能，他们对社会除了想象之外只有沮丧。在资本主义社会经济系统的框架内，故事成为成人和儿童的安全阀，并起到安抚不满的作用。像其他形式的奇幻文学一样——科学小说在19世纪末上升也很重要，这些故事不再符合他们试图了解社会和自然现象的最初目的，而是成为避难和逃避的形式，因为它们弥补了因为人们在社会中无法实现的东西。这并不意味着在童话故事和其他形式的奇幻文学中，富有想象力的核心内容与符号已被完全提炼出来。的确，想象力的真正价值不仅与过去有关，也与未来有关：它所引发的自由和幸福形式被认为是传达了历史现实。故事拒绝强加于其中的自由和幸福的最终原则，拒绝忘记可能存在的东西，这是幻想的关键功能。不过，这里的问题仍然是如何使通过想象构建的艺术形式成为可行的社会运作。换句话说，想象力和富有想象力的文学如何超越补偿？

　　从本质上讲，贝特尔海姆的书讨论了使用童话来弥补社会压抑。但童话故事和其他奇妙的文学作品都可以用来寻找实现社会更大愉悦和自由的方法。让我们以奥斯卡·王尔德的文学童话《自私的巨人》为例。情节很简单。它涉及一个巨人从他的花园里追逐孩子，竖起一堵墙，并竖起一个标语"入侵者将被起诉！"因为他这样做，春天和夏天拒绝来到他的花园，他遭受寒冷和孤独。有一天，他透过窗户注意到孩子们已经爬过墙上的一个洞，爬上了一棵树。在孩子们居住的那个花园里，它突然变成了春天，巨人意识到自己是多么自私。之后，他向所有孩子们开放了他的花园，并学会分享他们的快乐。因此，他在他去世时获得进入天堂。

　　故事的语言和符号使得所有孩子都可以理解，无论性别、种族和背景如何。主题涉及社区与个人主义以及对私有财产的斗争。孩子们团结在一起，代表着社交互动，分享和欢乐的原则，而巨人显然代表着任意的权力和贪婪。有趣的是，这个故事描绘了迫害者的异化以及欢乐只能通过共同分享来实现。当然，有可能用精神分析的术语来谈论这个故事；对性和父母的恐惧，通过遏制其驱动力并根据超我的限制，甚至对他者的渴望，在这种情况下，渴望获得禁止同性恋关系。然而，这一信息在意识形态和心理层面上是相同的：集体行动和自主参与获得快乐、爱和认可的必要性。更重要的是，这里涉及的是一个文学童话故事，通过想象来说明一种可以在社会中实现的另类行为方式。王尔德的故事是对一个以私人财产为基础的社会的有效批判，一个避开儿童和色情的社会，它提供了希望，如果孩子们团结一致并使用他们的主动性，他们可以说服他们的压迫者改变他们的方式。孩子们找到了进入巨人花园的路，向他展示了光明，可以这么说，克服他的贪婪的过程并不是湮灭，而是一种集体行动。关键是要培养个人发展的主体之间的互动行为。

　　还有许多童话故事表明儿童可以通过想象力来实现促进集体行动的手段。与贝特尔海姆相反，我认为，确定某种形式的文学和故事类型为最适合帮助孩子发展，这在文化上具有压制性。毕竟，童话故事从未被视为儿童的故事，也不常见。直到中世纪晚期才有特殊的儿童文学或文化。即使是现在，这种区别也有些武断，因为儿童通过大众媒体、商业渠道和社会化机构接触到各种形式的艺术。贝特尔海姆对童话故事的论证，显然是对现实主义文学作为解决儿童内心问题的最佳模式的奇妙文学的论证。但是，一旦我们意识到文学本身并不能自动解决心理问题，那么现实主义文学本身就不具有压制性。此外，如果不考虑文学的产生和接受，就不能讨论文学的评价。考虑这些问题，我们可以掌握更多对儿童使用民间和童话的清醒方法。

民间故事和童话故事的具体使用，最终取决于对与商品市场需求有密切相关的文学作品的产生和接受。显然，在美国社会中，几乎不可能控制沃尔特·迪士尼行业和其他主要旨在从儿童和成人的幻想中获利的企业集团。教育工作者真诚地希望利用奇妙或现实的文学来帮助儿童培养批判性和想象力，这就必须首先寻求改变目前阻碍自我实现，导致个人与社会脱节的社会文化和社会组织。如果不谈论旨在结束社会经济制度的不公平，就无法谈论受伤儿童的心理。有关儿童的文化工作必须从文学的生产和市场条件的批判性角度出发，这涉及到利用奇妙和现实的文学，使儿童意识到他们的潜力，并意识到会阻碍他们全面发展的社会矛盾。任何其他方法都只会导致幻想和谎言。当然，某些对前景展望的错觉是正常的，这与谎言不同，谎言的危害是极大的。因此，代表儿童的具体人道主义参与意味着利用现有的各种文学，同时创造新的，并以更加解放的形式，使文学的不足和优点以及社会的不足和优点都得以显现。正负值是相对的，它们可以在需要判断和评估的每种情况下适当地发展。贝特尔海姆没有必要采用审查或魔幻的方法。相反，有必要开发有效的启蒙手段，以便在与弗洛伊德所谓的"文化贫困"的斗争中，以互利的方式实现儿童和成年人的被压抑的梦想、愿望和需求。

民间故事和童话故事仍然是我们文化遗产的重要力量，但它们并非静态的文学模式，不能用于治疗消费。它们的价值取决于我们如何以社会互动的形式积极地产生和接受它们，从而创造更大的个人自主权。只有掌握和改变社会互动和工作的形式，我们才能充分利用民间和童话的乌托邦和梦幻般的预测。《侏儒怪》等童话故事很久以前就证明了，如果我们想要自由自主，我们必须寻求权力来赋予我们的力量以适当的名称。但是许多民间和童话版本也没有为我们回答所有问题。它们构成了我们必须不断面对并试图重新解决的困境。故事讲述者和童话作家已经意识到这一点，并且在不同时期他们已经想到了《侏儒怪》的替代品，指向了新的人文主义的方向。虽然提出这个论点似乎有些牵强，但人类文化的人本性确实取决于我们如何通过童话的具体实践去打破魔法。

滥读的儿童与书籍的命运

丁晓辉　译

【编译者按】本文（Misreading Children and the Fate of the Book）选自作者所著《不懈的进步：儿童文学、童话与讲故事的重构》（*Relentless Progress: The Reconfiguration of Children's Literature, Fairy Tales, and Storytelling*）一书中的第二章。该书出版于2008年。作者剖析了儿童读物不当、民众读文学书籍少的社会和心理原因，指出了问题的关键所在，特别是出版商等群体的作用。

> 只要我们还任由儿童的未来浪费于诸如太空军事化之类的可憎之事（如政府的浪费、欺骗、管理不善等，罄竹难书），我们就无权哀叹说儿童不愿花时间阅读、无权抱怨说儿童不愿读我们曾经熟悉的精装书。
> ——拉尔夫·隆布雷利亚《21世纪数字化时代的人类的人性》[1]

在过去的五十年左右，我们把儿童培养成以消费主义的商品和媒介的身份为人处世，现在还在想方设法让他们完美融入社会经济系统之中，而这些社会经济系统让他们丧失正直诚实的品性，参与经济上尔虞我诈、政治上划分三六九等之类的犯罪行为。这是全世界尽人皆知的秘密。我们教孩子如何避免读书，怎样减少熟练阅读，怎样去看图文混杂、推销

---

[1] Ralph Lombreglia, "Humanity's Humanity in the Digital Twenty-First," Sven Birkerts, ed., *Tolstoy's Dictaphone: Technology and the Muse* (St. Paul, MN: Graywolf Press, 1996): 240.

"神奇"商品的内容空洞的书籍或五花八门的电视节目。如此这般，我们就将他们转变成虽然识字但不能读写也不愿读写的人。他们毫无公民责任感，极易成为一个狂躁社会中的消费者。也许我们应该称之为"孩子的钝化过程"，也就是，把孩子变得迟钝，以此使得他们如同通电即用的成年人一样更加任人摆布。也许你认为我夸大了当前浅薄书籍和机械阅读程序面临的两难困境，但这一观点并非我所独有。事实上，对所谓阅读危机的强烈担忧遍及美国。这一危机在全国都产生了不良后果，甚至政府机关也未能幸免。

2004年，国家艺术基金会出版了《阅读危机：美国文学阅读状况调查》这本小册子，其中包含了这些数据：

·在过去一年中，只有47%的成年人读了一本文学作品（如长篇或短篇小说、戏剧或诗歌）。

·该数据表明，文学读者的数量在十多年间下降了7个百分点。

·文学阅读在男女两性、不同文化水平群体、各个年龄段群体中都有所下降。

·青年人当中，这一数字下滑远比普通人群急剧。

·美国人不仅文学书籍阅读量减少，而且所有书籍的阅读量都在减少。[1]

这份出版物引起了教育者、政治家和公众的高度警惕，也引起了来自各方的大量指责。人们谴责电视、网络、公立学校系统、政府以及形形色色的社会组织和商业机构，说它们制造了一个既不能读写也不愿读写的民族。联邦政府和州政府做出的反应是，按照布什总统2001年签署的糟糕法案《一个孩子也不能落后》，制定针对学校的更具有强制性的阅读政策，并且设置更多测试，以此加强阅读教学中的问责。然而，也有评论者嘲笑国家艺术基金会的调查结果，批评报道有偏差、不正确、误导人。不过，国家艺术基金会并不气馁，它在2008年出版了第二本小册子《读还是不读：一个影响全国的问题》。该书不仅通过更为详尽的研究和更丰富的数据支持了第一次的调查，而且比《阅读危机》更令人不安。

---

[1] Sunil Iyengar, *To Read or Not to Read: A Question of National Consequences* (Washington, D. C.: National Endowment for the Arts, 2007): 23.

国家艺术基金会主席德纳·焦亚（Dana Gioia）在该书的序言中评论说："资料里讲述的情况简单连贯，令人警醒。尽管近年来小学层次的阅读能力已经大有进步，但这一进步在儿童进入青少年时期以后似乎就停滞了。美国年轻人和成年人的阅读量普遍减少……由于美国人（尤其是比较年轻的美国人）读得少，他们的阅读效果也就差。因为阅读效果差，他们的学习成绩也下降。美国有大约三分之一的儿童辍学，这一事实令人羞愧，它与日益下降的识字能力和阅读能力密切相关。读写能力下降，人们在就业市场的表现也就变得不如从前。阅读能力低下会导致无法就业、工资低、提升机会减少。值得注意的是，有人发现，与普通成年人相比，囚犯的阅读能力更为低下。阅读能力差的人很难在公民生活和文化生活中表现积极，这在志愿服务和选举中最为明显。"①

美国的书籍出版率略有下降，不过跟其他国家相比，仍相对较高。美国有 65000 多个出版社。但是，多数人（包括年轻人）读书越来越少。即便读书，他们也常常一边读、一边看着屏幕或听着音乐和广播。除此之外，家庭的买书开支从 1985 年到现在已经下降了 14%，58% 的初中生和高中生阅读时使用其他媒介（所谓一心多用），每天看两个到三个小时电视。人们家中的书越来越少，很多人甚至家里没有书。根据这份报道，家中缺书、读书减少与公民生活质量之间存在关联。换句话说，国家艺术基金会的观点是，如果有更多人读书，就会有更多人参加包括体育在内的各种文化活动，人们就会对公民事务更加负责。简言之，国家艺术基金会似乎是提议说，美国社会中文化的倒退和公民责任感的减弱是由于人们把闲暇时间用错地方和读书不够；或者，对于一个看起来轻视读书，而且事实上漠视公众不读书后果的国家而言，读书是万能的灵丹妙药。

从某种程度上说，这一提议可能正确，所以我们应高度重视国家艺术基金会的两个报告。但是，我认为，这模糊了问题的焦点，导致人们对儿童阅读什么和需要什么产生了误解，也对成年人阅读什么和需要什么产生了误解。可惜，国家艺术基金会盲目迷信，认为书籍和阅读能够

---

① Sunil Iyengar, *To Read or Not to Read: A Question of National Consequences* (Washington, DC: National Endowment for the Arts, 2007): 5.

神奇复兴美国文化。过去的精英人物视书籍为圣物，视读书为精神提升；这种迷信是精英人物对书籍和读书产生崇敬的基本要素。如果我们藏书，坚持阅读长篇小说、短篇小说、诗歌和戏剧，我们就能在美国保存人文和艺术——也许就阻止了美国文明的衰退。然而，如果书籍和阅读对美国文化的健康发展（尤其对儿童而言）如此重要，那么，在我看来，我们应该提出一些与国家艺术基金会的观点相比更为重要的问题。这些应该提出的问题关乎在社会经济方面重塑儿童、以使之融入一个滥用其才智却对其有害无益的社会经济系统，也关乎书籍的商业化和标准化。国家艺术基金会提供的大多数统计数字是有价值的，不过它们从本质上看是定量的。这些统计数字意指某种阅读和阅读总量与另一种阅读相比，更加有益于社会。但是，对于阅读和书籍对当代美国社会或任一社会中的青年具有的重要性而言，这实际上并未抓住要领。我们甚至可以争辩说，两份国家艺术基金会报告的作者和研究者误解了关于孩子、书籍、阅读和文化的问题，他们的统计数字只会让那些折磨儿童、限制儿童所得教育的问题继续存在。正如《古腾堡挽歌：电子时代阅读的命运》（1994）的作者斯文·伯克茨（Sven Birkets）评论的那样："大多数的提问者在询问书籍命运时，实际上是想讨论生活方式的命运，但是还没有人这样明白地说出来。这加强了我对美国人，甚至（或者尤其）是美国知识分子的总体直觉。我们想谈论大事，但我们就是不愿承认这一点。"[①]

由于国家艺术基金会的报告具有试图讨论大事，但并未触及问题实质这一主要缺点，我想集中讨论儿童的社会化、阅读活动、儿童书籍和其他文化产品，讨论3岁左右到18岁之间的孩子如何受到这些问题的影响。我关心的不是书籍、读多少书、儿童是否学会读书，而是他们如何和为何被引导和督促着去滥读，因而也就是我们如何和为何继续去误读当代文化的诸多问题。滥读是不思考的阅读，目的在于快速吸收不经大脑精细加工的信息和符号。我用滥读来表达这层意思：我们没有认真检查所有复杂的制度变化过程，而这些复杂的制度变化过程影响着我们个

---

① Sven Birkerts, "'The Fate of the Book'," Sven Birkerts, ed., *Tolstory's Dictaphone: Technology and the Muse* (St. Paul, M. N.: Graywolf Press, 1996): 189.

人和公众的决定和承诺；我们没有意识到，影响我们和孩子生活的社会经济制度的理性和有效运行导致人们之间剥削的、物化的关系。结果是我们和他人会彼此将对方当成自己获取利益或快乐的利用对象。滥读忽视了单词、符号和意义，而这些单词、符号和意义孕育了日常社会生活的理性化和标准化；滥读也阻止了深刻的领悟和作者与读者之间的心灵交流。它是阅读的对立面。一位机敏的儿童发展教授玛丽安娜·沃尔夫（Maryanne Wolf）将阅读定义为："一种神经细胞和智力的迂回行为，读者变化莫测、拐弯抹角地推断和思考使之充实，从文本到眼睛的直接信息也同样使之充实。……从生理和智力上来看，阅读使得人类'超越已知的信息'，产生无穷无尽的奇思妙想。当前，我们正处在向习得过程和领悟信息的新方法转变的历史性的时刻，我们决不能失去这一本质特征。"[1] 在《普鲁斯特和鱿鱼：正在阅读的大脑的故事和科学》这本引人注目的书中，沃尔夫这样提醒道："我们根本不是生而为读书。人类仅在几千年前才发明了阅读。有了这项发明，我们重新调整了大脑的结构，这反过来拓展了我们的思考方式，结构的调整和思考方式的拓展改变了我们物种的智力进化。阅读是历史上极为显著的独一无二的发明。"[2]

国家艺术基金会的报告偏偏不讨论这项发明和我们正如何滥用这一发明，也不讨论正在为4—18岁的孩子生产的那些书的质量。不仅如此，它们从不提出其他诸如此类的关键问题：什么是儿童书籍？儿童如何接触到书籍、如何教儿童使用书籍？儿童阅读时所处的多样的社会—文化语境是什么？其他的媒介对书籍阅读有辅助作用吗？屏幕还没有取代书籍并形成多模式的阅读吗？为什么要读我们正在读的东西？我们可以选择吗？在学习如何阅读方面，社会等级、人种、性别起了什么作用？

书籍

简言之，儿童书籍是商品，不是文明社会的圣杯，也无法救赎文明

---

[1] Maryanne Wolf, *Proust and the Squid: The Story and Science of the Reading Brain* (New York: Harper Collins, 2007): 16—17.

[2] 同上，p. 3.

社会。当然，书籍也是成年人的商品，但我主要想讨论儿童书籍和识字问题。约翰·纽伯里（John Newberry）是英国儿童书籍的首位出版商，1744年开始专门出版青少年读物。他当时清楚地知道，一本既能够教育年轻人使之提高道德水平，又能够吸引人赚大钱的书应该是什么样子。正如珍妮特·亚当·史密斯（Janet Adam Smith）的评论所言："纽伯里吸引我们的地方是：他显然很关注出版物的外观，坚持每本书都应该专门设计。他不是手头有什么就随便拿来使用，而是制作了字母的新木刻印版；他开始使用雕刻铜板，扉页字母印刷雅致，精心设计。他用漂亮的印花荷兰纸给书作封面，封面镀金，带着精美的标志，看起来颇具诱惑，如同彩色棒棒糖或镀金纸包装的姜糖饼干。"

对于纽伯里和18世纪及19世纪早期的大多数出版商和书店老板而言，儿童书籍应该诱人、优雅、神奇。不管要生产的是何种书籍，它都应该内容充实，需认真领悟，能卖得出去。它不但吸引父母、吸引儿童，也要与封面和扉页上的广告相符。在纽伯里那个时代的书籍出版行业，看重设计和醒目排版并不新鲜，但这种略为别致的商品外观变成了儿童书籍获得成功的最重要原因。一旦书店里有儿童书籍，这些产品就一定会与众不同：从封面就可以看出它们是不是圣经故事、字母书、童话、传说、神话、课本、选集、诗歌、歌曲、图画书、畅销故事书，等等；还可以看出它们到底是仅适合特殊社会阶层的男孩或女孩，还是该阶层的男孩女孩都适合。不必在意工人阶级、奴隶和少数民族的儿童。当然，由于18、19世纪大多数儿童都不会阅读，书籍主要是为上层社会的儿童（主要是男孩）生产的。直到19世纪末期，英语国家的识字情况才开始有所改善。随着19世纪末期义务教育的推广，阅读才变得普及起来，但是这种阅读也受到了很多规定和限制：也就是说，学校制定了自己认可的科目、门类和书目，孩子被迫去学习（经常是死记硬背）适合他们阅读的东西。

当初，也就是15世纪印刷机刚出现时，人们还没有鼓励儿童阅读，儿童书籍市场尚未出现。那时候，书籍和阅读代表着启蒙、道德、健康的娱乐或打发时间的严肃方式。作为商品，书籍一直被当成特别的、神奇的、权威的、神圣的东西。它们属于文人雅士、上流社会、政府和教堂。右翼上流社会的人们用书籍维护自己的权威，决定文化在社会的所有阶层意味着什么。简言之，儿童和年轻人的书籍（很多都是礼仪书）开始大量生产，并在上层社会流传之时，它们是进行教化的有力手段。正如卢梭（Rousseau）和洛克（Locke）所说，即便它们"神圣""权威"，它们的危险与利处也同时并存。的确，在18世纪和19世纪，无数的教育者和牧师警告说，错误的读物，尤其是幻想作品，会引发年轻读者的性冲动，导致手淫和其他不正当的行为。

18世纪以来，时代尚未发生很大的变化。但是，那些今天在英语国家大量出版书籍的出版商，或者我应当说，企业集团，会依据反映某一特定社会文化价值和文化偏见的道德对伦理标准做出区分。彻底的审查制度曾经在整个20世纪发挥作用，现在由于自由市场和全球化的原因，多半已经消失了。但是，大多数的大出版社与连锁店和超级书店勾结，赞同"非政府的"审查制度，对适合的读物进行分类，对可能在庞大读者群中畅销的书进行精心挑选。它们的政策意在操纵市场，从中获利，而儿童书籍可以带来丰厚利润。我们不能笼统地谈儿童的那种书籍及其命运，因为实际上书籍的类型和大小千差万别，也有内容是否充实之区分。但是，我们能够看到书籍的批量生产、传播、宣传和使用的必然趋势。

通过分析20世纪后半期的生产者、销售者、市场经营者观念的变化，可以看出18世纪以来在书籍的商品生产过程中发生的最为重大的转变。早期的儿童书籍出版商为了儿童的利益和儿童的道德完善而追求教育儿童、寓教于乐，而且他们是小出版社，通常是印刷兼销售的家庭企业；当代主要的出版商是大的匿名公共集团，受赚钱动机的驱使，它们会不分青红皂白，不管什么书，只要能让他们扩大规模、增加财富、扩展权利，只要能保证它们在文化产业圈内的地位，它们都会出版。劳拉·米勒（Laura Miller）在《不情愿的资本家》这本切合售书和消费文化的书中指出，书籍产业的主要转型与生活方式的大问题密切相关。她认为，消费主义、销售和采购的重新配置使得公共娱乐已经在很大程度上代替了群体成员间的情感纽带。她还讨论了这一切以何种方式为我们日常活动赋予意义。写到书商时，她强调说："书店提供娱乐体验，这与消费文化非常一致。然而，要想理解为何书店已经如此成功地接纳了娱乐零售业，我们还需要具体考虑书籍如何并入娱乐文化。把书籍广泛当成娱乐体验的构件来消费,这意味着最初在早期游乐园里清晰可见的过程发展到了顶点。卡森(Kasson)① 声称说,上流社会希望休闲与提升道德水平相连,而科尼岛则从文化意义上背叛了这一期待。与之相反,游乐园推崇新奇、刺激、放纵……娱乐书店标志着卡森描述的文化背叛事实上已经带着变形的后果深入世界。这种变形的一个重要方面与书籍作为大众交流媒介的地位有关。娱乐书店的出现反映出书籍几乎完全融入了连锁娱乐产业。一方面,书籍融入娱乐产业已经是有组织的。从20世纪70年代开始,出版商从属于在电影、音乐、报纸和杂志这些领域持有股份的公司。今天,几乎所有的美国主要出版商都从属于贝塔斯曼、时代华纳、维亚康姆等各色各样的媒体集团。"②

不仅出版社是大型媒体集团的一部分,而且也不再有包括编辑、出版者、销售者在内的稳定群体,不再有人保持着对某一特定出版社的忠诚。尽管很多编辑依然很注重严肃书籍以及他们与书籍作者之间的紧密联系,他们却被迫去寻找容易卖出的畅销书。厄休拉·K.勒·吉恩(Ursula K. Le Guin)这位直言不讳、才华横溢的作家也关心国家艺术基金会最近的报告。他于近期发表在《哈珀杂志》上的一篇文章中指出:"由暴富的执行官及其匿名的会计师控制的赚钱实体掌握了大多数原本独立的出版社,其目的在于通过销售艺术著作和信息书籍快速获利。听说这样的人读书时会犯困,我对此毫不惊奇。在企业巨鲸的肚子里,是许多跟自己的老出版社一起被活生生吞噬下的约拿(编辑和赶不上趟的人),约拿也就是阅读时头脑清醒的人。这群人中,有的很机警,能嗅出有前途的新作家;有的两眼大睁,简直可以去做校对。但这并未给他们带来什么好处。多年来,大多数编辑不得不把多半时间浪费在坎坷不平的竞技场上,跟销售和结算斗争。在执行总裁喜欢的这些部门中,一本'好书'意味着高毛利,'好作家'是写出的书一本比一本更好卖的人。"③

---

① 米勒指的是约翰·卡森(John Kasson)的 *Amusing the Million: Coney Island at the Turn of the Century* (New York: hill & Wang, 1978)。

② Laura Miller, *Reluctant Capitalists: Bookselling and the Culture of Consumption* (Chicago: University of Chicago Press, 2007): 131—132.

③ Ursula K. Le Guin, "Staying Awake: Notes on the alleged decline of reading," *Harper's Magazine* 316. 1893 (February 2008): 35.

尽管在出版行业有很多献身于儿童教育的有才智的编辑，但由于能够畅销和盈利是每本书存在的底线，他们对书籍生产的影响可以忽略不计。米勒也评论说，在出版社内部，销售部常常会决定生产哪些种类的书籍；而现在由巴诺书店、鲍德斯（鲍德斯美国图书零售商）、道尔顿（道尔顿州立大学书店），甚至是沃尔玛之类的连锁店控制的书店有时会决定重点推出或分销哪些书籍。[①] 在互联网上，亚马逊起了举足轻重的作用。简言之，市场决定出版商、作者和读者的兴趣。当然，市场不能预测所有事情，但它能迅速利用读者口味的意外转化，并且（或者）炒作和助长读者的趣味。

比如，如果有一些像J. K. 罗琳（J. K. Rowling）的哈利·波特系列或菲力普·普曼（Philip Pullman）的《暗物质》（*His Dark Materials*）三部曲这样的所谓幻想小说风行一时，并被拍成电影促进其流行，那么无数的出版商就会出版模仿它们的书籍（他们在哈利·波特热开始之前一直这样做），目的是找到他们自己能够一炮打响的书籍。如果经过一定的促销工作之后，一本书没有赚钱，没有畅销，或者说无利可图，那么它就会不再印刷，或者会降价出售。出版商为了赚钱，每年必须批量生产各种书籍，数量有多有少，好像他们在买彩票，希望每年至少有一本书中大奖。来自美国文化产业的一个下流的例子可以说明今天企业集团是如何运作的。

2005年8月29日，下面这则新闻被美通社发布到全世界各地：

> 迪士尼出版公司今天向全世界展露了人们热切等待的小说——纽伯瑞文学奖获得者盖尔·卡尔森·莱文（Gail Carson Levine）的《仙粉与寻蛋之旅》（*Fairy Dust and the Quest for the Egg*）。这本插图小说列入故事类书籍，9月1日开始在美国销售，9月和10月到达亚洲、欧洲、拉丁美洲的书店。这本适用于6—10岁女孩的书有望像小

[①] 参见米勒的 Reluctant Capitalists，第77页："出版商任由连锁书店采购员在刚开始打算购买书籍时就刊登书名的做法沿用至今。有这样的说法：连锁书店采购员通知出版商，说他们的故事用某个书名将不会受到关注，于是这些书就被取消了。在出版商看来，如果不利用连锁渠道去销售，那么出版一本书就太麻烦、太费钱、太冒险，也就不值得了。"

滥读的儿童与书籍的命运 / 205

叮当一样广受欢迎，也有望沿袭迪士尼公司超过 75 年的创造童话魔法的传统。它被译为 32 种语言，在 45 个国家出版，数量高达惊人的 100 万册，营销费用高达 100 万美元，这在儿童书籍出版业非同凡响。①

在此公告（该公告并未解释到底是谁在热切期待盖尔·卡尔森·莱文的小说）之后，这则新闻告诉读者：

> 迪士尼全球出版公司的首次发布之后，华特·迪士尼公司各营业部门将协调一致，史无前例地共同扶持迪士尼仙女。不久前开通的"迪士尼仙女网站"（http://www.disneyfairies.com）是这场运动的开端。这是一个全球性的在线体验空间，访问者可以在这里搜寻和了解小叮当和永无乡的其他仙女。2006 年春季将出版一系列章回书籍，以持续这种娱乐体验。此外，还有多部电影正在制作，这些电影将进一步拓展故事，让小叮当及其朋友所属的世界重生。迪士尼消费品部要通过各种各样的产品把迪士尼仙女送到全世界女孩的家里，让她们进入女孩的生活。这些产品包括服饰、玩具、文具以及家庭饰品，它们会刺激、启发和推动女孩的想象。②

此后三年，迪士尼公司不幸被迫实践自己的诺言。莱文（她着实让人见识了她的真本事）写成了第一本胡编乱造、枯燥乏味的小说之后，出现了一群出自雇佣写手的仿制书。这些写手跟插图者一样，都遵照同一个模式，仿制书描述的内容是与小叮当类似的仙女经受了种种折磨和磨难，当然书中还描述了多元文化背景。情节和人物都不是原创，也与严肃的社会或文化问题无关。按照设想，整个系列图书既要卖书，又要卖跟原书有关的其他商品。读了系列书中的一本，儿童基本上会受到怂恿去读同套书中的下一本。那些可爱的、逗人的仙女图片意在吸引女孩

---

① "Fairies From Never Land Arrive At Disneyland." http://www.prnewswire.co.uk/cgi/news/release?id=152299.

② Wolf, *Proust and the Squid*, 135.

儿们去买一个仙女玩偶抱在怀里。阅读迪士尼和莱文对仙女和童话进行的想象，丝毫无助于儿童认识仙女的实质和仙女在口头童话、书面童话的悠久传统中的地位，更不用说小叮当在巴里（J. M. Barrie）的戏剧《彼得·潘》中的重要意义。事实上，迪士尼别有用心地将小叮当据为己有，获得了使用小叮当名字的特权，用计算机制作了一部名为《小叮当》的电影。这部电影美化系列书籍中的仙女，把对仙女的胡编乱造固定并保留下来。一切都以迪士尼遗产的前途和迪士尼公司的利益为准。

你可能认为，迪士尼这个例子在儿童书籍出版业中并不典型。但情形并非如此。儿童书籍出版业的目的就是生产适合自我复制的书籍，生产适合拍成电影去复制书的书籍，生产适合做成新书去复制电影的电影，生产可以推销同类书籍的书籍。这种动力在整个儿童书籍出版业中无所不在。在出版商看来，书籍生产的目的就是为了推销其他书籍。在此过程中，儿童的喜好和价值观都要加以塑造，以便使之符合整个文化产业的喜好和价值观，因为一本书不再是单个的商品，与其他同类产品即便没有纠缠不清，也已经紧密相关。如果儿童想读书，就该从根本上鼓励他们消费越来越多的同类产品。

另一个例子是由托尼·迪·特利兹（Tony Di Terlizzi）和霍利·布莱克（Holly Black）创作并绘制插图、西蒙和舒斯特尔丛书青年读者部（Simon and Schuster Books for Young Readers）出版的《奇幻精灵世界簿》（2003）。它让我们知道出版者如何策划一本书，使之自私地自我再生，成为景观社会里的多个镜像。这个故事中的基本情节跟迪士尼仙女没什么两样，说的是一对9岁大的双胞胎和他们的姐姐马洛里一起搬家来到新英格兰一处年久失修的老房子，发现里面有很多精灵。几个孩子在精灵的神秘世界探险，奇闻趣事没完没了，长达5卷。在这套丛书之外还有其他书，讲解如何照料和喂养小精灵，或者，如何才能在老房子里转来转去不迷路、如何辨认不同类型的精灵。还有《奇幻观察笔记》（2005），据称这是一本互动故事书，说白了就是，读者想要互动，就得买下丛书中的其他书。按照惯例，根据丛书改编的电影和电子游戏制作出来之后，就会推出跟丛书和电影搭配的其他产品。

一般说来，为儿童和青年提供的文学续篇常常针对特定年龄群体，针对不同性别，总是谈鬼说怪。过去只是个别作家在这方面取得成功。

塞西莉·冯·齐格萨（Cecily von Ziegesar）的《绯闻女孩》（2002）就是这样一部作品。该书由合金娱乐出版于纽约，随之而来的是 11 本其他小说和一部前篇，即《一定是你》。这套系列小说的情节围绕一群富豪少女展开。她们成天就知道吸毒、性交、购物，骂爹骂娘，彼此恶语相加。这些小说都靠宣扬低级下流、财大气粗获得卖点，因此催生出一系列仿制品，如"大腕小说""派系小说"。正如娜奥米·沃尔夫（Naomi Wolf）所说，这些系列小说"代表青年虚构小说的新类型，着力描写一群与众不同的女主角。这些小说近年来在时髦女孩的虚构小说中大行其道。卡罗尔·吉利根（Carol Gilligan）的问题，即女孩是否能有另一种'不同的声音'，在这些小说中找到了骇人听闻的答案"。① 女权主义者吉利根呼吁人们要耐心辨识并倾听女性发出的更富有同情意味的、更柔和的声音，这些书的回应居然是塑造出一群争强好胜、自高自大、唯我独尊、性感诱人、腰缠万贯的女孩形象。这些小说中的主人公彻头彻尾变成了广告业想把女孩塑造成的社会角色，她们是商品化的理想消费者，贪得无厌，欲壑难填。这些书销量巨大，根据它们又制作了一系列电视节目，我们对此无须评说。

因此，儿童书籍跟电视电影产业的联系非常重要。电影和电视常常会重新唤起人们对过去的儿童书籍的兴趣，有时电影和电视会唤起人们对通俗小说、画册、古典作品以及童话的兴趣。有些书尚有可取之处，有些书只该趁早忘掉。很多情况下，一部电影或系列电影能够唤醒人们对一本平庸的魔法书的兴趣。威廉·史塔克（William Steig）的《史瑞克》就属于这种情况。不仅有 3 部电影根据史塔克的这本篇幅不大、质量平庸的画册拍成，而且这 3 部电影又引来其他许多书籍的出版，如：《史瑞克过圣诞，立体翻翻书》（2007，《读者文摘》），《史瑞克食谱》（2007，DK 出版公司②），《史瑞克》（2007，终极贴纸书，DK 出版公司），《史瑞克：探险术》（2007，洞察力版本），《史瑞克 2》（2004，互动有声书，梦工厂电影公司），《史瑞克 3：电影故事书》（2007，爱丽

---

① Naomi Wolf, "Young Adult Fiction: Wild Things," *The New York Times*（March 12, 2006）: http://www.nytimes.com/200603/12/books/review/12wolf.html.

② DK 是 Christopher Dorling 和 Peter Kindersley 两人姓氏的简称。——译者注

丝·卡梅隆改编)、《史瑞克 3：适合 7—12 岁儿童的小说》（2007，凯思林·韦德纳改编)、《史瑞克 3：混搭拼图手册》（2007），《史瑞克 2：猫的攻击》（2004，带贴画的故事书)、《史瑞克：指南大全》（2007，DK 出版公司)、《史瑞克 2：你说谁丑？》（2004，带有一擦就臭贴图，桑德维克、琳达·卡尔)，《史瑞克 3，2008 年历》、《史瑞克甜饼切割刀》（2007），等等。我们再一次看到了出版原则：奶牛有奶就挤，挤干为止；一旦不再产奶，就杀了它。简单来说，出版原则是：把书当成商品利用，使其再生，直至其市场价值开始衰减，然后任其化为尘埃。

在书籍出版业，书的内容可能虚假，但一本书只要广告做得巧妙、发行渠道通畅，就会有一定销量。儿童书籍一般都能赚钱，如果条件合适，还能赚更多。但有一点得强调：儿童书籍市场正在萎缩，读书的公共场所要么取消，要么改建，以便新技术快速进入儿童生活。图书馆不仅缩减预算，而且也为了便于引入电脑和大众媒体的各种新技术加以改建。独立书店关门了，儿童更喜欢玩电子游戏，看电视，在网上看节目，到电影院看电影。他们有便携式多功能电脑兼播放器，照相机、手机，还有电脑，用短信和电子邮件与人交流。当然，并非所有儿童都有这些设备，但社会却鼓动他们去向往和购买这些设备。在他们想要的圣诞礼物和生日礼物清单上，书籍很有可能列在最后。不过，尽管书籍生产中出现了种种变化，尽管书籍销售受到重创、书籍使用大为减少，我们也不必担心书籍的命运。书籍这一特殊商品今后还会伴随我们很多年。

阅读活动中的书籍

我们讨论阅读活动中的书籍，是因为书籍并不仅仅是商品。它过去一直是、现在仍然是勒·吉恩（Le Guin）所说的一种"社会媒介"。吉恩给书籍下了一个不同寻常的定义："静默无声的书籍是对人的挑战。它不会在你家里用起伏舒缓的音乐诱惑你、像电视节目那样用事先录制的刺耳的笑声或枪声让你耳朵发聋。你得用头脑去聆听书的声音。书不会像屏幕上的图像那样牵动你的眼睛。它不会让你开动脑筋，除非你把心思放在书上；它不会打动你的心，除非你对它用心。书籍不会替你工作。要真正阅读一则故事，就得理解它、体会它、感受它、融入它——实际上，就差亲自撰写它了。阅读不是刻板的或挑三拣四的'互动'，这样做是游戏。阅读是实实在在地与作者的心灵产生共鸣。"①

我们说书籍是社会产品，并非只是因为书籍必然带来读者与作者的合作、对抗或讨论，还因为它能使一个读者与其他读者一起，共同谈论印有文字、画有插图的书页的质量。作为商品和社会媒介，书籍原本就需要在隐修院、举行敬神仪式的场所、庭院、读书会、家庭、学校和其他许多公共场合大声朗诵和讨论，而且，人们今天仍在学校、图书馆、读书俱乐部、书店、公共活动等场合一起大声朗读。人们制作数量巨大的各色儿童书籍的目的，尤其是为了培养儿童的才智及创造性和批判性思维，以便他们可以更好地理解自己的生活状况，养成市民责任感和对其他人的关爱之情。作为社会媒介，书籍还是包括电影、电视、互联网在内的许多大众传媒产品的基础。斯文·伯克茨曾说，把书籍当成跟生活方式等重大问题相关联的社会媒介来考察，我们就能理解为何书籍和阅读对于文明化进程仍然如此关键，就能理解在不同社会中书籍和阅读在这一过程中发挥了何种作用；我们就能理解，为何美国的各级政府、各种公司、各类宗教组织要努力控制我们阅读、思考和交往的方式，要设法决定我们文化的性质。

贝斯·沃尔特沃杰（Bess Altwerger）在《读书为谋利：唯利是图，牺牲儿童》这本由相关教育家撰写的论文集中指出，"阅读教学（更大众化的说法是'教育'）在乔治·布什总统 2001 年签署的《一个孩子也不能落后》法案获得通过之后，几乎是一夜之间就变了样。教育界不仅突然之间提出了商业性的阅读计划，而且还要强制实施。教师接受'训练'，要按照教师手册里的说明书进行教学，好像他们是笨手笨脚的工人。各州如果没有遵守官方规定的阅读教学和评估要求，就得不到联邦政府的资金。各州都必须求助于联邦政府'认可的'顾问，如路易莎·莫茨（Louisa Moats），以保证不走错路。就连服役前和服役期的阅读教育也落入联邦政府控制之中，由同样一批被选定的少数人决定哪些课程符合从事'科学的'阅读研究和阅读教学的严格规定，从而为获得教师资格证做准备。成千上万的孩子落后了，因为他们的阅读成绩在为赚钱而出版的标准化测试中达不到联邦政府规定的标准。可悲的是，一些在自

---

① Le Guin, "Staying Awake," p. 37.

己的州里公认优秀的好学校却被贴上不合格的标签,由于不能在标准化测试中达到'年度进步标准'而面临学生转学、学校关门的危险。"①

恰恰是在从一年级到四年级这最初的关键几年,教育制度、出版业、政府和娱乐业都辜负了儿童。马丽安·沃尔夫写道:"国家阅读小组的最近报告和'国家报告卡'显示,有30%—40%的四年级儿童还不能充分理解和流畅阅读教材。这一数字令人沮丧。若考虑到教师、教材作者和整个学校体系都对四年级以上的儿童抱有非同一般的期望,这个数字就显得更糟。"②

美国教育(包括公立教育和私立教育)中最近出现了一个重塑儿童的程序(确实是一个程序),要把他们变成在美国社会的所有社会机构和文化组织中无孔不入的经济体系的抵押品。正如帕特里克·乡农(Patrick Shannon)在其大作《反民主的阅读:阅读教学的言而无信》中所说:"市场观念及其新承诺(阅读教育会使所有学生都能胜任全球经济中等待他们的高技能、高报酬的工作)严重破坏了经济理性与公民理性之间的平衡,结果,公民理性荡然无存。学生学习阅读,仅仅是为了在经济体系中一展身手,而不是为了理解自身,理解他人,理解文本在一个民主社会中维护他们和反对他们的种种方式。到头来,在市场观念及其阅读教育法则支配下,我们的教学是反民主的,学生们的阅读也是反民主的。"③

在全球化的新市场经济时代,在重塑儿童(和成年人)的过程中,如果滥读被当作阅读来鼓励和实施,书籍(各种各样的书籍)会遭遇何种情形?它们会像其他普通商品那样被消费吗?它们是否具有社会媒介的价值?如果让儿童和成年人去希望他们进行滥读的机构和公司接受"训练"、学习滥读,那么,他们阅读量是否逐年减少,又有什么关系?

---

① Bess Altwerger, "Reading for Profit: A Corporate Coup in Context," in Bess Altwerger, ed. *Reading for Profit: How the Bottom Line Leaves Kids Behind* (Portsmouth, NH: Heinemann, 2005): 3.

② Maryanne Wolf, *Proust and the Squid: The Story and Science of the Reading Brain*, New York: Harper Collins, 2007.

③ Patrick Shannon, *Reading against Democracy: The Broken Promises of Reading Instruction*, (Portsmouth, N. H.: Heinemann, 2007): xiv—xvi.

20世纪70—80年代培育多元文化主义的种种教育和文化改革运动现状如何？一些杰出作家和画家创作出来考验儿童能力并与儿童对话的那些非同凡响的书籍，现在有何影响？儿童有可能买书、爱书、闲暇时间欣赏书、与朋友和父母谈论书吗？我们能否指望，不回到上流社会珍爱儿童书籍的时代，但可以前进一步，真正认识书籍作为社会媒介的价值？

不要忘了：书籍是死东西。它自己什么都不能做。它没有生命，它被赋予生命之后，才会有生命。阅读活动赋予书籍以生命。正如阿伦·卢克（Allan Luke）和彼得·弗里博迪（Peter Freebody）所说："历史教导我们，识文断字指的是一整套可变的文化活动，这些活动由不同的、经常是彼此竞争的社会和文化利益所形成、所改造。因此，我们并不把识文断字的教学视为一项科学决定，而是将之视为关于阅读活动类型的一项道德的、政治的、文化的决定；在印刷品和多媒体并存的经济中，要提高人们掌握其生命历程的能力，要优化群体的智力的、文化的以及符号的资源，就需要这些阅读活动。识字教育最终就与能够建设和应该建设的社会类型有关，与能够培养和应该培养的公民/国民的类型有关。"[1]

6万多家各种各样的出版社每年生产的书籍达到16.5万种左右，这也许是一个保守估计。劳拉·米勒指出："美国2001年出版了16.7万种新书，加上仍在发行的老书，有大约170万种形形色色的书籍付印。"[2]对于识字教育在任何一种文化中的发展而言，不管这个数字是多少，这些书的存在和儿童是否尽量多读书都并不重要。重要的是我们如何利用这些书，如何挖掘这些书已提供和未提供的内容。

阅读习惯和阅读在过去25年中发生了根本改变，而且仍处于彻底转化的过程中。就在一两年以前，谁曾料想日本青少年会读手机小说？[3] 信

---

[1] Allan Luke and Peter Freebody, "A Map of Possible Practices: Further Notes on the Four Resources Model," *Practical Primary* 4 (1999): 5.

[2] Miller, *Reluctant Capitalists*, p. 57.

[3] Normimitsui Onishi, "Thumbs Race as Japan's Best Sellers Go Cellular," *The New York Times* (January 20, 2008): http://www.nytimes.com/2008/01/20/world/asia/20japan.html and Ashley Phillips, "Will Cell Phone Novels Come Stateside?" ABC News (January 23, 2008): http//abcnews.go.com/Technology/GadgetGuide/story? id=417182.

息交流今天已经是成千上万青年人的一种生活方式。① 儿童面前有包罗万象的阅读材料，充斥在书籍、报纸、杂志、连环漫画里面，呈现在电视节目和商业广告、互联网、电影屏幕、数字多功能光盘等媒介中。人们读的多半是字节，同时还听着音乐或看着别的什么。在强调经常测试、重视实证知识、追求快速思考、注重效率、拼命追求最大效益、鼓吹竞争、视宗教崇拜为奇观、为获得政治权利而把别人当工具使用的社会中，旷日持久的反思性阅读活动难以进行。这并不是说人人都已受滥读之害。仍有成千上万的老老少少学会了阅读，并且正在批判性地阅读，以便理解自己，理解自己周围的世界，从而对抗滥读。还有成千上万名用心的教师和父母正在试图以关心社会和政治转型的阅读活动，来努力应对新的识字问题和技术问题。事实上，阅读活动对于20世纪90年代爆发于美国且持续至今的文化战争极为重要。联邦政府和州政府试图通过诱导儿童扩大读书量来改善儿童教育，以便他们能够在社会—经济体系中应对自如，找到更好的工作，这说明各级政府不仅显然误解了儿童，而且还会继续这样做，除非其他社会力量提供其他选择并证明这些选择行之有效。理解这个世界的方式很多，再说我们可以用很多新方法阅读各种各样的文本。有很多书都可以帮助我们，但它们既不神圣，也不权威；阅读印刷品的识字读书活动不是唯一能够帮助我们培养批判性思维和敏感性、产生愉悦、确立公民责任感的有益活动。再次引用马丽安·沃尔夫的话："我们必须教会儿童使用'双文本'或'多文本'，这样他们才能以不同方式灵活地阅读和分析多种文本，在每个成长阶段都能理解靠推理才能明白的、深刻复杂的文本内涵，获得更为谨慎的教益。如果我们想教会儿童打开书面文字背后存在的隐秘世界，还想在公民中推进完全实现熟练阅读的过程，那么这种教育既要做到一目了然，也要成为师生之间的对话。……我的主要结论来自对成长中的读者的考察，它是谨慎的。我害怕我们的很多儿童偏偏就会成为苏格拉底提醒我们应该提防和避免的那种人———一群信息解码者。这样的人自以为是，所以不愿进一

---

① 参见 Cynthia Lewis 和 Bettina Fabos 的重要文章 "Instant Messaging, Literacies, and Social Identities," Reading Research Quarterly 40.4 (2005)：470—501。

步开发其潜在智能。"①

我在这篇文章中一再说明,沃尔夫、国家艺术基金会和其他成年人的深切担忧不幸被联邦政府、州政府和市政府的有关部门以及出版社误解了,而且时常被用于编造关于书籍、关于书面文学的神话。这种误解不仅在美国,而且在许多英语国家(如英国、爱尔兰、澳大利亚、新西兰)都显而易见。卢克夫妇(Allan and Carmen Luke)在其与此高度相关且引起争论的文章《失之于少年/得之于童年:论早期介入与技术国民的出现》中认为:"书本阅读危机和它们首选用来缓和危机的社会策略在公共话语中被当成一个节点,既用来延迟和升华新教育范式(现存多文本阅读、文本活动和象征活动的新混合形态以及附属的认同和社交模式)的出现,也用来预先阻止关于这些转化对一种老化的、破旧的、工业化的、以印刷额为基础的学校教育体系可能产生的影响的重大争论。我们在这场争论中的立场是,教育体系实际上在哪一代都无法应对多种文本阅读和与我们大相径庭的、日渐异化的学生群体,干脆就拿持续存在的早期读书识字的危机作为一种搪塞失误的手段。"②

他们也像许多批评家一样认为,新技术和全球化产生出"新"青年,父母和学校都没有事先告诉这些青年该怎么进入世界寻找工作、获得身份。父母和学校都没有认识到(也不想承认)从前靠阅读印刷品去进行字母式的读书识字的传统方式并不能满足青年的需要,因为青年阅读文本的方式跟正在教导他们的老师和教育家等前几代人的阅读方式大不相同。冈特·克雷斯(Gunter Kress)在其《新媒体时代的读书识字》一文中认为:"读书识字的形势变化很大,所以我们需要重新考虑过去50—60年来或明或暗地支撑写作观念的那种理论。我一直坚持说,我们再也不能把读书识字(或'语言')当作表述和交流的单一的、主要的手段,更不能把它当做重要手段。其他方式不仅存在,而且在很多涉及写作的情况下,它们可能更有作用、更有意义。因此,语言学理论并不能充分解释何为读书识字;仅靠语言,我们并不能获知多模式构成的信息的意

---

① Maryanne Wolf, *Proust and the Squid*, p. 226.

② Allan Luke and Carmen Luke, "Adolescence Lost/Childhood Regained: On Early Intervention and the Emergence of the Techno‐Subject," *Journal of Early Childhood Literacy* 1.1 (2001): 96.

义;现在,语言和文字只能被视为多种意义的载体之一。"①

彻底改革识字教学的教育方式,充分重视多种模式,这一要求已经促使许多教育家和学校启动早期介入方案。制定这些方案的依据是儿童使用口头和书面语言的方式,以及儿童对优先使用屏幕和图像的新技术的反应。正如卢克夫妇所指出的,某些早期介入方案过时了,因为引导这些方案的成年人还在固守通过印刷品读书识字并进行字母阅读的老方针;这些早期介入方案还可能因为重视有关婴儿发育的传统心理学观点而受到误导。不过,情况并非总是如此。正如斯图尔特·麦克诺顿(Stuart McNaughton)指出的那样,分析早期介入方案要明察秋毫:"具有社会和文化视野、关心如何加快早期识字能力发展的心理学家更有可能提出另一个问题(卢克夫妇未曾预料到的):'在不同社会环境中都起作用的各种社会化过程如何为这种发展提供渠道、这些渠道(一旦提供)应如何加以改善以适应所有儿童?'这个问题事关教育环境的构成和社会化代理人的信念和价值观,同时也关系到寻找和认识特定时期行之有效的教育机制的问题。"②

麦克诺顿再次触及对儿童、教育、社会化、书籍和读书识字进行的讨论的症结:价值观。儿童和书籍的使用价值和交换价值都因全球化而发生了重大改变。我已经说过,这导致教化过程中对儿童、阅读和书籍进行重新配置,使得儿童的所作所为养成禀性,而不管他们属于哪一阶级、哪一民族、哪一性别;也使得他们在成为商品的同时,把自己看作精明的消费者。儿童对家庭或社区抱有的忠诚和感受到的归属感逐渐为市场所取代。儿童多受市场力量支配,有甚于听从社会机构、教育机构或政治机构。成年人感到迷惑不解,因为他们还没完全弄明白儿童理解世界的方式跟他们为何不同、如何不同;儿童为何喜欢通过多种模式阅读跟成年人不同的、成年人难以理解的内容,而且儿童究竟怎样养成了这类爱好。简言之,我们成年人没有认识到我们在进步的名义下都制造了些什么东西,因为我们误解了以全球化形式出现的进步的实质。

---

① Gunther Kress, *Literacy in the New Media Age* (London: Routledge, 2003): 35.
② Stuart McNaughton, "On Making Early Interventions Problematic: A Comment on Luke and Luke (2001)," *Journal of Early Childhood Literacy* 2.1 (2002): 99.

如果我们确实看重儿童和儿童书籍，确实想了解书籍和阅读在今天的真正含义，我们就千万不能继续误解我们文化中现存的种种倾向。我们必须改变我们的阅读活动，扭转朝向重塑的教化过程发展的趋势。这一趋势扼杀了启蒙运动的前景，而启蒙运动是一项异常艰巨却又值得我们为之奋斗的任务。

全球化世界中作为景观的讲故事活动

邵凤丽　李文娟　译

【编译者按】 本文（Storytelling as Spectacle in the Globalized World）选自作者所著《不懈的进步：儿童文学、童话与讲故事的重构》（*Relentless Progress: The Reconfiguration of Children's Literature, Fairy Tales, and Storytelling*）一书。该书于2008年出版。作者深刻分析了故事与讲故事在现代社会的重要作用，指出在当今充满景观和消费主义的全球化世界里，不能只讨论讲故事的本质，而不谈论在全球范围内所忽视的真实性。故事的真实性不仅受特定历史时期文化的制约，也受到讲故事行为本身的影响，而讲故事的权利也不断遭受名人、企业之声和媒体大亨的争夺与垄断。因此，需要追寻、回归已经在现代社会中消失了的隐喻思维，并将其与真理和真诚联系起来。

很久很久以前，许多年前……不，让我们换个故事。我不打算讲一个童话故事。

从我们这个时代起，真理突然从地球上消失了。

很快，当人们意识到所发生的事情时，他们感到非常苦恼，立刻派出五位智者去寻找真理。五人四散而去，一人朝这个方向走，另一些人朝其他方向去。他们每个人都配备有充足的旅途费用并怀着美好的希冀出发了。五位智者花了漫长的十年在全球各地搜寻。当他们终于回来，从远处看到彼此时，五位智者挥舞着帽子。每个人都高呼自己找到了真理。

最先站出来的智者宣布科学即为真理。然而，还未等他讲完，其中一位智者将他推到一旁，指责其说谎。相反，这位智者则认为宗教即为真理，而且宣称自己已经找到了它。第一位智者听到后恼羞成怒，当他试图与其争辩时，第三位智者站出来了，他用华丽的辞藻宣布爱显然是真理。但马上就遭到了第四位智者的反驳，第四位智者直截了当地说，真理就在他的口袋里，那便是金子，其他人说的都是孩子气的胡话。最后，第五位智者走来，然而，他的腿脚有些不便。第五位智者咯咯地笑道，承认真理就在酒里面。这是他在到处寻找后发现的。

五名智者始终无法达成一致，他们扭打起来，无情且残酷，整个场面惨不忍睹。认为真理是科学的智者头都被打破了，认为爱是真理的智者则满身污垢，他不得不换掉衣服以在体面的社会上露面。承认真理是黄金的智者被彻底地剥夺了他身上所有闪光的黄金和服饰，人们意识到，他变得毫无价值可言。第五位智者的酒瓶也被打破了，葡萄酒全部都流到了泥土里。认为宗教是真理的第二位智者更糟糕：每个人都痛打、贬低他，使他成为了所有观众的笑柄，几乎快失去了信仰。

很快，人们开始选择立场，有的人袒护这一方，有些人袒护另一方，他们大声喊叫、互相推搡，因为喧闹，人们既看不见也听不清任何东西。与此同时，其中一些人却坐下哀悼起来，他们认为真理已经支离破碎，再也不会完整了。

此刻，正当人们坐在那里伤心难过时，一个小女孩跑过来，说她已经找到了真理。真理离他们坐的地方并不远，小女孩请他们和自己一起去。真理就坐在世界的中间，在一片绿色的草地上。

慢慢地，人们停止了斗争，这个小女孩看起来如此可爱，以至于人们都想要相信她了。一个人和她一起，然后又一个人，接着越来越多……最后，当人们都在草地上时，他们发现了一个之前从未见过的人物。无法判定它是男人还是女人，成人抑或小孩。它的前额纯洁得像一个不懂罪孽的人，它的眼睛深邃而严肃，如同读过所有人的心一样。它的嘴张开，露出最灿烂的笑容，随后又以一种难以形容的巨大哀愁颤抖着。它的手像母亲一样柔软，像工人一样强壮；它的脚坚实地踏在大地上，却没有压碎任何一朵花。最令人着迷的是，这个形象有着巨大而柔软的翅膀，就像夜晚飞翔的鸟一样。

此刻，当人们都站在那里凝望的时候，这个人物挺直了身子，哭了起来，声音就像钟声一样：

"我是真理！"

"这是一个童话！"认为科学是真理的智者说道。

"只是一个童话！"其余四位智者喊道。

五位智者及其追随者们各执一词，无法达成一致，他们便愤然离去。这些人继续战斗，直到世界连它的核心都震动了。但是少数年老、疲倦的男人和女人们、少数怀着热忱、渴望灵魂的年轻男人和女人们，以及成千上万睁着大大眼睛的孩童们都留在了那片草地上，那里的童话故事一直延续到今天。①

我以19世纪丹麦作家卡尔·埃瓦尔德（Carl Ewald）所写的精彩且令人深思的故事为开头来开始这篇文章，是因为在当今全球化的世界里，如果我们只讨论讲故事的本质，而不谈论全世界范围内所忽视的真实性和本真性，这是不可能的。由于故事具有庞大的复杂性和多样性，并且真理经常索问哪里是讲故事的核心，而讲故事又往往充斥着谬误、欺骗、险恶和愚昧，使得当今世界上以任何普遍的方式讲故事都是令人沮丧和恼火的。即使是那些歌颂和探索讲故事所包含的深刻精神和存在论本质这一诚挚且鼓舞人心的努力，也常常喷涌出如此多的宗教思想，以至于重要且具有实际交流的讲故事活动在实用性方面变得异常模糊。众所周知，我们生活在一个充满谎言的世界里，国家、商业集团、大众传媒、教育机构和宗教组织利用故事传播真理，摧毁了数百万人的生命。我们生活在一个真理已被抛弃的世界里，满是残忍的欺骗和专横的场面。

但是，这并不意味着我们因为骗子的存在就应该放弃讲故事，也不可能重回或憧憬当初让讲故事更有集体感，或许对人们更有益的简单日子。对真实讲故事和真理的怀旧渴望，并不能通过多功能且极具复杂交际网络作用的讲故事活动来帮助我们在全球化世界中找到明确的出路，即使这样的故事是乌托邦式的或能推动我们前进的。我认为，清晰、批

---

① 卡尔·埃瓦尔德：《童话故事中的巫术和西方奇妙的文化故事》（Carl Ewald, "The Story of the Fairy Tale," trans. Alexander Teixeira de Mattos, in Spells of Enchantment: The Wondrous Fairy Tales of Western Culture, ed. Jack Zipes）。在此，我对原著的译文略有修改。

判性的社会学分析可以帮助我们窥探全球化到来时讲故事究竟发生了怎样的变化？而我们每个人又具体处于什么位置？在世界范围内发生的社会、政治方面的巨大变化，让我们看起来似乎是与遥远地区的人民一起并肩生活的，但实际上，他们的战争、冲突和疾病也是我们的。有时甚至是他们的快乐。所以我想问一下：讲故事在全球化的世界里到底扮演着怎样的角色，是让我们彼此更为亲近？还是更疏远？为了回答我自己的问题，首先我要讲一下我个人所表述的全球化一词的含义，随后再谈一谈作为文化生产领域的讲故事，以及讲故事的人在一个充满景观和消费主义的全球社会里所面临的问题。最后，在讲故事的权利受到名人、企业之声和媒体大亨的争夺和垄断之后，当讲故事的人试图以诚实的方式传颂故事时，我想对纯粹的专业讲故事者所面临的困境进行一些观察。

全球化

全球化既是一种委婉的说法，也是一个非常精准的术语，指的是20世纪80年代蓬勃发展起来的先进资本主义过程，尤其是20世纪90年代苏联解体之后，各国之间所建立的巨大自由贸易和经济、社会和文化相互依存关系。它给中国和其他所谓的共产主义国家带来了资本主义市场和生产实践的适应，在印度、韩国、印度尼西亚等发展中国家的现代化进程中发挥了重要作用。经济和科技全球化不仅促进了跨国企业的崛起，全球银行和金融的集中化，还促进了不同阶级、群体与族群之间文化和社会交往的增加，同时，经济和科技全球化使得西方文化价值观更具主导性与趋同性，加速了社会阶层的分化、激化了信仰体系的冲突。全球化这一术语已被人们无数次的正面或负面地界定过了，使其看起来可以自我解释了；我们可能并不真正地理解它的含义，但我们使用这个术语也似乎完全是自然的。确实，它已达到神话般的程度，几乎每个人都承认，我们生活在一个全球化的时代，就好像它是命运一样，是由诸神决定的。我们意识到世界正在变得越来越小，也被告知这是件好事，我们除了必须确认自己对特定民族国家的忠诚和成员身份外，我们也鼓励成为并认为我们应该成为优秀的全球公民。然而，正如任何神话时代一样，全球化时代也同样充满了矛盾，我们中的许多人都知道并察觉到了这一点，即我们的联系在全球范围内变得越来越紧密时，也越来越疏远，不仅远离了本社区的人,也远离了我们自己。

在《全球化:人类的后果》(1998)一书中,齐格蒙特·鲍曼(Zygmunt Bauman)关注全球化主要矛盾的视角是从时间和空间的组织方式,以及它给我们的生活所造成的巨大分化和差异出发的,而这也正是我本人所深思的。"时间/空间距离的技术失效,并不能让人类的状况趋于一致,反而倾向于极端化。它将某些人从地域限制中解放出来,并使某些社区生成的含义成为治外法权的——同时又剥夺了其他民族的生存空间,限制了他们的生存空间、意义和赋予身份的能力。对于一些人来说,它预示着前所未有的自由摆脱障碍和前所未有的从远处移动、行动的能力。对另一些人而言,这意味着他们不可能在当地进行妥适化和本土化,这样他们几乎失去了让自己转移到其他地方的机会。'距离不再意味着任何东西',用距离分隔的地方,也失去了意义。然而,对于一些人来说,这一方面预示着意义创造的自由,而另一方面则预示着对他人无意义的归属。现在有些人可以随意离开当地——任何地方。另一些人则无助地看着他们唯一居住的地方从自己脚下离开。"①

沿袭马克斯·韦伯的观点,鲍曼对 20 世纪初从礼俗社会(社区)[*Gemeinschaft*(community)]解散或转化为法理社会(社会)[*Gesellschaft*(society)]这一现状感到惋惜,另外,鲍曼又进一步地证明空间和时间在 21 世纪初已经被国家权力和跨国公司力量进行了重组,大多数人受到了更加严密的支配、管控和约束,人身自由和自我定义也随之受到了限制。与此同时,某些人获得了特权,这样他们就可以超越时间和空间的限制,真正地或实质上地从资本主义的重组中获利,资本主义的重组渗透并决定了全球人民的生活。科技和社会变革的迅猛发展,给大多数人的生活带来了一种明显的非同步化,使我们危险地走向了全球灾难的边缘。非同步化(ungleichzeitigkeit)这一术语是伟大的德国哲学家恩斯特·布洛赫(Ernst Bloch)最先提出的。1935 年,恩斯特·布洛赫在《我们时代的遗产》(*Erbschaftunserer Zeit*)一书中,试图分析纳粹为何以及如何掌权的问题。简单地说,布洛赫坚持认为,现代性和工业资本主义以及由它们带来的所有重大变化让大多数人感到自己与时代格格不入。

---

① 齐格蒙特·鲍曼:《全球化:人类的后果》,哥伦比亚大学出版社 1998 年版,第 18 页。

他们觉得自己被忽视，被践踏，被抛弃，因而迫切需要安全和牢固的传统，以赋予其生命深刻意义。1929 年的大萧条和魏玛时期的政治与宗教战争，不仅加剧了非同步化，还进一步扩大了差距，另外，为了创建和谐与安全，提出了一个更极端的建议——使人与时代同步和/或驾驭时代，来回应人民的深层需要。纳粹已经提供了一个神话般，看起来似乎是植根于德国传统和历史的信仰和实践体系，然而，社会民主党人和共产党人仍在其中争论不休，忽视了技术和城市化是如何加速转变，困惑人心的。纳粹不仅吸引了深陷困境、营养不良的人们，还发展出了一种控制紧密且严密的社区和纽带，同时，重申所谓的外国势力对德国人民的背叛不过是希特勒领导的一场弥赛亚式的信仰胜利，而他是由德国人民共同选举出来的领导人，希特勒就像正在沉睡的（12 世纪德国和意大利的）巴巴罗萨国王（King Barbarossa）。

神话故事是纳粹成功的关键，它采纳了瓦尔特·本雅明（Walter Benjamin）所谓的政治审美化形式。各种各样讲故事的人都有机会美化政治现实，不仅在德国，而且在全世界的法西斯和非法西斯国家，权威的声音和不断增长的大众媒体都在庆祝爱国力量，想象着民族是宏大景观中安全的提供者。产生于 19 世纪殖民主义和帝国主义时期的民族主义故事越来越多，其试图掩盖、协调社会与政治冲突；从 20 世纪 20 年代起，民族主义故事不断地被重新发明，与地方传说、神话、谣言和奇闻轶事共存并对其进行矮化。这样的民族主义颂扬并不能完全实现，但这种趋势肯定是极权主义的；它倾向于将社区和身份的丧失掩盖起来，并设定一套与民族国家主要利益相符合的有关种族、族裔、性别和宗教身份的固定标准。然而，尽管今天原教旨爱国主义运动的兴起，使得民族国家不再对社会和文化融合进行控制。恰恰相反，它在现代又充当起了警察机构，服务于跨国公司，监督对跨国公司的管制，但同时，这些公司又可以制定自己的法律，以对个人和社区自主权进行限制。无论社区或个人寻求建立何种身份，都只能在经济和政治力量所建构的社会文化生产领域内完成。

这并非偶然，鲍曼在写完《全球化》一书之后，其在 2001 年出版的新书《社区：在一个不安全的世界里寻求安全》中，试图从全球化对社区和个人身份造成的破坏性影响这一方面入手，提供一个更细致入微的批评，并就此提出一套可替代方案。鲍曼宣称："一旦国家安全地呆在民族国家多维主权的军械库里，便已经陷入了体制的空白。生存安全已经被打破；为了补充归属感而重申老故事，正在失去越来越多的可信度，正如杰弗里·威克斯（Jeffrey Weeks）在另一个语境中指出的那样，当具有群体（集体）归属感的老故事听起来不再真实时，人们对诸如'我们问自己从哪里来，我们现在是什么，我们要到哪里去'这类与'身份认同故事'等相关问题的回答便与日俱增；人们迫切需要这样的故事来恢复安全，建立信任并'与其他人进行有意义的互动'。随着旧有的确定性和昔日的忠诚被扫除后，人们便开始寻求新的归属'。新身份故事的困扰在于，它与那些'自然归属'的老故事之间有着鲜明的区别，而这已经被坚不可摧的制度所证实了，那就是'信任和承诺必须在关系中发挥作用，某个人不能命令它们应该维持下去，除非每个人都主动选择让其继续下去'。"①

正如鲍曼的精辟论断，其结果是一种规范性的空白。一方面，大多数非同步化的人，即与超全球化的迅速步调不一致的人，变得极具戒备心，成为了原教旨主义者，他们是排外的，易受意识形态和以拯救、安全为承诺的想象共同体观念的影响。当他们的存在受到无法掌控的社会和政治力量的威胁时，当他们所拥有的一切都消失在稀薄的空气中时，这些人便开始寻求可靠的规范。社区变得更像一个贫民窟，要么是被迫的，要么是出于需要而选择的。与此同时，受过教育且拥有特权的人，鲍曼在这里指的是知识阶级，他们在全球化过程中可以自由地享受无度放纵的生活，这些人又提出了一种多元文化主义的冷漠意识形态，使这一阶层的人可以脱离社区，在没有承诺和关怀的情况下，还可以有一个能够忍受的空间。鲍曼尖锐地指出："在没有社会规范的情况下，放纵是生活唯一的希望。在一个生产者的社会里，过剩等于浪费，因此遭到人们的憎恨和反对；它是一种疾病，在生活趋于规范的情况下出生的（一种不治之症，正如它所暴露的那样）。在一个缺乏规范的世界里，放纵已经从毒药转化为可以治疗生命疾病的良药；这也许是唯一的生命支持。

---

① Zygmunt Bauman, Community: Seeking Safety in an Insecure World (Cambridge, England: Polity Press, 2001): 98–99.

作为规范的死敌，放纵已经成为常态；也许是仅有的一种规范。可以肯定的是，这还是一个奇怪的规范，逃避所有的限界。打破了规范的束缚，放纵便失去了意义。一旦放纵成为规范，也就没有什么可以称之为放纵的了。"①

自从鲍曼出版了他的书，在论述了相关社区的缺失以及有必要发展"一个由共享和互相关心而组成的社区；一个关心且对作为人的平等权利而负责的社区；以及为获得这项权利而采取行动的平等权利"② 之后，一切仍未有所改变。全球化仍然使世界上大多数人的生活受到了威胁和轻视，同时，全球化又为特权群体提供了一种无度的行为空间和消费形式，而这些群体还设置了不断变化的规范，以合理化他们的选择和生活方式。

故事家在文化生产力场中的作用

且看当今全球化背景下出现的规范冲突，不断加剧的阶级分化以及民族国家的社会转型这些现象，我们不禁要问哪里是讲故事的田野、讲故事的人所处的立场何在？那些宣称自己是专业的讲故事者，甚至会懒得讲故事吗？那么是否应该如此呢？他们能在故事中提供一些希望或真理来帮助人们找到自己能够应对全球化高压变化的方法吗？这些都是巨大的问题，如果我自称能回答他们，那就太狂妄了。我作为一个在讲故事领域做了大量工作且每年都在欧洲待6个月的美国人，也就是鲍曼所说的知识阶层的知识分子，我尽可能批判性地或自我批判地阐述一些美国专业讲故事的情况，并对我在欧洲大陆和英国获得的经验做一些评论。

关于故事的价值以及讲故事具有精神交流、促进教育成长和社区形成等功能的讨论，在过去40年里已经有很多著述提及过了，似乎不可能在讨论中再加入任何与之相关的东西。但是，我想以70年代讲故事活动的伟大成功开始，那时，专业和业余讲故事人数以及讲述活动不断增加，产出了大量的学术研究以及处理讲故事的手册，并且将巨大的价值全部

---

① Zygmunt Bauman, Community: Seeking Safety in an Insecure World (Cambridge, England: Polity Press, 2001): 131.

② Zygmunt Bauman, Community: Seeking Safety in an Insecure World (Cambridge, England: Polity Press, 2001): 150.

置于讲故事身上是缺失、虚幻的折中主义、过度商品化以及我们异化的标示。更积极地说，在全球化世界中，讲故事可以为我们的社会问题或政治拯救提供某种解决方案，然而，我们越重视其在这一方面凸显的价值，我们就越能意识到它并没有提供，也无法提供我们生活中所缺失的东西。讲故事价值本身就是一种缺乏和失败的标示。我们若想从讲故事中索取——真正的社区和可靠的规范这一能帮助我们建立深厚人际关系的事物，是不可能的。然而，我们与他人的关系在克服了助长非同步性，无情的暴力和隔阂的社会经济力量之后，在我们的关系通过防止认知和自我反省的讲故事景观所调解之前，讲故事才会滋养我们，否则其仅仅是娱乐我们或者只不过是帮助我们以更少的痛苦在地球上度过时光，并尽量减少能够决定我们命运的斗争而已。当讲故事处于最佳状态时，其将会反击入侵到我们生活里的谎言，刺破干扰交流的错觉和幻想。

　　当然，我们都是讲故事的人，而且我们每天都在不断地运用故事来指引和讲述我们自己的生存状态。许多人学会了如何解开将他们束缚在特定命运之中的那些编织而成的故事，结果这些人还找到了解放自己和编织自己身份的方法，而其他人仍通过紧密交织的故事，编织、重复和表演那些不是他们自己的故事。无论在哪一种情况下，我们讲述、想象、发明、保持真实以及传播的故事都受到特定历史时期文化生产力场的制约。作为讲故事的人，在力场中，无论我们的位置是主动选择的还是被安置好的，都将会决定我们更需要、更喜欢传达哪些故事。我们的选择、所讲的内容以及未来想要做什么，总会受到限制。如果我们没有意识到它们都是些什么，那么我们的结局会同美妙的西西里民间故事"想成为教皇的公鸡"里所讲述的那样。在意大利，有许多关于该故事的异文，这只公鸡一心想去罗马成为教皇。于是他出发上路了，在旅途中，他找到了一封自己随身携带的信。有一次他遇到了母鸡太太，她问他："公鸡先生，你要去哪里呀？"

　　"我要去罗马，想成为一名教皇。"

　　"你愿意带上我吗？"母鸡太太问道。

　　"首先我得检查一下我的信，看你能不能来。"公鸡一边说一边看信。"好吧，你可以和我一起。当我成为教皇时，你就可以当教皇夫人了。"

　　于是，公鸡先生和母鸡太太一起出发了，途中他们遇见了一只猫和一只黄鼠狼，猫和黄鼠狼决定一起去帮助未来的教皇。

夜幕降临，他们来到一间小木屋，这里面住着一个女巫。她刚出去做坏事，所以不在家里，每个动物都选择了一个舒适的地方睡觉。黄鼠狼躺在壁橱里，猫躲在壁炉里温暖的灰烬上，公鸡和母鸡则飞到屋梁的顶端，栖息在门的上方。当女巫回家时，她想从壁橱里拿一支蜡烛，黄鼠狼却用尾巴在女巫的脸上敲打。但女巫仍设法抓住了蜡烛，冲到壁炉前要去点燃它。然而，女巫把猫的闪亮眼睛错认为是发光的煤块，并试图用猫的眼睛点燃蜡烛。当女巫把蜡烛插进猫的眼睛里时，猫一下子从她的脸上跳过，给女巫的身上留下了可怕的抓伤。女巫尖叫着，担心她的房间里有鬼。公鸡听到所有的吵闹声后，便开始大声啼叫起来。突然，女巫才反应过来她的家里并没有幽灵，只有愚蠢的动物。于是她拿起一根棍子，将它们四个都赶走了。

现在，猫和黄鼠狼快要被打死了，根本没有任何想要继续前行的欲望，但公鸡和母鸡仍锲而不舍。当他们最终到达罗马，走进教堂时，公鸡告诉教堂的看守人，"让钟声响起来。我将会被选定为教皇。"

"是的，的确，"教堂看守人说道，"我们当然可以做到这一点。跟我来就行了。"

于是他带领公鸡和母鸡太太进入圣器收藏室，一进到屋内，教堂看守人便关上门抓住了它们，并扭转公鸡先生和母鸡太太的脖子，将它们都放到了一个锅里开始煮起来。然后教堂看守人邀请了一些大腹便便的牧师和朋友们共进了一顿奢华晚宴，他们开心地吃着美味的、一心想要去罗马当教皇的母鸡太太和公鸡先生。

现在，依我的观点来看，所有讲故事的人都是公鸡，但从公鸡的梦想和命运中我们可以吸取一些教训。我之所以讲这个故事，是因为它有助于解释我们普通人，以及不太寻常之人在没有考虑讲故事者当前所处的现状和危险的境况下，他们是如何寻找自己专业讲故事者的。在我看来，虽然我们天生都是讲故事者，但在我们承认自己是讲故事的人，以及被称为或自封为讲故事的人之前，我们还不是真正意义上的讲故事者。当我提到日常讲故事的人和专业讲故事的人以及他们之间的差异时，这是一个简单却重要的区别：一位专业讲故事的人，他或她自称是一位特别的、有天赋、才华出众、令人着迷且独特的讲故事者，其有着与众不同的头衔，时刻准备为那些会雇佣、使用和认可他们的人提供服务。当人们宣布他们已经准备好接受任命，获得支付并被承认为选择组的成员时，即使不是该群体中最好的一员，自称是专业讲故事的人通常不会意识到这一宣称或指定所涉及的危险，尤其当他们连自己都忘了是谁时——简单地说，他们是有特定性情和才能的人。坦率地讲，我们确实可以决定我们自己就是专业的讲故事者，并表现得我们好像是自由的、有才能的，他人想听的故事我们都会说，但是，能让我们生存下去并防止自己像公鸡一样被炖在锅里的唯一方法就是不要忘记我们自己的根源。不管他们是什么，宣称自己是一位讲故事者就意味着我们不再具备自主权，必须依从专业讲故事者的规则、章程和要求，必须满足讲故事的人所服务领域之内或之外习俗惯制的需要。遵守习俗惯制并不意味着一定要与它保持一致，而在于我们要明白自己并不是绝对的自由。我们不打算成为领导教会的教皇，也就是说，专业讲故事者的社会角色需要假设某种特定的习惯或行为，这一点我在稍后将会解释。首先我想简明地或者浅显地描述一番讲故事在美国的研究领域以及机构，因为这些形塑了讲故事的惯习。

在美国，尽管可以获得讲故事硕士学位，在极少数情况下，也能得到博士学位，或者参加与讲故事相关的专题研讨会、在私立学校学习等，但大多数有过正式或非正式培训的专业人士则通过公开声明而成为讲故事的人，也就是说他们在门上或网站上附上招牌，以讲故事者的身份为自己提供的服务做广告。现在，许多讲故事的人在市场上都有自己光彩照人的杂志，在互联网上也有一些耀眼的网站。一些联系相对松散的机构构成了讲故事的领域，而职业水准的认同也只能在其中获得，例如：学校、图书馆、剧院、青年中心、监狱、企业、医院、老年住宅，已设立的讲故事节日、协会，比如美国的全国讲故事联合会和英国的故事协会，还有酒吧、泡吧、故事实验、咖啡馆，包括电视、电影的娱乐业。任何一位讲故事的人都不可能同时为以上所有机构服务，但可以同时接纳、服务两到三个机构。成功的专业讲故事者通常是一个能自由浮动的"变色龙"，他们随时准备变换颜色、形状和态度，并准备在一个特定机构的功能空间中表演。很少有专业讲故事的人能够效忠于一个社区。也就是说，他们并不打算在其所居住的社区内培育出强大的人类纽带和价值观。他们是"跨地域"的，也可以说，他们随时准备跨越其所在的社区领域。一些讲故事的人甚至把他们的商品和才华变为数码产品在互联网上进行教授和宣传。这并不意味着他们忽视了自己的社区，也不意味着他们在自己的社区中发挥了微不足道的作用。而是该领域的机构不能，也没有办法要求他们加强和清晰表明特定社区的价值。让我举几个例子，重点看看专业讲故事的人在美国中小学里是如何工作的，什么限制或制约了学校的设置。我将对此进行归纳，并且会有许多规定上的例外。

（1）学校有严格的审查制度，限制了讲故事者的活动余地。一位讲故事的人可能不会使用辱骂性的语言、公开的政治，去质疑学校、宗教、爱国主义的权威，也不会花更多的时间在教室、礼堂里，或者讲一些与社区内需要注意的问题明确相关的故事。学校也会对家长的抱怨做出回应，家长们可能会反对那些他们认为对孩子有冒犯性或不合适的故事，就好像他们知道什么是合适的。

（2）学校雇用并且欢迎讲故事的人，他们作为表演者是可以到学校里的，每年还会花几个小时，为孩子们带来欢乐。讲故事的人也相信那些民族故事和多元的文化价值观，并认为孩子们只需通过由伪装成外国故事家的人所讲述的"异域"故事，就能了解他者了。

（3）从监狱般的尔虞我诈到田园诗歌般的天堂，学校里的氛围和环境变化极大。学校经常雇用警卫和监察员来保护学生和校园。除非她或他与学校有长期稳固的联系，承诺在学校里开展一个讲故事的项目，否则，一个讲故事的人永远都不会知道他应该期待些什么。

（4）学校受到官僚机构和教育委员会的控制，从而被剥夺了自主权和必要的资金，无法创造出更有利于当地社区利益的创新项目。现在，有一个巨大的发展趋势，那就是公立学校体系的私营化，其只教授写作、阅读和算术的基本知识，以达到实证检验的标准。讲故事并不被高度认为是一种能提高年轻人受教育程度的艺术形式。

（5）在中学里即使有鼓励讲故事的节目，一般是在演讲或戏剧课上，年轻人被教授用一些特定的方法或技巧来传达故事。学校和国家之间的地方比赛已经与所谓的专家建立起联系，这些专家来评判年轻的讲故事者是否达到了讲故事的标准。最终结果是，不仅有经常模仿电视和夜总会的喜剧演员和表演者，也有在剧院和其他剧场表演故事的人。专业讲故事的人很少被雇来教高中课程。

如果我们考虑美国学校之间甚至是一个城区的差距和不同时，很明显，专业讲故事的人必须学会适应这些学校的情况和要求，否则他（她）将被辞退或炒鱿鱼。讲故事的人不会被简单地指定为"名人或权威"，甚至被认为是一名"教堂管理人"。相反，学校通过识别一个人的才能或商品是否对学校的教学目标有帮助，来指定讲故事者的头衔。换句话说，学校体系决定了讲故事者的固有习惯。这在整个美国都是如此：它是文化生产领域内的机构，它定义了讲故事者的惯习。

正如我在书中已经讨论过的，惯习是一个被过度使用的术语。最初是由法国伟大的社会学家皮埃尔·布尔迪厄（Pierre Bourdieu）构想出来的。他坚持认为，我们都是通过假定一个特定的惯习来使自己有别于他人和寻求区别的，这种惯习可以被看作是一套在一个领域内产生实践和感知的倾向和性情。这种性情首先是由出生的社会条件形成的，并被灌输到每个人的个性中，这样他或她表现出来的由态度和价值观所构成的倾向和性情就像是第二天性。惯习是持久的，也是灵活的，这样一个人就可以通过借鉴和学习，使自己能在某一特定领域内装出一套可区分职位或职业的惯习。理念、姿态、态度、着装和能力等都被看作是某些职业的标志，因此，如果某个具有工人阶级惯习的人，他或她掌握了以下职业的标志，那么他或她就会成为一个牧师、警察、银行家或社会工作者。惯习不是固定的，不管一个人以后从事的工作、扮演的角色或职业是什么？但在童年时期最先发展起来的偏好和性情，将会在未来的生活中起作用。为了占有某个位置或为了把自己归入那个位置，一个人必须通过行为、物质财富和显现的信仰来证明他或她理应是一个权威或合法的占领者。在没有任何人认可的情况下，个体就是虚无的，是一个非实体，这也是惯习的一种形式，所以，事实上，没有惯习的情况完全不存在。即使是无家可归的人也有自己的惯习。

事实表明，专业讲故事者所处的文化生产领域是如此的巨大、无定形，所以很难通过他或她的惯习来认识专业讲故事的人。在一些社会，如印度或摩洛哥，或美洲和欧洲的小村庄，讲故事的传统习俗仍然存在，认识或判定谁是专业的或公众的讲故事者可以通过他或她的性情、衣着、姿势和喜好来决定。然而，就绝大部分而言，在全球化的西方，讲故事者的惯习中最显著的特征是他或她变色龙般的特质。我们无法定义一个"典型"的专业讲故事者的特征、意识形态、举止、衣着、言谈举止、宗教信仰或社会阶层，尽管我们可能在相识很久之后才会发现他们的基本习惯。当然，有些讲故事的人会成为名人，也会因为独特的讲故事方式而为人所知，比如家庭故事或种族故事。他们拥有自己的商标，将自己的表演和形象视为讲故事者的品牌进行商业交易。帕特里克·莱恩（Patrick Ryan）对此提出了一些相关的批评意见，他将这些讲故事的人称为"复兴主义者"：许多当代讲故事者都需要一种特殊的身份——比如爱尔兰身份——以便向他人阐明一个讲故事的人是什么样的，就像公众不能为他们自己这样做似的。然而，讲故事的人如果表现得很好，并将故事传达给观众，那么依靠传统性和种族性的定义就不需要了……在泛化的基础上选择一个人物形象受浪漫主义、民族主义、遗留物学说的影响，作为表演者，怀旧限制了讲故事的人作为表演者的效力，破坏了艺术形式。[①]

然而，大多数专业讲故事的人像交直流电转换器那样：即使他们有个人身份，他们也会根据文化机构的需要或要求进行工作，并依据情况进行表演和选择着装。他们主要是在特定的环境下被定义的，一旦脱离了这个环境，他们可能会被假设具有其他的角色、工作或职业习惯，同时也会保持一些不同的性格特点来表征他们的社会职业。很少有专业讲故事的人仅仅靠销售自己的商品和才能谋生的。也许这是另一种惯习的特质：大多数专业讲故事的人并不富有，不能靠讲故事谋生。除非一个人成为著名的单口相声演员、知名故事家、纯粹的艺人、饶舌的媒体记者或政治家傀儡，否则很难通过讲故事赚到大量的钱。换句话说，专业讲故事的人既是自私的，也是自负的。他们非常渴望与他人分享自己喜欢的故事，希望自己能给观众带来欢乐，甚至改变人们的生活。但同时，他们也喜欢听自己讲话，渴望站在舞台的中央。许多人只需要花很少的钱或者什么都不用就能做到这一点。通过传递一个好故事，进行有效地

[①] 帕特里克·莱恩：《中心性与故事讲述者意识：种族培养故事讲述者自我意识方法的使用和滥用》，手稿第4页（Patrick Ryan, "Celticity and Storyteller Identity: The Use and Misuse of Ethnicity to Develop a Storyteller's Sense of Self." Manuscript）。

沟通，在一大群甚至是一小群将你视为讲故事者的人面前，用故事来识别自己，可以获得一种深刻的个人满足感。

在全球化世界里讲故事的目的

但是，一位专业讲故事者处在这样一个世界中，当讲故事创造出身份，并将我们彼此联系在一起的时候，但又会立刻消除身份，将我们分隔开来，人们真的能够在此世界里获得个人和社会满意度吗？讲故事者是真实的人吗？故事有可能是真实的吗？由于真实性依赖于社区，我想探索的是，当社区的形式发生改变，以及过去 25 年的时间里，全球化所带来的急剧变化促使社区的本质和结构变成人为的和无定形时，真实还有无存在的可能。全球化不仅带来了民族国家关系的解体，还威胁到了宗教和种族，这也是原教旨主义作为对多国主义、多元文化主义和世俗化的反应而变得更加强大的原因之一。为了保护受到威胁的价值观，许多社区比以往任何时候更加强了联系，更严格地明确了价值观，从而又引发了人们对真正价值观和品质的争论与冲突。我相信，从长远来看，这些结果将表明，没有一项必要或真实的价值。更确切地说，用一个已被过度使用和滥用的术语，我们的价值观是由社会构建和决定的。在特定历史时期，某个社会可能是有效的和健全的，20 年后却不一定。然而，在既定的历史时期内，相较于其他而言，基于真理主张的相对价值观对大多数人来说更可行、有益，并促进了对民主自决、正义、公平和同情等普遍人文主义的理解。

无论是有意识的还是无意识的，世界上数以百万计的人正在努力建立一个真理所主张的社区。他们通过讲故事来表达自己的想法，其中一些会成为讲故事者，虽然不一定是最好的，但肯定训练有素，受过良好教育且无可挑剔；他们决定成为专业人士，还常常以真正的故事创造者身份来获取版权，并标出所有权来收取报酬。这非常符合资本主义市场惯例。在这种情况下，他们的故事和方法不仅变成了商品，而且，他们也使自己具体化为物品；讲故事者的价值和功能取决于市场和他们所工作的机构。例如，如果一位讲故事者为一家《财富》500 强公司工作，那么，考虑到专业讲故事者变色龙般的品质，他或她将会变换自身的状态使自己成为一名社区成员，满足公司在寻求利润、成本效益和服从贸易行为方面的需求，并与企业文化保持一致。如果一位讲故事的人在弗吉尼亚州的路边剧院或明尼阿波利斯的儿童戏剧公司工作，那么，他或她将会与社会和政治团体合作，去鼓励批判性思维，以及社会参与，积极的种族认同，且致力于免费分享和传播故事。在某些情况下，讲故事的人甚至有可能同时为公司和社区剧院工作。最近，美国杂志上的一篇关于"讲故事和组织"的特刊《故事、自我与社会》，负责编辑的是乔·泰勒，他既是一名行政管理者，也是一位专业讲故事的人，其评论道："当我真的听到了那些关于是谁做了这些工作的故事，并看到这些工作意味着什么时，就是我在组织中变得最聪敏的时候。正是因为我听到的故事，因为他们教给我的东西，我才能够做出好的决定去平衡人和利润的利益。正是由于这些故事，我才能在一个简单明了的解决方案还未到来之时的复杂情况下去'相信我的直觉'。通过雕刻和分享真正的故事——并且通过保持我与这些故事的清晰关系——我能够帮助人们提出具有反思性和重要性的问题。这些故事是门槛，开启了思考世界的不同方式——这种方式既令人兴奋又让人害怕。当人们跨过这些门槛时，他们发现明暗相间的房子里充满了对他们设想的挑战，等着人们对它们进行释放，当然，还有更多的故事。"①

在我们这个全球化的世界里，如果真有某种"真实的"讲故事者或"真实的"故事，泰勒就会指责它，但并不详尽阐述它的意义。她认为，故事会在人们的互动、经历、特定的语境中自发地涌现出来，并且故事传达的重要信息可以帮助人们在复杂的情境中做出决定。泰勒还说，她作为讲故事者，像艺术家一样对自己所掌握的故事进行"雕刻"，并将其归还给人们，让人们意识到她并没有占有这些故事，这样人们就可以质疑自己所处的环境，进而变得更具创新性和创造性。她描述的这个过程揭示了今天讲故事和故事所具备的一些明显特征：

（1）一旦一个故事在脱离了语境的情况下被讲述出来，那它就不再是真实的了。

---

① 乔·泰勒：《故事讲述与组织特刊导论：故事讲述、自我、社会》（Jo A. Tyler, "Storytelling and Organizations: Introduction to the Special Issue," Storytelling, Self, Society），2006 年第 2 卷第 2 期，第 2 页。

（2）如果一位讲故事者想要保存和延续某个故事，不管出于什么原因，他都会巧妙地"雕刻"出更令人难忘、更吸引人、更重要的故事，这样其他人就会想要讲述和传播这个故事。

（3）一旦某一个故事被一位讲故事者随意地讲述出来，那么这个故事就不再是他（她）的了。另一个人或一群人可能会滥用这个故事，在一个完全不同的语境中讲述它，并改变了它的意思。如果一位专业讲故事者听到了一个他喜欢的故事，她（他）就会小心地修改或塑造该故事以使其成为她（他）自己的。

（4）如果是简短的复述，故事可以重新变得真实，故事家对此深信不疑，相信故事可以为听众开拓新的视野，相信故事在特定的社区内是有用的，还相信故事也对她（他）的生活具有一定意义。

故事的真实性取决于讲故事人的真诚性，讲故事人的真诚性取决于他（她）的批判性意识，即对讲故事艺术的奉献，认识到故事与经验中体现的真理比决定讲故事的条件和决定讲故事者为专业"合法化"人士的机构所要求的一切更重要。但真诚的讲故事者并不需要这样的合法化，他们也不是变色龙或公鸡，但反叛分子认为由景观所介绍导领的全球化世界是一种幻觉和被煽动起来的谎言，其是为机构服务的，而不是社区。新形式的短暂政治和种族社区要求这种具有思想的故事家，即他们想要介入其所工作的机构，对机构和社区是如何运转的提出质疑，并帮助改变它们以使更多的人可以负责属于自己的故事。在《故事情节》里的一篇文章中，尼尔·拉纳姆（Neil Lanham）指出，拥有口头语言背景的人，例如因纽特人，他们所拥有的一些东西，已经在我们的都市—技术—文化修养的社会中消失了，即隐喻思维。尼尔·拉纳姆在写给本·哈格蒂（Ben Haggarty）的公开信中表示，"我认为最重要的事，是我们所有人都要努力恢复自然地变形意识，我们必须得通过年轻人的帮助才能发展出隐喻，即年轻人需要从自己的经历里告诉我们有关他们的故事。我不相信通过阅读'书'中的故事就能获得隐喻。从经验中得来的故事能够传递真理。它教导人们去联想、关联、联系和推理（参见达尔文）。我认为将信息与理解的行为准则相关联的能力是生活的基本要素。"①

  我们所缺失的正是我们最看重的东西，全球化将讲故事作为奇观加以商品化和开发等方面取得的成功越多，真诚地讲故事就会通过指出这种缺失而更具有价值。这就是为什么拉纳姆希望我们能够回归隐喻思维，并将其与真理和真诚联系在一起。全球化世界会滋生隔阂，也会导致波动着的社区的短暂冲突，虽然我有点怀疑专业讲故事者能否在全球化世界里保留和传达他们的真理和真诚，但我并没有放弃希望，因为我们不能活在没有激昂的真理故事中，也不能没有讲故事者充满热情的通过讲故事来与那些谎言抗衡的景观。

---

① 尼尔·兰纳姆：《故事情节的语言与隐喻》（Neil Lanham,"Orality & Metaphor"），2006年，第8页。

讲故事的智与愚

李丽丹　译

【编译者按】本文（The Wisdom and Folly of Storytelling）选自作者所著《魔杖与魔石：从糊涂的彼德到哈利·波特看儿童文学的曲折成功》（Sticks and Stones: The Troublesome Success of Children's Literature from Slovenly Peter to Harry Potter）一书中的第七章，2000年出版。作者进一步强调了讲故事活动本身对儿童的想象力与童话发展的影响，用哈利·波特的实例讨论了阅读、看影视以及口头讲述故事的不同作用。

秘鲁作家马里奥·略萨（Mario Vargas Llosa）在其1987年的小说《讲故事的人》（The Storyteller）中，探讨了当代生活中令人头疼的矛盾之一，即我们越向世界文明迈进，似乎就越加偏狭与暴虐。特别是他提出这个问题：在高度文明化的社会，诚实的故事讲述活动与故事讲述群体是否还有可能存在？马里奥·略萨将他小说中的主人翁设定在去佛罗伦萨的路途上，这个故事手有一个写字板，但一路上倍感无聊。在佛罗伦萨，他参观了一个展示亚马逊丛林中的马基古加斯人（Machiguenga）印第安人照片的画廊。他看到一张照片上有一个健谈的人正在给一圈印第安人讲故事，他意识到那个人看上去很像他同学索尔·祖拉塔斯（Saul Zuratas），但他已经消失了20多年。索尔极易被辨识出来——他的脸上有瑕疵，还混合着犹太人与印第安祖先的特征，他在亚马逊做人类学工作时就与马基古加斯人有过亲密的接触，并被他们精神上的尊严所打动，遂决定与他们一起生活，帮助他们抵抗殖民化。

让略萨的讲述人困惑的是，一个在现代西方文明中长大的人如何变成一个健谈的人——这个任务和其他任务一样涉及掌握马基古加斯语言才能掌握讲故事的苛刻艺术。"像故事手那样讲故事，"这个叙述人说，"意味着能够感受并生活于该文化最核心处，意味着能穿透其实质，达到历史和神话的精髓，赋予禁忌、形象、祖先之欲望、恐惧以真实的血肉。这意味着，作为一个根植于马基古加斯、拥有最古老的血统之一的人，流浪在我家乡的丛林，带出来并创造出这些故事、谎言、小说、谣言、笑话，而正是这些东西使得分散的人们组成一个社区，形成整体一致性，建立兄弟般坚固的情谊而保持生机。"①

在当代西方社会，我们并不完全只是遭受故事手和故事短缺的困扰。我们每天都淹没在一个又一个的故事中：电视、收音机、报纸与杂志上、工作中、家庭的餐桌上、遍及世界的万维网都在讲故事。但除了这些泛滥的故事外，一些重要的东西正在消失。正如马里奥·略萨所说，我们已经失去了诚实地讲故事的天赋，这种天赋是每一个马基古加斯人都绝对理解的，也是直到20世纪的前半叶都是西方文化不可或缺的一部分。这种天赋是利用故事的力量来分享智慧并建立对社会有重要意义的感受。

然而，对我们而言，故事是畅销商品，是能够用于销售大公司的股权或者提升我们自身的东西。这样看待故事，即便不是极度恶劣，也多少有点可悲。1999年6月25日，以下标题引起我的注意："生物技术产业的未来取决于故事讲述。"我读到生态活动家杰里米·里夫金（Jeremy Rifkin）出人意料地被邀请参加孟山都公司（Monsanto Company）总部的一个工业会议。"孟山都公司的本意不是征求他的建议，因为这一点是公司对每个邀请的人首先说明的。"受雇于孟山都公司和世界可持续发展商务委员会13名成员的顾问乌尔里奇·高鲁克的邀请，现年54岁的里夫金是要帮助他们描绘关于2030年生物科技的行业景观及演变过程。这个以故事建构或者更加形式化地作为方案创新而闻名的试验，是一种"凝视水晶球"的做法，是美国和海外的大公司正越来越多地将其作为一种早期预警系统，用于预测其决策可能走向的歧途。

---

① Mario Vargas Llosa, *The Storyteller*, trans. Helen Lane (New York: Farrar Straus Giroux, 1989): 244.

"每个孩子都知道你能以讲故事的方式将极其复杂的问题讲清楚。"高鲁克先生说。①

广告代理巧妙地使用一些创作出来的故事来"推销产品";新闻评论员讨论广告有创意的方面;报纸和杂志印刷感人的故事来感动他们的读者;电视脱口秀的主持人诱哄人们在节目中暴露他们最私密的故事,做一些荒谬的事情,所有的行为都赢得巨大声誉;犯下残暴罪行的人把自己的故事出售给那些出版商而得到大量肮脏的金钱;政客们受训以时尚喜剧演员的方式讲故事以娱乐听众;喜剧演员模仿尽量表现得像喜剧演员的政客。即便是在北美和欧洲最新的一种专业的或者舞台上的故事讲述人也是在比赛中崭露头角。他们为学校、图书馆和社区中心提供的服务收取高额费用,以一种胜过好莱坞的方式来表演,而不是以亚马孙雨林中的围坐起来的方式讲故事。尽管他们中许多人有讲故事的天分,他们的首要使命却不是分享智慧,而是为了逗乐、消遣、娱乐和颂扬自己的技艺。

无须将过去理想化!我们只要来认识一下,直到20世纪,故事被讲述和故事被使用在质上的区别。小的部落、村庄、城镇、阅读圈子、宫廷社会以及一些小社团的职业和风俗形成了过去的故事讲述,但今天却是市场的力量,大众媒体的联合企业以及互联网决定故事将如何传播。有一个复杂的"口述网络"(web of dictation),以利益与权力为基础的一套垄断的规则限制了故事讲述人能够走多远、多深。1936年,当法西斯主义正在欧洲发展的时候,德国著名文学评论家瓦尔特·本雅明(Walter Benjamin)在他的文章《故事家》(The Storyteller)中概述了资本市场系统如何给经验的自由交流设置巨大的障碍。因此,按照本雅明的说法,故事讲述者的关键角色之一是颠覆性的,是穿透统治精英的神话来解放民众,使他们意识到他们到底是谁。历史上的其他时期,古希腊—罗马的宗教、封建制度、基督教和共产主义曾是受到挑战的神话。但是现在,一个新的神话——可能有些人会争议,更具有潜在危害的神话正在逼近,那就是关于自由观的神话。

---

① Barnaby J. Feder, "Biotech Industry Bets Its Future on Storytelling," *International Herald Tribune* (June 25, 1999): 13.

我们以为我们在自由的社会中自由地表达。我们以为思想自由地得到交流。但是我们的思想常常是照本宣科，我们的话语常常在我们说出来之前就已经石化。罗兰·巴特（Roland Barthes）展示了神话中的文字如何被固化以支持既定社会的执政思想体系。他认为，"神话由事物历史特性的遗失组成：在神话中，事物失去了它们一度所有的记忆。世界以活动之间和人类的行动过程之间的辩证关系来组织语言；它作为本质的和谐展示而产生神话。魔术式的诡计已经发生：它将现实彻底翻转，清空历史的真实而代之以自然，它移除了人类有意义的事物以使他们强调人类的无意义。童话的功能是清空现实：从字面上看，它不断地流失、大出血，或者是蒸发，简而言之，就是可感知的缺席。"① 语言学的标准、词汇的选择、表达和手势都被模塑进由政治家、宗教领袖、社团领袖操纵的符号学系统，以创造神话来服务于巩固权利结构。这个系统促进了对生产、信仰和法律的盲目消费，抑制了思想的自由表达。但是，正如本雅明所指出的，口述之网不是无缝可击的。通过挑战与戳穿自由神话的假定真理，我们能够为真实的和想像的表达争取一点空间。而这，正是真正的故事讲述得以进入的地方。

本雅明认为，交换经验的能力意味着一个人能够学习关于自身和这个世界的时刻，居于真正的故事讲述的核心——这种能力，在某一时刻似乎是不能夺取的，却由于分析经验不再是故事的基础而差不多已经消失。根据本雅明的说法，故事讲述的传统形式已经衰落，由睿智的故事讲述者斡旋调停而分享经验已经让位于反映出社会上日渐增长的疏离的个体化经验。

在这方面，本雅明和巴尔加斯·略萨十分相似地描述了故事讲述和当代西方社会诚实的故事手的困境，而这种对故事讲述命运的深切关注在卡尔·克鲁伯（Karl Kroeber）富有创见的研究《重述/重读》（*Retelling/Rereading*）中得到了呼应："世界正在加速成为一种单一文化，叙述一直植根于地方主义——个人的、家庭的、部落的，甚至是民族的。在单一的全球文明中，叙事话语可能很少甚至没有作用。瓦尔特·本雅明

---

① Karl Kroeber, *Retelling/Rereading: The Fate of Storytelling in Modern Times* (New Brunswick, NJ: Rutgers University Press, 1990): 187.

认为故事在机械复制时代的社会中是过时了的,这是非常普遍和可行的。但即便是他,也没有预见到复制技术扩散的范围和迅猛速度。例如,在一个能够即时电子传输并快速廉价地复制影像的世界中,叙事的观众需要耐心,让一个故事以自己的速率展开的意愿可能是没有价值的特性。"[1]

对诚实的故事讲述的威胁有很多:同质化、人格解体、碎片化和过时化。但我想从本雅明、略萨和克鲁伯对故事讲述之转变的批评那里退一步,重新检查他们的前提并讨论故事讲述对儿童的潜在影响。他们对故事讲述类型的作品有怀旧倾向,但事实上,那样讲故事在今天推进全球化网络的高度技术化社会是不可能的。故事讲述根据社会经济的变化也调整了自身,也许没变得更好,但仍旧有可能存在"诚实的"故事讲述,尽管有使每个故事都一模一样的大体倾向,也即,缺乏其颠覆性和反独裁的特质,而这对克鲁伯而言是故事讲述的本质之所在。我关注的主要是美国的故事讲述场所,但是我将讨论自己在欧洲的一些经历,质疑诚实的故事讲述的观念,更多地思考故事讲述对儿童意味着什么?

毫无疑问,自20世纪30年代以来,西方社会——东方也一样——已经存在的故事讲述的艺术和讲述类型都经历了巨大的改变。但是,我相信,关于本雅明和巴尔加斯·略萨(克鲁伯更加明显[2])认为"真正的"故事讲述已经伴随着稠密社区的消亡而衰落的这部分有一些夸张,德国人将稠密的社区称之为共同体(Gemeinschaft),这就意味着共同性。正如我所主张的那样,他们写作中的怀旧色彩导致他们支持关于过去故事讲述的神话或者在小的共同体中讲述故事。在此,我也想起赫尔曼·黑塞(Hermann Hesse)的一个小故事。赫尔曼·黑塞自己是一个讲故事的人,他崇拜过去与东方。在这个故事中,他描绘了生活在森林深处的一个部落里的人们在文明的最开始那令人窒息的环境和黑暗。《森林居民》描绘恶劣的环境及其中森林部落的人们因为他们的祭师马塔·达兰而生活的状况:马塔·达兰憎恶太阳,四处传播光的谎言,这样人民都惧怕他和太阳。特别是,他们十分恐惧离开黑暗的森林,并被马塔·达兰所

---

[1] Roland Barthes, *Mythologies* (London: Granada, 1973): 142–143.
[2] "如果我们意识到讲故事并没有因为20世纪的到来而消失,我们就该理解不同的批评观点,由此可能使我们打破理论概念的束缚"(Kroeber, *Retelling/Rereading*, p.188)。

讲故事中的咒语束缚，达兰在建立仪式和律法方面越来越霸道。当库布（Kubu），一个聪明又好奇的年轻人，代表失望的年轻人试图揭露马塔·达兰欺骗性的谎言时，他发现自己反而是被驱逐的那一个。黑塞后来以这样的方式来描述自己的处境：

> 所以他（库布）在森林里游荡，思考他的处境。他回想一切引起他怀疑的事情并疑心牧师的鼓与仪式。他想得越多就越孤寂，也就能看得越清晰。是的，这全都是欺骗！既然他已经在思想上走得那么远了，他开始得出结论。面对怀疑，他检验一度被认为是真实和神圣的一切事物。例如，他质疑是否存在森林中或者圣歌中的神圣精灵。哦，一切皆是虚无。这也是一个骗局。当他设法克服他那极端的恐惧时，他用藐视的声音唱起森林之歌并歪曲所有的歌词。他叫出森林精灵的名字，没有人被允许以死亡为代价如此称呼——一切都仍旧寂静。没有风暴，也没有雷电击倒他。[1]

事实上，正如黑塞继续讲述的那样，库布离开了森林，发现了太阳的真相和美丽。他受到了启发，因为他打破了那所谓的睿智的祭师/故事讲述者的咒语，撕破了自己所处的虚构之网。

我引用这个故事，因为我们所说的传统故事大部分也都如此地欺骗、撒谎和不真实。许多传统故事被作为宗教和政治的宣传而讲述，以维护和符合那些要么是庆祝图腾崇拜，要么是强调部落或社区统治者的权力关系的仪式。许多故事都是为了回应现实状况而讲述的。在关于口头故事讲述传统和童话故事、寓言、传说等文学类的出现之间相互影响的研究中，我已经发现我们关于"真正的"故事讲述的生命或者真正的故事及它们在口头传统中如何作用都知之甚少。大多数关于口头讲述传统中故事讲述者的研究都是推测性的，因为直至 19 世纪关于他们的记录都很少。更有甚者，极少数学者敢于质疑祭司、女祭司、萨满、圣人、管理员、抄写员、法院公职人员等具有的危险、残酷的那一方面。对于传播

---

[1] Hermann Hesse, *The Fairy Tales of Hermann Hesse*, Trans. Jack Zipes (New York: Bantam, 1995): 190.

与听故事的一般民众我们也一无所知。如果我们只是研究欧洲自基督教兴起以来的故事讲述，我们知道，从中世纪到现在，各种类型的故事都得到讲述，有许多不同类型的故事讲述人，有的可以得到贵族付的薪水，而其他的都是一些自由地讲述故事的家庭或社区成员。讲述者来自社会各界：奴隶、祭司和女祭司、农民、渔民、水手、士兵、纺织工人、草药采集者、行吟游子、流浪学者、家庭主妇、商人、旅馆老板、猎人、演员、异教徒、管理员、抄写员……各行各业的人都讲故事，他们会修改故事来适应环境。口头故事讲述总是具有功能性和目的性的，并且今天仍然如此。毫无疑问，"真正的"讲述者掌握了他们文化的精髓，而且可能他们中的许多人利用故事的力量来获得和维持权力。

如果我们稍微回顾一下这个历史，就会发现，在各类场景中，故事得以自发或有意地被组织起来进行讲述：婚嫁、生子或者死亡的仪式都会有不同的故事讲述。大量的宗教和种族群体都产生了特殊的、创造性的故事来解释地球如何形成、神如何产生。节日与假日也都与特定的故事相关联。士兵们叙述大量关于英雄业绩的故事并进而演变成传说。农村中的农场种植及生活环境形成的是在收获季节或者火炉旁讲故事的场景。商人与旅行者扩散着关于强盗、诡计多端的神父及奇迹事件的谣言与故事。每一项职业技术，譬如铁匠、裁缝、纺织工、牧师、小贩、水手等，都有与其职业相关的专门故事。贵族组织包括讲故事在内的宫廷演出和露天表演。统治者通过讲故事的来找乐子，贵族和中产阶级女性组织的沙龙中，艺术性的交谈与故事讲述起到了重要作用。工厂、教学、犹太会堂、寺庙、澡堂、妓院、商店、监狱、学校、医院、酒吧和许多其他的场所都是产生一般的、各种各样故事的地方，这些故事与这些场景中的人们各自的经历相关。成百上千、成千上万的故事曾经被讲述，且至今仍然在相似的环境中被不断地讲述。故事的讲述被用于指导、警告、讽刺、娱乐、模仿、传道、质疑、说明、解释和享受。这一切都取决于在特定社会环境下的讲述者与听众。

那么，真正的故事讲述是什么？克鲁伯认为，"真正的故事讲述本质上是反对权威的。即使一个官方教条真正的信众也忍不住以他自己的方式清楚地说出一个被接受的事实——因为故事都是被个人而不是由群体讲述的。所有这些个性化的固有属性都具有颠覆的潜在力量，特别因为故事是个人'接收'的，不管一次讲述的听众是多么庞大和均质，他们中的每一个都只是为他或她自己而可能采用'未经认可的'理解来阐释——如果一不小心，就会更危险。"① 但我们是否相信我们都潜在地具有颠覆性？我们的真理如何宣称可以通过我们的叙事来检验社会的道德标准？是否存在一个理想的社会语境，故事在其中可以比其他的更容易被讲述？一个故事的价值或者质量可以被从其功能中分离出来吗？

这些问题需要诚恳而坦率的答案，我想尽可能简要地回答这些问题，然后把我的注意力转向过去三十年里故事讲述和故事手在功能方面的变化，以及这些变化已然如何影响孩子。

所谓"诚实的"故事讲述这样一个观念一直吸引着我，在早期关于故事讲述的文章中，我曾力图界定"诚实的故事讲述"的可能性。但是，经过进一步的思考，我恐怕也在本雅明的"故事讲述"的影响力下屈服了，可能也包括对略萨的接受，因为事实上几乎不可能辨析诚实地讲与虚构地讲故事，除非是在极明显的情况之下。事实上，一个真正的故事能让人产生共鸣的可能常常取决于故事家的艺术性叙事以及产生真正的故事讲述的氛围。一个真诚而诚实的故事可能是无聊的，也不一定能够揭示文化的本质或者叙述者的根本目的。

但是，界定"诚实的"故事手或"真"故事的不可能性并不意味着它们不存在，也不意味着我们应该放弃寻求如何知道区分真假的努力。我们可以从一个简单的定义开始，比如：为了给听者提供用于求生和愉悦的策略，并提高人们对生活的感官享乐和危险的认识，通过不同的叙述形式来展现和表达经验与知识，从而构成诚实的故事讲述。克鲁伯坚持重述的重要性和诚实的故事讲述的道德本质："所有重要的叙事都是重述，并且都意味着被重述——哪怕每一次重述都是在进行一次更新。故事因此能保留思想、信仰和信念而不会允许其变成抽象的教条。叙事能够允许我们在想象中考验自己的道德原则，其间我们能够将之纳到不确定的、混乱的意识环境中。"② 不过这样诚实的故事讲述可能总是发生且

---

① Kroeber, *Retelling/Reading*, p. 4.

② 参见, Richard Alvey, The Historical Development of Organized Storytelling for Children in the United States, Ph. D. diss., University of Pennsylvania, 1974.

依然在我们周围发生。再者，这不是说没有诚实的故事讲述这样的事，而是定义要常常取决于批评家的思想观点。

　　对我而言，诚实的故事讲述不仅是颠覆性的，而且是神奇的，不仅在于它化腐朽为神奇，而且能令我们欣赏并注意到在我们日常生活中往往忽略的一些微小的事物。真正的故事讲述更多地是自发和道听途说而非有计划地研究与学习而来。我不是说没有必要去记忆和回忆我们在过去已经讲过的故事，或者说我们不应该创作一个故事库以应对我们喜欢以巧妙的方式重复。我更多地是指，一个诚实的故事或者说故事讲述是出于特殊的场景并适应这一场景中的故事讲述人和听众。是讲的人与听者的结合在一起创造了某一刻真实的一面，除非有录音记录或者磁带，否则都会是转瞬即逝。这就是为什么一个人不能无条件地界定诚实的故事讲述，因为是社会历史语境促使事情的发生。这也是为什么一个人不能决定故事家会传递给听众什么样的智慧与道德原则，也不能决定故事家会从他的/她的听众那里学到什么。当然，所有的故事必有教化。即使是在最平淡的笑话或者轶事中也可以学到一些东西。但是故事的智慧取决于讲述者清醒地意识到他/她所讲的可能也是愚蠢的。讲述、占据舞台中心、盗用故事讲述者的角色、成为大家关注的焦点，都是对听众的意愿和想象力取得支配权。讲故事的人以任何可能的方式（咒语、音乐、节奏、手势、音调、乐器、服装等）来使听众相信他们暂时进入到一个放弃自我而转向故事手构思的力量（或者缺乏力量）之领域。在任何情况下，讲述者寻求使听众相信：多少有一点真实的东西听众可以带走，这些真实的东西能令他们更加有洞察力。矛盾的是，故事手——在这里我正努力界定的诚实的故事讲述者——必须确信故事可能是愚蠢的，他/她正在创造的只是一个骗局。诚实的故事讲述者是一个不可知论者，一个怀疑论者，他的智慧便是由"可能并没有智慧或道德规范可以传递"的理解来传达的。通过挑战故事手所讲话语的真正价值，他/她才能变成真正的讲述者，智慧才能得以传递。

　　显然，不存在故事能够被讲述或者应该被讲述的理想社会语境。讲述能出现在餐桌旁，或者作为睡前故事，它也能出现在电视上或者舞台前，它也能是一次自白或者一次声明。尽管我认为一些社会语境是侵入性和操纵性的，并且故意试图阻止听众的批判性和想像性思考，但是对孩子而言，它可以在教室、学校的操场、学校的礼堂、汽车里、家中、街上、球赛时——有各种各样的场景可能需要一个故事，不存在一个场所比另一个场所强的问题。在这种情况下，故事的品质或价值就会降低。如果讲故事的人想要变得绝对令人信服，并且在观众中能够有足够的力量去控制人们的思维，那么无论故事讲述者如何具有技巧，故事自身也会受到影响。在专制主义下——讲述人的绝对艺术——欺骗开始了。同样的故事能够被不同的讲述者一次次地讲述，但它却绝不会是完全相同的。它的价值取决于讲述的场合和讲述者如何应对这一场合，也取决于讲述者是否严肃地质疑叙事和场景的功力与寓意。

  显然，如果一个故事被自发地讲述以适应某个场合，故事讲述者的那一部分必然没有时间来深思熟虑，但还是有时间来思考的，故事讲了一两次以后，在批判性的思考中，价值就会得以显现。

  给孩子讲故事的价值已经是几个世纪的争论主题。在英语中有一个众所周知的表达方式，它似乎可以作为判断一个故事是否应该告诉孩子的标记：我们通常会说，当我们听到粗言秽语或者故事中包含令人不安的可怕事件时，这样的故事就不适合讲给孩子听。自20世纪以来——情况也并非总是如此——我们已经寻找保护我们的孩子不要听到和看到那些我们认为不当和有害的东西。特别是什么是适当的，什么是有害的，总是品位问题与社会阶级问题，正如语言的掌握，口语与书面语，也受品位和阶级的影响。在美国，直到20世纪中叶，为孩子讲故事成为图书馆员、学校老师、教堂的牧师和娱乐工作者，尤其是女性的活动。尽管父亲有时也参与到睡前的例行习惯中来，但在孩子睡前讲个故事来安抚孩子的心灵一直被视为是母亲的责任。在某些情况下，有天赋的地方故事讲述者在一些公共团体的环境之外来锤炼他们的技艺，但是在美国，民间故事讲述没有根深蒂固的传统，只有两个例外：美洲原住民部落悠久的故事讲述传统（大部分在美国公众领域被根除或沉默）和非洲裔美国人讲故事的习俗（在美国也被隔离和限制）。这些传统并没有被破坏，但是经历了转变，仍然是维系社区联系的重要手段（经常是颠覆性的）。当然，定居美国的欧洲人也讲故事，但是为讲故事的人创造一种特殊的地位，或者把讲故事的风俗习惯化的想法从来没有深入人心。这可能与美国缺乏固定的仪式，社区不断变化和社会经济的流动有关。世界上的许多国家，职业的或专业的故事讲述人一直受到尊重。就美国而言，一直都有故事手，但却没有职业的故事手，在20世纪早期，更常见的是讲的人在指定的时间里，在图书馆和学校里大声地读出书中的故事，或者他们或多或少地背诵一些文学性的童话和写给孩子的故事。

所有这些在20世纪70年代都有了根本的变化。约瑟夫·丹尼尔·索博尔（Joseph Daniel Sobol）在其关于美国叙事复兴的重要著作中，将重点聚焦于1970—1995年前后，指出："'故事讲述者是艺术家和文化医者的复兴神话'这一想象为故事家提供了推动力，他们从这些机构中走了出去，离开家庭和社区，形成一个自由职业的专业表演者网络。这些新的职业人受到早期机构——图书馆、学校、娱乐中心——的大力支持，同时也受到仿效'琼斯伯勒'（田纳西州）的国家故事节而形成国家网络对故事讲述节日的支持。在这个过程中，他们已经发展出一张支持职员建立'艺术世界'的联络网，包括出版商、媒体制作人、艺术理事会、艺术记者和公共部门的民俗学家。所有这些故事讲述者和支持者的连锁网络已经形成了一个自己的'艺术世界'。"[1]

具有讽刺意味的是，在美国历史上，首次有专业的故事手开始努力在"去神话化的时代"建立仪式和神话。正如索博尔评论的那样，故事讲述运动源自20世纪60年代后期的民权和反战运动，以及20世纪70年代多元文化激进主义，当美国许多不同的民族团体开始寻根，美国政治的祛魅和改变社会的无力使得很多人寻求精神信仰和生态平衡的方法来解决社会问题。到20世纪80年代初，由于之前二十年的纷争，"美国梦"这一神话的破裂和对美国社会道德价值观的质疑也导致了克里斯托弗·拉什（Christopher Lasch）所谓的"自恋的时代"，产生了大规模的邪教运动、基于传统家庭观念的强烈保守的宗教复兴、右翼民兵组织的兴起、认同政治和新时代的邪教。许多人都愿意尝试任何事物以期能带来内心的和外在的宁静，或者把他们的主张与何为美国人联系起来。此外，许多民族试图恢复过去的一切，以期发现美国原住民或非裔美国人的含义。

---

[1] Joseph Daniel Sobol, *The Storytellers'Journey: An American Revival* (Urbana: University of Illinois Press, 1999): 14.

人们开始探索的"事物"之一便是讲故事,更确切地说,讲故事是一种带来新的社区意识和新的自我意识的模式。因此,在美国,讲故事的组织在创立正式和非正式的故事家网络和关于故事讲述的新神话方面是最有用的。这个组织有其职业化与制度化,在70年代初欠了位于田纳西州琼斯伯勒的故事讲述保护与永续发展国家协会(NAPPS)一大笔债,现在称之为国家故事协会(NSA)。当然,正如凯·斯通(Kay Stone)在她著名的《熊熊燃烧:老故事在今日散发新的光芒》(1998)中所指出的那样:"组织起来的故事讲述戏剧性地兴起并不仅仅是北美现象……有组织地讲故事,既是以儿童为中心的活动,也是为成年人进行的表演艺术,已经在欧洲大陆和不列颠群岛以及世界其他地区,特别是在亚洲(尤其是日本)和澳大利亚继续繁荣下去……这个大陆上的民间复兴是渴望想象中遗失的纯真时代的另一种表达。"[1]

索博尔和斯通认为,许多已经转向专业的业余故事手开始将讲故事作为一种谋生的手段,吸引了更多的人转向故事讲述,因为他们有着非同一般的个人经历——几乎是顿悟——引发了他们讲故事的渴望:他们渴望和谐和共享以对抗日益增长的技术化社会,他们渴望医治受伤的灵魂。将1980年到现在这一段时期称之为后现代、后工业时代或者是后某某时代,全世界都有一种正在增长的感觉,即想象力已经退让至合理化的位置,异化与分裂是大多数人的精神和社会行为的决定性因素,而且大多数公众谈话都是浅薄、虚伪和骗人的。

因此,在美国(也可能是世界其他地方),重新体验谈话,是净化谈话,是使谈话服务于人和精神的目的,而不是诱使人们购买产品或者买卖其他人类,就成为新的专职故事家的潜在问题。在许多复兴的故事讲述者眼里,故事家的目的变得有些神秘,甚至是神圣。索博尔宣称,说故事的复兴是"一个理想主义的运动源泉。它持续地唤起复兴的教育意义:自身立足于艺术的和地方自治主义的理想,居于想象的过去以治疗当下的崩溃并唤醒理想的未来。故事家是恢复整体性的调停者形象,是加强在场的棱镜,过去和未来的田园生活通过棱镜的折射便能闪闪发光,

---

[1] Kay Stone, *Burning Brightly: New Light on Old Tales Told Today* (Peterborough, Ontario: Broadview, 1998): 8-9.

至少在表演行为期间阐明社会规范"。① 这无疑是美国故事讲述专业化积极的一面，故事讲述者开始进入医院、老年之家、监狱、企业、收容所、公园、保留区、教堂、犹太教堂甚至商场，展示故事如何改变人们的生活，并产生新的社区精神感。有时通过与荣格精神分析治疗师合作，有时是和教师、神职人员和社会工作者一起，他们经常为复兴运动提供培训新"信众"的工作坊，他们为大大小小的人群表演，组织自己的节日，分享故事和经验，扩大他们的工作外沿。

然而，在每一个运动中，都有一个派系和统治集团形成的时期，而这个运动的发展超出了其创始人的期望。领导人试图保住自己的位置，保持对组织的控制。许多已经很有名甚至是著名的故事讲述人对他们的权利产生了扭曲的认识，试图要成为文化偶像或大师。而且，为了适应这些故事讲述者因为接受付费而服务的需求，导致许多的故事讲述者逐渐变得商业化，忽视了故事讲述复兴原初的精神动力。越来越多的故事讲述者正在尽力转变成明星商品，宣传他们的故事讲述，就好像他们确实很神奇一样。故事讲述者之间的竞争已经污染了艺术界的思想。折磨了这么多故事讲述者的商品化导致这一情形的出现：有了两个大的阵营，那些商品化的故事讲述者为表演而讲述，他们已经放弃了任何文化使命；那些继续反思他们身为讲述者角色的专业故事讲述者，他们对所处的环境和他们的故事都极为投入，并质疑他们迫切地想要传递给听众的故事讲述的价值。当然，在美国这样的大国，故事讲述者的普遍化——或者任何其他国家面临的这样的问题——都有很多例外。但我想要表达的主要观点——这个观点常常变得模糊——是一旦故事讲述者开始一场重要活动，开始将自己组织起来并变得职业化，他们也就开始有了破坏他们自己活动的威胁，因为他们必须为适应市场环境而变成娱乐表演者和演员，必须去取悦而不是去挑衅或挑战观众和他们的消费者。

在这种情况下，故事手面临的是不可选择：遵循市场规律、追求普遍的成功，或者同时遵守和抵制它们。比如，有些人把孩子和学校作为客户，给他们合适的价格他们就来学校，在众多观众面前做一两场演出，

---

① Joseph Daniel Sobol, *The Storytellers' Journey*, p. 29; Kay Stone, *Burning Brightly: New Light on Old Tales Told Today* (Peterborough, Ontario: Broadview, 1998): 8—9.

回答一些问题，谈论多元文化或者一些鲜明的民族文化然后离开，留给年轻人（和老师）的是敬畏。对青少年和老师而言，这一学习经历是微不足道的。他们一直是被动的。为何不是呢？他们面前发生了什么？故事手可以是任何一种类型的好的表演者。孩子们可以坐在电影屏幕前面或舞台前也能得到同样的内容。这不是为了贬低所有的表演或舞台上的讲述者。在我们的生活和孩子们的生活中，总有一个地方是适合表演和娱乐的。但是，我想，对与年轻人一起工作的故事手而言，质疑他们自身和他们的故事、运用他们的技巧和故事储备以使年轻人自己能够变成故事手，这是至关重要的。

在美国和全世界都有许多技艺精湛的故事手，他们正在作这种批判性的反思。例如，圣路易斯的林恩·鲁宾特，她是一位教授，也是一位故事手，曾在她的宝贵著作《超越魔豆：通过讲故事的跨学科学习》中报告了一个为期三年的联邦政府项目资助，该资助主要是为支持1971年她的TELL项目"通过生活语言教授英语"。项目目的是展示故事讲述和其他艺术如何成为教授阅读和写作的关键方法，这导致学生和教师都得到训练，发生转变。她列出了在课堂上运用故事讲述的老师们之间的一些基本共识。这里简列如下：

  老师和学生越以故事向闹着玩似的实验敞开心扉，就越有可能为各种表演而发展。

  通过故事讲习班，教师意识和经历了自己作为熟练的故事手的潜力，并通过在课堂上模拟讲故事，使学生也成为更有效的故事手。

  与戏剧相结合的讲故事让孩子们尝试多种角色，帮助他们发展同情心的能力，增长对不同于自己的人们的理解。

  教师们常常惊讶于孩子们思考他们所听过或看过的寓言、民间故事和其他文学时所显示的洞察力。

  当孩子们讲故事时，他们经常会显露出在传统的学习方法中未曾发掘出的天赋和才能。

  讲故事给很多孩子提供了发展口头表达能力的技巧和特长的机会，他们获得了以前在同龄人面前从未经历过的尊重。

作为故事手,鲁宾特正在进行的工作中至关重要的是,她意识到,讲故事是将学生和老师聚到一起,发展他们的技能和才能的一种手段。这不是要强调讲述者作为祭司、萨满、巫师或治疗者的威力。故事手的角色更多的是动画师,他用故事来给他/她的审查者建立这样一个领域的权利:在这个领域里,学生能够运用想象力和批判的方法去探究他们自己和这个世界。确实有许多方式方法来进行故事讲述和帮助引导成为一个故事手,如 D. 李普曼(Doug Lipman)的《故事讲述教练:如何倾听、赞美和激发人们的最佳能力》。但与学生合作的重点不在于培养他们成为未来的故事手,而是为他们提供技能和信心。通过讲故事,他们不仅可以学到:他们必须要说的东西是重要的,而且他们将不得不为把他们的观点展现或者编织在故事中而奋斗。

有太多的方法来通过故事赋予年轻人权力,尤其是在学校里,教授兼故事手米歇尔·威尔森(Michael Wilson)等人力图使青少年活跃起来,组织他们自己的故事讲述俱乐部和圈子,引导他们获得可以搜集和讲述他们自己的故事的技能。特别是当孩子们处于 5—12 岁之间的儿童时期,与成年人特别是与教师的合作至关重要。通过她的作品,作家和老师薇薇安·佩利(Vivian Paley)已经展示了她如何设法将孩子们引向故事,从孩子们那里得到故事,受他们的启发思考他们的互动、问题与需求。她最近的《有棕色蜡笔的小女孩》是一本引人入胜的好书,讲述了 5 岁女孩瑞尼如何被意大利作家 L. 利奥尼(Leo Lionni)的书籍所吸引,并且由于她的极大兴趣,全班开始聆听和阅读所有利奥尼的书。另外,对故事的讨论导致了对种族、性别和身份的讨论。通过孩子们和老师讲述的对话和故事,教室变成了生活的实验室。

将教室变成实验室、剧院或游戏室是非常重要的,因为它打破了边界线。孩子们可以越界,通过这样做,他们能够意识到他们个性品格和身处的物质环境的未知范畴。在意大利的皮斯托亚,一个名为"博卡的迪博卡"(口口之间)的市政实验室在一个为期六周的项目中探讨了当地的意大利口头传统。由于意大利学校经常在下午 1 点放学,孩子们在下午时分往往只能自己待着或由父母照顾。几年前,皮斯托亚市举办了主要以讲故事、面具制作、设计和其他活动为重点的免费市政项目,以使儿童能够更多地了解本地区的口述传统并增强社区意识。在 1998—1999

年间，我曾多次前往皮斯托亚去见证一个童话故事项目：讲故事的玛丽莎·施雅诺（Marisa Schiano）利用故事激励孩子们用面具和套装来塑造自己的角色。然后学生们又使用他们所塑造出来的角色来创作属于他们自己的故事。和学生们长期一起的工作包括写作和扮演那些搜集而来的小册子或挂在墙上的故事。有时，学生在早上去试验室，但大多数活动都在下午进行。

然而，在我看来，最好是转换一下孩子们在校期间的教室和学校。但是选择给孩子们讲故事的场所取决于一个国家或地区的习俗与规定。在美国，现在是在书店、娱乐中心、教学、犹太教堂、公园及其他一些学校外面的地方给孩子们讲故事。但我认为学校是最好的给孩子们讲故事的场所，因为它能够令故事讲述者与老师、学生、学校和父母建立起关系。一次又一次地回到某个特定班级的故事讲述人实际上是完成一个学习过程。讲述者能够帮助训练老师使用故事讲述的技巧与方法来挖掘学生的批判性和创造性才能。在明尼阿波利斯，我与明尼阿波利儿童剧院、两个城区的学校、惠蒂尔与露西、兰尼合作，参与了一个名为"邻里桥"的项目。两年来，我和五位演员一起工作，我作为讲故事的导师，在一个特别的节目中向孩子介绍不同类型的讲故事、表演和写作，他们是我所指导的学生，此外还有几位老师和两个五年级学生。该项目的总体目标是改造每周两个小时的课堂，使他们可以尝试和测试他们讲故事、即兴创作幽默小品、写作与绘画方面的技巧。在这个过程中，他们制作了一些印刷品故事，并创作了自己的剧本表演给他们的同学、家长和老师观看，他们还在年底前往另一所学校建立起沟通的桥梁。正如林恩·鲁宾特在她的工作中已经指出的，这些影响是多重的，对于这些学生未来发展的作用可能并不能明显地识别出来。我的意思是，很难在学生和老师的生活中量化其进步，但是任何涉及这类故事讲述或者实验的人都会立即看到，从长远来看，这种讲故事对于个人来说将是一个重要的推动力。通过以批判性读写能力为中心的讲故事项目，年轻人有了信心站在别人面前阐明自己的观点，有了信心创作故事、书写和阐释自己的叙事，有了信心去欣赏和质疑他们从别人那里听到的故事，有了信心运用手势戏剧性地帮助他们阐明观点，有了信心为自己思考。

然而，学校和政界人士的重点往往是测试、更多的测试和死记硬背的学习。作为一种加强各学科技能学习和强化的手段，讲故事在所有学科中，都普遍被学校和教师忽视了。而这些老师通常在面对创新型的故事讲述时是能够接受的。对于大多数学校的官员、家长和政治家来说，讲故事是演出或舞台故事讲述，是对孩子来说有益健康的娱乐，但与他们所期望的使孩子们成功的学习过程无关：孩子们通过学习可以取得成功的事业、成为负责任的成功公民、成功消费者。但是，表演/舞台故事讲述与真正的教育学意义上的故事讲述没有多少关系。或者，如果允许我补充一句，与我已经定义的真正的故事讲述没有多大关系。

　　我的目的不是要考查市场环境和工作关系已经渗入家庭和学校的主要方法，只是说影响我们行为的企业合作模式在公共与私人范畴产生了的雏形。我们倾向于将他人当作客体，而自己也被作为客体来对待。在我们人生的早期，就已经认识到人生的首要目标是不惜代价地获得成功，把我们的身体变成像体育明星或者性感尤物那样的完美机器，并利用语言来达到目的。存在几乎已经成为一元的，也就是说，我们更愿意过一种封闭的生活而不愿意在社区中去培育哪怕一点点的信任——如果我们还有社区的话。在我的估算中，影响已经导致暴力的日益增长出现在美国所有的年龄段群体和所有社会阶层中，在所有的行业中，各阶层的异化更加强烈。同时，许多人感到的不满——正如弗洛伊德在他伟大的著作《文明及其不满》中所说的"不满"——已经产生了对安宁、和谐、灵性和社群的深深渴望。正如大量批评所指出的，这种与我们生活中的缺乏或空白相关的渴望，是北美及世界其他地方故事讲述复兴背后的驱动力的一部分。为了应对创造社群和稳定传统的可能性逐渐破坏的工作与生活环境，故事讲述者试图通过他们的故事来培养对社群的神话般的神秘感觉。这一意图当然可以理解，甚至值得赞扬。但在我看来，今天，真正的故事讲述不能假装理想的社区与祭仪都已经触手可及。如果要抓住我们当代社会的本质，那么真正的故事讲述就必须反映产生异化的环境，并找到可以应对环境的故事与策略。做这件事并不需要悲观，而是要带着希望：痛苦能够通向欢乐，坦率能够带来智慧。在非神话时代的神话般的故事讲述只能掩盖我们今天发现自我的困境。

　　几年前，在访问德国的时候，我看到一个关于故事讲述和宗派的令人不安的电视纪录片。纪录片的一部分内容聚焦于在汉堡的一个小组，他们聚在一起集中讲述他们看到和聆听过的关于精灵的真实经历。另一部分则是一群经常聚集在森林里的男人，他们赤身裸体地奔跑、与大自然交流、以讲故事等来加强他们之间的兄弟情谊。在最后一部分，男女巫师聚集在树林中，庆祝赋予他们故事讲述者精神力量的中世纪仪式。在所有对故事手及其追随者的采访中，人们似乎都是真诚无伪的。他们虔诚地相信他们编造的故事。他们眼中的智慧在我眼中是愚蠢。而事实的真相是，无论是我所感受到的愚蠢，还是他们所感受到的智慧，都是同样普遍不适的结果。愚蠢和智慧都是我们自己编造的，而我们经常混淆二者。

当人们组成秘密社团时，他们正在努力填补削弱人类感觉的技术社会在他们的生活中留下的空白。问题在于，他们往往意识不到，自己的行为符合市场预期的程度，并在不知不觉中帮助维持了自由的神话，因为从表面上看，他们似乎是自由行事。然而，在我看来，这些群体的大部分仪式只不过是对不可容忍的环境作出有条件的回应——这回应也是社会所能容忍的，因为它们不会危及现状。相反，这些团体通过为我们其他人做许多荒唐可笑的穿插式表演来强化它——这只是另一种形式的娱乐——来确认我们的规范正常而令人满意。

在一个娱乐被大公司大量商品化的世界里，真正的故事讲述，特别是和儿童在一起、为儿童进行的故事讲述，有一个特殊的使命——揭露出所有故事讲述的智慧和愚蠢。如果我们的年轻人有一个机会可以去将生活植根于任何一种传统中，那么他们必须学会带着希望去质疑：如何有创造性地发挥他们如何塑造自己生活的力量，以及如何使用故事讲述来重塑那些培育了赝品和虚伪的环境。

承前启后:重读瓦尔特·本雅明的《故事家》

刘思诚 译

【编译者按】 本文（Revisiting Walter Benjamin's "The Storyteller": Reviving the Past to Move Forward）选自作者所著《从此永远快乐：童话、儿童与文化产业》（Happily Ever After: Fairy Tales, Children, and the Culture Industry）一书。该书出版于1997年。作者通过追溯瓦尔特·本雅明的生平，揭示了其对故事搜集与创作的影响，不仅是对本雅明整体思想研究的扩充，也是对故事研究与哲学等方面的更深刻的探索。

从前有一个叫瓦尔特的男孩，他非常想把自己的生活变成童话。起初，似乎没有什么能阻止他实现这个愿望。毕竟他出生在一个富裕的家庭，又聪明，在学校很努力，而且生在一个国家富强的时代。但是，瓦尔特是有标签的。起初，他没有感受到这种标签，因为在富裕家境的庇佑下，他可以享受上流社会家庭的优势和特权。这并不是说瓦尔特被惯坏了。相反，他的父母对他的要求很高，对他的期望很高。他没有令父母失望，但是，反过来现实生活在许多方面却令他失望。

当他上了大学，很快，他不仅对伟大的哲学家的观点有了认识，还对他自身标签的含义有了认识。他感受到了什么叫侮辱，因为他不断地被告知自己是一个犹太人，自己是不一样的，在这个国家里自己与其他人是不一样的。这是一个伟大的国家，一个名叫德国的国家，一个想要在世界上留下伟绩的国家。

但是，德国变得过于急切地想要施展自己的力量，于是，它向邻国挑起战争。它的邻国也不是无意于开战。所以，第一次世界大战打响了，瓦尔特被吓坏了。他是一个热爱和平的人，一个世界公民，他反对世界大战，不管是什么样的战争。于是，他在战时发出抗议，也在战后发出抗议。他甚至想过离开自己的国家，前往巴勒斯坦去实现自己的童话梦想，缔造一个美好的社会。然而，瓦尔特已经结婚了，并计划去大学教书，因为他是一位有前途的哲学家，乐于向年轻人传授知识和分享知识，而且德国在战后似乎有所改变。人们受到了更平等的待遇，包括像瓦尔特这样的犹太人。关于社会主义和共产主义的大量言论让瓦尔特看到了希望。他遇到了一个年轻的苏联女人，一个名叫阿西娅（Asja）的有天赋的女演员。她向瓦尔特介绍了自己在苏联革命之后所有和儿童有关的工作，她是如何开发出新的讲故事技巧，并和儿童一起将故事戏剧化，以便儿童掌控他们自己的生活。瓦尔特在信里写到了她的儿童无产阶级剧院，希望德国人能够以苏联人为榜样。然后他在苏联拜访了阿西娅，在那里他还写下了自己的经验。但是回到德国，他仍然是被贴着标签的犹太人，不被允许在大学里教书。因此，瓦尔特自己写书，为报纸和电台工作。他开始与许多思想家和艺术家建立联系，他们都想要改变德国社会，使之变得更加平等和民主。他现在明白了，只有所有的人的生活都变成童话，他自己的童话梦才能实现。他对儿童寄予了极大的希望，并开始为儿童制作电台节目和创作故事。他播放了这些节目，通过故事家的讲述，致力于激发成千上万年轻听众的想象力。他有很多计划，计划出很多节目，但是他在电台的工作突然就被叫停了。毫无疑问，他的生活受到了突如其来的冲击。纳粹党人的上台使他陷入危险，他不得不逃离他的国家。纳粹党人誓除瓦尔特这样的批判性思想家。他们誓除犹太人和其他可能玷污他们所谓的纯净种族的不良分子。

瓦尔特在邻国寻求避难，在法国，他在那里为反抗本国的专制统治者而奔走。他反省。他沉思。他演讲。他写作。他试图找到是什么让他的祖国变得如此野蛮和狂暴。他想通过抢救文化中最优秀的部分来挽救人性。他写了一篇论文，关于讲故事，关于社区，关于故事和故事家的智慧。他介绍了讲故事的技巧和力量。他指出，有必要分享这种技巧和力量，它们能够使所有人的生活受益。不仅是少数人，不仅是富人，不仅是德国人和纳粹党人。他指出，有必要探寻新的方式，以拉近艺术与人们的距离，激发人们的思考，带来深层的快乐。

但是，他不得不停止在巴黎的写作和演讲，因为他的生命再次陷入了危局。德国人已经入侵了法国，正在向巴黎进军。因而，他以最快的速度打包行李，和一群同样受法西斯分子威胁的人朝着西班牙边境逃亡。瓦尔特想要活命。他想要留存那个仍驻心间的童话梦，这样他就可以继续和别人分享它。但是，他还是感到失望和沮丧了。当他来到西班牙边境，当西班牙警察不让他和朋友们进入西班牙的时候，他想自己该会被遣返回野蛮的纳粹组织了，他感到恐惧，因为他曾听说过很多严刑拷打的故事。

因此，那一晚，他从西班牙边境被遣返的那一晚，瓦尔特放弃了童话，服了毒。当西班牙警察发现他自杀了，他们改变了心意，批准难民们跨越边境，逃离纳粹组织。但是，瓦尔特被埋葬在了法国，埋葬了，但是没有真正死去。

以上我讲述的这个悲伤的故事，即使不是悲剧，也不是童话。说得更直接一点，如果我们想知道为什么他的短文《故事家》值得重读，那么，了解瓦尔特·本雅明充满童话元素的生命和著作是关键。继他1940年自杀之后，似乎其著作会被一直埋没，因为是纳粹党人的禁书，甚至在1945年纳粹党人垮台之后，本雅明的著作也没有再版，因为在20世纪50年代到60年代初期人们对于批判性理论没有兴致。但是，他写的所有内容中都有一种深刻的救世主元素，闪烁着希望的光芒，就像童话中的希望。在西方，学生运动爆发了，其他解放运动也开始积攒力量，蓄势待发。因此，他的批判性论文最终在20世纪60年代末被发现不是偶然的。他对于一个更加平等和人道的社会的希望被再次点燃，面对新的野蛮行径，他的言论在今天几乎具有一种魔力，给所有关切人类尊严的人们一种非常强烈的紧迫感。

值得一提的是，他写于1936年的论文《故事家》[①] 是所有自认为是故事家或者文化工作者的人的必读论文，是所有想了解讲故事的人的必

---

① 该文原载于 *Illuminations*, trans. Harry Zohn（New York：Harcourt, Brace & World, 1968）：83—109。

读论文，了解讲故事过去是怎样的，可以是怎样的，应该是怎样的，可能是怎样的，现在是怎样的。但是，在解释我为什么认为这篇论文在今天对我们来说仍是一种急迫的呼吁和信号之前，让我来总结一下这篇论文的核心观点。

本雅明这篇论文的副标题是《兼评尼古拉·莱斯科夫（Nikolai Lesskov）的工作》，他在写作中融入了一位故事家所有的优秀品质，他选择了这位卓越却被忽略的19世纪的苏联作家莱斯科夫，作为自己的模特，因为他担心讲故事的艺术、口头和书面的艺术已经经历了寂灭，而莱斯科夫为本雅明从总体上评说故事讲述，提供了一个例子和出发点。"人们能够见到的真正能够讲故事的人越来越少。当有人表达想听个故事的心愿时，我们越来越经常看到的是人群中那一张张窘迫的脸。这就好像看似不可分割的，可靠事物中最可靠的一种能力，从我们身上被拿走了。也就是，交换经验的能力。"[①]

本雅明使用了德语词 Erfahrung 来指涉经验（experience），而不是另一个也表示经历（experience）的词 Erlebnis，而这个审慎的用词是重要的，涉及论文的主题，因为本雅明想要对故事家讲述什么和交换什么加以区分：Erlebnis 是一次事件或者仅仅是发生了，不需要透彻的理解；但是，Erfahrung 贡献的是经验的时刻，在这个时刻一个人可以认知自我和世界。米里亚姆·汉森（Miriam Hansen）指出，"Erfahrung 并没有经验主义者暗含的那种和'专家''实验'相联系的'经验'，'经验'似乎能够在主体和客体之间达成一种基本的无中介的稳定的关系。对比而言，德语词根'fahren'（骑马，旅行）传达了一种灵动感、旅途感、徘徊感或漫游感，一方面暗含着一种世俗的时间维度，即持续、习惯、重复和回归，另一方面暗含着感知主体一定程度的冒险。"[②] 因此，对于本雅明来说，经验（experience）是一个学习的过程，在这个过程中一个人可以

[①] 该文原载于 *Illuminations*, trans. Harry Zohn (New York: Harcourt, Brace & World, 1968): 83。译文有编辑修改。

[②] Miriam Hansen, "Foreword," in Oskar Negt and Alexander Kluge, *Public Sphere and Experience: Toward an Analysis of the Bourgeois and Proletarian Public Sphere*, Trans. Peter Labanyi, Jamie Owen Daniel, and Asskenka Oksiloff (Minneapolis: University of Minnesota Press, 1993): xvi—xvii.

获得智慧，而没有智慧的传承，就没有真正的社区或分享。①

本雅明指出故事家的原型是船员和农民：船员在他们的航行中，在新的遥远的地方积累经验；农民在家庭中积累经验，贴近土地，立足脚下，挖掘土壤。当然还有其他类型的故事家，如旅行者和纺纱工，但是本雅明极力主张的是真实的或真正的故事家是手工艺者；他们受雇于手工艺。他们的故事就像他们的实际生活，它们是手工制作的、雕刻的、模压的、锤制的、锻制的、雕刻的、缝制的，用极致的细心和悟性编织而成的。故事家在讲述他们的故事时有着实用的趣味，他们的故事充满了忠告和智慧。然而，在1936年，当本雅明写他的论文时，他认为大多数人会发现，如果不因循守旧地谈论"认知智慧"或拥有智慧，就是过时的。他说，原因是"经验的交流能力已经降低了。因此，我们不知道如何给自己或别人忠告。忠告与其说是对一个问题的回答，不如说是一个提议，是正在进行的故事的延续（故事还在继续）。为了获得忠告，一个人首先必须能够讲出故事……在生活中编织的忠告就是智慧。讲故事的艺术正在走向终结，因为真理的叙述性，即智慧，正在消亡"。②

关于忠告、智慧和讲故事的衰退，本雅明没有放大怀旧情绪。当他说"生产的世俗的历史的推动力已经把故事从日常话语领域中渐渐抹去了"，他没有哀叹世俗化，因为他认为所有形式的宗教都隐藏了人们现实生活境况的真相，我们需要刺入和穿透它们的神话形态，以解放人类，让人类认识到他们自己是谁和他们的权力是什么。然而，世俗化并不意味着"神话宗教"的彻底消亡，而是新的交流方式也保留了神话形态中美好的部分；他们保留了无法抹去的智慧的痕迹，因为智慧的美独立于宗教和神话而存在，并且依赖于故事家以大量方法感知和形成的经验，这些经验对社区是有意义的，具有指导性。那些古老的故事虽然与宗教和神话有关，但都源自于一群人的深刻信仰与经验，他们需要伟大的故事家，通过他们的艺术来对抗欺骗和虚伪的原始力量。世俗化在一定程度上消解了这种需要，但与此同时，它创造了一种新的讲故事的需要，

---

① 德语词 Erfahrung 和 Erlebnis 在英语里均为 experience，但在汉语里前者其实指的是经验，后者指的是经历。——译者注

② "The Storyteller," *Illuminations*, pp. 86—87. 译文有编辑修改。

这种新的讲故事的方式将建立在过去故事家无价的艺术和作品之上。本雅明试图理解这种需求，也试图探析为什么在他那个时代像莱斯科夫这样伟大的故事家少之又少。因此，他的论文包含了一个简短的历史分析，关于印刷，小说的兴起，以及大众媒体的新闻和故事是如何优先于讲故事，如果没有使它黯然失色的话。他认为，每个人都想要信息和娱乐，而不是智慧。重要的是个人的私人阅读经验。没有人有时间放松和听讲，同时，听讲的艺术也在衰落。没有人有历史感或记忆感。共同的经验不再是故事的基础，而真正的故事如果不是来自于人们的经验就无法联系起来。

与故事家和听众的这种衰落恰恰相反，本雅明在他的论文接近末尾时，将他作为伟大故事家的理想投射到他的读者身上，使他们意识到我们可能永远失去的东西中的"美"。他指出，"一个伟大的故事家，将永远根植于人民之中"。[1] 因为他或她的实际任务是将智慧作为一种使用价值传达给人民，这种调解可以有效地使观众接近自然，并使他们感知到一种自我实现的可能性。本雅明尤为盛赞民间故事，赞其是叙事的最高形式："民间故事，至今仍是儿童的第一位老师，因为它曾经是人类的第一位老师，一直秘密地活在故事之中。第一个真正的故事家是，而且将继续是讲民间故事的人。凡是好的忠告的有价值之处，都在民间故事里，凡是最需要帮助之地，民间故事的援手就是最近的。这种需要是神话创造的需要。民间故事告诉我们，人类最早的安排是为了摆脱神话压在它胸前的噩梦……最明智的做法是——民间故事在古时候教给人类，在今天教给儿童——用狡黠而又高昂的情绪去应对神话世界的力量。[2]

有趣的是，我们可以读到本雅明是如何将民间故事与神话对立起来的，他将神话与混淆、欺骗和神秘联系在一起。如果我们回想一下，本雅明写这篇论文是在1936年，当希特勒、墨索里尼和许多其他出色的演说家讲述神话，当教会领袖的话语主要是以他们机构的名义，而不是以人民的名义，我们可以从他使用的故事家概念看出政治隐语。对于本雅明来说，故事家带来了光明和启蒙，以戳穿由占支配地位的政府、宗教

---

[1] "The Storyteller," *Illuminations*, p. 101.
[2] "The Storyteller," *Illuminations*, p. 102. 译文有编辑修改。

和社会机构所延续的神话。由于这些机构通过编造神话体系来为自己的权力辩护和赞颂，使自己合法化，因此，真正的故事家必然是颠覆者。在充满谎言的世界里，智慧就是颠覆。

但颠覆对本雅明有什么好处呢？为什么伟大的故事家今天必须是颠覆者？他们为什么不能庆祝他们的社会，他们的人民和他们的习俗？本雅明对讲故事的衰落难道不是过于悲观了吗？毕竟，尽管存在着可怕的种族冲突，在世界各地我们不是在经历着讲故事的复兴吗？在他那个时代，难道没有真正的故事家吗，也许是他不认识的故事家？毕竟，本雅明是一位欧洲的思想家，对亚洲、非洲、南美、北美和世界其他地区的口头传统知之甚少。因此，他难道不是有点目光短浅吗？或者，考虑到世界的迪士尼化，他多少有点先知的意味？

要回答这些问题是困难的，如果我试图回答这些问题，我将不得不对本雅明进行详尽的批评，并指出他的论文中存在的一些疏忽和缺陷。虽然这可能很重要，但这不是我此刻所关心的。我更感兴趣的是，恢复他的一些更可行的想法并推动它们前行，因为我认为他的"真正的"故事家模型和他对讲故事消亡的思考，与我们今天这个时代息息相关，尤其是如果讲故事将扮演一个阻止这种本雅明经历过的野蛮的法西斯主义的角色。事实上，讲故事就在我们身边，不幸的是，新的和旧的野蛮行径也在我们身边。如果讲故事在20世纪30年代没有扮演削弱法西斯主义的角色，我们今天又能指望它带来什么？它今天的角色是什么？

的确，讲故事无处不在——在学校和图书馆，在家里和电视频道里，在酒吧和餐馆里，在午休时间，在机场和火车站，在电话里，在剧院和电影院。与本雅明的观点相反，讲故事不会在20世纪30年代消亡，当然也不会在今天濒临消亡。另一方面，本雅明说的是一种非常特殊的讲故事的方式，这种方式在今天似乎已经消失了，不是完全消失，但肯定会被我说的商业化、工具化或人工智能化的讲故事所取代。

专业人士和业余爱好者，年轻人和老年人，男人和女人，任何人都能讲一个好故事，任何人都可以表演和演绎出有趣的故事，任何人都可以把自己营销为一位故事家。但是，在本雅明的概念里，并不是每个人都是故事家。

我们生活在一个用故事来营销的社会。为了利润，大多数故事，即使是那些源自真实经历的故事，都是用来营销的。即使是最严重的犯罪和事故，也会被新闻播音员和电视主持人编辑、剪辑、塑造和传播，成为面向观众市场的故事。每一个在电视屏幕上播放的广告都有它的故事。所有的报纸和杂志都刊登耸人听闻的故事来吸引和取悦读者。政客像训练有素的喜剧演员一样讲故事来娱乐大众。喜剧演员模仿试图表现得像喜剧演员的政客。演员在电影中讲故事，也讲关于他们自己的生活故事。人们在监狱里犯下残暴的罪行，然后把他们的故事卖给出版商和电视公司。儿童在电视、广播和家庭、学校里听着各种各样的故事，然后他们在玩耍中或在现实中表演出来，以满足自己想要成功的愿望。老师讲故事是为了给孩子增加趣味，让他们安静下来，让他们开心，让他们分散注意力。

在大多数情况下，故事在西方文化中已经被工具化和商业化了。无论是有意识还是无意识的，它们被讲述是为了利润，为了操纵，为了满足某人的利益，几乎不会关乎社区或人民的利益。19世纪初，小部落、城镇和社区的工作和习俗形成了故事，然而现在，市场、技术和资本主义交换的惯例决定了故事的传播和交流。本雅明在他的论文《故事家》中提到的需要争论的神话，不再是希腊罗马宗教、封建主义、基督教或共产主义的神话，它更加邪恶。自由神话在资本主义市场体系主导的社会中，为经验的自由交流制造了巨大的障碍。我们认为，我们在自由社会中可以自由发言。我们认为，我们可以自由地交流思想。然而，我们的思想往往是事先准备好的，我们的话往往在说出来之前就僵化了。

如果我们回忆一下，本雅明主张交流经验的能力和（或）权力是讲故事的核心。他还说，这种天赋能力或权力似乎已经从我们身上被夺走了。交流意味着必然是一种对话，有给予和所得，是一种分享。正如彼得·布鲁克斯（Peter Brooks）所说："本雅明的提议……作为礼物的叙事概念：是一种慷慨的行为，接收方应该以同等的慷慨予以回应，或讲述另外一个故事（就像《十日谈》及其讲述传统那样），或评论讲过的故事，但是无论以何种事件都要证明，礼物已经收到，叙事产生了影响。"[①]这也意味着故事家不只是一个，听众也是故事家，是忠告的接受者和给

---

① Peter Brooks, *Psychoanalysis and Storytelling* (London: Blackwell, 1994): 87.

予者。忠告或智慧才是经验的根源。故事家不会为了讲故事而讲故事，不是为了炫耀自己的艺术，不只是为了娱乐。即使是在娱乐中，讲故事的人也从不转弯抹角，而是将经验转化为十分有趣的智慧，将丰富的智慧注入滑稽的轶事，使大家充满智慧地会心一笑。故事家是改革者、启蒙者和解放者。他或她将个人经验和他人经验结合起来，对这些经验进行反思，加以消化，将其与他或她所处社会环境的工作和娱乐条件联系起来，使之成为他或她生活的一部分，然后才开口说话，用他或她的语言讲出来。故事家可以通过交流经验的方式来换取忠告和智慧，这是对商品市场的否定。

当然，在后现代、在完全由市场主导的电脑化的后工业社会中，存在一个问题。要逃离市场和以市场为导向的条件，几乎是不可能的。如果一个人在今天想成为一个专业的故事家，或者即使是业余的故事家，他必须现实地处理市场状况。一个人必须不断地处理剥削和压迫，同时竭力营销自己的能力、天资和权力。在今天，获得一种社区的感觉，一种群体的感觉，一种家和传统的感觉，是非常困难的。

在西方社会，我们大多数人的经验是疏离感。自相矛盾的是，我们觉得自己被疏远了，但是感觉不到。我们不再和自己对话。我们感觉自己就像传送带上的机器人。我们出生、长大、上学、受训、得到工作，用娱乐填满自己，使自己获得新生，这样我们就可以继续工作，直到死亡。我们的故事通过电台的播音，电影和电视屏幕上的说话声和移动的人物，和电脑屏幕上的文字传播给我们。我们认为，我们在听到和看到的故事中认出了自己。我们认为，我们认识屏幕、电视和小报上的明星。我们认为，我们属于一个巨大的家庭，确切地说，一个机能失调的家庭，一些团体、一些社区、一些国家民族，它们的故事在我们眼前展开。如果我们不属于，我们就想要属于。我们渴望被认同和认可。每一次当我们认为我们快要认识我们是谁，以及我们能用我们巨大的才能和想象力做什么时，我们就会受阻。正如本雅明所说，我们之所以受阻，是因为我们与那些将商品从我们的生活中剥离出来的市场力量相抵触，这些市场力量创造了一种新的自由神话，实际上掩盖了我们日益疏远的经验。

这就是为什么当代的故事家需要懂得如何用以本雅明的经验为基础的巧妙故事来颠覆人工发明。故事家必须意识到，他或她不能自由地讲故事，但是有能力通过真正的经验交流来解放自己和他人。故事家通过故事来激发思考和行动，唤醒他人内心里的故事家，倾听着，并寻找机会讲述另一个故事，以颠覆自由神话。故事家知道他或她可以自由地颠覆。今天，这些知识和经验是我们在重塑故事家的角色时必须交流的。

然而，在我们先进的计算机化资本主义社会中，本雅明对待故事家的态度是没有问题的。正如他在另一篇著名的论文《机械复制时代的艺术》中阐明的那样，本雅明并不反对最新的科技发明，而是反对它们可能被用来进入、迷惑和欺骗人们的方式。例如，他认为看电影是非常重要的，因为它使更多的人看到图像的复制品，就可以共享、享受和讨论，进行自我娱乐和启蒙，但是只要他们有一些控制，尊重什么是生产，什么是复制。1936年，当法西斯主义日益强大的时候，他认为，政治审美化是最危险的，因为美丽的景观、神话、群众集会、游行正在被用来掩盖肮脏的政治环境，即纳粹主义。他认为我们正处在20世纪30年代的一个转折点上，复制的技术手段可以如此民主和自由，必须让人民获得，这样他们才能展现他们的经验，交流他们的经验。他从未放弃希望，希望广播和电影——他没有活到熟悉电视的年龄——能够像过去真正的故事家那样，被用来交流经验。

尽管一些重要的与本雅明领域相近的理论家，比如西奥多·阿多诺（Theodor Adorno）和马克斯·霍克海默（Max Horkheimer）在《启蒙辩证法》中谈到了文化产业压倒性的力量，然后，赫伯特·马尔库塞（Herbert Marcuse）在《单向度的人》中进一步表达了一致的悲观思想，他认为打击政治审美化，转换生产资料为表达人民的呼声提供更多的民主，几乎是不可能的。我认为今天如果本雅明本人还活着，他是不会同意他们的观点的。事实上，我相信他会在文化产业和单向度的社会中寻找希望的缝隙和踪迹，可能使人们传播和分享他们的经验来逐渐削弱一致性。的确，在电视节目类的产品，如《芝麻街》或者吉姆·亨森（Jim Henson）带有煽动性的《故事家》中，有一些希望的迹象。《故事家》是一部由八个民间故事组成的独特的系列小说，它不仅蕴含了对讲故事的质疑态度，还培养了与观众分享智慧的意识。在电影产业中，一部像《西部风云》这样的电影，是描述爱尔兰传奇和神话如何赋予两个小男孩力量的典范。这两个男孩受到腐败的官僚机构的压迫，与他们的祖先和社区格格不入。比电影和电视更让人着迷的是，数百万的人们使用互联网来分享感受、信息和知识的方式。一种新型的公共空间（已经受到政府管控和私人企业的威胁）开放了，人们在那里可以参与讨论、辩论、讲故事和交流新闻。叙述者的目的让人想起了一个社区里的故事家，但社区在这个公共空间里不是，这里的社区总是处于被创造的过程中，不断地变化，并且要求我们改变和开放自己，接受新的思维方式。我们的忠诚并不局限于一个特定的群体或阶层。这里有选择和包容。语言交流带来思考和智慧。

当然，我们可以以萨尔曼·拉什迪（Salman Rushdie）为例，把他当作为作家或故事家的例子，他在很多方面都鼓励这种反思。他反思了自己在《哈龙和故事海》（1990）中的处境，并利用大众传媒和文化产业来发出自己的声音。拉什迪表面上是为儿子写了《哈龙和故事海》，故事由此开始：

> 赞布拉、赞达、赞纳度①
> 我们所有的梦想世界都可能实现
> 童话的王国也很可怕
> 当我漫游四方，直至不见
> 阅读，带我回家，到你身边②

但是，这段献词不仅仅是对他儿子的呼唤，也是对我们所有人的呼唤，以本雅明描述的方式将故事家和真诚的故事讲述带回世界。拉什迪的小说解读起来有很多层面，涉及拥有讲故事天赋的瞎话大王（the Shah of Blah）拉希德（Rashid）。拉希德把这份天赋与他祖国的人民分享，但是有一天他不能讲故事了，因为他的权力神秘地掌握在卡塔姆—夏德（Khattam-Shud）手中，正如拉希德向他的儿子哈龙（Haroun）解释的那样，卡塔姆—夏德是"所有故事，甚至语言本身的头号敌人。他是沉

---

① 原文 Zembla, Zenda, Xanadu 是拉什迪为编写这个故事而用的模仿咒语的故事开头语。——译者注
② Salman Rushdie, *Haroun and the Sea of Stories* (New York: Viking, 1991): 11.

默之王，言语之敌。因为一切都结束了，因为梦想结束了，故事结束了，生命结束了，我们想表达什么结束了的时候，就使用他的名字。'结束了，'我们对彼此说，'结束了。卡塔姆·夏德：结束。'"① 但这并不是小说的结尾。相反，这是哈龙的开始，他最终击败了卡塔姆·夏德，使他的父亲重新获得了他的才能，可以再次讲故事。不幸的是，在现实中，沉默的力量没有被完全击败，因为拉什迪必须仍然生活在神秘之中，必须为他的生命感到恐惧。然而，他继续写作，发表声明，公开露面，并为揭露滥用权力的、伪善的和迷信的故事大声疾呼。他讲述自己的处境，在他的叙述中，无论是书面的还是口头的，他创造了"真正的"讲故事的标准，鼓励读者找到并保持自己的声音和故事的海洋。

　　以上的例子只是说明了故事家是如何进入文化产业并"颠覆"它的，或者至少是质疑和挑战它的阴谋。他们认为故事家的复制是作为有智慧的破坏分子，当然，故事家在口头传统之下使用着其他更为直接的方式，也就是说，面对面这种方式，能够为听众提供忠告建议，如何克服疏远，如何交换经验。有些故事家用尽一切可能的方法，来帮助听众去发现他们自身内在的故事家才能，并保持一种明确的社区意识。有些故事家首先也是最重要的听众，他们倾听我们社会中的危机和斗争，试图通过倾听我们时代的趋势，以创造性的方式推断出智慧和希望。今天，不管故事家在巨大的社会和技术变革中作出怎样的选择，我认为把本雅明心中理想的故事家铭刻心间是至关重要的。也许，鉴于世界各地对自由的野蛮和冲突，他的理想现在是难以实现的。但是，当我们在前行路上讲述我们的下一个故事，确实有一些不可磨灭的东西，一些值得深思和追寻的乌托邦式的东西存在。

---

① Salman Rushdie, *Haroun and the Sea of Stories* (New York: Viking, 1991): 39.

附 录

杰克·齐普斯主要出版物
（1970—2020 年）

专著与编著

The Great Refusal: Studies of the Romantic Hero in German and American Literature, Ottendorfer Series, Bad Homburg/Frankfurt: Athenäum, 1970.

Steppenwolf and Everyman, a translation of essays by Hans Mayer with an introductory essay on Mayer, New York: Crowell, 1971.

Crowell's Handbook of Contemporary Drama, with M. Anderson, J. Guicharnaud, K. Morrison, essays on German, Swiss, and Austrian dramatists and plays, New York: Crowell, 1971.

Romantik in kritischer Perspektive by Marianne Thalmann, a collection of essays edited and introduced with an essay on Thalmann, Heidelberg: Stiehm, 1976.

Political Plays for Children: The Grips Theater of Berlin, a translation of three plays with an introduction about the history of the Grips Theater, St. Louis: Telos, 1976.

Breaking the Magic Spell: Radical Theories of Folk and Fairy Tales, London: Heinemann, 1979, and Austin: University of Texas Press, 1979.

Rotkäppchens Lust und Leid, abridged German edition of The Trials and Tribulations of Little Red Riding Hood, Cologne: Diederichs, 1982.

The Trials and Tribulations of Little Red Riding Hood: Versions of the Tale in Sociocultural Context, South Hadley: Bergin & Garvey, 1983, and London: Heinemann, 1983.

Die Libelle und die Seerose, Märchen von Carl Ewald, a collection of fairy tales edited and introduced with an essay on Ewald, Frankfurt am Main: Fischer, 1983.

Es war – Es wird einmal, Soziale Märchen aus der Weimarer Republik, with D. Richter and B. Dolle, a collection of fairy tales edited and introduced with an essay on the history of fairy tales in Germany, Munich: Peter Weismann, 1983.

Fairy Tales and the Art of Subversion: The Classical Genre for Children and the Process of Civilization, London: Heinemann, 1983, and New York: Methuen, 1983.

Aufstand der Elfen. Phantastische Erzählungen aus dem viktorianischen England, a collection of fairy tales edited and introduced with an essay on the fairy tale in England, Cologne: Diederichs, 1984.

Germans and Jews since the Holocaust, ed. with A. Rabinbach, New York: Holmes & Meier, 1986.

Don't Bet on the Prince, Contemporary Feminist Fairy Tales in North America and England, New York: Methuen, and London: Gower, 1986.

Victorian Fairy Tales, an anthology of British fairy tales with an introduction to the tales and authors, New York and London: Methuen, 1987.

The Complete Fairy Tales of the Brothers Grimm, translated with an introduction on the Grimms and annotations, New York: Bantam, 1987.

The Utopian Function of Art and Literature, essays by Ernst Bloch translated with Frank Mecklenburg and introduced with an essay on Bloch's life and work, Cambridge: MIT Press, 1987.

The Brothers Grimm: From Enchanted Forests to the Modern World, New York: Routledge, 1988.

Beauties, Beasts, and Enchantment: Classic French Fairy Tales, translated with an introduction on "The Rise of the French Fairy Tale and the Decline of France," New York: New American Library, 1989.

Fairy Tales and Fables from Weimar Days, translated with an introduction, Hanover: University Press of New England, 1989.

Arabian Nights: The Marvels and Wonders of the Thousand and One Nights, adapted from Richard F. Burton's unexpurgated translation, annotated, with an afterword, New York: New American Library, Signet Classic, 1991.

Französische Märchen. Frankfurt am Main/Leipzig: Insel Verlag, 1991.

The Operated Jew: Two Tales of Anti-Semitism, translated with commentary, New York: Routledge, 1991.

Spells of Enchantment: The Wondrous Fairy Tales of Western Culture. New York: Viking, 1991.

Aesop's Fables, adapted with an afterword, New York: New American Library, 1992.

The Trials and Tribulations of Little Red Riding Hood. Revised Edition. New York: Routledge, 1993. Contains a new introduction, prologue, epilogue, bibliography, and six additional oral and literary versions of Little Red Riding Hood.

The Outspoken Princess and the Gentle Knight. Bantam: New York, 1994.

Amerikanische Märchen. Frankfurt am Main/Leipzig: Insel Verlag, 1994.

Fairy Tale as Myth\Myth as Fairy Tale. Lexington: University of Kentucky Press, 1994.

Britische Märchen, Frankfurt am Main/Leipzig: Insel Verlag, 1995.

The Fairy Tales of Hermann Hesse, translated with an introduction on Hesse and notes. New York: Bantam Books, 1995.

Creative Storytelling: Building Community/Changing Lives. New York: Routledge, 1995.

The Grammar of Fantasy by Gianni Rodari translated with an introduction and notes. New York: Teachers and Writers Collaborative, 1996.

Happily Ever After: Fairy Tales, Children, and the Culture Industry. New York: Routledge, 1997.

Yale Companion of Jewish Writing and Thought in German Culture, 1066-1966, edited with Sander Gilman. New Haven: Yale University Press, 1997.

The Wonderful World of Oz: *The Wizard of Oz*, *The Emerald City of Oz*, *Glinda of Oz*, Edited with an introduction on L. Frank Baum. New York:

Penguin, 1998.

When Dreams Came True: Classical Fairy Tales and Their Tradition. New York: Routledge, 1999.

The Arabian Nights: More Marvels and Wonders of the Thousand and One Nights, Vol. II, adapted from Richard F. Burton's unexpurgated translation, annotated, with an afterword, New York: New American Library, Signet Classic, 1999.

The Oxford Companion to Fairy Tales: The Western Fairy Tale Tradition from Medieval to Modern, edited with an introduction, Oxford: Oxford University Press, 2000.

Sticks and Stones: The Troublesome Success of Children's Literature from Slovenly Peter to Harry Potter. New York: Routledge, 2000.

The Great Fairy Tale Tradition: From Straparola and Basile to the Brothers Grimm. New York: Norton, 2001.

Italian Popular Tales by Thomas Frederick Crane, edited with an introduction and notes. Santa Barbara, CA: ABC – CLIO, 2001.

Unlikely History: The Changing German – Jewish Symbiosis, 1945 – 2000, edited with Leslie Morris. New York: Palgrave, 2002.

Breaking the Magic Spell: Radical Theories of Folk and Fairy Tales. Revised and Expanded Edition. Lexington: University Press of Kentucky, 2002. This edition includes a new preface and a new final chapter, "The Radical Morality of Rats, Fairies, Wizards, and Ogres: Taking Children Seriously." All the other chapters have been extensively altered and expanded.

The Brothers Grimm: From Enchanted Forests to the Modern World. Revised and Expanded Second Edition. New York: Palgrave, 2002. This edition includes a new preface and a new final chapter, "The Struggle for the Grimms' throne: The legacy of the Grimms'Tales in East and West Germany since 1945." All the chapters have been extensively changed.

Beautiful Angiola: The Great Treasury of Sicilian Folk and Fairy Tales Collected by Laura Gonzenbach. New York: Routledge, 2003.

The Complete Fairy Tales of the Brothers Grimm. Illustr. John Gruelle. 3rd rev. and enlarged edition. New York：Bantam，2003.

The Robber with a Witch's Head：The Great Treasury of Sicilian Folk and Fairy Tales Collected by Laura Gonzenbach. New York：Routledge，2004.

Speaking Out：Storytelling and Creative Drama for Children. New York：Routledge，2004.

Norton Anthology of Children's Literature. General Editor. New York： Norton，2005.

Hans Christian Andersen：The Misunderstood Storyteller. New York： Routledge，2005.

Beautiful Angiola：The Lost Sicilian Folk and Fairy Tales of Laura Gonzenbach. New York：Routledge，2006. This is the paperback edition of two volumes published previously in 2003 and 2004, and it includes two additional dialect tales and a revised introduction.

Fairy Tales and the Art of Subversion：The Classical Genre for Children and the Process of Civilization. Second Revised Edition. New York：Routledge, 2006. This edition includes two new chapters and a new preface.

The Oxford Encyclopedia of Children's Literature. Editor in Chief. 4 Vols. New York：Oxford University Press，2006.

Why Fairy Tales Stick：The Evolution and Relevance of a Genre. New York：Routledge，2006.

When Dreams Came True：Classical Fairy Tales and their Tradition. 2nd Rev. and Expanded Edition. New York：Routledge, 2007. This edition includes three new essays on E. T. A. Hoffmann, Hans Christian Andersen, and J. M. Barrie. All the essays have been extensively revised.

The Collected Sicilian Folk and Fairy Tales of Giuseppe Pitrè. Edited and Translated by Jack Zipes and Joseph Russo. Illustr. Carmelo Lettere. 2 Vols. New York：Routledge，2008.

Relentless Progress：The Reconfiguration of Children's Literature, Fairy Tales, and Storytelling. New York：Routledge，2008.

Tales to Change the World, by Gianni Rodari. Edited and Translated by Jack Zipes. Illustr. Rob Mason. London，UK：Caseroom Press，2008.

Lucky Hans and other Merz Fairy Tales, by Kurt Schwitters. Edited and Translated by Jack Zipes. Illustr. Irvin Peacock. Princeton: Princeton University Press, 2009.

The Cloak of Dreams: Chinese Fairy Tales by Béla Balázs. Translated and Introduced by Jack Zipes. Princeton: Princeton University Press, 2010.

Little Red Riding Hood and Other Classic French Fairy Tales. trans. Jack Zipes. New York: Penguin, 2011. Selections from Beauties, Beasts and Enchantments.

The Enchanted Screen: The Unknown History of the Fairy-Tale Film. New York: Routledge, 2011.

The Irresistible Fairy Tale: The Cultural and Social Evolution of a Genre. Princeton: Princeton University Press, 2012.

German Popular Stories by Jacob and Wilhelm Grimm. Adapted by Edgar Taylor. Ed. Jack Zipes. Maidstone, Kent: Crescent Moon, 2012.

Principessa Bel di Topo e altre 41 fiabe da scoprire. Edited by Jack Zipes. Trans. Camilla Miglio. Illustr. Fabian Negrin. Rome: Donzelli, 2012.

The Golden Age of Folk and Fairy Tales: From the Brothers Grimm to Andrew Lang. Indianapolis: Hackett, 2013.

The Original Folk and Fairy Tales of the Brothers Grimm: The Complete First Edition. Princeton: Princeton University Press, 2014.

Grimm Legacies: The Magic Power of the Grimms' Folk and Fairy Tales, Princeton: Princeton University Press, 2014.

The Oxford Companion to Fairy Tales. Edited by Jack Zipes. 2nd revised edition. Oxford: Oxford University Press, 2015.

Fairy-Tale films Beyond Disney: International Perspectives. Edited by Jack Zipes, Pauline Greenhill, and Kendra Magnus-Johnston. New York: Routledge, 2015.

Catarina the Wise and Other Wondrous Sicilian Folk and Fairy Tales. Chicago: University of Chicago Press, 2017.

The Sorcerer's Apprentice: An Anthology of Magical Tales. Princeton: Princeton University Press, 2017.

Tales of Wonder: Retelling Fairy Tales through Postcards. Minneapolis: University of Minnesota Press,2017.

Fairy Tales and Fables from Weimar Days: Collected Utopian Tales. New and Revised Ed. Palgrave Macmillan,2018.

Ernest Bloch: The Pugnacious Philosopher of Hope. Springer,2019.

The Castle of Truth and Other Revolutionary Tales. Princeton: Princeton University Press,2020.

Charles Godfrey Leland and His Magical Tales. Wayne State University Press, 2020.

论文

"A Death in the Family,"The Liberal Context 12(Fall,1964):19 – 25.

"Documentary Drama in Germany: Mending the Circuit,"The Germanic Review 42(January,1967):49 – 62.

"Guilt – Ridden Hochhuth,"New Theater Magazine 8(Spring,1968):17 – 20.

Articles on Kleist,Tieck,Werner,Büchner,Horváth,Borchert,Kipphardt,Hochhuth,and Weiss in Crowell's Encyclopedia of World Drama,New York: Crowell,1969.

"W. H. Wackenroder: In Defense of his Romanticism,"The Germanic Review 44 (November,1969):247 – 258.

"Das dokumentarische Drama," in Tendenzen der deutschen Literatur seit 1945,ed. Thomas Koebner,Stuttgart: Kröner,1971. 462 – 479.

"Wohin geht das schwarze Theater in denUSA?"in Now: Theater der Erfahrung, ed. Pea Fröhlich and Jens Heilmeyer,Cologne: Dumont,1971. 169 – 175.

"Horváths Dramaturgie,"Literatur und Kritik 60(December,1971):591 – 600.

"The Aesthetic Dimension of the German Documentary Drama,"German Life and Letters 24(July,1971):346 – 58.

"Growing Pains in the Contemporary German Novel – East and West,"MOSAIC 5(1972):1 – 17.

"Ends and Beginnings: West German Theatre Now,"Performance 4(1972): 54 – 76.

"Children's Theater in Two Germanies" and "Building a Children's Theater,"

Performance 5(1973):12 - 32.

"Taking Children Seriously - The Recent Popularity of Children's Theater in East and West Germany," Children's Literature 2(1973):173 - 191.

"Educating, Miseducating, Re - educating Children," New German Critique 1 (Winter,1973):142 - 159.

"Dunlap, Kotzebue and the Shaping of American Theater," Early American Literature 8(1974):272 - 284.

"Kindertheater. Die Radikalisierung einer Popular Form in Ost und Westdeutschland," in Popularität und Trivialität, ed. R. Grimm and J. Hermand, Frankfurt am Main:Athenäum,1974. 141 - 167.

"Die Freiheit trägt Handschellen im Land der Freiheit. Das Bild der Vereinigten Staaten in der Literatur der DDR," in Amerika in der deutschen Literatur, ed. S. Bauschinger, H. Denkler, and W. Malsch, Stuttgart: Reclam, 1975. 229 - 352.

"Brecht oder Wolf? Zur Tradition des Dramas in der DDR," in Literatur und Literaturtheorie in der DDR, ed. P. Hohendahl and P. Herminghouse, Frankfurt am Main:Suhrkamp,1975. 191 - 240.

"Breaking the Magic Spell:Politics and the German Fairy Tale," New German Critique 6(Fall,1975):116 - 136.

"Down with Heidi, Down with Struwwelpeter:Three Cheers for the Revolution: Towards a New Socialist Children's Literature in West Germany," Children's Literature 5(1976):162 - 179.

"Die Funktion der Frau in den Komödien der DDR. Noch einmal:Brecht und die Folgen," in Die deutsche Komödie im 20. Jahrhundert, ed. W. Paulsen, Heidelberg:Stiehm,1976. 187 - 205.

"Wolf Biermann, An Appreciation," in Wolf Biermann, Poems, London:Pluto, 1977. 9 - 15.

"The Political Dimensions of the Lost Honor of Katharina Blum," New German Critique 12(Fall,1977):75 - 84.

"The Irresistible Rise of the Schaubühne am halleschen Ufer," Theater 9(Fall, 1977):75 - 84.

"Marxist as Moralist," introduction to Christa Wolf, Divided Heaven, New York: Adler, 1977. 1 – 33.

"The Revolutionary Rise of the Romantic Fairy Tale in Germany," Studies in Romanticism 16(Fall,1977):409 – 450.

"Engagiertes gegen manipuliertes Kindertheater," in Lehrtheater, Lerntheater, ed. Peter A. Harms, Münsterdorf: Hansen & Hansen, 1978. 49 – 60.

"Piscator and the Legacy of Political Theater," Theater 10(Spring,1979):85 – 93.

"Emancipatory Children's Theater in the Year of the Child," Theater 11(Fall/Winter,1979):85 – 97.

"Who's Afraid of the Brothers Grimm? Socialization through Fairy Tales," The Lion and the Unicorn 3(Winter,1979/1980):4 – 56.

"Theater and Commitment: Théâtre du Soleil's Mephisto," Theater 11(Spring,1980):55 – 62.

"Lessons of the Holocaust," with Anson Rabinbach in New German Critique 19 (Winter,1980):3 – 7.

"Death at an Early Age," Politics and Education 2(Spring,1980):6 – 7.

"Oskar Panizza: The Operated German as Operated Jew," New German Critique 21(Fall,1980):47 – 61.

"The Instrumentalization of Fantasy: Fairy Tales and the Mass Media," in Myths of Information, ed. Kathleen Woodward, Madison: Coda, 1980. 88 – 110.

Short articles on children's theater, the theater of fact, Dürrenmatt, Feuchtwanger, Frisch, Handkle, Hochhuth, Horváth, Johnson, Kraus, Sternheim, Wassermann, Weiss, Zuckmayer in The Academic American Encyclopedia, Princeton, 1980.

"Slave Language Comes to Krähwinkel: Nestroy's Political Satire," Theater 12 (Spring,1981):19 – 32.

"The Potential of Liberating Fairy Tales for Children," New Literary History 13 (Winter,1981 – 1982):309 – 325.

"Bruno Bettelheim," in Lexikon der Kinder – und Jugendliteratur, Vol. IV, Weinheim: Beltz. 53 – 54.

"Beckett in Germany/Germany in Beckett," New German Critique 26 (Spring/Summer,1982):151 – 158.

"Towards a Social History of the Literary Fairy Tale for Children," Children's Literature Association Quarterly 7(Summer,1982):23 – 26.

"The Dark Side of Beauty and the Beast," in Proceedings of the Eighth Annual Children's Literature Association, Boston,1982. 119 – 125.

"Grimms in Farbe, Bild und Ton: Der deutsche Märchenfilm für Kinder im Zeitalter der Kulturindustrie," in Aufbruch zum neuen bundesdeutschen Kinderfilm, ed. Wolfgang Schneider, Hardeck: Eulenhof: 1982. 212 – 224.

"Le Théâtre alternatif pour enfants aux Etats – Units," in Le Nouveau Théatre pour la jeunesse, ed. Chantale Cusson, Montreal: CEAD,1982. 9 – 15.

"Klassische Märchen im Zivilisationsprozeß," in Über Märchen für Kinder von heute, ed. Klaus Doderer, Weinheim: Beltz:1982. 57 – 77.

"Mass Degradation of Humanity and Massive Contradictions in Bradbury's Fahrenheit 451," in No Place Else, ed. E. Rabkin, M. Greenberg, and J. Olander, Carbondale: Southern Illinois University Press,1983. 182 – 198.

"Johnny Gruelle," in American Writers for Children, 1900 – 1960, ed. John Cech, Detroit: Gale Research,1983. 213 – 217.

"Wie man in Deutschland immer noch operiert," Ästhetik und Kommunikation 53/54(1983):244 – 246.

"A Second Gaze at Little Red Riding Hood's Trials and Tribulations," The Lion and the Unicorn 7/8(1983 – 1984):78 – 109.

"Folklore Research and Western Marxism: A Critical Replay," Journal of American Folklore 97(1984):330 – 337.

"The Age of Commodified Fantasticism: Reflections on Children's Literature and the Fantastic," Children's Literature Association Quarterly 9(Winter,1984 – 1985):187 – 190.

"Es wird einmal in Deutschland," in Kinderwelten, ed. Freundeskreis des Instituts für Jugendbuchforschung, Weinheim: Beltz,1985. 99 – 108.

"Don't Bet on the Prince: Feminist Fairy Tales and the Feminist Critique in America," in Opening Texts, ed. Joseph Smith and William Kerrigan, Baltimore：Johns Hopkins University Press，1985. 66 – 99.

"Feministische Märchen und Kulturkritik in den USA und in England,"in Die Frau im Märchen, ed. Sigrid Früh and Rainer Wehse, Kassel：Erich Roth Verlag,1985. 174 – 191.

"Semantic Shifts of Power in Folk and Fairy Tales,"The Advocate 4 (1985)：181 – 188.

"The Liberating Potential of the Fantastic Projection in Fairy Tales for Children,"in The Scope of the Fantastic, ed. R. Collins and H. Pearce, Westport：Greenwood Press. 1985,257 – 266.

"Hans Christian Andersen," in European Writers：The Romantic Century, Vol. 6, ed. J. Barzun, New York：Scribner's, 1985. 863 – 892.

"Children's Literature in West andEast Germany,"The Lion and the Unicorn 10 (1986)：27 – 30.

"Huckleberry Finns arme Helden,"in Neue Helden in der Kinder – und Jugendliteratur, ed. Klaus Doderer, Weinheim：Juventa, 1986. 103 – 109.

"The Grimms and the German Obsession with Fairy Tales,"in Fairy Tales and Society, ed. Ruth Bottigheimer, Philadelphia：University of Pennsylvania Press,1986. 271 – 286.

"The Enchanted Forest of the Brothers Grimm：New Modes of Approaching the Grimms'Fairy Tales,"The Germanic Review 62 (Spring, 1987)：66 – 74.

"Populäre Kultur, Ernst Bloch und Vor – Schein"in Verdinglichung und Utopie：Ernst Bloch und Georg Lukács zum 100. Geburtstag. Eds. Arno Münster, Michael Löwy, and Nicolas Tertullian. Frankfurt am Main：Sendler, 1987. 239 – 253.

"Walter Benjamin and Children's Literature,"The Germanic Review 63 (Winter,1988)：2 – 5.

"Manès Sperber's Legacy for Peace in Wie eine Träne im Ozean,"The German Quarterly 61 (Spring, 1988)：249 – 263.

"Dreams of a Better Bourgeois Life：The Psychosocial Origins of the Grimms'Tales," in The Brothers Grimm and Folktale, ed. James M. McGlathery, Urbana：University of Illinois Press, 1988. 205 – 219.

"Child Abuse and Happy Endings," New York Times Book Review (November 13,1988):39,60.

"Henri Pourrat dans la Tradition de Perrault et des Frères Grimm," in Henri Pourrat et le Trésor des Contes, ed. Dany Hadjadj, Clermont－Ferrand: Bibliothèque Municipale et Interuniversitaire de Clermont－Ferrand, 1988. 151－161.

"Ernst Bloch and the Obscenity of Hope," New German Critique 45 (Fall, 1988):3－8.

"The Changing Function of the Fairy Tale," The Lion and the Unicorn 12(December,1988):7－31.

"The Origins of the Fairy Tale or, How Script Was Used to Tame the Beast in Us," in Children and Their Books, ed. Gillian Avery and Julia Briggs. Oxford: Oxford UP,1989. 119－134.

"TheUnited States in East German Literature: Legitimizing and Legitimate Images," in Amerika! New Images in German Literature, ed. Heinz Osterle. Bern:Peter Lang,1989. 103－134.

" Negating History and Male Fantasies through Psychoanalytic Criticism," Children's Literature 18(1990):141－143.

"Oscar Wilde:Afterword," in Complete Fairy Tales of Oscar Wilde, New York: New American Library,1990. 205－213.

"Frank Stockton: Afterword," The Fairy Tales of Frank Stockton, ed. Jack Zipes. New York:New American Library,1990. 423－429.

"Le plus célèbre des inconnus: Perrault aux Etats－Unis," Europe 68 (November－December,1990):131－138.

"Taking Political Stock: New Theoretical and Critical Approaches to Anglo－American Children's Literature in the 1980s," The Lion and the Unicorn 14 (1990):7－22.

"Die kulturellen Operationen von Deutschen und Juden im Spiegel der neueren deutschen Literatur," Babylon 8(1991):34－44.

"Spreading Myths about Fairy Tales: A Critical Commentary on Robert Bly's Iron John," New German Critique 55(Winter 1992):3－20.

"Alexandre Dumas：Afterword,"in The Man in the Iron Mask. New York：New American Library,1992. 486 – 495.

"Recent Trends in the Contemporary American Fairy Tale,"Journal of the Fantastic in the Arts 5(1992)：13 – 41.

"The Messianic Power of Fantasy in the Bible,"Semeia 60(1992)：7 – 21.

"La Reproduction et la révision des contes classiques pendant les années 1980,"Textuel 25(January 1993)：101 – 111.

"The Utopian Function of Tradition,"Telos 94(Winter 1993)：25 – 29.

"The Struggle for the Grimms' Throne：The Legacy of the Grimms' Tales in the FRG and GDR since 1945"in The Reception of Grimms Fairy Tales：Responses, Reactions, Revisions. Ed. Donald Haase. Detroit：Wayne State University Press,1993. pp. 167 – 206.

"Avianus Reborn"in The Fables of Avianus. Trs. David R. Slavitt. Baltimore：Johns Hopkins University Press,1993. pp. ix – xv.

"Spinning with Fate：Rumpelstiltskin and the Decline of Female Productivity,"Western Folklore 52(January,1993)：43 – 60.

"The Contemporary German Fascination for Things Jewish：Toward a Jewish Minor Culture"in Reemerging Jewish Culture in Germany：Life and Literature Since 1989. Eds. Sander Gilman and Karen Remmler. New York：New York University Press,1994. pp. 15 – 45.

"The Negative German – Jewish Symbiosis'in Insiders and Outsiders：Jewish and Gentile Culture in Germany and Austria. Eds. Dagmar Lorenz and Gabriele Weinberger. Detroit：Wayne State University Press,1994. pp. 144 – 54.

"Filer avec le destin：Rumpenstünzchen et le déclin de la productivité des femmes,"Europe 787/88(November – December 1994)：106 – 118.

"Adorno May Still Be Right,"Telos,101(Fall 1994)：157 – 168.

"Belle au bois dormant：le bon prince pour faire le job,"Bizarre 1(February 1995)：20 – 29.

"A Cautionary Tale,"Times Educational Supplement 2(March 31,1995)：14.

"Once Upon a Time Beyond Disney：Contemporary Fairy – tale films for Children"in In Front of Children：Screen Entertainment and Young Audiences. Eds. Cary Bazalgette and David Buckingham. London: British Film Institute, 1995. pp. 109 – 126.

"Breaking the Disney Spell" in From Mouse to Mermaid: The Politics of Film, Gender, and Culture. Eds. Elizabeth Bell, Lynda Haas, Laura Sells. Bloomington: Indiana University Press, 1995. pp. 21 – 42.

"Recent Trends in the Contemporary American Fairy Tale" in Functions of the Fantastic, Ed. Joe Sanders. Westport: Greenwood Press, 1995. pp. 1 – 17.

"Carlo Collodi: Afterword" in Pinocchio. New York: Signet Classic, 1996. pp. 215 – 227.

"Wolyna: Manès Sperbers Beschäftigung mit der 'Judenfrage'" in Manès Sperber als Europäer: Eine Ethik des Widerstands. Eds. Stéphane Moses, Joachim Schlör, and Julius H. Schoeps. Berlin: Edition Hentrich, 1996. pp. 122 – 137.

"The Cultural Operations of Germans and Jews as Reflected in Recent German Fiction" in Jews, Germans, Memory: Reconstructions of Jewish Life in Germany. Ed. Y. Michal Bodemann. Ann Arbor: University of Michigan Press, 1996. pp. 163 – 178.

"Towards a Theory of the Fairy – tale Film: The Case of Pinocchio," The Lion and the Unicorn 20 (June 1996): 1 – 24.

"Jeanne – Marie Le Prince de Beaumont" in Enzyklopädie des Märchens. Ed. Rolf Wilhelm Brednich. Vol. 8. Berlin: Walter de Gruyter, 1996. pp. 922 – 923.

"Tales Worth Telling," Utne Reader 83 (September/October 1997): 39 – 42.

"Traces of Hope: The Non – synchronicity of Ernst Bloch" in Not Yet: Reconsidering Ernst Bloch. Eds. Jamie Owen Daniel and Tom Moylan. London: Verso, 1997. pp. 1 – 14.

"Child's Play," ICON (December 1997): 116 – 117, 122.

"The Utopian Tendency of Storytelling: Turning the World Upside Down" in Storytelling Encyclopedia: Historical, Cultural and Multiethnic Approaches to Oral Traditions Around the World. Ed. David Adams Leeming. Phoenix: Oryx Press, 1997. pp. 27 – 32.

"Disparate Jewish Voices and the Dialectic of the "Shoah Business" in Germany: Victor Klemperer and Rose Ausländer, Our Contemporaries" in German Cultures, Foreign Cultures: The Politics of Belonging. Baltimore: American Institute for Contemporary German Studies, 1998. pp. 17 – 40.

"Crossing Boundaries with Wise Girls: Angela Carter's Fairy Tales for Children," Marvels & Tales 12(1998): 147 – 154.

"Struwwelpeter and the Comical Crucifixion of the Child" in Struwwelpeter: Fearful Stories & Vile Pictures to Instruct Good Little Folks. Venice, CA: Feral House, 1999. pp. 1 – 21.

"George Tabori and the Jewish Question," Theater 29. 2(1999): 98 – 107.

"Contested Jews: The Image of Jewishness in Contemporary German Literature," South Central Review 16(Summer – Fall, 1999): 3 – 15.

"The Perverse Delight of *Shockheaded Peter*," Theater 30. 2(2000): 3 – 17.

"The Contamination of the Fairy Tale, or The Changing Nature of the Grimms' Fairy Tales," Journal of the Fantastic in the Arts 11(2000): 77 – 93.

"Philip Pullman's Quest," Riverbank Review(Winter 2000 – 2001): 4 – 7.

"The Twists and Turns of Psychoanalytic Criticism: A Response to Paul Nonnekes," Children's Literature Association Quarterly 25(Winter, 2000/2001): 215 – 220.

"Les origines italiennes du conte de fées: Basile et Straparola" in Il était une fois···les contes de fées, ed. Olivier Piffault. Paris: Seuil/Bibliothèque nationale de France, 2001. pp. 66 – 74.

"Foreword: Holocaust Survivor as Literary Pope of Germany" in Marcel Reich Ranciki, The Author of Himself: The Life of Marcel Reich – Ranicki. Trans. Ewald Osers(Princeton: Princeton University Press, 2001): vii – x.

"Gianni Rodari, un famoso sconosciuto in America," in Rodari: Le Storie Tradotte, eds. Pino Boero, Lino Cerutti, and Roberto Cicala. Novara: interlinea, 2002. pp. 87 – 93.

"What if Snow White···?" introduction to Neil Gaiman, Snow Glass Apples: A Play for Voices. Illustr. George Walker (Atlanta: Biting Dog Press, 2002): 7 – 11.

"Prendendo la letteratura per l'infanzia sul serio," Pepe 14(2002): 34 – 40.

"Political Children's Theater in the Age of Globalization," Theater 33. 2 (Summer 2003):3 – 25.

"The Virgin's Child: Feminist Folk Tales from Sicily," 13 Ruminator Review (Spring 2003):10 – 11.

"Laura Gozenbach and Her Forgotten Treasure of Sicilian Fairy Tales," Marvels & Tales 17. 2(2003):61 – 72.

"La lettura ai tempi del mercato," Nuovi Segnali di Lettura, eds. Domenico Bartolini e Riccardo Pontegobbi. Campi di Bisenzio: Idest, 2003. pp. 34 – 49.

"The Family of Storytellers," Ruminator Review 15(Fall 2003):16.

"Introduction" to J. M. Barrie, Peter Pan. New York: Penguin Books, 2004. pp. vii – xxviii.

"On the Necessity of Writing Poetry after Auschwitz: A Reassessment of Adorno's Cultural Critique," in The Many Faces of Germany: Transformations in the Study of German Culture and History. Ed. John McCarthy. New York: Berghahn, 2004. pp. 34 – 42.

"La riconfigurazione dei bambini e della letteratura per l'infanzia nell'industria culturale" in Poche storie … sie legge! Ed. Alessandro Compagno. Anagni: Centro Servizi Culturali del Commune di Anagni, 2004.

"'Alle meine Gedichte sind gelebtes, erlebtes, erlittenes Leben': Rose Ausländers Verhältnis zu New York," in *Meine geträumte Wortwirklichkeit*. Ed. Helmut Braun: Berlin, 2004. pp. 109 – 120.

"'Operazioni' culturali tra ebei e tedeschi" in Dopo la Shoah: Nuove identità ebraiche nella letteratura," ed. Rita Calabrese. Pisa: Edizioni ETS, 2005. pp. 83 – 96.

"Attualità delle fiabe dei Grimm e Andersen," Il Pepeverde 24(April – June, 2005):28 – 32.

"To Eat or Be Eaten: The Survival of Traditional Storytelling," Storytelling, Self, Society 2. 1(Fall 2005):1 – 20.

"The Possibility of Storytelling and Theater in Impossible Times," Foreword to Michael Wilson, Storytelling and Theatre: Contemporary Storytellers and their Art. London: Palgrave, 2006. pp. xiv – xviii.

"Più ombre che luci sull'opera di Andersen," Il Pepeverde 29 (July – September, 2006):13 – 20.

"The Relevance of Fairytales" in Afterrouge, eds. Navid Nuur and Lisa Alena Vieten. Rotterdam, Netherlands: Uitgegeven door, Piet Zwart Institute, 2006. pp. 22 – 47.

"Critical Reflections about Hans Christian Andersen, the Failed Revolutionary," Marvels & Tales 20. 2(2006):224 – 237.

"The Hans Christian Andersen We Never Knew," Introduction in Hans Christian Andersen, Fairy Tales, Trans Marte Hvam Hult. New York: Barnes & Noble, 2007. xix – xxxv.

"The Rise of the Unknown Giambattista Basile," in Giambattista Basile, The Tale of Tales, or Entertainment for Little Ones. Trans. Nancy Canepa. Detroit: Wayne State University Press, 2007. pp. xiii – xv.

"Critical Reflections about Hans Christian Andersen, the Failed Revolutionary," Marvels & Tales 20. 2(2006):224 – 237.

"The 'Merry' Dance of the Nutcracker: Discovering the World through Fairy Tales," Introduction to E. T. A. Hoffmann, Nutcracker and Mouse King and The Tale of the Nutcracker, trans. Joachim Neugroschel. New York: Penguin, 2007.

"The Tales We Tell: An Interview with Jack Zipes," Lincoln Center Theater Review 44(Fall 2007):6 – 9.

"Fiaba e teatro creativo nella scuola Americana. Rodari negli Stati Uniti," Pepe Verde 36(April/June, 2008):31 – 34.

"Un regard éclaire sur les contes de fées et le désir d'utopie," Europe 949(May 2008):75 – 83.

"The Anne – Girl: She Is What We're Not," introduction to L. M. Montgomery, Anne of Green Gables. New York: The Modern Library, 2008. ix – xxiv.

"The Remaking of Charles Perrault and his Fairy Tales," introduction to Angela Carter, Little Red Ridinghood, Cinderella, and Other Classic Fairy Tales of Charles Perrault. New York: Penguin Classics, 2008. vii – xxxii.

"What Makes a Repulsive Frog So Appealing: Memetics and Fairy Tales," Journal of Folklore Research 45. 2(May – August 2008):109 – 144.

"The Twists and Turns of Radical Children's Literature," Foreword to Julia Mickenberg and Philip Nel, Tales for Little Rebels: A Collection of Children's Literature. New York: New York University Press, 2008. vii – ix.

"The Indomitable Giuseppe Pitrè," Folklore 120(April 2009):1 – 18.

"Commentary on Zygmunt Bauman's 'Freudian Civilization Revisited.'" Journal of Anthropological Psychology 2(2009):27 – 30.

"Why Fantasy Matters Too Much," Journal of Aesthetic Education 43. 2(Summer 2009):77 – 91.

"Introduction" to The Green Fairy Book. Ed. Andrew Lang. London: The Folio Society, 2009. ix – xx.

"A Contemporary Classic," Foreword to Ellin Green and Janice M. Del Negro, Storytelling: Art and Technique. 4th Ed. Santa Barbara, CA: Libraries Unlimited, 2010. vii – ix.

"Grounding the Spell: The Fairy Tale Film and Transformation," Foreword to Pauline Greenhill and Sidney Eve Matrix, eds., Fairy Tale Films: Visions of Transformation. Logan, UT: University State University Press, 2010. ix – xiii.

"La 'mislettura' dei bambini e il destino dei libri per l'infanzia," Ácoma 39 (Spring 2010):41 – 54.

"Questione di fantasia," Liber 88(October – December, 2010):39 – 50.

"Critical Reflections about Hans Christian Andersen, the Failed Revolutionary," In Écrire pour la Jeunesse/Writing for Children. Ed. Elena Di Giovanni, Chiara Elefante, and Roberta Pederzoli. Bruxelles: Peter Lang, 2010.

"They'll Huff and They'll Puff," Article on the hyping of Grimms' fairy tales in Times Higher Education(June 16, 2011):45 – 46.

"And Nobody Lived Happily Ever After: The Feminist Fairy Tale after Forty Years of fighting for Survival," in Textes & Genres IV: Les réécritures du canon dans la littérature féminine de langue anglaise. Eds. Claire Bazin and Marie – Claude Perrin – Chenour. Nanterre: Université Paris Ouest Nanterre La Défense, 2011. 9 – 34.

"The Meaning of Fairy Tale within the Evolution of Culture," Marvels & Tales

25. 2(2011):221-243.

"Un*Remake* de *La Barbe Bleue*,ou L'Au-Revoir à Perrault,"Férries 8(2011):71-89.

"Perché abbiamo bisogno di storie,"Il Pepeverde 48-50(April-December,2011):12-15.

"Fairy-Tale Collisions" in Fairy Tales, Monsters, and the Genetic Imagination. Ed. Mark Scala. Nashville,TN:Vanderbilt University Press,2012.

"Hyping the Grimms Fairy Tales,"Studi Germanici 1(2012):21-40.

"Subverting the Myth of Happiness:Dina Goldstein's 'Fallen Princesses,'" in Dina Goldstein, Fallen Princesses. Vancouver, Canada: Blurb, 2012. 15-16.

"Foreword:Toward Understanding the Complete Vladimir Propp," in Vladimir Propp, The Russian Folktale. Ed. and trans. Sibelan Forrester. Detroit: Wayne State University Press, 2012. ix-xii.

"A Fairy Tale Is More than Just a Fairy Tale,"Book 2. 0 2/1 & 2(2012):95-102.

"Unfathomable Baba Yagas,"in Baba Yaga:The Wild Witch of the East in Russian Fairy Tales. Ed. Sibelan Forrester, Helena Goscilo, and Martin Skoro. Jackson: University Press of Mississippi, 2013.

"Le fiabe dei fratelli Grimm,"Prometeo 31. 24(December,2013):94-99.

"Two hundred Years After Once Upon a Time:The Legacy of the Brothers Grim and Their Tales in Germany,"Marvels & Tales 28. 1(2014):54-74.

"The Forgotten Tales of the Brothers Grimm,"The Public Domain Review:Selected Essays. Ed. Adam Green. Cambridge: Public Domain press, 2014. 323-337.

"Media-Hyping of Fairy Tales," in *The Cambridge Companion to Fairy Tales*. Ed. Maria Tatar: Cambridge: Cambridge University Press, 2015. 202-219.

"Grimm Treasure:The Surprising History behind the World's Most Famous Collection of Folk Tales,"*Humanities* 36. 2(March/April,2015):28-33.

"Warping 'The Sorcerer's Apprentice':or, How Little People Are Belittled in Fairy Tales Twisted Against Them,"*iBbYlink* 43(Summer 2015):5-9.

"How the Brothers Grimm Made their Way in the World," in Shaun Tan. The Singing Bones:Inspired by Grimms' Fairy Tales. Melbourne:Allen & Unwin, 2015. 5 – 11.

"The Master – Slave Dialectic in"The Sorcerer's Apprentice,"Storytelling, Self, Society 11. 1(Spring,2015):17 – 27.

"Giuseppe Pitrè, il formidabile folklorist," in:Giuseppe Pitrè, Fiabe e Leggende populari siciliane. Ed. Bianca Lazzaro. Prefazione di Giovanni Pug; isi. Con una Nota critica di Jack Zipes. Rome:Donzelli Editore,2016. xxix – xxxviii.

"The Triumph of the Underdog:Cinderella's Legacy," in Cinderella Across Cultures:New Directions and Interdisciplinary Perspectives. Ed. Martine Hennard Dutheil de la Rocière, Gillian lathey, and Monika Wozniak. Detorit:Wayne State University Press,2016. 358 – 401.

"Fulfilling the Grimms'Legacy:The International Mission of the Enzyklopädie des Märchens,"Fabula 57. (2016):60 – 72.

"Gina Litherland's Magic Brush," in Gina Litherland, Unknown Rooms. Chicago:Corbett and Dempsey,2016. 24 – 27.

"A Down – to – Earth Working Girl," in Marie – Mulvey – Roberts and Fiona Robinson, eds. Strange Worlds:The Vision of Angela Carter. Bristol:Sansom & Company,2016. 20 – 22.

"The Never – Ending Survival of Cinderella. Foreword."In Veronica Veen, The Maltese Cinderella and the Women's Storytelling Tradition. The Netherlands:Eanna Foundation,2017. 5 – 6.

译著

Hans Mayer, Steppenwolf and Everyman, New York:Crowell,1971.

Grips Theater of Berlin, Political Plays for Children, St. Louis:Telos:1976.

Hans Mayer, Richard Wagner in Bayreuth, New York:Rizzoli,1976.

Jacob and Wilhelm Grimm, The Complete Fairy Tales of the Brothers Grimm, New York:Bantam,1987.

Ernst Bloch, The Utopian Function of Art and Literature, with Frank Mecklenburg, Cambridge:MIT Press,1987.

Beauties, Beasts, and Enchantment: Classic French Fairy Tales, New York: New American Library, 1989.

Fairy Tales and Fables from Weimar Days. Hanover: University Press of New England, 1989. [New and Revised Edition, New York: Palgrave Macmillan, 2018]

Spells of Enchantment: The Wondrous Fairy Tales of Western Culture. New York: Viking, 1991. Contains translations of French, German, and Italian tales.

Hermann Hesse, The Fairy Tales of Hermann Hesse. New York: Bantam, 1995.

Gianni Rodari, The Grammar of Fantasy with an introduction and notes. New York: Teachers and Writers Collaborative, 1996.

The Great Fairy Tale Tradition: From Straparola and Basile to the Brothers Grimm. New York: Norton, 2001.

Beautiful Angiola: The Great Treasury of Sicilian Folk and Fairy Tales Collected by Laura Gonzenbach, New York: Routledge, 2003.

The Complete Fairy Tales of the Brothers Grimm. Illustr. John Gruelle. 3rd rev. and enlarged edition. New York: Bantam, 2003.

The Robber with a Witch's Head: More Stories from The Great Treasury of Sicilian Folk and Fairy Tales Collected by Laura Gonzenbach. New York: Routledge, 2004.

Sibylle von Olfers, Mother Earth and her Children. Elmhurst, ILL: Breckling Press, 2007.

"Two Sicilian Folk Tales," Rag & Bone 1 (December, 2007): 63-69.

The Collected Sicilian Folk and Fairy Tales of Giuseppe Pitrè. Edited and Translated with Joseph Russo. 2 Vols. New York: Routledge, 2008.

Kurt Schwitters, Lucky Hans and Other Merz Fairy Tales. Princeton: Princeton University Press, 2009.

Béla Balázs, The Cloak of Dreams. Princeton: Princeton University Press, 2010.

后　　记

　　这部文集的翻译工作始于2017年深秋。翻译的过程犹如一个童话故事,每个译者都经历了辛勤劳作、迷惑与挫折,最后收获了美好的果实。在开始翻译这些文章时,他们中有的还是在读硕士生或博士生,但现在都工作在民俗研究或教学以及民间文化工作的第一线。他们是:朱婧薇(中国社会科学院研究生院民间文学博士生);邓熠(北京师范大学社会学院民俗学专业硕士生);王辉(北京师范大学社会学院民俗学专业博士生);方云(华东师范大学社会发展学院民俗学研究所博士生);王璞琇(中国传媒大学艺术研究院艺术史论专业博士生);侯姝慧(山西大学文学院副教授);马冲冲(山西大学汉语国际教育专业硕士生);丁晓辉(海南热带海洋学院人文学院讲师);邵凤丽(辽宁大学文学院副教授);李文娟(辽宁大学文学院民俗学专业硕士生);李丽丹(天津师范大学文学院副教授);刘思诚(辽宁师范大学文学院讲师)。他们中的几位年轻学者,不但有着繁忙的教学任务,还要照顾自己的孩子和家庭,可是在翻译过程中大家每一步都是按时完成所计划的任务,令人感动。这支翻译队伍中有的是第一次从事翻译的民俗学生,有的是颇有经验的学者。他们奉献出的不仅是一部译文集,更是展示出中国民俗学界能写能译的新生力量。他们中的几位以及另外几位译者也参与了我组织的其他的翻译项目,如《民俗学概念与方法:丹·本—阿默思文集》(中国社会科学出版社2018年版)、《谚语的民俗学研究:沃尔夫冈·米德文集》(中国社会科学出版社2022年版)。在此,我向每位参与翻译的译者致以最高的敬谢之意,尤其感谢邵凤丽在后期校对中的帮助。

　　在翻译和修改的几个寒暑中,得到许多同仁与朋友的多方面的关心和帮助，其中必要要在此感谢的有北京师范大学萧放教授和万建中教授、北京大学陈泳超教授、中国海洋大学李扬教授和朱自强教授、华中师范大学刘守华教授、中山大学刘晓春教授、温州大学黄涛教授、中国社会科学院安德明研究员和户晓辉研究员。需要特别感谢的是北京师范大学文学院的杨利慧教授，没有她的支持和协助，这个文集就不可能得到出版。

  组织译介杰克·齐普斯的著作，不仅是我个人对童话研究世界的一次探索，也是让我能与一批年轻的民俗学者结交的缘分。此时，我为有这样的成果而欣喜，但也感到不安，因为我的薄弱能力难能保证这个文集没有不足和失误之处，故恳请读者海涵并不吝批评指正。

张举文

于美国俄勒冈州崴涞河谷兰竹阁

2021 年 8 月 27 日

Salem, Oregon, USA